中國語言文字研究輯刊

二二編

許學仁 主編

第 4 冊

漢語顏色詞的生成與發展
——以重疊式顏色詞為中心(下)

沈相淳 著

花木蘭文化事業有限公司

國家圖書館出版品預行編目資料

漢語顏色詞的生成與發展——以重疊式顏色詞為中心（下）
／沈相淳 著 -- 初版 -- 新北市：花木蘭文化事業有限公司，
2022〔民 111〕
目 4+234 面；21×29.7 公分
（中國語言文字研究輯刊 二二編；第 4 冊）
ISBN 978-986-518-830-6 精裝）
1.CST：漢語 2.CST：顏色 3.CST：詞彙 4.CST：歷史
802.08   110022440

中國語言文字研究輯刊
二二編　　第四冊　　　　　ISBN：978-986-518-830-6

漢語顏色詞的生成與發展
——以重疊式顏色詞為中心（下）

作　　者　沈相淳
主　　編　許學仁
總 編 輯　杜潔祥
副總編輯　楊嘉樂
編輯主任　許郁翎
編　　輯　張雅淋、潘玟靜、劉子瑄　美術編輯　陳逸婷
出　　版　花木蘭文化事業有限公司
發 行 人　高小娟
聯絡地址　235 新北市中和區中安街七二號十三樓
　　　　　電話：02-2923-1455／傳真：02-2923-1452
網　　址　http://www.huamulan.tw 信箱 service@huamulans.com
印　　刷　普羅文化出版廣告事業
初　　版　2022 年 3 月
定　　價　二二編 28 冊（精裝）　台幣 92,000 元

漢語顏色詞的生成與發展
——以重疊式顏色詞為中心（下）

沈相淳　著

目次

上 冊

第一章 緒 論 …………………………………………1

第一節 顏色詞的定義及其特徵 ……………………1

一、顏色概念與顏色詞的關係 ………………1

二、顏色三屬性與顏色詞的特徵 ……………3

第二節 研究綜述 ……………………………………4

一、國內顏色詞研究現況 ……………………4

二、國外顏色詞研究現況 ……………………10

第三節 選題意義及研究目標 ………………………11

第四節 研究範圍與方法 ……………………………12

一、研究範圍 …………………………………12

二、研究方法 …………………………………15

第五節 研究的主要理論基礎 ………………………16

一、演化語言學與詞彙擴散理論 ……………17

二、詞彙生動化理論與鏡象神經元理論 ……19

上 篇 漢語顏色詞的歷時研究 …………………………23

第二章 漢語五色範疇顏色詞的湧現 …………………25

第一節 漢語顏色詞「白」「皚」「皎」「皓」…………26

一、顏色詞「白」………………………………26

二、顏色詞「皚」………………………………27

三、顏色詞「皎」………………………………27

四、顏色詞「皓」………………………………27

第二節 漢語顏色詞「黑」……………………………28

第三節 漢語顏色詞「黃」……………………………29

第四節 漢語顏色詞「赤」「朱」「丹」「紅」…………30

一、顏色詞「赤」………………………………30

二、顏色詞「朱」………………………………30

三、顏色詞「丹」………………………………31

四、顏色詞「紅」………………………………31

第五節 漢語顏色詞「青」「綠」「碧」「藍」…………32

一、顏色詞「青」………………………………32

二、顏色詞「綠」………………………………32

三、顏色詞「碧」………………………………32

四、顏色詞「藍」………………………………33

第六節 本章小結 ……………………………………34

第三章　漢語複音節顏色詞句法場研究⋯⋯⋯⋯⋯⋯ 37
　第一節　上古漢語複音節顏色詞句法場分析⋯⋯⋯⋯ 37
　　一、上古漢語複音節五色範疇顏色詞的類別⋯⋯ 40
　　二、上古漢語複音節五色範疇顏色詞的特徵⋯⋯ 45
　　三、小結⋯⋯⋯⋯⋯⋯⋯⋯⋯⋯⋯⋯⋯⋯⋯⋯ 47
　第二節　中古漢語複音節顏色詞句法場分析⋯⋯⋯⋯ 48
　　一、中古漢語複音節五色範疇顏色詞的量變和
　　　　質變的動因⋯⋯⋯⋯⋯⋯⋯⋯⋯⋯⋯⋯⋯ 53
　　二、中古漢語複音節五色範疇顏色詞的發展變化 54
　　三、小結⋯⋯⋯⋯⋯⋯⋯⋯⋯⋯⋯⋯⋯⋯⋯⋯ 64
　第三節　近古漢語複音節顏色詞句法場分析⋯⋯⋯⋯ 65
　　一、AB、BA 式雙音節顏色詞形態的發展變化⋯ 74
　　二、AB、BA 式雙音節顏色詞結構的發展變化⋯ 80
　　三、小結⋯⋯⋯⋯⋯⋯⋯⋯⋯⋯⋯⋯⋯⋯⋯⋯ 80
　第四節　本章小結⋯⋯⋯⋯⋯⋯⋯⋯⋯⋯⋯⋯⋯⋯ 81

下　篇　漢語重疊式顏色詞的歷時研究⋯⋯⋯⋯⋯⋯ 83

第四章　重疊的定義與類型⋯⋯⋯⋯⋯⋯⋯⋯⋯⋯⋯ 85
　第一節　重疊的定義⋯⋯⋯⋯⋯⋯⋯⋯⋯⋯⋯⋯⋯ 85
　第二節　重疊的類型⋯⋯⋯⋯⋯⋯⋯⋯⋯⋯⋯⋯⋯ 86
　　一、原生重疊⋯⋯⋯⋯⋯⋯⋯⋯⋯⋯⋯⋯⋯⋯ 87
　　二、後生重疊⋯⋯⋯⋯⋯⋯⋯⋯⋯⋯⋯⋯⋯⋯ 92

第五章　AABB 重疊式顏色詞的歷史發展⋯⋯⋯⋯⋯ 97
　第一節　上古時期，AABB 式顏色詞的出現⋯⋯⋯⋯ 98
　第二節　中古時期，AABB 式顏色詞的繼承與發展⋯⋯ 98
　　一、雙碟式 AABB 式顏色詞的繼承⋯⋯⋯⋯⋯ 99
　　二、雙碟式 AABB 式顏色詞的發展⋯⋯⋯⋯⋯ 101
　第三節　近古時期，AABB 式顏色詞的發展變化⋯⋯ 103
　　一、近古 AABB 式顏色詞的類型⋯⋯⋯⋯⋯⋯ 107
　　二、近古 AABB 式顏色詞的功能⋯⋯⋯⋯⋯⋯ 117
　　三、近古 AABB 式顏色詞的使用變化⋯⋯⋯⋯ 125
　第四節　本章小結⋯⋯⋯⋯⋯⋯⋯⋯⋯⋯⋯⋯⋯⋯ 128

第六章　ABB 與 BBA 重疊式顏色詞的歷史發展⋯⋯ 131
　第一節　中古時期，ABB、BBA 式顏色詞的湧現⋯⋯ 132
　第二節　中古時期，ABB、BBA 式顏色詞的類型及其
　　　　　產生路徑⋯⋯⋯⋯⋯⋯⋯⋯⋯⋯⋯⋯⋯⋯ 138

　　　一、「顏色語素＋原生重疊」類型……………………139

　　　二、「顏色語素＋新生重疊」類型……………………174

　　　三、「顏色語素＋名詞」「顏色語素＋狀態形容詞」
　　　　　的擴展式………………………………………181

　　　四、小結………………………………………………183

下　冊

　　第三節　近古時期，ABB 與 BBA 式顏色詞的發展…185

　　　一、宋代，ABB、BBA 式顏色詞的繼承與發展…186

　　　二、元明清代，ABB、BBA 式顏色詞的發展變化
　　　　　………………………………………………286

　　第四節　本章小結……………………………………382

第七章　BABA 重疊式顏色詞的歷史發展……………387

　　第一節　漢語色物詞與物色詞的原始形態類型………388

　　　一、開放型……………………………………………388

　　　二、隱蔽型……………………………………………388

　　第二節　BABA 式顏色詞的產生路徑…………………389

　　　一、上古時期，色物短語與物色詞的出現…………389

　　　二、中古時期，色物詞的出現與物色詞的傳承……390

　　　三、近古時期，BABA 式顏色詞的出現 ……………392

　　第三節　近古時期，BABA 式顏色詞的形成動因……395

　　　一、從音節的複音化與語義強化角度看的動因…396

　　　二、從構型的生動化與語義強化角度看的動因…396

　　　三、從實詞的語法化與語義強化角度看的動因…397

　　第四節　本章小結……………………………………398

第八章　結　論………………………………………………399

　　第一節　漢語重疊式顏色詞的產生路徑與產生機制…399

　　第二節　漢語重疊式顏色詞的語義變化與結構變化的
　　　　　關係………………………………………………401

　　第三節　漢語重疊式顏色詞的量變與質變的關係……403

　　第四節　文章的創新與不足…………………………403

引書目錄及參考文獻…………………………………………405

第三節　近古時期，ABB 與 BBA 式顏色詞的發展

索緒爾在《普通語言學教程》中說，「語言既是一個系統，它的各項要素都有連帶關係，而且其中每項要素的價值都只是因為有其他各項要素同時存在的結果。」〔註22〕按此說法，語言系統源於其組成部分之間的聯繫性和依賴性。從歷史上看，語言是一個複雜適應系統（Complex Adaptive System）〔註23〕，它是「由多層湧現堆積而成的」。〔註24〕就 ABB、BBA 式顏色詞的發展演變而言，原生重疊是中古、近古漢語 ABB、BBA 式顏色詞的源頭，後者是在繼承前者的基礎上有所發展。如前所述，中古的 ABB、BBA 式顏色詞吸收了大量的原生重疊，以出現了第一次湧現現象。同樣，近古的 ABB、BBA 式顏色詞也繼承了原生重疊與中古的 ABB、BBA 式顏色詞。尤其是 ABB、BBA 式的繼承性突出。請看下面的表 6.8。

根據表 6.7 和表 6.8，中古的 ABB、BBA 式顏色詞共有 146 例。其中，110例傳承到近古，占總數的 75.34%。這表明，由上古到中古，再由中古到近古的顏色詞成分的堆積現象導致了近古漢語 ABB、BBA 式顏色詞的迅猛發展和變化。也就是說，這一語言現象促進了在中古已有的 ABB 式顏色詞的語義功能、句法功能以及外部結構的變化，即語言系統的精密化。按此，我們把近古看成是 ABB、BBA 式顏色詞的第二次湧現時期。該重疊式的第二次湧現告訴我們顏色詞的系統走向比較完善的軌道。

〔註22〕〔瑞士〕費爾迪南・德・索緒爾著；沙・巴利，阿・薛施藹，阿・里德林格合作編印；高名凱譯；岑麒祥，葉蜚聲校注《普通語言學教程》，北京：商務印書館，1980年 11 月第 1 版，160 頁。

〔註23〕湧現論（王士元《演化語言學論集》，北京：商務印書館，2013 年 8 月第 1 版，222～223 頁）認為，「有些系統能從一個極為簡單的初始條件開始，逐漸地變化，在某些環境裏，會產生預料不到的非常奧妙、非常複雜的結果。」所以語言是「一個時時刻刻適應周圍環境的系統。」

〔註24〕〔美〕米勒，〔美〕佩奇著；隆雲滔譯《複雜適應系統：社會生活計算模型導論》，上海：上海人民出版社，2012 年 9 月第 1 版，54 頁。

表 6.8　近古時期，繼承五色範疇 ABB、BBA 式顏色詞計量統計〔註25〕

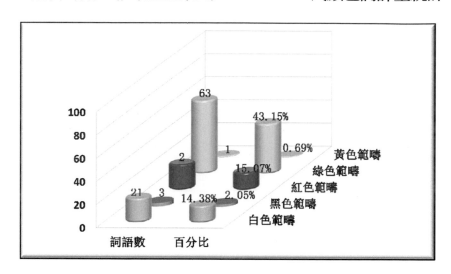

一、宋代，ABB、BBA 式顏色詞的繼承與發展

　　宋代的 ABB、BBA 式顏色詞是在繼承中古的 ABB、BBA 式顏色詞的基礎上發展變化的。前面已提到，在近古繼承的五色範疇 ABB、BBA 式顏色詞共有 110 例。據統計，其中的 95 例在宋代被發現，占總數的 86.36%。這些繼承詞語中有些詞語再經過元代和明代傳承到清代。這說明，語言的湧現堆積現象促成句法結構的詞彙化與實詞的語法化。

　　我們全面考察了《全宋詞》《全宋詩》《五燈會元》《朱子語類》《雲笈七籤》《古尊宿語錄》《太平廣記》等七部著作中的 ABB、BBA 式及其出現頻率。從中可以看出，宋代的繼承 ABB、BBA 式顏色詞的出現情況與新的變化。請看下面的表 6.9 至表 6.36。

表 6.9　宋代，白色範疇 ABB、BBA 式顏色詞顏色詞

全宋詞		全宋詩					
詞　語	詞頻	詞　語	詞頻	詞　語	詞頻	詞　語	詞頻
白漫漫	1	白紛紛	12	白鮮鮮	2	白茫茫	8
白皚皚	1	紛紛白	6	白娟娟	1	茫茫白	2
白紛紛	1	白翻翻	2	白皓皓	2	白皚皚	26
團團白	1	翻翻白	1	微微白	1	白鑿鑿	1

〔註25〕表 6.8 的統計，是根據《中古漢語五色範疇 ABB、BBA 式顏色詞計量統計》（表 6.7）與《近古漢語五色範疇 ABB、BBA 式顏色詞計量統計》（表 6.14、29、35、41）來加工的。詞語數指的是中古漢語五色範疇 ABB、BBA 式顏色詞的總計（146 例）中傳承到近古的。

雲笈七籤		白絲絲	3	白雙雙	1	白茸茸	2
詞 語	詞頻	白差差	5	荒荒白	7	茸茸白	1
白晶晶	1	白磷磷	1	白泱泱	1	團團白	2
		磷磷白	3	垂垂白	7	莖莖白	6
		蕭蕭白	2	白浩浩	5	白熒熒	1
		離離白	1	白迢迢	1	白氄氄	2
		白蒼蒼	1	白溶溶	1	白漫漫	18
		白皎皎	1	白纖纖	1	白溶溶	1

表 6.10 宋代，黑色範疇 ABB、BBA 式顏色詞

全宋詞		全宋詩		五燈會元		朱子語類	
詞 語	詞頻	詞 語	詞頻	詞 語	詞頻	詞 語	詞頻
長長黑	1	黑漫漫	3	黑漆漆	1	黑漫漫	2
		漫漫黑	1	黑漫漫	5	黑淬淬	10
		黑紛紛	1			黑卒卒	2
		炯炯黑	1			黑洞洞	1
		黑窣窣	1			黑窣窣	4
						黑籠籠	1

表 6.11 宋代，紅色範疇 ABB、BBA 式顏色詞

全宋詞		全宋詩					
詞 語	詞頻	詞 語	詞頻	詞 語	詞頻	詞 語	詞頻
紅疏疏	1	疊疊紅	1	嫋嫋紅	1	赤灑灑	1
紅疊疊	1	紅蔌蔌	2	紅灑灑	1	簇簇紅	1
紅蔌蔌	3	薄薄紅	1	灑灑紅	1	紅點點	1
紅薄薄	1	紅灼灼	3	灼灼紅	7	紅滴滴	1
紅嫋嫋	1	片片紅	1	葉葉紅	6	滴滴紅	2
紅隱隱	1	紅片片	1	冉冉紅	1	燄燄紅	1
紅撲撲	1	紅煦煦	1	紅豔豔	1	豔豔紅	2
紅簇簇	1	紅杲杲	2	深深紅	1	紅漫漫	2
紅點點	1	續續紅	2	紅潺潺	1	微微紅	2
片片紅	1	樹樹紅	7	淡淡紅	1	紅剪剪	1
紅的的	1	紅紛紛	2	紅漠漠	2	紅糝糝	1
紅旋旋	1	紅爍爍	2	紅斑斑	1	淺淺紅	3
團團紅	1	紅酣酣	1	團團紅	1	紅輝輝	1
		赤爛爛	1	簑簑紅	1	兩兩紅	1
		紅朵朵	1	岸岸紅	2	紅夭夭	1

表 6.12　宋代，綠色範疇 ABB、BBA 式顏色詞

全宋詞		全宋詩					
詞　語	詞頻	詞　語	詞頻	詞　語	詞頻	詞　語	詞頻
點點青	1	青娟娟	1	青磝磝	1	青短短	1
碧茸茸	1	青點點	1	青遙遙	2	冉冉青	2
綠茸茸	1	點點青	3	青茸茸	3	碧茸茸	2
綠峨峨	2	青淡淡	2	綠茸茸	15	青鬱鬱	2
翠重重	2	青茫茫	4	鬱鬱青	3	青冥冥	1
綠猗猗	1	青巉巉	2	翠鬱鬱	1	綠芊芊	1
層層碧	1	青戢戢	3	青宛宛	2	綠宛宛	2
碧萋萋	2	青差差	1	青濛濛	3	翠濛濛	1
碧森森	1	綠差差	1	碧濛濛	1	青峨峨	2
碧溶溶	1	峨峨綠	1	青漠漠	2	漠漠青	1
綠溶溶	1	綠陰陰	16	青嫋嫋	1	青歷歷	4
碧粼粼	3	青簇簇	1	簇簇青	1	青重重	2
綠粼粼	1	碧重重	9	翠重重	9	綠重重	1
碧鱗鱗	3	重重碧	1	重重翠	3	重重綠	6
綠鱗鱗	1	青炯炯	3	青漫漫	3	漫漫青	1
碧纖纖	1	青閃閃	1	青靡靡	1	碎碎青	1
碧泱泱	1	青童童	2	青離離	6	鬱青青	3
綠離離	2	青篸篸	1	青猗猗	1	綠猗猗	6
碧氄氄	1	疊疊青	1	青若若	2	猗猗綠	3
碧潺潺	1	青點點	1	青耿耿	1	猗猗翠	1
碧依依	1	點點青	3	耿耿青	1	隱隱青	3
依依碧	1	青熒熒	1	青曳曳	1	青蓁蓁	1
碧灣灣	1	綠蕤蕤	1	歷歷青	1	青蒼蒼	1
碧迢迢	1	絲絲綠	1	湛湛碧	1	青靡靡	1
碧蕭蕭	1	青矗矗	1	矗矗青	1	碧娟娟	1
碧盈盈	1	碧差差	2	碧層層	8	層層碧	1
綠迢迢	3	碧萋萋	1	萋萋碧	2	青萋萋	2
綠叢叢	2	萋萋綠	1	碧森森	3	森森碧	2
綠垂垂	2	綠森森	1	青溶溶	1	碧溶溶	15
綠層層	1	綠溶溶	2	碧磷磷	1	碧粼粼	12
綠漪漪	2	綠粼粼	6	粼粼綠	1	綠鱗鱗	1
綠蔥蔥	1	碧鱗鱗	8	鱗鱗碧	1	綠流流	1
綠愔愔	1	鱗鱗綠	2	碧悠悠	2	悠悠碧	1
鮮鮮翠	1	碧油油	1	碧叢叢	9	叢叢碧	1

詞語	詞頻	詞語	詞頻	詞語	詞頻	詞語	詞頻
翠重重	1	碧纖纖	2	纖纖碧	1	碧芊芊	4
翠渺渺	1	芊芊碧	1	綠芊芊	4	芊芊綠	1
疊疊翠	1	碧泱泱	7	碧杳杳	1	杳杳碧	1
		碧離離	5	離離碧	1	綠離離	6
		碧霏霏	1	翠霏霏	1	霏霏翠	1
		碧氄氄	2	綠氄氄	7	氄氄綠	1
		碧澄澄	3	碧潺潺	8	碧湛湛	1
		湛湛碧	2	碧沉沉	8	碧沈沈	3
		峰峰碧	2	碧依依	2	依依碧	2
		碧紛紛	1	碧巆巆	1	碧團團	2
		碧潭潭	2	碧灣灣	1	碧迢迢	2
		迢迢碧	2	碧漪漪	1	碧蕭蕭	3
		蕭蕭碧	1	碧嵒嵒	1	碧涓涓	1
		碧枝枝	1	碧沄沄	2	青沄沄	1
		青遙遙	2	翻翻綠	1	娟娟綠	2
		綠差差	2	差差綠	5	綠苒苒	2
		苒苒綠	1	綠齊齊	1	綠叢叢	3
		綠垂垂	1	垂垂綠	2	青依依	1
		依依綠	5	綠依依	4	綠纖纖	6
		纖纖綠	3	鮮鮮綠	1	綠泱泱	4
		綠層層	2	層層綠	1	綠紛紛	4
		翠紛紛	2	綠扇扇	1	綠漪漪	3
		綠蔥蔥	5	綠愔愔	3	葺葺綠	1
		翠沉沉	2	綠沉沉	5	綠油油	2
		綠田田	2	田田綠	2	綠茫茫	2
		茫茫綠	1	團團綠	1	綠濛濛	1
		翠娟娟	3	翠森森	2	森森翠	2
		渺渺翠	1	綠悠悠	3	悠悠綠	1
		翠撲撲	1	翠鼎鼎	1	翠鬱鬱	1
		翠亭亭	1	翠氄氄	1	氄氄翠	1
		濯濯青	1	翠團團	1	團團翠	4
		離離翠	1	彎彎綠	1	翠濛濛	1
		青蕩蕩	1				

古尊宿語錄		五燈會元		朱子語類		太平廣記	
詞　語	詞頻	詞　語	詞頻	詞　語	詞頻	詞　語	詞頻
青戢戢	1	青黯黯	1	—	—	綠蔥蔥	1
綠濛濛	1	碧溶溶	1	—	—	—	—

表 6.13　宋代，黃色範疇 ABB、BBA 式顏色詞

全宋詞		全宋詩					
詞　語	詞頻	詞　語	詞頻	詞　語	詞頻	詞　語	詞頻
黃纂纂	1	漠漠黃	1	粟粟黃	2	剪剪金	1
金灩灩		冉冉黃	3	金粟粟	3	黃淡淡	1
灩灩金		黃離離	1	粟粟金	1	淡淡黃	5
		黃茫茫	1	嫋嫋黃	2	金濛濛	1
		茫茫黃	1	黃剪剪	1	金溶溶	1

表 6.14　宋代，五色範疇 ABB、BBA 式顏色詞　計量統計

時代	顏色詞類別									
	白色範疇		黑色範疇		紅色範疇		綠色範疇		黃色範疇	
	詞　語	詞頻	詞　語	詞頻	詞　語	詞頻	詞　語	詞頻	詞　語	詞頻
宋代	白漫漫	19	黑漫漫	10	紅灼灼	4	青茸茸	3	黃纂纂	1
	白皚皚	27	黑洞洞	1	紅片片	1	碧茸茸	3	黃離離	1
	白紛紛	23	黑漆漆	1	紅薿薿	5	綠茸茸	18	黃茫茫	1
	白茫茫	8	黑淬淬	10	紅撲撲	1	綠森森	3	黃莽莽	1
	白絲絲	3	黑窣窣	5	紅嫋嫋	1	碧森森	4	金粟粟	3
	白差差	5	黑卒卒	2	紅隱隱	1	青溶溶	1	黃剪剪	1
	白浩浩	5	黑籠籠	1	紅薄薄	1	碧溶溶	16	黃淡淡	1
	白毿毿	2	黑紛紛	1	紅簇簇	1	綠溶溶	3	金濛濛	1
	白蒼蒼	1	黑離離	2	紅點點	2	碧粼粼	23	金溶溶	1
	白溶溶	1	炯炯黑	1	紅的的	1	綠粼粼	7	金灩灩	1
	白纖纖	1	長長黑	1	紅爍爍	1	碧鱗鱗	12	灩灩金	1
	白茸茸	2	漫漫黑	1	紅旋旋	1	綠鱗鱗	1	粟粟黃	2
	白娟娟	1	黑卒卒	2	紅疏疏	1	青離離	6	粟粟金	1
	白差差	5	黑籠籠	1	紅隱隱	1	青溶溶	1	黃剪剪	1
	白浩浩	5	黑紛紛	1	紅薄薄	1	碧溶溶	16	黃淡淡	1
	白毿毿	2	黑離離	2	紅簇簇	1	綠溶溶	3	金濛濛	1
	白蒼蒼	1	炯炯黑	1	紅點點	2	碧粼粼	23	金溶溶	1
	白溶溶	1	長長黑	1	紅的的	1	綠粼粼	7	金灩灩	1
	白纖纖	1	漫漫黑	1	紅爍爍	1	碧鱗鱗	12	灩灩金	1
	白茸茸	2	漫漫黑	1	紅旋旋	1	綠鱗鱗	1	粟粟黃	2
	白娟娟	1			紅疏疏	1	青離離	6	粟粟金	1
	白洴洴	1			紅煦煦	1	綠離離	8	淡淡黃	4

				紅杲杲	2	碧離離	5	嫋嫋黃	2
白磷磷	1			紅杲杲	2	碧離離	5	嫋嫋黃	2
白鑿鑿	1			紅紛紛	2	青依依	1	剪剪金	1
白熒熒	1			紅糝糝	1	碧依依	3	漠漠黃	1
白翻翻	2			紅酣酣	1	綠依依	4	冉冉黃	3
白迢迢	1			紅朵朵	1	青猗猗	1	茫茫黃	1
白鮮鮮	2			紅夭夭	1	綠猗猗	7	淺淺黃	5
白雙雙	1			紅豔豔	1	綠漪漪	5	淡淡金	1
白皎皎	1			紅潺潺	1	碧漪漪	1		
白晶晶	1			紅漠漠	2	青重重	2		
紛紛白	6			紅斑斑	1	綠重重	1		
茫茫白	2			紅輝輝	1	翠重重	12		
荒荒白	7			紅滴滴	1	碧重重	9		
垂垂白	7			紅漫漫	2	碧迢迢	3		
離離白	1			紅剪剪	1	綠迢迢	3		
團團白	2			紅灑灑	1	青遙遙	2		
翻翻白	1			赤灑灑	1	碧叢叢	9		
微微白	1			赤爛爛	1	綠叢叢	5		
茸茸白	1			團團紅	2	碧層層	8		
磷磷白	3			片片紅	2	綠層層	3		
莖莖白	6			岸岸紅	2	青差差	1		
蕭蕭白	2			兩兩紅	1	綠差差	3		
				灼灼紅	7	碧差差	2		
				葉葉紅	6	碧氄氄	3		
				嫋嫋紅	1	翠氄氄	1		
				灑灑紅	1	綠氄氄	7		
				冉冉紅	1	綠蔥蔥	7		
				滴滴紅	2	綠紛紛	4		
				燄燄紅	1	翠紛紛	2		
				豔豔紅	2	碧紛紛	1		
				微微紅	2	綠愔愔	4		
				簇簇紅	1	翠渺渺	1		
				深深紅	1	青娟娟	1		
				淺淺紅	3	翠娟娟	3		
				淡淡紅	4	碧娟娟	1		
				纂纂紅	1	青點點	1		

				續續紅	2	綠陰陰	16		
				樹樹紅	7	翠陰陰	1		
				薄薄紅	1	翠霏霏	1		
				疊疊紅	1	碧霏霏	1		
						青靡靡	2		
						綠田田	2		
						碧澄澄	3		
						碧潭潭	2		
						碧枝枝	1		
						綠油油	2		
						碧油油	1		
						青熒熒	1		
						綠蕤蕤	1		
						碧盈盈	1		
						青蠢蠢	1		
						青淡淡	2		
						青茫茫	4		
						綠茫茫	2		
						鬱青青	3		
						青炯炯	3		
						青閃閃	1		
						青簇簇	1		
						青篸篸	1		
						碧灣灣	2		
						碧潺潺	9		
						碧湛湛	1		
						綠沉沉	5		
						翠沉沉	2		
						碧沉沉	3		
						碧沉沉	8		
						翠團團	1		
						碧團團	2		
						綠齊齊	1		
						綠扇扇	1		
						綠悠悠	3		

						碧悠悠	2		
						翠鼎鼎	1		
						綠泱泱	4		
						碧泱泱	8		
						青漫漫	3		
						碧磷磷	1		
						青濛濛	3		
						綠濛濛	1		
						綠濛濛	1		
						翠濛濛	2		
						碧濛濛	1		
						碧巑巑	1		
						碧嶵嶵	1		
						青沄沄	1		
						碧沄沄	2		
						碧涓涓	1		
						綠纖纖	6		
						碧纖纖	1		
						綠芊芊	5		
						碧芊芊	4		
						青若若	2		
						青耿耿	1		
						青曳曳	1		
						碧蕭蕭	4		
						綠垂垂	3		
						碧杳杳	1		
						青童童	2		
						青峨峨	2		
						綠峨峨	2		
						碧萋萋	3		
						青萋萋	2		
						綠萋萋	1		
						青磝磝	1		
						青鬱鬱	2		
					第六章	翠鬱鬱	2		

						青宛宛	2		
						翠撲撲	1		
						翠亭亭	1		
						青漠漠	2		
						青嫋嫋	1		
						青戢戢	4		
						青黯黯	1		
						青巉巉	2		
						青蓁蓁	1		
						青蒼蒼	1		
						青冥冥	1		
						青短短	1		
						綠宛宛	2		
						青歷歷	4		
						綠流流	1		
						層層綠	1		
						層層碧	2		
						依依碧	3		
						依依綠	5		
						鮮鮮翠	1		
						疊疊青	1		
						疊疊翠	1		
						鱗鱗綠	2		
						鱗鱗碧	1		
						粼粼綠	1		
						茫茫綠	1		
						苒苒綠	1		
						歷歷青	1		
						迢迢碧	2		
						蕭蕭碧	1		
						湛湛碧	3		
						峰峰碧	2		
						峨峨綠	1		
						渺渺翠	1		
						芊芊碧	1		

							纖纖綠	3	
							纖纖碧	1	
							重重綠	6	
							重重碧	1	
							重重翠	3	
							彎彎綠	1	
							田田綠	2	
							團團綠	1	
							團團翠	4	
							差差綠	5	
							垂垂綠	2	
							氄氄綠	1	
							氄氄翠	1	
							翻翻綠	1	
							悠悠綠	1	
							悠悠碧	1	
							鮮鮮綠	1	
							點點青	4	
							濯濯青	1	
							離離翠	1	
							離離碧	1	
							簇簇青	1	
							萋萋碧	2	
							萋萋綠	1	
							絲絲綠	1	
							峨峨綠	1	
							耿耿青	1	
							矗矗青	1	
							鬱鬱青	3	
							森森碧	2	
							森森翠	3	
							沉沉綠	1	
							紛紛翠	1	
							娟娟綠	2	
					第六章　ABB 與 BBA	碎碎青	1	的歷史發展	

						漫漫青	1	
						冉冉青	2	
						漠漠青	1	
						隱隱青	3	
						霏霏翠	1	
						叢叢碧	1	
						杏杏碧	1	
						綠灔灔	1	
						青蕩蕩	1	
合計（320）	ABB（23） BBA（12）	ABB（9） BBA（3）	ABB（31） BBA（22）	ABB（140） BBA（59）	ABB（10） BBA（11）			
百分比	ABB（7.19%） BBA（3.75%）	ABB（2.81%） BBA（0.94%）	ABB（9.69%） BBA（6.87%）	ABB（43.75%） BBA（18.44%）	ABB（3.12%） BBA（3.44%）			

　　根據上面的統計，從量變上看，宋代的 ABB、BBA 式顏色詞共有 320 例，與中古相比，其數量增加了兩倍以上。其中，210 例是在這一時期新出現的，占總數的 65.63%。與中古一樣，它們也主要在韻文裏出現：共有 306 例，占總數的 95.63%。在其他文獻裏，即《五燈會元》《朱子語類》《雲笈七籤》《古尊宿語錄》《太平廣記》等著作裏只有 13 例，占總數的 4.06%。儘管如此，可以值得關注的是這些文獻中的 ABB 式顏色詞反映著其新的發展面貌。例如，在句法功能上，除了作謂語之外，它們還作定語、補語、狀語和賓語；在結構上，有些顏色詞 ABB 式帶詞尾「地」；在語體風格上，從《五燈會元》與《朱子語類》中可以看到「黑漆漆」「黑漫漫」「黑淬淬」「黑卒卒」「黑窣窣」「黑洞洞」「黑籠籠」等口語詞。

　　從顏色類別上看，綠色範疇的 ABB、BBA 式仍然佔優勢，其增量也顯著。從出現頻率上看，除了「白漫漫」「白皚皚」「白紛紛」「白茫茫」「黑漫漫」「黑淬淬」等詞語，綠色範疇的 ABB、BBA 式占主導地位。從詞彙系統發展的角度上看，中古屬於「顏色語素＋BB」初步具備複雜適應系統的時期；宋代屬於中古的「顏色語素＋BB」系統進一步完善的第二次複雜適應系統的時期。在類型上，宋代的五色範疇 ABB、BBA 式顏色詞大致可分為繼承 ABB、BBA 式，新生 ABB、BBA 式與基式 AB 或 BA 的擴展式三類。前者兩類的產生方式指的是 A＋BB 或 BB＋A 式。這一類型是中古漢語 ABB、BBA 式顏色

詞的主要產生方式。

　　本節，按照產生方式的類型，對宋代的五色範疇顏色詞 ABB、BBA 式的發展面貌進行探析。如前所述，因為顏色詞 ABB、BBA 式具有一個複雜適應系統，所以我們將語音、語義、語法、句法和語用等要素放在一起進行描寫。

（一）宋代，繼承 ABB、BBA 式顏色詞的語義、結構與句法功能的變化

　　按照重疊詞的產生時期，該類型又可分為「顏色語素＋原生重疊」「原生重疊＋顏色語素」「顏色語素＋新生重疊」「新生重疊＋顏色語素」和「AB 或 BA式的擴展式」

1.「顏色語素＋原生重疊」「原生重疊＋顏色語素」類型

1.1 表示「顏色義＋清晰度」的 ABB 式

顏色語素＋歷歷：青歷歷。

顏色語素＋沉沉：綠沉沉、碧沉沉、翠沉沉。

（57）a. 海霧初開明海日，近樹遠山青歷歷。（宋・楊萬里《過金沙洋望小海》）

　　　b. 攢青歷歷正面山，刺史日坐雲屏間。（宋・梅堯臣《送裴虞部知信州》）

　　　c. 清晨犯寒慄，馬上青歷歷。（宋・劉克莊《謁南嶽》）

　　　d. 去去知君訪陳跡，吳山吳水青歷歷。（宋末元初・牟巘《送婁伯高遊吳》）

　　　e. 水搖山影綠沉沉，雨打花光故惱人。（宋・王炎《雨後繼成二絕》其二）

　　　f. 春入沙陽花滿林，七峰倒影碧沉沉。（宋・李綱《平津晚望》）

　　　g. 惆悵年來心緒惡，一庭煙草綠沉沉。（宋・葛起耕《暮春雜興》其三）

　　　h. 灞橋煙水碧沉沉，萬縷低垂結翠陰。（宋・吳惟信《柳》）

　　　i. 雲中樓閣綠沉沉，杖策城頭望正深。（宋・彭汝礪《寄雲居覺老大禪師》）

　　在語義上，宋代的「青歷歷」與中古一樣主要描繪山色帶青而清晰貌。例

（57）d 的「青歷歷」同時描寫山色和水色清晰貌。據宋元明清代的綠色範疇顏色詞 ABB／BBA 式計量統計，這一時期「青歷歷」「歷歷青」共出現 18 次，〔註 26〕它們所指的對象都是青山或山峰。可見，在近古「青歷歷」的所指對象的範圍具有確定性，即語義上的典型性。在句法功能上，例（57）acd 的「青歷歷」都作謂語；例（57）b 的「青歷歷」作定語。與此相反，例（57）efg 的「綠沉沉」「碧沉沉」降低事物的形象以及其清晰度。在這裡，重疊詞「沉沉」表示模糊不清的意思。在語義上，例（57）ef 的「綠沉沉」和「碧沉沉」都描寫青翠的山影倒映在水中的樣子。雖然倒影不是實相，但通過對大自然的鏡象效果來提高語言表達的生動和新穎；例（57）g 的「綠沉沉」描寫綠草被煙霧繚繞的樣子；例（57）h 的「碧沉沉」描寫霧靄彌漫的水面；例（57）i 的「綠沉沉」表示翠綠色的樓閣高聳入雲的樣子。在結構上，「綠沉沉」「翠沉沉」「碧沉沉」都屬於附加式 ABB 式；在句法功能上，它們都作謂語。

1.2 表示「顏色義＋一望無際＋迷茫貌」的 ABB／BBA 式

顏色語素＋茫茫：白茫茫、茫茫白、綠茫茫、茫茫綠、綠莽莽、黃茫茫、茫茫黃。

顏色語素＋浩浩：白浩浩、黃浩浩。

顏色語素＋漫漫：白漫漫、黑漫漫、青漫漫、綠漫漫。

顏色語素＋漠漠：白漠漠、紅漠漠、青漠漠、漠漠黃。

顏色語素＋濛濛：白濛濛、青濛濛、綠濛濛、碧濛濛、翠濛濛、金濛濛。

顏色語素＋迢迢：白迢迢、綠迢迢、碧迢迢。

顏色語素＋悠悠：綠悠悠、碧悠悠。

顏色語素＋遙遙：青遙遙、翠遙遙。

（58）a. 海霧籠山青淡淡，河堤潏水<u>白茫茫</u>。（宋・陸游《殘臘二首》其一）

　　b. 雨處<u>茫茫白</u>，晴邊隱隱青。（宋・韓淲《雨處》）

　　c. 故園漸迢遞，煙浪<u>白茫茫</u>。（宋・王禹稱《赴長洲縣作》其四）

　　d. 沙頭秋日黃，煙水<u>白茫茫</u>。（宋・釋元肇《大水傷田家》）

〔註 26〕據調查，「青歷歷」主要見於韻文，在散文、佛教的語錄、儒學家的語錄、散曲、雜劇、戲文和通俗小說裏沒發現。但是，獨立運用的重疊詞「歷歷」頻繁出現。

　　e. 江頭千樹<u>白茫茫</u>，空谷佳人未洗妝。（宋・韓淲《次韻五叔梅花》
　　　其七）

　　f. 雨蓑煙笠乃吾事，安得獨釣<u>青茫茫</u>。（宋・李綱《新開河食鱖魚戲
　　　成》）

　　g. 漁舟泛澤<u>青茫茫</u>，客衣吹霜白皓皓。（宋末元初・陸文圭《送吏員
　　　遷調松江》）

　　h. 連天苜蓿<u>青茫茫</u>，鹽車鼓車紛道傍。（宋末元初・毛直方《獨駿圖》）

　　i. 歲月可驚寒悄悄，賢愚同盡<u>綠茫茫</u>。（宋・方岳《上冢》其一）

　　j. 芳草<u>茫茫綠</u>，清淮濫濫流。（宋・劉攽《春日登樓》其二）

　　k. 雨歇無餘春，草木忽而長。東風吹曠野，千里<u>綠莽莽</u>。（宋・黎廷
　　　瑞《晚晴欲適西村不果》）

　　l. 西南江沙<u>黃茫茫</u>，東南海水白浩浩。（宋・白玉蟾《送談執權張南
　　　顯歸廣州》）

　　m.<u>茫茫黃</u>出塞，漠漠白鋪汀。（宋・龍太初《詠沙》）

　　在語義上，例（58）abfghijk 的「白茫茫」〔註27〕「茫茫白」「青茫茫」「綠
茫茫」「茫茫綠」「綠莽莽」等顏色詞 ABB／BBA 式仍然保持中古的意義：它
們主要描繪水色或草色。可以看出，在時間跨度比較大的過程中，上面提到的
語義已存儲在人們的記憶裏，即心理詞典。〔註28〕我們認為，對上面所列舉的
詞語的知識庫產生影響的是在同一或相似的語言環境中它們反覆出現的情況
與其詞的繼承性。而且這樣的背景導致了有標記的所指對象的產生，即語義的
典型性，以為這些詞語提供了長壽的動力。從語義上看，例（58）kl 的「黃茫
茫」「茫茫黃」描寫一望無際的黃沙。〔註29〕例（58）cde 的「白茫茫」都是在
宋代產生的新義：例（58）cde 的「白茫茫」描寫煙波、霧氣迷蒙的水面、盛
開的梅花。這些義項給我們顯示，「顏色語素＋茫茫」的所指的對象擴大。在
結構上，「白茫茫」「青茫茫」「綠茫茫」「綠莽莽」「黃茫茫」等詞語已經成為

〔註27〕又作「白溓溓」，其語義表示一片白色。如宋・唐庚《長沙示甥郭聖俞》：「陂行白
　　　溓溓，山宿青攢攢。」

〔註28〕按照語言心理學的定義，「心理詞典是單詞表徵中的一個中心概念，它是指在人們
　　　大腦中存在的關於語義、句法和詞形信息的心理存儲器。」（〔美〕葛詹尼加
　　　（Gazzaniga，M.S.）等著；周曉林，高定國等譯《認知神經科學：關於心智的生物
　　　學》，北京：中國輕工業出版社，2015 年 5 月第 1 版（重印），336 頁。）

〔註29〕從中古「莽莽黃」繼承到的「黃茫茫」「茫茫黃」，在宋代出現 1 次之後，沒發現。

附加式 ABB 式;「茫茫白」「茫茫綠」「黃茫茫」都屬於偏正式 BBA 式。在句法功能上,例(58)abcdeghjk 的「白茫茫」「茫茫白」「青茫茫」「茫茫綠」「黃茫茫」都作謂語,以對有關事物名詞進行描寫;例(58)fi 的「青茫茫」「綠茫茫」都作賓語;例(58)l 的「茫茫黃」指代「黃沙」,以它作主語。可以看出,宋代「顏色語素+茫茫」的句法功能多樣化。

(59) a. 南瞻復北顧,春水<u>綠漫漫</u>。(宋・孔平仲《曾子固令詠齊州景物作二十一詩以獻・其一十九・百花臺》)

　　 b. <u>白漫漫</u>處無香草,笛弄梅花過別山。(宋・釋廣聞《雪牧》)

　　 c. 煙火無一家,荒草<u>青漫漫</u>。(宋・文天祥《發淮安》)

　　 d. 園林五月<u>綠漫漫</u>,雨後輕狂尚作團。(宋・姜特立《蛺蝶二首》其二)

　　 e. 四維上下<u>白漫漫</u>,玉殿瓊樓正好看。(宋・釋懷深《偈一百二十首》其三十一)

　　 f. 遙天覆長路,仰視<u>青漫漫</u>。(宋・程俱《感春三首用退之韻》其一)

　　 g. 西郊雲起<u>白漫漫</u>,近樹遙峰欲辨難。(宋・宋自適《早行》)

　　 h. 遠氛<u>白漫漫</u>,風至林靄消。(宋・朱熹《晨起對雨二首》其一)

　　 i. 起看重霧<u>白漫漫</u>,略見春風在樹間。(宋・周文璞《訪梅二首》其一)

與中古相比,宋代的「顏色語素+漫漫」語義擴大,句法功能也多樣。首先,從語義上看,例(59)a 至 e 的「白漫漫」「綠漫漫」「青漫漫」等 ABB 式顏色詞的語義都是從中古沿用下來的:例(59)a 的「綠漫漫」描繪水色;例(59)b 的「白漫漫」描繪雪景;例(59)cd 的「青漫漫」「綠漫漫」分別描繪草木和樹林的顏色;例(59)e 的「白漫漫」形容明亮貌。在這裡,「顏色語素+漫漫」裏基本含有一望無際的意思。與此不同,例(59)f 至 i 的「青漫漫」和「白漫漫」反映著其適用對象的變化:例(79)f 的「青漫漫」描繪一望無際的藍天;例(59)ghi 的「白漫漫」描繪雲霧彌漫的樣子。從句法功能上看,除了例(59)b 的「白漫漫」,其他都作謂語:例(59)b 的「白漫漫」作定語;從不同的角度看,由於例(59)f 的「青漫漫」指代藍天,可以把它視為作賓語。

（60）a. 示寂日，說偈遺眾曰：昨夜三更過急灘，灘頭雲霧<u>黑漫漫</u>。（《五燈會元・石門易禪師法嗣・青原齊禪師》）

　　　b. 日未上時，<u>黑漫漫地</u>，才一絲線，路上便明。（《朱子語類・學六・持守》）

　　　c. 如今看著，盡<u>黑漫漫地</u>墨汁相似。（《五燈會元・雪峯存禪師法嗣・玄沙師北禪師》）

　　　d. 轉得身來天已曉，目前贏得<u>黑漫漫</u>。（宋・釋心月《送知無見》）

　　　e. 血滴滴風衰劍輪，<u>黑漫漫</u>彌天罪過。（宋・釋如淨《無用頂相贊》）

　　　f. 衲僧拄杖子，<u>漫漫黑</u>似煙。（宋・釋如淨《偈頌十八首》其一十七）

　　　g. <u>黑漫漫地</u>恰似雲屯掛向壽峰頂上，往往喚作南山古樹根。（宋・釋妙倫《慈恩涇老請贊》）

　　　h. 穩帖帖藏牙伏爪，<u>黑漫漫</u>怪雨顛風。（宋・釋紹曇《偈頌一百零四首》其九十八）

　　從語義上看，「黑漫漫」表示黑暗貌的意思是已見於中古的，該詞與例（60）e 的「白漫漫」具有對立關係。例（60）a 的「黑漫漫」裏帶有「雲霧彌漫的樣子＋黑暗貌」的含義。從某種意義上看，「黑漫漫」是舊義和新義融合的詞語。這也是一種語義變化的反映。例（60）b 的「黑漫漫＋地」相當於「黑漆漆＋地」。它們都表示漆黑一片，相對於「黑漫漫」「黑漆漆」而言，其語義程度增強了。例（60）h 的「黑漫漫」描繪疾風暴雨，以表示一片黑暗貌。據明陶宗儀《輟耕錄・龍見嘉興》：「至正乙未秋七月三日，城東馬橋上白龍掛，盲風怪雨，天闇黑若深夜然，壞民居五百餘所，大木盡拔。」，語義上「黑漫漫」與這裡的「天闇黑若深夜然」基本相通。從歷史層面上看，在由原生重疊「漫漫」演變到「顏色語素＋漫漫」的過程中，其語義的變化比較大。這是原生重疊在與其他語言要素的互動下，隨著語言環境的變化，不斷調整其語義系統和適應新的語言環境，以產生的一系列痕跡。這一演變現象告訴我們兩點：一是語義上心理詞典的可變性。〔註 30〕二是某個詞的生命力可以取決於其詞能否適應不斷變化的語言環境，即能否滿足社會語言環境的需要。從「漫漫」

〔註30〕參見楊玉芳編著《心理語言學》，北京：科學出版社，2015 年 12 月第一版，161頁。：「個體的心理詞典是可變的，隨著知識經驗的不斷累積，心理詞典也在不斷發展和變化。」

的演變過程中可以看出，適者生存法則又可以適用於語言現象。從句法功能上看，中古的「黑漫漫」都作謂語，而宋代的「黑漫漫」的句法功能多樣。例（60）ab，作謂語；例（60）c，作定語；例（60）d，作賓語；例（60）egh，作狀語；例（60）f，作主語。在這裡，可以值得關注的是《景德傳燈錄》與《五燈會元》中的「黑漫漫」存在句法功能上的差異。如《景德傳燈錄·福州玄沙宗一大師》：「如今看著盡黑漫漫地，如黑汁相似。」這給我們顯示，隨著時間的變化，宋代「黑漫漫」的句法功能也發生了變化，即由賓語變為主語。在語體風格上，在唐代出現的「黑漫漫」是口語色彩濃厚的詞語。從歷史上看，雖然該詞語受到文言的影響，但唐代以後，與當時日常用語「地」「底」連用，以逐漸口語化。在例（60）e的「血滴滴」「劍輪」「罪過」等口語環境裏運用的「黑漫漫」也是其佐證。據考察，它們主要見於禪宗語錄或學家的語錄。如《五燈會元》卷十五《青原下六世·雪峰存禪師法嗣·雲門文偃禪師》：「亦莫趁口快亂問，自己心裏黑漫漫地。」《朱子語類》卷一百二十一《朱子十八·訓門人九》：「曰：然。然公又只是守得那塊然底虛靜，雖是虛靜，裏面黑漫漫地；不曾守得那白底虛靜，濟得甚事！」

　　這給我們顯示，由於面對面的對話具有學習效果，這一方式就是可以實現詞彙擴散的路徑之一。也就是說，一對一或一對多方式的對話可以屬於第一次擴散，對話內容的記錄及成書可以屬於第二次擴散，語錄的普及可以屬於第三次擴散。

（61）a. 回首故園空悵望，東門歸路綠迢迢。（宋·張耒《二絕句》其二）

　　　b. 平蕪千里綠迢迢，水宿山行好耐勞。（宋·曹勳《題括蒼馮公嶺二首》其一）

　　　c. 越溪春水碧迢迢，岷岫晴嵐翠欲飄。（宋·呂陶《送交代茹安禮二首》其二）

　　　d. 螺簇山低青點點，線拖遠水白迢迢。（宋·黃庭堅《衡山》）

　　　e. 野塘春水綠迢迢，上有東風弄柳條。（宋·張耒《謁蔣帝祠過鍾山下》其一）

　　　f. 官河深水綠悠悠，門外梧桐數葉秋。（宋·葉紹翁《贈陳宗之》其一）

g. 湘江之水<u>碧悠悠</u>，使君昔日曾徘徊。（宋・陳文蔚《送趙進臣持閩憲節》）

h. 松陰泉影<u>綠悠悠</u>，此時此意如何說。（宋・張矩《為茅峰崇禧主人景架岩贊王肖岩所寫喜容》）

在語義上，例（61）ab 的「綠迢迢」都是由中古沿用下來的，該重疊詞主要描繪一條很長的路上長滿了綠草的樣子。在宋代，「綠迢迢」已經擺脫了臨時性轉化為附加式 ABB 式。這一時期，「顏色語素＋迢迢」的語義由「草路遙遠貌」轉移至「水流綿長的樣子」。例（61）cde 的「碧迢迢」「白迢迢」「綠迢迢」都描繪流水的顏色。基於語義特徵上的象似性來產生的該些詞語，由於既便於理解又便於記憶，人們很快吸收新的語境義，以它們很容易轉化為附加式 ABB 式。從某種意義上看，後者「碧迢迢」「白迢迢」「綠迢迢」等詞語都是在中古先產生的「綠悠悠」「碧悠悠」「白悠悠」的詞彙翻新。在這個意義上，例（61）fg 的「綠悠悠」「碧悠悠」等詞語都與它們相通。與此不同，例（61）h 的「綠悠悠」，不是描繪流水的顏色，而是形容水中的倒影，即松陰的虛象。可見，在宋代，其語義發生了變化。在句法功能上，與中古一樣，「顏色語素＋迢迢」與「顏色語素＋悠悠」都作謂語。

（62）a. 千嶂承宇，百泉繞溜。<u>青遙遙</u>兮纏屬，綠宛宛兮橫逗。（宋・王安石《寄蔡氏女子二首》其一）

b. 淮水白浩浩，楚山<u>青遙遙</u>。（宋・陳深《送曹叔時歸淮東》）

原生重疊「遙遙」始見於春秋戰國時期。如《左傳・昭公二十五年》：「鸛鵒之巢，遠哉遙遙。」其意義是距離很遠。在中古時期，其語義發生了變化。如南朝梁・江淹《青苔賦》：「晝遙遙而不暮，夜永永以空長。」其語義是時間長久。可見，原生重疊「遙遙」由空間的概念變為時間的概念。從語義的演變上看，原生重疊「遙遙」的演變路徑與「漫漫」「悠悠」「迢迢」等原生重迭相似。「顏色語素＋遙遙」始見於唐代，這一時期出現一次。如唐沈佺期《和上巳連寒食有懷京洛》：「天津御柳碧遙遙，軒騎相從半下朝。」在這裡，「碧遙遙」表示「碧色＋一望無際」的意思。該述補式顏色詞 ABB 式傳承到宋代，其語義與中古基本相同。但是，在清代出現一次之後，就沒發現。如清王維坤《清明書感》：「稠桑密蔓翠遙遙，獨坐空堂對沉寥。」由此可見，「顏色語素＋遙遙」沒發展到日的重疊。

我們認為，其原因在於詞彙演變的過程中出現的反彈現象。貝先明、石鋒等（2008）提出，「元音格局在接觸中的三種分布模式，即始發方言（平沙）—混合方言（瀏陽）—目的方言（長沙）中，元音的位置關係共有三種：過渡、越位、反彈。」〔註31〕按此觀點，「反彈關係，表示始發方言的某些元音沒有朝著目的方言的發展，而是偏離它，離它越來越遠。」〔註32〕我們受到該觀點的啟發，把漢語顏色詞 A＋BB 式的演變模式視為「始發重疊（原生重疊）—過渡重疊（並列或述補式：顏色語素＋原生重疊／新生重疊）—目的重疊（附加式或音綴式：顏色語素＋原生重疊／新生重疊）」。也就是說，「遙遙」屬於始發重疊；唐宋元的「碧遙遙」和「青遙遙」都屬於過渡重疊。依據語言事實，原生重疊「遙遙」在臨時形成過渡重疊「碧遙遙」「青遙遙」之後，沒有發展到目的重疊，即原生重疊「遙遙」獨立運用。這說明，在結構上，顏色語素和原生重疊「遙遙」之間的組合度比較低，以導致了詞彙反彈現象。據考察，「顏色語素＋遙遙」出現反彈現象的原因，除了上面的因素以外，還可能與同義詞語之間的競爭有關。從出現頻率上看，在近古時期，「顏色語素＋漫漫」出現 51 次；「顏色語素＋迢迢」出現 46 次；「顏色語素＋悠悠」出現 26 次；「顏色語素＋遙遙」出現 3 次。由此可見，相對而言，「顏色語素＋遙遙」的出現頻率很低。再加上原生重疊「漫漫」「悠悠」「迢迢」和「遙遙」都在同時代產生 ABB 式顏色詞，其中「顏色語素＋漫漫」「顏色語素＋悠悠」「顏色語素＋迢迢」等詞語都在近古時期成為附加式 ABB 式，即目的重疊。這些說明，「顏色語素＋遙遙」在適應新的語言環境的過程中被淘汰。從某種意義上看，與其他同義重疊詞相比，由於重疊詞「遙遙」具有個性很強的原義，顏色語素與「遙遙」之間的凝固性不強，很容易脫離了其臨時性組合關係。

(63) a. 雨塵離地白浩浩，河西種星榆樹老。（宋·謝翱《樊夫人上升詞》）

　　　b. 蕭條向水陸，雲雨白浩浩。（宋·文天祥《去鎮江第五十八》）

　　　c. 西南江沙黃茫茫，東南海水白浩浩。（宋·白玉蟾《送談執權張南顯歸廣州》）

　　　d. 淮水白浩浩，楚山青遙遙。（宋末元初·陳深《送曹叔時歸淮東》）

〔註31〕參見貝先明、石鋒《方言的接觸影響在元音格局中的表現》，《南開語言學刊》，2008年第 1 期（總第 11 期），32～38 頁。

〔註32〕貝先明、石鋒《方言的接觸影響在元音格局中的表現》，34～35 頁。

　　e. 朔雲<u>黃浩浩</u>，萬里見秋鶻。白骨渺何處？腥風卷寒沙。（元・柯九
　　　思《秦長城》）

　　依據上例（63），與中古一樣，宋代的「白浩浩」也主要描繪水色或云和雨的顏色。可見，在宋代，「白浩浩」也已經產生了其詞語的典型義。而且在語義上，「白浩浩」和「白茫茫」都形容一望無際的白色；宋代的「黃茫茫」「茫茫黃」和元代的「黃浩浩」都形容沙塵彌漫的樣子。在同一的語言環境裏它們可以互相代替。從結構上看，顏色語素「白」和原生重疊「浩浩」之間結合的緊密度很高，以使重疊詞「浩浩」向顏色語素「白」靠攏。可以說「白浩浩」已經成為附加式 ABB 式。從句法功能上看，例（63）a 至 d 的「白浩浩」都作謂語，以該詞語表示對前面名詞的新信息。

（64）a. 水花<u>紅漠漠</u>，相對渚雲浮。（宋・釋永頤《山池早秋》）

　　　b. 小苑花開<u>紅漠漠</u>，曲江波漲碧溶溶。（宋末金初・吳激《長安懷
　　　　古》）

　　　c. 涼入稻雲<u>青漠漠</u>，潤添田水白暟暟。（宋・虞儔《和主簿喜雨二首》
　　　　其一）

　　　d. 郊行不欲經城市，厭見塵沙<u>漠漠黃</u>。（宋・李流謙《郊行至天王
　　　　院》）

　　　e. 四垂<u>青漠漠</u>，一點白熒熒。（宋・林希逸《飛星過水白》）

　　在語義上，例（64）abcd 的「紅漠漠」「青漠漠」「漠漠黃」與中古基本相同，但原生重疊「漠漠」的實意轉化為功能詞義。換言之，表示「草木茂盛」「雲霧、塵土彌漫」的意義對顏色語素添加附加意義。從而在結構上，宋代的「顏色語素＋漠漠」已經成為附加式 ABB 式。可是，宋代以後「顏色語素＋漠漠」的出現頻率急降。據考察，原生重疊「漠漠」獨立運用或原生重疊「漠漠」與具體名詞連用的情況更頻繁。例如，「塵漠漠」「雲漠漠」「煙漠漠」「青煙漠漠」「黃塵漠漠」「風塵漠漠」「青山漠漠」「漠漠青山」等等。從歷時層面上看，「漠漠」獨立運用或該重疊詞和名詞連用的情況是從中古到近古並存的。這告訴我們，不是「漠漠」和具體名詞的連用現象到了近古取代「顏色語素＋漠漠」，而是在適應每時每刻變化的語言環境的過程中前者佔優勢。我們認為，其動因和語義表達的靈活性有密切聯繫。也就是說，在語義表達上，

相對於「顏色語素＋漠漠」形式的詞語，對上面所舉例的句法結構的語境制約更少。因此，在同一或相似的語言環境中，原生重疊「漠漠」的靈活性勝於「顏色語素＋漠漠」的呆板性。其次，例（64）e 的「青漠漠」描繪黑暗的夜色，即一片漆黑。在這裡，顏色語素「青」不是綠色範疇的「青」，而是黑色範疇的「青」。可見，其語義發生了變化。然而，該語義在宋代就出現一次之後，沒有發現。它是在特定語境中產生的臨時性語境義。在句法功能上，「紅漠漠」「青漠漠」「漠漠黃」都作謂語。

（65）a. 吾行忽過日月宮，下視積氣<u>青濛濛</u>。（宋·陸游《昆崙行》）

b. 石路抱岩轉，雲氣<u>青濛濛</u>。（宋·陳與義《山路曉行》）

c. 露畦青戢戢，煙浦<u>綠濛濛</u>。（宋·釋清遠《題祇園庵》）

d. 婆娑松與櫪，夾徑<u>碧濛濛</u>。（宋·郭祥正《松櫪》）

e. 不如掩卷坐，前山<u>翠濛濛</u>。（宋·張嵲《沐髮》）

f. 秀色凌風入城郭，半街曉日<u>金濛濛</u>。（宋·郭祥正《雞籠山》）

從語義上看，例（65）a 至 e 的「綠色範疇顏色語素＋濛濛」描繪由於起雲霧一片迷蒙的山徑或樹林；例（65）f 的「金濛濛」描繪日出的風景，即金色的光輝。後者是在宋代出現的新義，但這一時期，該詞語就出現一次，沒發現。可見，「金濛濛」是臨時性的。從結構上看，「青濛濛」「綠濛濛」「碧濛濛」「翠濛濛」「金濛濛」都是由述補式 ABB 式轉變附加式 ABB 式的詞語。從句法功能上看，它們都作謂語。

綜上對表示「顏色義＋一望無際＋迷茫貌」的 ABB／BBA 式的語義、結構和句法功能變化的考察分析可作如下結論：

（1）從上古沿用下來的原生重疊的語義變化和上面的 ABB／BBA 式所指對象的語義特徵對表示「顏色義＋一望無際＋迷茫貌」的語義產生起了重要作用。對此，可以參見下面的圖 6.1。

圖 6.1　宋代，表示「顏色義＋一望無際＋迷茫貌」的繼承 ABB／BBA
式語義變化體系

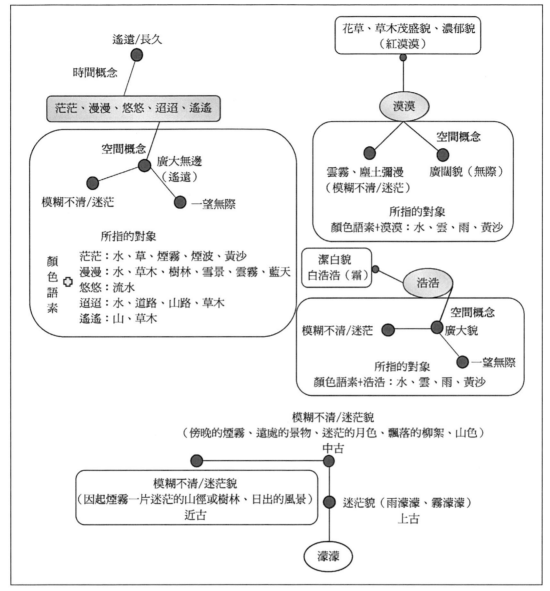

如見圖 6.1，表示空間概念的「一望無際」「遙遠」「廣大貌」「廣闊貌」等
原生重疊具有表示視覺上的清晰度很低的含義。而且在語義特徵上，「顏色語素
＋茫茫／漫漫／悠悠／迢迢／遙遙／浩浩／漠漠／濛濛」等 ABB／BBA 式的
所指的對象也具有表示「迷濛」的含義。例如，雲、雨、塵土（黃沙）、煙霧、
雲霧等等。在語義上，與「一望無際」「模糊不清」沒有任何聯繫的具體事物受
到前面所說的原生重疊和表示「迷濛」的詞語的影響，以產生了其語境義。這
樣產生的「顏色義＋一望無際＋迷茫貌」已經成為「顏色語素＋茫茫／漫漫／
悠悠／迢迢／浩浩／漠漠／濛濛」的典型意義。在其語義不改變的情況下，這

些 ABB／BBA 式詞語通過詞彙翻新導致了語言表達的多樣化。可見，詞彙冗餘現象和其語義所指的對象的擴大可以延長某個詞語的生命力。

（2）在結構上，宋代的「顏色語素＋茫茫／漫漫／悠悠／迢迢／浩浩／漠漠／濛濛」已成為附加式 ABB 式。除了內部結構變化以外，還發生了 ABB 式的外部結構的變化。也就是說，ABB 式帶詞尾「地」，以使其重疊式作定語或狀語。作謂語的 ABB 式後面附的「地」具有強調義。例如，「黑漫漫地」。

（3）就唐代相對而言，宋代「顏色語素＋茫茫／漫漫／悠悠／迢迢／浩浩／漠漠／濛濛」的句法功能多樣化。

表 6.15　宋代，表示「顏色義＋一望無際＋迷茫貌」的繼承 ABB／BBA 式的用法情況

用法 詞語	作主語	作謂語	作賓語	作定語	作狀語	作補語
顏色語素＋茫茫	●	●	●			
顏色語素＋漫漫	●	●	●	●	●	
顏色語素＋悠悠		●				
顏色語素＋迢迢		●				
顏色語素＋遙遙		●				
顏色語素＋浩浩		●				
顏色語素＋漠漠		●				
顏色語素＋濛濛		●				

從上表 6.15 中可以看出，雖然宋代作謂語的 ABB 式顏色詞仍然占著優勢，但口語化比較快的詞語的句法功能有了大的變化。

1.3 表示「顏色義＋簇聚貌／茂盛貌＋濃度」的繼承 ABB／BBA 式

顏色語素＋萋萋：青萋萋、綠萋萋、碧萋萋。

顏色語素＋芊芊：綠芊芊、碧芊芊、芊芊綠。

顏色語素＋陰陰：綠陰陰、翠陰陰。

顏色語素＋團團：碧團團、翠團團、團團翠、翠團欒。

顏色語素＋莽莽：黃莽莽。

顏色語素＋離離：青離離、綠離離、碧離離、黃離離、黑離離。

（66）a. 海上之草<u>綠芊芊</u>，洞門一閉今幾年。（宋・嚴羽《思歸引》）

　　　b. 麥穗黃剪剪，豆苗<u>綠芊芊</u>。（宋・范成大《勞畬耕》）

　　　c. 草迷三徑<u>綠芊芊</u>，可是山翁懶得便。（宋・錢時《治徑》）

　　　d. 曉後細風紅灼灼，夜中微雨<u>碧芊芊</u>。（宋・薛田《成都書事百韻》）

　　　e. 至今庵下路，芳草<u>碧芊芊</u>。（宋・張堯同《嘉禾百詠・其七十一・姜庵》）

　　　f. 日射江波光閃閃，天連煙草<u>碧芊芊</u>。（宋・戴復古《興國軍晚春簡吳提干》）

　　　g. 我來政值雨新足，芳草<u>芊芊綠</u>滿川。（宋・喻良能《題繡川驛揖秀亭次張明府韻》）

　　　h. 曉波平漾漾，春草<u>碧萋萋</u>。（宋・向傳式《漾波亭》）

　　　i. 芳草<u>綠萋萋</u>。斷腸絕浦相思。（宋・辛棄疾《河瀆神女誡詞效花間體》）

　　　j. 而我自是不羈者，行行踏破<u>青萋萋</u>。（宋・周文璞《清明日書事》）

在語義上，「綠色範疇顏色語素＋芊芊」和「綠色範疇顏色語素＋萋萋」主要描繪叢草青翠茂盛貌，其語義與中古的意義基本一致。可見，「綠芊芊」「碧芊芊」「碧萋萋」「綠萋萋」「青萋萋」也是已成為人們的心理詞典。如前所示，原生重疊「芊芊」和「萋萋」除了表狀態義之外，還對顏色語素增添色彩濃度，以該些重疊詞成為功能詞義的要素。這表明，在結構上，宋代的「綠芊芊」「碧芊芊」「碧萋萋」「綠萋萋」「青萋萋」已由述補式 ABB 式轉化為附加式 ABB 式。我們認為，其動因在於表示草木的集合性的原生重疊「芊芊」和「萋萋」與「綠」「碧」「青」鄰近使用的情況逐漸增加，以使該重疊詞向顏色語素靠攏。從日常經驗上看，人們通常使用「黑壓壓」來描寫某種事物密集在一起的樣子。這是利用色彩概念來取代數量多的意思的表達方式。按此觀點，人們對草木茂密貌的認知心理作用造成了語境義的改變。也就是說，與顏色語素鄰近的「芊芊」「萋萋」產生了增添色彩濃度的效果。在句法功能上，例（66）g 的「芊芊綠」作狀語；例（66）j 的「青萋萋」作賓語；其他「綠色範疇顏色語素＋芊芊」和「綠色範疇顏色語素＋萋萋」都作謂語。可見，宋代該些重疊式的功能發生了變化。

（67）a. 道邊垂柳<u>綠陰陰</u>，馬上攜書閱古今。（宋・王庭圭《次韻劉景明寄
　　　　詩求近作》）

　　　b. 庭前槐樹<u>綠陰陰</u>，靜聽玄蟬盡日吟。（宋・李洪《和人》其三）

　　　c. 參天松柏<u>綠陰陰</u>，古佛岩前一路深。（宋・舒亶《和樓試可遊育
　　　　王》）

　　　d. 春谷因榕費苦吟，為憐夾道<u>綠陰陰</u>。（宋・林希逸《春谷惠示榕橋
　　　　精舍二十四詩借首篇韻賦一首》）

　　　e. 攜手方山行樂處，滿林松竹<u>翠陰陰</u>。（宋・許月卿《次韻馬樞密》
　　　　其一）

　　　f. 一徑梧桐花落後，半江春水<u>綠陰陰</u>。（宋・何夢桂《夢中作》）

　　　g. <u>綠陰陰</u>裏惜韶華，自縛筠梢掃落花。（宋・宋伯仁《晚春二首》其
　　　　二）

　　　h. 一陣楊花一陣愁，<u>綠陰陰</u>處暫停舟。（宋・釋行海《楊柳枝詞》其
　　　　二）

　　　i. 最堪聽在<u>綠陰陰</u>，緩緩歌酬細細吟。（宋・釋居簡《鶯》）

　　　j. 忽改<u>綠陰陰</u>，蒼苔從滿院。（宋・曹勳《山居雜詩九十首》其四十
　　　　八）

　　在語義上，在宋代，「綠陰陰」「翠陰陰」的語義和中古基本相同，這裡面蘊含著樹木深綠而茂盛貌。與此不同，例（67）f 的「綠陰陰」描寫碧綠的春水。可見，其詞語所指的對象和語義發生了變化。但是，在宋代，這一語義出現一次。這表明，前者具有語義上的典型性，後者是臨時性的。據統計，在《全宋詩》中「綠陰陰」「翠陰陰」出現 16 次，其中表示樹木深綠而幽暗貌的 ABB 式出現 15 次。我們從與「綠陰陰」具有同義關係的「綠陰」「綠蔭」「翠陰」「青陰」的語境義也可以看到其語義上的典型性。在句法紅能上，「綠陰陰」的功能也多樣。例（67）a 至 f 和 j 的「綠陰陰」「翠陰陰」都作謂語；例（67）gh 的「綠陰陰」都作定語；例（67）i 的「綠陰陰」作狀語。在這裡，該重疊詞代表場所，以具有指代性。可見，「綠陰陰」具有句法功能上的靈活性，以呈現出其詞語的質變。

（68）a. 風散落花紅糝糝，日隨飛蓋<u>翠團團</u>。（宋・韋驤《和潘倅通甫遊狼
　　　　山寺三首》其三）

b. 籜外扶疏秋竹竿，冷清清地<u>碧團團</u>。(宋・韓淲《次韻銛師壁間句》
　其二)

c. 琉璃剪葉<u>碧團團</u>，收拾繁枝徑尺寒。(宋・喻良能《聞莊鵬舉山茶
　小盆葩華雜然有意舉以見遺因作詩求之》)

d. 淮南庭中有蒼檜，仰視<u>團團翠</u>為蓋。(宋・郭祥正《蔣公檜呈淮南
　運使金部此檜係魯侍郎漕淮日手植》)

e. 風露透枝葉，<u>團團翠</u>滿坡。(宋・釋道璨《和馮叔炎梅桂二首》其
　二)

f. 此君瀟灑<u>翠團欒</u>，軒扁佳名墨已乾。(宋・徐集孫《此君軒》)

g. <u>碧團欒</u>裏筍成束，紫蓓蕾中香滿襟。(宋・楊萬里《三花斛三首・
　其一・瑞香》)

　　在語義上，「顏色語素＋團團」主要有三個義項：一是圓圓的樣子；二是草
木茂密貌、團聚貌、聚集貌；三是露水凝聚貌。如明宋登春《村居秋夜即事二
首》其一：「竹風輕嫋嫋，花露白團團。」對此，可以參見例（5）a。例（68）
a 至 g 的「翠團團」「碧團團」「團團碧」「團團翠」「翠團欒」「碧團欒」屬於第
二義項。在這裡，「團團」代表某種具體事物的密集性，以對顏色語素添加功能
詞義，即表濃度義。這給我們顯示，例（68）中的原生重疊「團團」的原義已
消失。換句話說，其語義由「圓貌」轉變「簇集貌」。由此可見，在相同語言環
境裏頻發出現，以促使了原生重疊「團團」語義上的增量化。在結構上，「綠色
範疇顏色語素＋團團／團欒」屬於附加式 ABB 式，「團團＋綠色範疇顏色語素」
屬於偏正式 BBA 式。在句法功能上，宋代的「顏色語素＋團團」發生了變化。
例（68）abcf 的「翠團團」「碧團團」「翠團欒」都作謂語；例（68）de 的「團
團翠」作主語。在這裡，「團團翠」可以代表「樹枝葉」；例（68）g 的「碧團欒」
作定語，該重疊詞指代竹子。

　　（69）稻色<u>黃莽莽</u>，溪光碧油油。(宋・劉子翬《歸田》)

　　原生重疊「莽莽」始見於戰國時期。如《楚辭・九辯》：「蹇充倔而無端兮，
泊莽莽而無垠。」《楚辭・九章・懷沙》：「滔滔孟夏兮，草木莽莽。」朱熹集
注：「莽莽，茂盛貌。」晉潘岳《傷子辭》：「奈何兮弱子，邈棄爾兮邱林。還
眺兮墳塋，草莽莽兮木森森。」從語義上看，重疊詞「莽莽」主要描寫「遼闊
無際貌」「草木茂盛貌」。與上例（58）k 的「綠莽莽」不同，例（69）中的「黃

莽莽」描寫黃金色的稻子。也就是說，原生重疊「莽莽」對顏色語素「黃」增添色彩濃度和鮮豔度。可見，宋代，「莽莽」的實義弱化，以該重疊詞成為功能詞義。在結構上，「黃莽莽」屬於附加式 ABB 式；在句法功能上，它作謂語。

（70）a. 命踰破竹青離離，血潰江流紅杲杲。（宋・員興宗《歌兩淮》）

b. 為貪原上，嫩草綠離離。（宋・則禪師《滿庭芳》）

c. 筠籃滿貯綠離離，白髮村翁手自提。（宋・艾性夫《老圃送瓜因為邵平具案》其一）

d. 七星山色碧離離，山下空巖世所稀。（宋・郭祥正《石室後遊》）

e. 弱雲竹水湄，葉影碧離離。（宋・謝翱《山寺送翁景芳歸觀》）

f. 謂言黍熟同一炊，欻見隴上黃離離。（宋・王安石《食黍行》）

g. 淇園綠猗猗，昌穀黑離離。（宋末元初・仇遠《題仲賓竹石》）

我們知道，在中古時期，「顏色語素＋離離」開始變為音綴式 ABB 式。如見上例，疊音原生重疊「離離」向顏色語素靠攏來表示其顏色濃度和鮮豔度。可見，「顏色語素＋離離」ABB 式已到達目的重疊，即音綴式 ABB 式。在句法功能上，例（70）abdeg 的「青離離」「綠離離」「碧離離」「黑離離」都作謂語；例（70）c 的「綠離離」指代綠色的黃瓜，例（70）f 的「黃離離」指代黃色的黍子，以它們都作賓語。可見，宋代「顏色語素＋離離」的句法功能發生了變化。

1.4 表示「顏色義＋深沉＋濃度」的 ABB 式

顏色語素＋沉沉：綠沉沉、翠沉沉。

顏色語素＋深深：深深紅、綠深深、深深綠、深深碧、翠深深。

（71）a. 路轉楓林積葉深，秋塘漲水綠沉沉。（宋・趙希邁《路轉》）

b. 山裏中流小梵林，寶蓮鼇背翠沉沉。（宋・林景熙《焦山寺》）

在語義上，例（71）a 的「綠沉沉」描寫碧綠色的池塘，這是繼承中古的意義；例（71）b 的「翠沉沉」表示深綠色的鼇背。可見，重疊詞「沉沉」對顏色語素添加色彩濃度。在結構上，「綠沉沉」「翠沉沉」都屬於附加式 ABB 式；在句法功能上，它們都作謂語。

（72）a. 車馬不來門巷窮，桃花自作深深紅。（宋・王炎《春日》）

b. 村巷<u>深深綠</u>映人，粥餳槐火一時新。（宋·孫覿《感春四首》其三）

c. <u>綠深深</u>處紅千疊。杜鵑過盡芳菲歇。（宋·程垓《醉落魄·賦石榴花》）

d. 穿籬鴨腳<u>深深碧</u>，近水雞冠小小株。（宋·韋驤《曉離楊梅驛》）

e. 薄日烘晴，輕煙籠曉，春風繡出林塘。……<u>翠深深</u>，誰教入骨，夜來過雨淋浪。（宋·李流謙《於飛樂·為海棠作》）

　　原生重疊「深深」始見於戰國時期。如《莊子·內篇·大宗師第六》：「古之真人，其寢不夢，其覺無憂，其食不甘，其息深深。」唐元結《補樂歌十首·其一·網罟》：「吾人苦兮，水深深。」唐元積《芳樹》：「可憐團團葉，蓋覆深深花。」唐白居易《和夢遊春詩一百韻》：「轉行深深院，過盡重重屋。」唐李中《江邊吟》：「閃閃酒簾招醉客，深深綠樹隱啼鶯。」等等。該重疊詞表示「深沉貌」「濃郁貌」。始見於唐代的「顏色語素＋深深」中的「深深」增添顏色濃度。如唐閣選《虞美人》其二：「楚腰蠐領團香玉，鬢疊深深綠。」在這裡，「深深綠」描寫鬢毛漆黑的樣子。在宋代，「顏色語素＋深深」主要描寫草木或花卉的顏色：例（72）a 的「深深紅」描寫深紅色的桃花；例（72）b 的「深深綠」描寫深綠色的春光；例（72）c 的「綠深深」描寫草木青翠而濃密貌；例（72）d 的「深深碧」描寫深綠色的銀杏葉；例（72）e 的「翠深深」描寫深綠色的樹林。這些重疊詞相當於同時代並存的「深紅」或「深綠」。在結構上，「深深紅」「深深綠」「深深碧」都屬於偏正式 ABB 式；「綠深深」「翠深深」都屬於附加式 ABB 式。在句法功能上，就唐代相對而言，在宋代，「顏色語素＋深深」的用法比較多樣：例（72）ade 的「深深紅」「深深碧」「翠深深」都作謂語；例（72）b 的「深深綠」作主語；例（72）c 的「綠深深」作定語。

　　從上對宋代漢語表示「顏色義＋簇集貌／茂盛貌＋濃度」「顏色義＋深沉＋濃度」的 ABB／BBA 式語義、結構和句法功能的考察可見：

　　（1）在相同語言環境中反覆出現的原生重疊向顏色語素靠攏，以其重疊詞對顏色語素添加濃度義：在語義上，表示「簇集貌」的原生重疊「芊芊」「萋萋」「團團」「莽莽」「離離」都逐漸變為增添顏色濃度的功能詞義；表示「深沉」「幽深」的原生重疊「沉沉／沉沉」「深深」也變為增添顏色濃度的功能詞義。這表明，「芊芊」「萋萋」「莽莽」「離離」「沉沉」「深深」等原生重疊詞的實義走向虛化的道路。對此，可以參見下面的圖 6.2。

圖6.2　宋代，表示「顏色義＋聚集貌＋幽暗貌＋深沉＋濃度」的繼承
　　　　ABB／BBA 式語義變化系

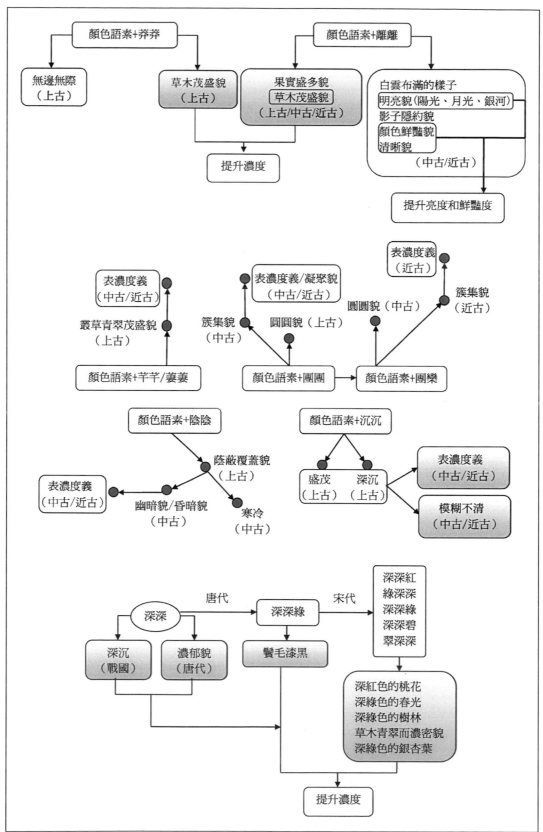

（2）隨著原生重疊「芊芊」「萋萋」「陰陰」「團團」「團欒」的所指對象的範圍確定，綠色範疇顏色語素和該些原生重疊詞之間組合的緊密度也高了。因此，向顏色語素靠攏的原生重疊詞轉變附加成分，以「綠色範疇顏色語素＋芊芊／萋萋／陰陰／團團／團欒」發展到附加式 ABB 式。原生重疊「沉沉」「深深」表示的「深沉」「幽深」等意義在和顏色語素鄰近的過程中很容易變為增強顏色濃度的要素。結果，「綠色範疇顏色語素＋沉沉」也發展到附加式 ABB 式。

（3）在宋代，「顏色語素＋芊芊／萋萋／陰陰／團團／團欒／沉沉／沉沉／深深」的用法也多樣化。對此，可以參見下面的表。

表 6.16　宋代，表示「顏色義＋簇集貌＋深沉＋濃度」的繼承 ABB／BBA 式的用法情況

詞語＼用法	作主語	作謂語	作賓語	作定語	作狀語	作補語
顏色語素＋芊芊		●			●	
顏色語素＋萋萋		●	●			
顏色語素＋陰陰		●		●	●	
顏色語素＋團團	●	●				
顏色語素＋團欒		●		●		
顏色語素＋莽莽		●				
顏色語素＋離離		●	●			
顏色語素＋沉沉		●				
顏色語素＋深深	●	●		●		

1.5 表示「顏色義＋亮度＋鮮豔度」的繼承 ABB／BBA 式

　　顏色語素＋皚皚：白皚皚。

　　顏色語素＋皎皎：白皎皎。

　　顏色語素＋漫漫：白漫漫、黑漫漫。

　　顏色語素＋磷磷：白磷磷、磷磷白、碧磷磷。

　　顏色語素＋泱泱：白泱泱、綠泱泱、碧泱泱。

　　顏色語素＋溶溶：白溶溶、青溶溶、綠溶溶、碧溶溶、金溶溶。

　　顏色語素＋潯潯：碧潯潯。

　　顏色語素＋熒熒：白熒熒、青熒熒、熒熒碧。

顏色語素＋灼灼：紅灼灼、紅灼爍、灼爍紅。

顏色語素＋薪薪／籤籤：紅薪薪、紅籤籤。

顏色語素＋纖纖：白纖纖、綠纖纖、纖纖綠、碧纖纖。

（73）a. 積雪滿西峰，中天白皚皚。（宋・孔武仲《臨江鮑守示詩二篇因寄之》）

b. 霜色白皚皚，與雪竟無間。（宋・張侃《歲時書事》其五）

c. 登山臨水白皚皚，中有饑鷹飛復回。（宋・洪朋《觀雪六絕》其四）

d. 四面晴岡紫石崖，如何渾作白皚皚。須知暖入陰泉溜，不是寒封積雪堆。（宋・朱熹《次韻擇之過丫頭岩》）

e. 酥胸露出白皚皚。遙知不是雪，為有暗香來。（宋・邢俊臣《臨江仙・其五・妓有體氣》）

f. 天地無情一般月，照人霜骨白皚皚。（宋・洪諮夔《膁中步月》其一）

g. 江邊石上白皚皚，遠對難分李與梅。（宋・趙蕃《呈潘潭州十首》其二）

在語義上，例（73）abcd 的「白皚皚」描寫雪色、霜色和水色，這也是從中古沿用下來的。在這裡，需要指出的是有兩點：一是例（73）d 的「白皚皚」具有語義推移現象。據隨文釋義，「白皚皚」的語義推移是：由紫石崖變為白色懸崖→形容白色瀑布。在「白皚皚」的語義推移過程中，我們發現，這裡的「白皚皚」具有指代性，其產生機制來自具體的語境。二是例（73）d 的「白皚皚」處在由語義的典型性變為語義的非典型性的過渡狀態。這是在已有的知識經驗與新信息接觸的過程中產生的語義轉移現象。換句話說，這意味著隨著周圍環境的變化，話者的心理詞典也發生變化。因為「皚皚」的專指對象本來是具體事物「雪」或「霜」，在句子中話者說起「白皚皚」的時候，首先想到「雪皚皚」的概念，然後認識到所指對象的變化。這一語言現象，在例（73）e 中也可以發現。從某種意義上看，這也是一種由專指語義系統適應為泛指語義系統的過程。與此不同，例（73）g 的「白皚皚」已適應於新的語言環境。可以看出，在宋代，「白皚皚」的語義發生了變化：例（73）efg 的「白皚皚」，其語義轉移至描寫潔白潤澤的皮膚色、月光和花瓣的顏色。這表明，

附加式 ABB 式「白皚皚」的語義適用範圍擴大。因而「白皚皚」隨著語言環境的變化，在適應其語境的過程中，原生重疊「皚皚」的意義和其原義遠離，以促成了其重疊詞的語法化。換言之，這意味著與「白」具有同義關係的「皚皚」的語義冗餘效應已弱化或消失。我們認為，「白皚皚」的繼承性、出現頻率和其所指對象的範圍擴大對此起了積極作用。在句法功能上，例（73）abcfg 的「白皚皚」都作謂語；例（73）de 的「白皚皚」作賓語。可見，宋代「白皚皚」的句法功能發生了變化。

（74）a. 江蘆千株<u>白皎皎</u>，尚想鶴髮垂星星。（宋・舒邦佐《著存亭》）

「皎皎」是狀態形容詞的原生重疊，「顏色語素＋皎皎」「皎皎＋顏色語素」〔註33〕始見於唐代。如唐施肩吾《海邊遠望》：「扶桑枝邊紅皎皎，天雞一聲四溟曉。」唐陳子昂《酬暉上人秋夜山亭有贈》：「皎皎白林秋，微微翠山靜。」在語義上，「紅皎皎」描寫日出的景色，以重疊詞「皎皎」對顏色語素添加亮度；「皎皎白」描寫潔白的月光照秋林的樣子。在句法功能上，「紅皎皎」作謂語；「皎皎白」作定語。宋代，在語義、內部結構和句法功能上，「皎皎白」發生了變化。從語義上看，宋代的「白皎皎」已經與表示「月白」的意義沒有任何聯繫，其詞語所指對象的範圍擴大。從結構上看，由偏正式「皎皎白」轉變附加式「白皎皎」。例（74）的「白皎皎」對潔白的蘆花進行描寫。從句法功能上看，「白皎皎」作謂語。

（75）a. 上幹青磝磝，下屬<u>白磷磷</u>。（宋・秦觀《同子瞻賦遊惠山三首》其二）

　　b. 石已<u>磷磷白</u>，流無脈脈生。（宋・林希逸《水中有行車》）

　　c. 徒有碌碌青，亦有<u>磷磷白</u>。（宋・邵雍《亂石吟》）

　　d. 晝可騎虹夜摘星，山根萬瓦<u>碧磷磷</u>。（宋・曾極《雨華臺》）

「顏色語素＋磷磷」主要表示水中的玉石鮮明貌或水流清澈貌，這些義項都是從中古繼承下來的。按此，例（75）a 的「白磷磷」描寫水明淨貌；例（75）b 的「磷磷白」描寫乾枯的河流露出磷磷白石的樣子；例（75）c 的「磷磷白」

〔註33〕據考察，原生重疊「皎皎」單獨運用，以「顏色語素＋皎皎」明代以後沒發現。如明歐必元《明月篇》：「長安月，秋來皎皎白如雪。」明劉克平《羅浮絕頂放歌》：「零露瀼兮白皎皎，寒威蕭兮夜沉沉。」由此可見，顏色語素和原生重疊「皎皎」的結合度比較低。

描寫白色的玉石鮮明貌。在這裡，該重疊詞具有指代性，即它表示白色的玉石。與此不同，例（75）d 的「碧磷磷」描寫碧藍色的屋瓦鮮明貌。可見，其語義發生了變化。可是，在近古時期，「顏色語素＋磷磷」的出現頻率較低。我們認為，其原因主要有兩點：一是從上古沿用下來的原生重疊「磷磷」靈活運用，即單獨運用的情況更頻繁，以顏色語素和該重疊詞之間的組合度較低。例如，「白石磷磷」「磷磷白石」「石磷磷」「磷磷石」「磷磷水」「玉磷磷」「光磷磷」「水波磷磷」等等。二是表示水流清澈貌的「白磷磷」被在宋代新出現的「綠色範疇顏色語素＋粼粼」代替了。從某種意義上講，在競爭性演化過程中，「顏色語素＋磷磷」被淘汰，以使「碧粼粼」「綠粼粼」等附加式 ABB 重疊式強化其語義的典型性。另一方面，可以視為詞彙冗餘現象的弱化或消失。在句法功能上，例（75）abd 的「白磷磷」「磷磷白」「碧磷磷」都作謂語，例（75）c 的「磷磷白」作賓語。可見，在宋代，「顏色語素＋磷磷」的句法功能發生了變化。

（76）a. 雨過長風吹野塘，水深川路<u>白泱泱</u>。（宋·劉摯《五月十日發俞潭先寄王潛江》）

　　　b. 天津一望<u>碧泱泱</u>，宮女移舟逐晚涼。（宋·張公庠《宮詞》其九十二）

　　　c. 石渠春水<u>綠泱泱</u>，閣下無人白日長。（宋·姜夔《送項平甫倅池陽》）

在語義上，宋代的「白泱泱」「碧泱泱」「綠泱泱」等 ABB 式仍然保持中古的意義，即「顏色語素＋泱泱」主要描寫水色。可見，宋代「顏色語素＋泱泱」所指對象的範圍具有典型性。可是，在時間跨度比較長的語言環境中，重疊詞「泱泱」的原義越弱化，以該詞語已經變為功能詞義，即對顏色語素添加亮度和鮮豔度。在結構上，「顏色語素＋泱泱」屬於附加式 ABB 式。在句法功能上，「白泱泱」「碧泱泱」「綠泱泱」都作謂語。

（77）a. 湖水<u>碧溶溶</u>，寒漪四望通。（宋·文同《夏日翠漪堂》）

　　　b. 初鼓如撼昭陵松，鞏原流水<u>青溶溶</u>。（宋·周文璞《歐陽琴歌》）

　　　c. 橋通流水<u>綠溶溶</u>，殿閣穹然鎮象龍。（宋·章孝參《題彌勒院》）

　　　d. 彩雲飛盡楚天空。<u>碧溶溶</u>。（宋·趙長卿《江城子·夜涼對景》）

　　　e. 鵓鳥噴曉<u>金溶溶</u>，入簷漲帽梅花風。（宋·史彌寧《送武岡法曹江叔文》）

f. 浮陽滿野<u>白溶溶</u>，澤底山椒淑氣通。（宋・司馬光《春貼子詞・皇帝閣六首》其五）

g. 長溪流水<u>**碧潺潺**</u>，古木蒼藤暗兩山。（宋・王安石《送陳令》）

h. 繞城流水<u>**碧潺潺**</u>，好是芳菲一月間。（宋・李壁《再和雁湖十首》其八）

i. 玉雪毛衣□□□，平生慣弄<u>**碧潺潺**</u>。（宋・陳著《詠鷺》）

在語義上，例（77）abcghi 的「碧溶溶」「青溶溶」「綠溶溶」「碧潺潺」等 ABB 式都具有中古的典型意義，即前者表示「水色＋水盛貌／流水貌／寬廣的樣子」，後者表示「水流聲」。繼承中古的「綠色範疇顏色語素＋溶溶」「綠色範疇顏色語素＋潺潺」，隨著在時間跨度比較大的語言環境中反覆出現，其典型意義與有關的語境已存儲在人們的心理詞典裏，以使該 ABB 式經常與「湖水」「溪水」「流水」等詞語匹配。可是，在這一過程中，這些詞語與原生重疊「溶溶」「潺潺」之間發生了語義冗餘現象。由於前三個詞語比「溶溶」「潺潺」語義上的顯著性更為明顯，所以使「溶溶」向顏色語素靠攏。這樣一來，促成了原生重疊「溶溶」「潺潺」的功能詞義，即實意的弱化。〔註34〕可見，宋代的「綠色範疇顏色語素＋溶溶」「綠色範疇顏色語素＋潺潺」已成為附加式 ABB 式。據統計，在宋代「綠色範疇顏色語素＋溶溶」出現 21 次，「綠色範疇顏色語素＋潺潺」出現 9 次。其中大多數與「湖水」「池水」「溪水」「流水」等詞語相關。例（77）def 的「碧溶溶」「金溶溶」「白溶溶」等 ABB 式反映著「顏色語素＋溶溶」的語義轉移現象：例（77）d 的「碧溶溶」描寫明淨的青天；例（77）e 的「金溶溶」描寫太陽帶金黃色而光盛貌；例（77）f 的「白溶溶」描寫明亮潔白的太陽光。這些詞中「溶溶」的意義都是由其典型意義引申而來的。《說文》的解釋：「溶，水盛也。從水容聲。」「容，盛也。從宀、谷。」按此，溶字具有「水」「豐富」「興旺」「水勢浩大貌」等含義。從語義特徵上看，名詞「水」含有「澄澈」「明淨」「流動」等語義信息。這些意義要素，對通過隱喻的方式產生新的意義起了重要作用，以「顏色語素＋溶溶」的語義擴大了。這也是一種該重疊詞的語義體系適應新的語言環境的方式。在句法功能上，與中古一樣「顏色語素＋溶溶」都作謂語，沒有其功能

〔註34〕「潺潺」是由「流水」引申而來的擬聲原生重疊，它在向顏色語素「碧」靠攏之後，通過聽覺效果強化了顏色義的程度。

上的變化。而例（77）i 的「碧潺潺」具有指代性，即「溪水」「池水」，以作賓語。

（78）a. 燈耿<u>青熒熒</u>，像設暗金碧。（宋·章康《遊龍山》）

b. 孤燈不焰<u>熒熒碧</u>，小雨無聲慘慘寒。（宋·陸游《九月十一日疾小間夜賦二首》其二）

c. 良夜步郊坰，飛看過水星。四垂青漠漠，一點<u>白熒熒</u>。（宋·林希逸《飛星過水白》）

在語義上，例（78）ab 的「青熒熒」「熒熒碧」與中古的「青熒熒」基本一致。例（78）c 的「白熒熒」描寫閃閃發光的流星。可見，在宋代，「顏色語素＋熒熒」的所指的對象擴大。從語義關係上看，顏色語素「白」和重疊詞「熒熒」之間具有近義關係。在結構上，重疊詞「熒熒」對顏色語素「白」添加功能詞義，以「白熒熒」已經成為附加式 ABB 式。在句法功能上，「青熒熒」「熒熒碧」「白熒熒」都作謂語。

（79）a. 楊柳春風三月三，畫橋芳草<u>碧纖纖</u>。（宋·陳允平《春詞》）

b. 宮柳不知興廢事，春來還是<u>綠纖纖</u>。（宋·李孚《句》）

c. 繞堤莎草<u>綠纖纖</u>，老裏吟情覺未厭。（宋·釋斯植《春日湖上五首》其一）

d. 小摘來禽興未厭，蔬畦經雨<u>綠纖纖</u>。（宋·黃庭堅《飲李氏園三首》其一）

e. 輕挼殘花香簌簌，旋剝新筍<u>白纖纖</u>。（宋·李廌《中春》）

f. 新秧出水面，已作<u>纖纖綠</u>。（宋·陸游《稻陂》）

g. 夢回池草綠，忍踐<u>綠纖纖</u>。（宋·釋居簡《贈皓律師》）

h. 踏石穿雲野興添，傍崖昌歇<u>綠纖纖</u>。（宋·劉學箕《西岩觀瀑水簡沈莊仲三首》其二）

在語義上，例（79）a 至 h 的「顏色語素＋纖纖」與中古的意義基本相同。但是，顏色語素和原生重疊「纖纖」之間結合的緊密度更高了。這是因為在同一的語言環境中反覆出現，以促成了使原生重疊「纖纖」向顏色語素靠攏。換言之，在結構上，「顏色語素＋纖纖」已經成為附加式 ABB 式，即原生重疊「纖纖」對顏色語素添加表示鮮豔貌的感性義。在句法功能上，例（79）a

至 e 的「碧纖纖」「綠纖纖」「白纖纖」都作謂語；例（79）fgh 的「纖纖綠」「綠纖纖」都作賓語。可見，在宋代發生了句法功能上的變化。在這裡，作賓語的「纖纖綠」「綠纖纖」具有指代性。我們認為，其動因在於「綠纖纖」代表具體事物中蘊含的語義特徵的融合。也就是說，「綠纖纖」具有「草木類的顏色義＋草葉或樹葉的外形」的複合意義。這是一種在話者的認知心理作用下利用具體事物的顯著性來表達的臨時性轉喻。在這裡，需要指出的是臨時性轉喻受到語境義的制約。

（80）a. 溪頭昨夜添新雨，桃片滿溪<u>紅灼灼</u>。（宋・白玉蟾《謁仙行贈萬書記》）

　　　 b. 背岩松柏碧森森，向日雜花<u>紅灼灼</u>。（宋・張商英《遊天平山》）

　　　 c. 綠葉枝頭<u>灼爍紅</u>，尚疑輕易比芙蓉。（宋・韋驤《忠州木蓮花二絕》其二）

　　　 d. 屏燈<u>紅灼爍</u>，窗月正黃昏。（宋・袁說友《用謝艮齋韻題歐陽長老墨梅》其二）

　　　 e. 蒙頭不覺齁齁睡，開眼從教<u>焰焰紅</u>。（宋・釋曇賁《頌古》其一十六）

　　　 f. 歸時壓得帽檐攲，頭上春風<u>紅蔌蔌</u>。（宋・盼盼《惜花容》）

　　　 g. 桃花依舊笑春風，風動落花<u>紅蔌蔌</u>。（宋・李綱《胡笳十八拍》第五拍）

　　　 h. 忽墮鮫珠<u>紅簌簌</u>。（宋・呂勝已《蝶戀花》其五）

　　　 i. 新蕊漫知<u>紅簌簌</u>，舊山常夢直叢叢。（宋・王安石《季春上旬苑中即事》）

　　　 j. 金鞍戰馬踏雲梯，日射旌旗<u>紅簌簌</u>。（宋・汪元量《聞父老說兵》）

在語義上，例（80）abcd 的「紅灼灼」「紅爍灼」「爍灼紅」與中古的意義基本相同。但是，原生重疊「灼灼」和其疊韻重疊「灼爍」都向顏色語素「紅」靠攏，以宋代的「紅灼灼」「紅灼爍」「灼爍紅」已經成為附加式 ABB 式。在句法功能上，「紅灼灼」「紅灼爍」「灼爍紅」都作謂語，沒有發生其功能上的變化。例（80）e 的「焰焰紅」描寫火紅的太陽。從語義特徵上看，原生重疊「焰焰」具有色相、亮度和彩度等色彩的三要素。其中，「彩度是指顏色的鮮豔程度，紅色是彩度最高的色相。」〔註35〕可見，原生重疊「焰焰」對顏色語

〔註35〕葉經文主編《色彩構成》，北京：清華大學出版社，2010 年 9 月第 1 版，17 頁。

素「紅」增添鮮豔度。在結構上，該詞語屬於偏正式 BBA 式；在句法功能上，它作謂語。例（80）f 至 i 的「紅蔌蔌」「紅簌簌」主要描繪落花的樣子。雖然原生重疊「蔌蔌」始見於《詩經·小雅·正月》：「佌佌彼有屋，蔌蔌方有穀。」，但據毛傳：「蔌蔌，陋也。」，其原義與「紅蔌蔌」的意義沒有相關。表示紅花飄落貌的意義始見於中古時期。如唐元稹《連昌宮詞》：「又有牆頭千葉桃，風動落花紅蔌蔌。」五代和凝《天仙子》詞其二：「洞口春紅飛蔌蔌，仙子含愁眉黛綠。」，等等。在宋代，「紅蔌蔌」又表現為「紅簌簌」，其語義沒有變化。與此不同，例（80）j 的「紅簌簌」表示被太陽光照的旗子的顏色，以其原義已消失了。由此可見，宋代的「紅簌簌」由附加式 ABB 式變為音綴式 ABB 式。在句法功能上，「紅蔌蔌」「紅簌簌」都作謂語。

通過對表示「顏色義＋亮度／鮮明度」的繼承 ABB／BBA 式的語義、結構和句法功能變化的考察探析可見：

（1）在自然界中感覺到的色彩現象和形象感趨向語言使用者的主觀心理。因此，隨著語言環境的變化，其語義所指的對象也時時刻刻變化。在這過程中，「顏色語素＋皚皚」「顏色語素＋皎皎」「顏色語素＋漫漫」「顏色語素＋磷磷」「顏色語素＋纖纖」「顏色語素＋灼灼／灼爍」「顏色語素＋蔌蔌／簌簌」等 ABB 式中的重疊詞的意義逐漸變為功能詞義，即對顏色語素添加亮度或鮮豔度。其中，「顏色語素＋皚皚」和「顏色語素＋纖纖」由語義上的典型性轉移至非典型性的變化突出。對此，請參見下面的圖 6.3。

圖 6.3　宋代，表示「顏色義＋亮度＋鮮豔度」的繼承 ABB／BBA 式語義變化體系

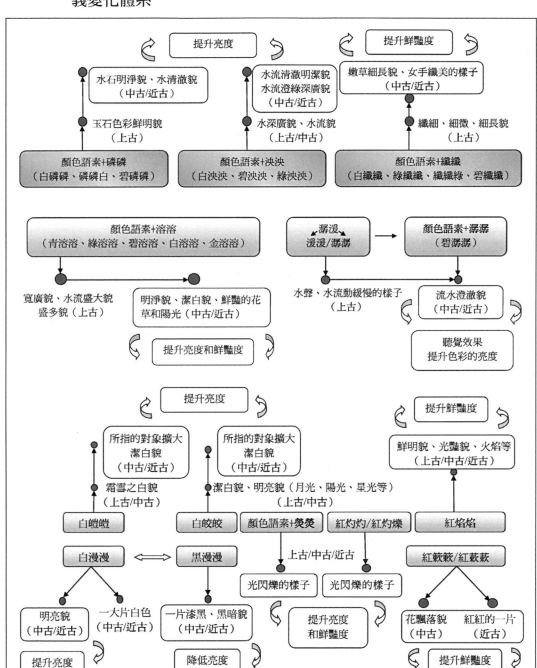

（2）如見上面的圖 6.3，在宋代表示「顏色義＋亮度＋鮮豔度」的顏色詞 ABB 式組塊裏面的重疊詞的實義弱化，以該些 ABB 式發展到附加式 ABB 式。

（3）在宋代，「顏色語素＋皚皚／皎皎／磷磷／泱泱／溶溶／潺潺／熒熒／纖纖／灼灼／灼爍／焰焰／簌簌」的句法功能多樣化。對此，可以參見下面的表 6.17。

表 6.17　宋代，表示「顏色義＋亮度＋鮮豔度」的繼承 ABB／BBA 式的用法情況

詞語＼用法	作主語	作謂語	作賓語	作定語	作狀語	作補語
顏色語素＋皚皚		●	●			
顏色語素＋皎皎		●				
顏色語素＋磷磷		●	●			
顏色語素＋泱泱		●				
顏色語素＋溶溶		●				
顏色語素＋潺潺		●	●			
顏色語素＋熒熒		●				
顏色語素＋纖纖		●	●			
顏色語素＋灼灼		●				
顏色語素＋灼爍		●				
顏色語素＋焰焰		●				
顏色語素＋籔籔		●				

1.6　表示「顏色義＋有光澤的樣子」的 ABB／BBA 式

顏色語素＋油油：綠油油、碧油油。

顏色語素＋靡靡：靡靡紅。

（81）a. 柔桑細麥<u>綠油油</u>，雲水烘春爛不收。（宋・張孝祥《題斷堤寺》其一）

　　　b. 一江春水<u>綠油油</u>，繞盡春山去不休。（宋・劉學箕《淨口二絕句》其一）

　　　c. 稻色黃莽莽，溪光<u>碧油油</u>。（宋・劉子翬《歸田》）

在語義上，例（81）a 的「綠油油」描寫桑葉和麥葉濃綠而有光澤的樣子；例（81）bc 的「綠油油」「碧油油」描寫水色濃綠而閃閃的樣子。可以看出，宋代的「綠油油」和「碧油油」與中古的偏正式 BBA 式「油油綠」的語義基本相同。但是，從結構上看，在宋代，唐代的偏正式 BBA 式「油油綠」轉變為附加式 ABB 式「綠油油」「碧油油」。相對於偏正式 BBA 式而言，附加式 ABB 式結構上的緊密度更高。所以，宋代的「綠油油」「碧油油」可以說已達到目的重疊。在句法功能上，宋代的「綠色範疇顏色語素＋油油」發生了變

化，即它們都作謂語。

（82）a. 錦飄風撼花，玉逗水循軌。窗峰碧巑岏，隴麥青靡靡。（宋·李若
　　　　水《次韻李子建春雨》）

　　　b. 飛塵暫消凍，春意亦沖融。野水涓涓綠，林梢靡靡紅。（宋·劉敞
　　　　《雪後》）

原生重疊「靡靡」始見於周代。如《詩經·王風·黍離》：「行邁靡靡，心中搖搖。」毛傳：「靡靡，猶遲遲也。」可是，該重疊詞與單字義沒有任何關係。《說文》：「靡，披靡也。從非麻聲。」原生重疊「靡靡」表示披靡的意義始見於戰國時期。如楚宋玉《高唐賦》：「薄草靡靡，聯延夭夭。」由此我們把「靡靡」可以解釋為草隨風倒伏相依的樣子或草木茂盛貌。「顏色語素＋靡靡」始見於唐代，只有一例。如唐白居易《七月一日作》：「林間暑雨歇，池上涼風起。橋竹碧鮮鮮，岸莎青靡靡。」在這裡，「青靡靡」對水邊的莎草進行描寫其顏色屬性和風靡的樣子。如見上例（82）a，宋代的「青靡靡」也是如此。與此不同，例（82）b的BBA式「靡靡紅」描繪帶紅色而有光澤的樣子，其語義發生了變化。在近古時期，「顏色語素＋靡靡」或「靡靡＋顏色語素」很少見。雖然該詞語傳承到元、明代，但就出現一次之後，沒發現。如元末明初梁寅《題墨溪橋》：「蔓草綠靡靡，亂石白離離。」明于慎行《送田鐘臺宮諭視篆南都二首》其一：「東風入上闌，眾草靡靡綠。」等等。可見，它們都是臨時性的。我們認為，其原因在於詞彙演變的過程中出現的反彈現象。對詞彙反彈現象，可以參見上例（62）。按照「A＋BB／BB＋A式」的發展模式，「靡靡」屬於始發重疊；唐宋元的「青靡靡」「綠靡靡」屬於過渡重疊。依據語言事實，原生重疊「靡靡」在臨時形成過渡重疊「青靡靡」「綠靡靡」之後，沒有發展到目的重疊，即原生重疊「靡靡」獨立運用。而且與「靡靡」具有同義關係的複音詞「披靡」「風靡」的使用也很頻繁。因而在結構上，顏色語素和原生重疊「靡靡」之間的組合度比較低，以導致了詞彙反彈現象。

1.7　表示「顏色義＋高聳貌」「顏色義＋不齊貌＋光閃閃」「顏色義＋圓貌」
　　的繼承ABB／BBA式

顏色語素＋峨峨：青峨峨、峨峨綠。

顏色語素＋差差：白差差、綠差差、碧差差、白參差、綠參差、綠參

差、碧參差。

顏色語素＋團團：團團白、團團紅、紅團欒、碧團欒。

（83）a　天柱青峨峨，石筍危不墮。（宋・周文璞《遊洞霄》）

　　　b. 作堂縣圃得面勢，正見列岫青峨峨。（宋・范浚《寄題餘姚嚴公堂》）

　　　c. 天水邊陲南接蜀，秦山翠照峨峨綠。（宋・范成大《初冬近飲酒作》）

在語義上，宋代的「青峨峨」「峨峨綠」等顏色詞 ABB／BBA 式仍然保持中古的意義：「顏色語素＋峨峨」主要形容山體高聳的樣子。在結構上，宋代「青峨峨」處於走向附加式 ABB 式的過渡；「峨峨綠」屬於偏正式 BBA 式，以重疊詞「峨峨」對顏色語素「綠」添加色彩濃度。在句法功能上，例（83）ac 的「青峨峨」「峨峨綠」作謂語；例（83）b 的「青峨峨」作賓語。

（84）a. 回首支郎新棟宇，浮屠千尺白差差。（宋・汪元量《舊內曲水池》）

　　　b. 誰寄寒林新斸筍，開奩喜見白差差。（宋・朱熹《次韻謝劉仲行惠筍二首》其一）

　　　c. 便覺眼前生意滿，東風吹水綠差差。（宋・張栻《立春日禊亭偶成》）

　　　d. 松枝松枝綠差差，吾忍坐臥來樂斯。（宋・韓淲《松棚》）

　　　e. 雨洗秋空明似水，瓦光浮動碧差差。（宋・鄭獬《秋晴》）

　　　f. 夜色朝光兩莫知，樹間但見白差差。（宋・方蒙仲《和劉後村梅花百詠》其四十一）

　　　g. 向晚呀然射頹照，疊石爛爛參差紅。（宋・張獻民《山門六題寄聖俞・其一・夕陽岩》）

在語義上，例（84）abcd 的「白差差」「綠差差」表示「白色＋不齊貌」「綠色＋不齊貌」的意思；例（84）efg 的「白差差」「碧差差」表示「白色＋光閃閃」「碧色＋光閃閃」「紅色＋光閃閃」的意思。前者在中古出現以後，一直與「白參差」「綠參差」並存，以其組塊已經成為心理詞典。我們認為，其動因在於同義詞出現在相似的語言環境中。由於原生重疊「差差」是雙聲詞「參差」與疊韻詞「差池」的語音變化的產物，如果在相似的語言環境裏它們頻繁出現的話，[註36] 人們很容易把「參差」和「差差」看做同一的詞語。例如，唐白居

〔註36〕從出現頻率上看，在宋代，「綠差差」「差差綠」「碧差差」出現 9 次；「白差差」出現 4 次；「綠參差」「參差綠」「碧參差」出現 20 次；「白參差」出現 1 次。

易《池上早秋》:「荷芰綠參差,新秋水滿池。」唐白居易《重題別東樓》:「湖
卷衣裳白重疊,山張屏障綠參差。」宋孔平仲《舟行卻回》:「逆風颯颯初尚微,
浪頭已高白參差。」宋鄭剛中《三月五日圃中》:「嘉木陰陰吐新葉,好風微度
綠參差。」等等。

在結構上,例(84)abcd 的「白差差」「綠差差」已經成為附加式 ABB 式。
與此不同,例(84)efg 的「白差差」「碧差差」「參差紅」中「差差」「參差」
的意義已遠離其原義,以使其詞音綴化。可見,語義的變化、詞彙化與語法化
都是在語境中發生的,只是其發展變化的速度不平等。在句法功能上,宋代的
「白差差」發生了其功能上的變化,即例(84)bf 的「白差差」都作賓語;其
他都作謂語。

(85)a. 蹋成明月**團團白**,釀作新鵝淡淡黃。(宋·陸游《比作陳下瓜曲釀
成奇絕屬病瘡不敢取醉小啜而已》)

b. 迷雲散盡曉天空,杲日**團團紅**似火。(宋·釋法泰《頌古十二首》
其一十一)

c. 腳底日轉**紅團欒**,瑤池簵席一笑闌。(宋·劉子翬《讀平險銘寄李
漢老》)

d. 雙松樹子**碧團欒**,紅錦纏頭白錦冠。(宋·楊萬里《東園牆隅雙松
可愛栽餘釀金沙以繞其上》)

在語義上,例(85)ab 的「團團白」「團團紅」表示「顏色義＋圓貌」。在
宋代,可以值得關注的是「顏色語素＋團欒」形式的出現,即例(85)cd 的
「紅團欒」「碧團欒」。從語義關係上看,「團」「團團」「團欒」具有同義關係。
〔註37〕從歷史上看,「團團」先於「團欒」,後者始見於南北朝時期。如南朝宋
劉駿《與盧陵王紹別詩》:「悄擾徒旅戒,團欒流景入。」唐任華《寄杜拾遺》:
「積翠扈遊花匝匝,披香寓直月團欒。」該詞分別表示圓月和圓貌的意思。我
們知道,「團團」是單音形容詞「團」的重疊詞。那麼「團欒」是如何產生的呢?

〔註37〕按照《漢語方言大詞典》(許寶華、宮田一郎主編,1999:1967、6581),「團欒」具
有兩個義項:在江蘇鹽城方言裏「團欒〔t'ð²¹³ lð³¹〕表示名詞「周圍」的意思;在
江蘇南京方言裏,該詞表示形容詞「完整」的意思;在廣西柳州方言裏,「欒〔luan〕」
表示「圓」的意思;在湖南長沙方言裏「欒〔lð¹³〕表示「圓」「完整的」的意思;
在湖南衡陽方言裏,「欒欒子〔luen¹¹ luen¹¹ tsๅ³³⁻⁰〕表示圓圓的樣子。由此可見,在
語義上,「團」「欒」「團團」「團欒」「欒欒子」與「圓」和「完整」相通。

我們在漢語方言裏找到其線索。如朝鮮李義鳳編撰《古今釋林》卷 5《內篇・歷代方言・二字類》、明田汝成輯撰《西湖遊覽志餘》卷 25《委巷叢談》：「杭人有以二字反切一字以成聲者，如以秀為鯽溜，<u>以團為突欒</u>，以精為鯽令，以俏為鯽跳⋯⋯。」

關於「團欒」的記載，除了前面提到的文獻之外，還有「北宋宋祁《宋景文公筆記》」「南宋洪邁《容齋隨筆》」「南宋俞文豹《吹劍錄全編》」「南宋王觀國《學林》」。例如，北宋宋祁《宋景文公筆記》卷上《釋俗》：「孫炎作反切，語本出於俚俗常言，尚數百種，故謂就為鯽溜，凡人不慧者即曰不鯽溜，<u>謂團曰突欒</u>，謂精曰鯽令，<u>謂孔曰窟籠</u>，不可勝舉。」等等。南宋洪邁在《容齋三筆・切腳語》中論述過：「世人語音，有以切腳而稱者，亦見之於書史中，如以蓬為勃籠、盤為勃蘭、鐸為突落、叵為不可、<u>團為突欒</u>、鉦為丁寧、頂為滴寧、角為矻落、蒲為勃盧、精為即零、螳為突郎、諸為之乎、旁為步廊、茨為蒺藜、<u>圈為屈欒</u>、錮為骨露、窠為窟駝是也。」南宋王觀國《學林》卷八《四聲譜》：「下至閭閻鄙語，亦有以音切為呼者，<u>突欒為團</u>，<u>屈陸為曲</u>，鶻侖為渾，鶻盧為壺，忒畽為太、咳洛為殼，凡此類，非有師學授習之也，其天成自然，莫知所以然者，沈約所謂入神，殆此類耶？」南宋俞文豹《吹劍錄全編・唾玉集》：「俗語切腳字：勃龍，蓬字；勃蘭，盤字；哭落，鐸字；窟陀，窠字；黷賴，壞字；骨露，錮字；<u>屈欒</u>，<u>圈字</u>；鶻盧，蒲字；哭郎，堂字；<u>突欒</u>，<u>團字</u>；吃落，角字；只零，精字；不可，叵字。即釋典所謂『二合字』。」

按照楊琳（2011）：「古今漢語詞彙現象中有緩讀詞，該詞又叫分音詞、切腳詞、嵌 l 詞等」，認為「分音詞是漢語派生新詞的一種手段，是基於重疊的一種構詞方式。」〔註38〕王洪君（1994）稱之為「疊音加有定詞框架」，認為「這是宋元時新產生的構詞法，從構詞機制看，重言、雙聲疊韻與此不同。」〔註39〕孫景濤（2005）稱之為「裂變重疊」。「裂變重疊的作用是表示『特殊化』意義。形式上的特點是基式音節裂變為兩個音節：聲母保存在第一個音節裏，韻母保存在第二個音節裏；至於第一個音節的韻母以及第二個音節的

〔註38〕參見楊琳《訓詁方法新探》，北京：商務印書館，2011 年 4 月第 1 版，160～161 頁：如「jing（精）〈jiling（機靈）、xun（渾）〈xulun（圇圇）、ku（瀔）〈kulu（轂轆）」等。

〔註39〕王洪軍《漢語常用的兩種語音構詞法——從平定兒化和太原嵌 l 詞談起》，《語言研究》，1994 年第 1 期（總第 26 期），72～73 頁。

聲母則來自重疊過程中形態與語音的相互作用。」〔註 40〕朱德熙（1982）指出：「漢語方言裏常見的重疊形式區分為兩種類型，一種是不變形重疊，另一種是變形重疊。」「所謂不變形重疊，指重疊部分保留基本形式的聲韻調不變。」「所謂變形重疊指重疊部分的聲韻調三項裏至少有一項受到特殊的限制。」〔註 41〕按此說法，原生重疊「團團」屬於不變形重疊；新生重疊「團巒」屬於變形重疊，即變聲重疊。江藍生（2008）說：「『團』順向變聲重疊為『團巒／團圝』。」「『團』字順向變聲、逆向變韻產生不完全重疊式 A』AB：剔團巒。」「『剔』和『團』聲母相同韻母不同，『剔』字是『團』字逆向變韻重疊後產生的音節，也就是說『剔團巒』是『團團巒』的變體。」〔註 42〕按此觀點，江先生提出了單音節形容詞的多次變形重疊。

　　這些給我們提示，「團[tuan]」「突巒[tuluan]」「團巒[tuanluan]」「剔突圝[tituluan]」「剔團巒[tituanluan]」「剔留團巒[tiliutuanluan]」〔註 43〕等詞語是裂變重疊的產物，即嵌 1 詞。由此看來，「顏色語素＋團巒／團圝」是在方言口語詞滲透到書面語系統的過程中產生的 ABB 式的變體。我們認為，「顏色語素＋團巒」的產生動因在於「顏色語素＋團團」中的原生重疊「團團」的語義弱化，以促成了同義詞的詞彙翻新，即「顏色語素＋團團」→「顏色語素＋團巒」。〔註 44〕因為在詞彙的語法化過程中，這樣的詞彙翻新現象可以使實詞虛化的速度緩慢。而且在語言表達上，就「顏色語素＋團團」相對而言，這一形式令人覺得更為形象、生動和新穎。在句法功能上，例（85）abcd 的「團團白」「團團紅」「紅團巒」「碧團巒」都作謂語。

　　通過對表示「顏色義＋高聳貌」「顏色義＋不齊貌＋光閃閃」「顏色義＋圓

〔註 40〕孫景濤《「屋漏」探員》，《語言研究》（第 25 卷），2005 年 12 月第 4 期，96 頁。

〔註 41〕朱德熙《潮陽話和北京話重疊式象聲詞的構造》，《方言》，1982 年第 3 期，175 頁。

〔註 42〕江藍生《變形重疊與元雜劇中的四字格狀態形容詞》，《歷史語言學研究》（第 1 輯），北京：商務印書館，2008 年 3 月第 1 版，45 頁。

〔註 43〕「剔突圝」「剔團圝」「剔留團巒」等語料來源於宋釋德洪《道林枯木成禪師贊》：「置於掌間剔突圝，搥鼓升堂普請看。」元曾瑞《懷離》套曲：「明滴溜參兒相攪，剔團圝月兒初淡。」元鄭光祖《蟾宮曲·夢中作》小令：「冷冷清清瀟湘景晚風生，淅留淅零墓雨初晴，皎皎潔潔照檻篷剔留團巒月明，正瀟瀟颯颯和銀箏失留疏剌秋聲。」按照《漢語方言大詞典》（1999：4449），在上海寶山、青蒲，江蘇蘇州、吳江、常熟、江陰與浙江鄞縣等方言裏，「突巒」表示「團」，即「圓形」。

〔註 44〕例如，明郭輔畿《無題四首》其一：「生憎月色團團白，更妒桃花自在紅。」明釋函是《秋月》：「到底龍潭清碧碧，排空雁字白團團。」清那遜蘭保《小園落成題·其一十三·曠觀亭》：「憑闌舒遠眺，涼月白團團。」

貌」的 ABB／BBA 式的語義、結構和用法變化的考察探析可見：

（1）重疊詞「峩峩」「差差」「團團」，在和顏色語素構成 ABB／BBA 式之前，經歷了多次音變過程，但語義上基本保持其原義。然而「峩峩」和「差差」在和顏色語素構成 ABB／BBA 式之後發生了語義上的變化。宋代，「顏色語素＋差差／參差」的所指的對象也擴大了。對此，可以參見下面的圖 6.4。

圖 6.4　宋代，表示「顏色義＋高聳貌」「顏色義＋不齊貌＋光閃閃」
　　　　「顏色義＋圓貌」的繼承 ABB／BBA 式語義變化體系

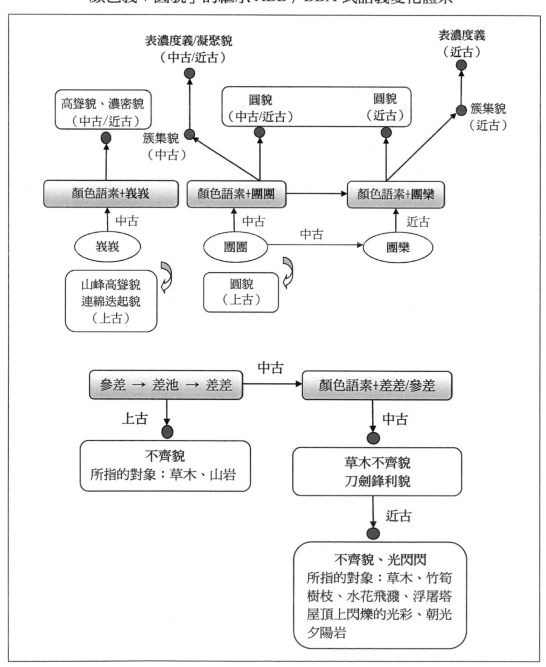

（2）在結構上，「顏色語素＋峩峩」和「顏色語素＋團團／團欒」都屬於附加式 ABB 式；「顏色語素＋差差／參差」發展到音綴式 ABB 式。

（3）在宋代，「顏色語素＋峩峩」「顏色語素＋差差／參差」「顏色語素＋團團／團欒」的用法如下：

表 6.18　宋代，表示「顏色義＋高聳貌」「顏色義＋不齊貌＋光閃閃」「顏色義＋圓貌」的繼承 ABB／BBA 式的用法情況

詞語＼用法	作主語	作謂語	作賓語	作定語	作狀語	作補語
顏色語素＋峩峩		●	●			
顏色語素＋差差		●	●			
顏色語素＋團團		●				

1.8 表示「顏色義＋動作性狀態義」的繼承 ABB／BBA 式

顏色語素＋紛紛：白紛紛、黑紛紛、紅紛紛、綠紛紛、翠紛紛。

顏色語素＋翻翻：白翻翻、翻翻白。

顏色語素＋嫋嫋：紅嫋嫋、嫋嫋紅、青嫋嫋、嫋嫋黃。

顏色語素＋依依：綠依依、依依綠、青依依、碧依依。

（86）a. 犖確連雲路不分，雲侵衫袖白紛紛。（宋・方岳《道中即事》其五）

b. 我懷何用寄，搔鬢白紛紛。（宋・韓淲《子似見過》）

c. 霜須白紛紛，謂我作黃綺。（宋・章夏《山門夕陽洞》）

d. 昔當搖落時，宮葉紅紛紛。（宋・王禹稱《太一宮祭回馬上偶作寄韓德純道士》）

e. 千聲百囀忽飛去，枝上自落紅紛紛。（宋・歐陽修《啼鳥》）

f. 涼月白紛紛。香風隔岸聞。（宋・王安石《菩薩蠻・集句》）

g. 醉臥空齋靜絕人，夜闌霜月白紛紛。（宋・吳芾《和朱世同夜聞竹聲》）

h. 經雨高林月出雲，一天涼淨白紛紛。（宋・韓淲《雜興》其四）

在語義上，例（86）a 至 h 的「白紛紛」「紅紛紛」與中古基本相同。對此，可以參見例（20）「顏色語素＋紛紛」。然而，宋代以後，「紅紛紛」轉變為「紅白紛紛」「紅紫紛紛」「紅綠紛紛」，不再出現。在結構上，「紅紛紛」「白紛紛」

這一時期已經成為附加式 ABB 式。在句法功能上，與中古一樣，它們都作謂語。可是，在宋代新產生的語境義與句法功能也並存。例如：

（87）a. 曲畦走水<u>白紛紛</u>，稚穗抽芒青戢戢。（宋·陳棣《驟雨呈質夫兄》）

　　　b. 秋城雨氣<u>白紛紛</u>，不見青山只見雲。（宋·鄭會《寶藏寺雨中》）

　　　c. 天涯獨惆悵，歸鳥<u>黑紛紛</u>。（宋·王安石《懷吳顯道》）

　　　d. 茂松脩竹<u>翠紛紛</u>，正得山阿與水漬。（宋·王安石《徐秀才園亭》）

　　　e. 鷲峰深處寺，嵐影<u>翠紛紛</u>。（宋·周密《香林》）

　　　f. 洗雨吹風一月春，山紅漫漫<u>綠紛紛</u>。（宋·王安石《次韻酬宋玘六首》其一）

　　　g. 山門掩夕曛，芳草<u>綠紛紛</u>。（宋·李覯《遊空相寺追憶輝老兼懷伯弼詩》）

　　　h. 山口含糊半吐雲，林頭時見<u>綠紛紛</u>。（宋·崔鷗《續溪道中三首》其三）

　　在語義上，例（87）a 至 h 的「顏色語素＋紛紛」的語境義都是在宋代新出現的。其中例（107）a 至 c 的「顏色語素＋紛紛」都是臨時性的：例（87）a 的「白紛紛」描寫「一片白色的雨水滾滾流的樣子」；例（87）b 的「白紛紛」描寫「山中雲霧彌漫的樣子」；例（87）c 的「黑紛紛」描寫「眾鳥紛紛飛翔的樣子」。在我們看來，雖然這些語境義在宋代就出現一次，但這樣不斷產生的新的語境義可以延長「顏色語素＋紛紛」的生命力。我們認為，「顏色語素＋紛紛」能夠適應新的語境的動因在於詞語的傳承、很高的出現頻率與詞語之間的組合度。與此不同，例（87）d 至 h 的「綠色範疇顏色語素＋紛紛」主要描繪綠竹、樹林、草木等。在結構上，它們已經成為附加式 ABB 式。在句法功能上，除了例（87）h 的「綠紛紛」作賓語，其他「顏色語素＋紛紛」ABB 式都作謂語。

（88）a. 微吹度修竹，半林<u>白翻翻</u>。（宋·陳與義《同信道晚登古原》）

　　　b. 過籟寒慘慘，驚林<u>白翻翻</u>。（宋·劉子翬《入白水訪劉致中昆仲》）

　　　c. 艾葉<u>翻翻白</u>，榴花疊疊紅。（宋·項安世《思歸二絕句》其二）

　　　d. 風經荷葉<u>翻翻綠</u>，雨濕松枝細細香。（宋·陸游《睡起》）

　　「翻翻」是動詞的原生重疊。對此，可以參見第四章「非顏色語素的原生

重疊」。「顏色語素＋翻翻」〔註45〕ABB／BBA 式始見於唐代。如唐元稹《酬獨
孤二十六送歸通州》：「憎兔跳趯趯，惡鵬黑翻翻。」在語義上，「黑翻翻」描寫
黑鵬飛翔貌。從語義關係上看，該 ABB 式與上面的「黑紛紛」具有近義關係。
在句法功能上，「黑翻翻」作謂語。在宋代，「黑翻翻」發生了其內部結構和語
義上的變化。在結構上，由述補式「黑翻翻」轉變偏正式「翻翻白」和附加式
「白翻翻」。在語義上，例（108）a 的「白翻翻」描寫樹林被風搖擺的樣子；例
（88）b 的「白翻翻」把景物擬人化了，以表示蒼白的意思；例（88）cd 的「翻
翻白」「翻翻綠」描寫艾葉和荷葉被風擺動的樣子。在句法功能上，「白翻翻」
「翻翻白」「翻翻綠」都作謂語。

（89）a. 風舞新荷<u>青嫋嫋</u>，煙籠細柳<u>綠依依</u>。（宋·吳芾《初夏登城上有
　　　　感》）

　　　b. <u>線撚依依綠</u>，金垂<u>嫋嫋黃</u>。（宋·楊皇后《句》其二）

　　　c. 芳堤細草鱗鱗綠，深院垂楊<u>嫋嫋黃</u>。（宋·陳宗遠《春日書景》）

　　　d. 可憐墓草離離碧，不似袍花<u>嫋嫋紅</u>。（宋·張埴《太白祠》）

　　　e. 玉奩收起新妝了。鬢畔斜枝<u>紅嫋嫋</u>。（宋·周邦彥《玉樓春·其三·
　　　　大石》）

　　　f. 柳色<u>碧依依</u>。濃陰春晝遲。（宋·趙長卿《菩薩蠻》春深）

　　　g. 更遭風日薄於紙，海山數點<u>青依依</u>。（宋·釋寶曇《觀潮行》）

　　　h. 數間茅屋水邊村，楊柳<u>依依綠</u>映門。（宋·孫覿《吳門道中二首》
　　　　其一）

　　　i. 盡從霜與雪，君看<u>碧依依</u>。（宋·郭祥正《和楊公濟錢塘西湖百題·
　　　　其五十二·青林岩》）

　　　j. 山上風花山下飛，花飛欲盡山翁歸。歸來亦自忘行跡，但覺滿地<u>紅
　　　　依依</u>。（宋·戴表元《飛花行贈馬衢州》）

　　從上古到近古，已存儲在人們的心理詞典的「顏色語素＋依依」和「顏色
語素＋嫋嫋」都具有語義上的典型性。從語義特徵上看，這兩類詞語都具有
隨風擺動的意思。可是，從所指對象的範圍上看，「顏色語素＋依依」所指對
象的範圍具有確定性，即柳枝。就此相對而言，「顏色語素＋嫋嫋」所指對象

〔註45〕據考察，「翻翻」「皎皎」「雙雙」等原生重疊單獨運用，以「顏色語素＋翻翻」宋
　　　　代以後沒發現，「顏色語素＋皎皎」和「顏色語素＋雙雙」明代以後沒發現。

的範圍不確定，即柳枝、荷葉、紅花等。從出現頻率上看，在《全宋詞》和《全宋詩》中和楊柳有關的「顏色語素＋依依」出現 16 次，「顏色語素＋嫋嫋」出現 2 次。這表明，宋代以後，與「顏色語素＋嫋嫋」相比，描繪柳枝擺動貌的狀態詞「顏色語素＋依依」佔優勢，以「綠色範疇顏色語素＋依依」更具有語義上的典型性效應。在語義上，宋代的「顏色語素＋依依」和「顏色語素＋嫋嫋」發生了變化。例（89）cdej 的「嫋嫋黃」「嫋嫋紅」「紅嫋嫋」「紅依依」表示顏色紅而鮮豔貌；例（89）fh 的「碧依依」「依依綠」表示顏色青翠而濃郁貌；例（89）gi 的「青依依」「碧依依」表示楊柳，它們都具有指代性。這樣的語義變化影響到詞語的內部結構的變化，以加快了原生重疊的音綴化。在句法功能上，「顏色語素＋嫋嫋」都作謂語。與中古不同，「顏色語素＋依依」的句法功能比較多樣：例（89）abfj 的「綠依依」「依依綠」「碧依依」「紅依依」都作謂語；例（89）gi 的「青依依」「碧依依」都作賓語；例（89）h 的「依依綠」作狀語。

從上面對表示「顏色義＋動作性狀態義」的 ABB／BBA 式的語義、結構和用法變化的考察探析可見：

（1）在語義上，「顏色語素＋紛紛」「顏色語素＋翻翻」「顏色語素＋嫋嫋」「顏色語素＋依依」等 ABB／BBA 式，從上古和中古繼承下來的語義與宋代新產生的語境義並存。宋代，擴大的其所指的對象和原生重疊詞的原義弱化或消失產生了新的意義。從語義關係上看，「顏色語素＋紛紛」和「顏色語素＋翻翻」、「顏色語素＋嫋嫋」和「顏色語素＋依依」分別具有近義關係。在這情況下，宋代以後，「顏色語素＋紛紛」取代「顏色語素＋翻翻」。對此，可以參見下面的圖 6.5。

圖 6.5　宋代，表示「顏色語素＋動作性狀態義」的繼承 ABB／BBA 式
　　　　語義變化體系

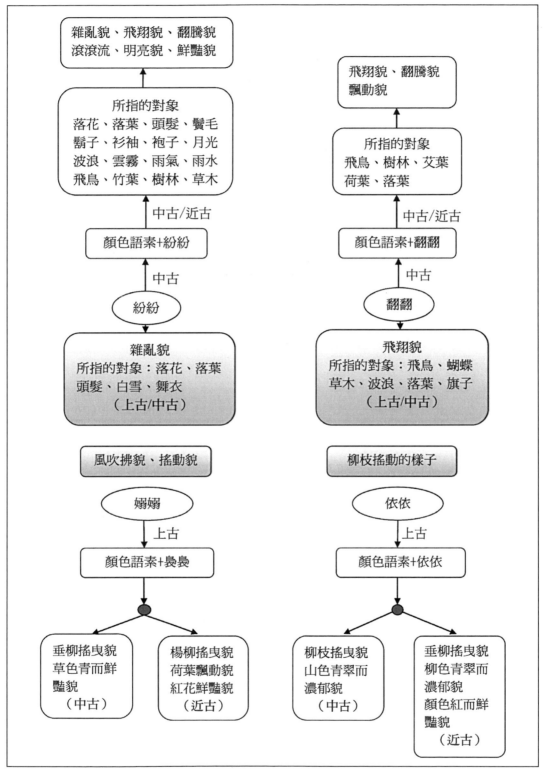

（2）在結構上，宋代，「顏色語素＋紛紛」「顏色語素＋翻翻」「顏色語素
＋嫋嫋」「顏色語素＋依依」都發展到附加式 ABB 式。

（3）在宋代，「顏色語素＋紛紛」「顏色語素＋翻翻」「顏色語素＋嫋嫋」「顏色語素＋依依」的用法如下：

表 6.19　宋代，表示「顏色義＋動作性狀態義」的繼承 ABB／BBA 式的用法情況

用法 詞語	作主語	作謂語	作賓語	作定語	作狀語	作補語
顏色語素＋紛紛		●	●			
顏色語素＋翻翻		●				
顏色語素＋嫋嫋		●				
顏色語素＋依依		●	●		●	

1.9　在語義上，表示「顏色義＋一層一層」的繼承 ABB／BBA 式

顏色語素＋重重：青重重、綠重重、重重綠、碧重重、重重碧、翠重重、重重翠。

（90）a. 尋源見樓閣，鴛瓦青重重。（宋・郭祥正《琅琊行》）

　　　b. 渭洳南望重重綠，章水還能向此流。（宋・王安石《寄題程公闢物華樓》）

　　　c. 日暮天寒吹屬玉，蠻江豆蔻重重綠。（宋・張良臣《芳草復芳草》）

　　　d. 祖帳寒梅白未空，已看新葉綠重重。（宋・林亦之《同安撫趙子直餞朱晦庵於懷安二首得重字》其一）

　　　e. 江抱月流青炯炯，山隨天去碧重重。（宋・盧襄《秋》）

　　　f. 喬木茂林森聳聳，遙岑疊嶂碧重重。（宋・呂勝已《瑞鷓鴣》其二）

　　　g. 遠看空碧混崔嵬，近見重重翠作堆。（宋・留元崇《遊羅浮》）

　　　h. 煙浮嵐彩重重碧，日染波光灑灑紅。（宋・李綱《江行即事八首》其一）

　　　i. 茂林新幄翠重重，猶有殘花掩映紅。（宋・孔武仲《西園獨步二首》其一）

　　　j. 深林樹色翠重重，一枕蓬蓬蝶翅濃。（宋・張次賢《山居雜興》）

　　　k. 繞館參天萬樹松，倚欄時見翠重重。（宋・章穎《桃源觀》）

從中古沿用下來的「綠色範疇顏色語素＋重重」〔註46〕，到了宋代其所指

〔註46〕據考察，在唐代，「顏色語素＋重重」只有一例。如唐王建《七泉寺上方》：「老僧

對象的範圍擴大：層層的鴛鴦瓦；河水掀起層層的波浪；芳草濃密貌；重疊的山峰；層層重疊的山間霧氣；樹林的顏色濃密貌。可見，「綠色範疇顏色語素＋重重」的語義隨著語言環境的變化而變。我們認為，其動因在於這一時期增多的出現頻率〔註 47〕和基於相似聯想的語義轉移對象的多樣性。而且在同時代並存的「疊疊青」「疊疊翠」「疊疊碧」等「疊疊＋綠色範疇顏色語素」和「綠層層」「層層綠」「碧層層」「層層碧」「翠層層」等「綠色範疇顏色語素＋層層」「層層＋綠色範疇顏色語素」頻繁出現也起了作用。這些「綠色範疇顏色語素＋疊疊」「綠色範疇顏色語素＋層層」等 ABB 式近義詞可以導致語言表達的豐富性。在語義上，尤其「綠色範疇顏色語素＋重重」同時具有「密密層層」「重重疊疊」，所以它具備有利於語義轉移的條件。對此，和下面例（102）的「綠色範疇顏色語素＋層層」可以比較。從結構上看，例（90）adefijk 的「青重重」「綠重重」「碧重重」「翠重重」都屬於附加式 ABB 式；例（90）bcgh 的「重重綠」「重重翠」「重重碧」都屬於偏正式 BBA 式。從句法功能上看，例（90）abcefhij 的「綠重重」「重重綠」「碧重重」「重重碧」「翠重重」都作謂語；例（90）dk 的「綠重重」「翠重重」都作賓語；例（90）g 的「重重翠」作狀語。可見，「綠色範疇顏色語素＋重重」「重重＋綠色範疇顏色語素」的句法上的功能也多樣化。

2. 顏色語素＋新生重疊」「新生重疊＋顏色語素」類型

2.1 表示「顏色義＋聚集貌／茂盛貌／濃密貌＋濃度」的繼承 ABB／BBA 式

顏色語素＋茸茸：白茸茸、綠茸茸、碧茸茸、青茸茸。

顏色語素＋簇簇：青簇簇、簇簇青、紅簇簇、簇簇紅。

顏色語素＋叢叢：綠叢叢、碧叢叢、叢叢碧、青叢叢。

顏色語素＋森森：綠森森、森森綠、森森青、碧森森、翠森森、森森翠。

（91）a. 幾片空田白水中，朝來俄已<u>綠茸茸</u>。（宋・鄒浩《觀插田》）

　　　b. 徑松青靄靄，庭草<u>碧茸茸</u>。（宋・句昌泰《題新繁句氏盤溪》其四）

雲中居，石門青重重。」在這裡，並列式 ABB 式「青重重」描寫青翠的山巒綿延的樣子。

〔註 47〕據統計，在《全宋詞》和《全宋詩》中「綠色範疇顏色語素＋重重」「重重＋綠色範疇顏色語素」一共出現 34 次。

c. 苔封石徑<u>綠茸茸</u>，深藏古寺無聲鐘。（宋·曾有光《贈畫山水陳兄》）

d. 春雲漠漠連春空，映階草色<u>綠茸茸</u>。（宋·朱淑真《春日行》）

e. 春風江岸草無際，馬蹄踏遍<u>青茸茸</u>。（宋·張綱《次韻蘇養直破虜謠》）

f. 山胡擁蒼毿，兩耳<u>白茸茸</u>。（宋·蘇轍《山胡》）

g. 霜鋪鴛瓦<u>茸茸白</u>，紅日破寒舒曉色。（宋·劉才邵《詠蠟梅呈李仲孫》）

h. 揚州舊服卉，木綿<u>白茸茸</u>。（宋·方一夔《續感興二十五首》其一十四）

在結構上，按照在上例（62）提到的漢語顏色詞「A＋BB」式的演變模式，宋代的「顏色語素＋茸茸」過渡重疊和目的重疊並存。也就是說，例（91）ab 的「綠茸茸」「碧茸茸」屬於由述補式轉變為附加式 ABB 式的過渡重疊；例（91）cdfgh 的「綠茸茸」「白茸茸」「茸茸白」屬於目的重疊，即附加式 ABB 式。在語義上，前者描繪「水稻」「草卉」翠綠而濃密貌，其語義分別指向「水稻」和「庭草」，同時新生重疊「茸茸」指向「綠」和「碧」，以對顏色語素增添色彩濃度。後者分別表示「深綠」和「潔白」的意思。與此不同，例（91）e 的「青茸茸」具有指代性，該詞指的是「草」。在句法功能上，除了例（91）e 的「青茸茸」作賓語，以外的「顏色語素＋茸茸」都作謂語。

（92）a. 富春勝趣景一幅，四面好山<u>青簇簇</u>。（宋·陳延齡《恩波橋》）

b. 雙飛蝴蝶好，一樣野花黃。<u>簇簇青</u>無數，翩翩意欲狂。（宋·林希逸《野菜飛黃蝶》）

c. 姬監擁前<u>紅簇簇</u>。（宋·宋祁《蝶戀花》）

d. 倚天蒼壁人煙外，也有桃花<u>簇簇紅</u>。（宋·程公許《正月二十五日過真溪見桃花》其一）

在語義上，「顏色語素＋簇簇」與中古基本相同。但是例（92）bc 的「簇簇青」和「紅簇簇」具有指代性，即它們分別表示「野菜」和「絢麗的紅花」。從語境義上看，它們蘊含著「不定量的複數概念＋顏色屬性」的意思，以表示野菜和紅花的類指義。其形成機制來自「焦點突顯現象」，使它們臨時轉化為名詞。在結構上，「青簇簇」屬於附加式 ABB 式，「簇簇紅」屬於偏正式 BBA 式。在句法功能上，「青簇簇」和「簇簇紅」都作謂語；「簇簇青」作主語；「紅

簇簇」作賓語。可以看出，與中古主要作謂語不同，在宋代，「顏色語素＋簇簇」的功能多樣化。

（93）a. 溪水無情流濺濺，海山依舊<u>碧叢叢</u>。（宋・劉克莊《訾家洲二首》其二）

　　　b. 新筍<u>綠叢叢</u>。鶯語匆匆。（宋・張矩《浪淘沙令・其二・再用前韻定出郊之約》）

　　　c. 並邊幽草<u>叢叢碧</u>，絕頂殘楓樹樹紅。（宋・韓淲《龜峰》）

　　　d. 日浮雞園赤爛爛，天入鷲嶺<u>青叢叢</u>。（宋・陳與義《陳叔易賦王秀才所藏梁織佛圖詩邀同賦因次其韻》）

　　　e. 遠看插天<u>碧叢叢</u>，近看玲瓏金玉峰。（宋・孫應時《巫山歌》）

　　　f. 眼明喜見<u>綠叢叢</u>，始也抽苗今滿握。（宋・樓鑰《秋雨兀坐王原慶攜孫吉父菊花倡和見過有分遺之意次韻》）

　　　g. 山<u>碧叢叢</u>四打圍，煩將舊恨訪黃鸝。（宋・范成大《次韻徐子禮提舉鶯花亭》其五）

　　　h. 惟有橘園風景異，<u>碧叢叢</u>裏萬黃金。（宋・范成大《四時田園雜興六十首》其四十八）

從中古沿用下來的「綠色範疇顏色語素＋叢叢」仍然保留其詞語裏面蘊含的某種事物的集合體概念。仔細看上面所舉的例子，「綠色範疇顏色語素＋叢叢」描寫的對象都是由某種事物的個體構成的一個整體，即集合體。集合體與各個成員之間存在的共同之處，即顏色屬性，使對其集合體的認知突顯度較大。也就是說，表狀態義的「叢叢」把隱蔽在一個整體裏面的意義要素向表面揭露，以呈現出色彩現象的加色效果，即濃度。在語義上，「綠色範疇顏色語素＋叢叢」在相似的語境中頻繁出現，以使事物的集合體中隱含的重疊詞「叢叢」向顏色語素靠攏。也就是說，重疊詞「叢叢」的實義逐漸弱化，對顏色語素添加功能詞義，即表示事物的集合性或色彩濃度。從例（93）的「碧叢叢」「綠叢叢」「叢叢碧」「青叢叢」中可以看出，該些詞語的意義都是由「海山」「新筍」「幽草」「鷲嶺」「金玉峰」「菊花」「山」「橘園」等具體的事物集合體裏面的隱含義呈現出來的。這樣的語義變化促使了該些重疊詞的內部結構的變化，即它們已經成為附加式 ABB 重疊式。在句法功能上，「綠色範疇顏色語素＋叢叢」的功能也發生了變化，即功能上的多樣化。例（93）a 至 d

的「碧叢叢」「綠叢叢」「碧叢叢」「青叢叢」都作謂語；例（93）ef 的「碧叢叢」「綠叢叢」都作賓語，該些詞語具有指代性；例（93）g 的「碧叢叢」作狀語；例（93）h 的「碧叢叢」作定語。

（94）a. 杉松夾道<u>綠森森</u>，古寺尤欣結客尋。（宋・周圻《遊琅邪寺》）

b. 苑西廊畔碧溝長，修竹<u>森森綠</u>影涼。（宋・趙佶《宮詞》其五十七）

c. 棟樑松柏<u>森森青</u>，忠烈寺下誰將迎。（宋末元初・龔璛《次幹壽道陪曹許二丞山行》）

d. 背岩松柏<u>碧森森</u>，向日雜花紅灼灼。（宋・張商英《遊天平山》）

e. 幽亭何處尋，岩樹<u>碧森森</u>。（宋・戴復古《鄂州戎治靜憩亭》）

f. 西府寒泉汲十尋，深澆淺灑<u>碧森森</u>。（宋・楊萬里《西府直舍盆池種蓮二首》其二）

g. 長壽長壽。松椿自此<u>碧森森底</u>茂。（宋・史浩《浪淘沙令・祝壽》）

h. 高山樹葉<u>翠森森</u>，寂靜因中道最深。（宋・趙炅《緣識》其四十三）

i. 西來祖意誰人問，老柏<u>森森翠</u>滿庭。（宋・舒亶《題香山湯禪師》）

在語義上，近古的「綠色範疇顏色語素＋森森」仍然保留森字的原義，該 ABB、BBA 式主要描寫樹木碧綠而眾多貌。可見，該重疊式也代表某種事物的集合性。這一時期，其詞語所指的對象擴大。例（94）f 的「碧森森」所指的對象是「荷花」；例（94）h 的「翠森森」所指的對象是「樹葉」。在結構上，宋代的「綠森森」「碧森森」「翠森森」等詞語由並列式 ABB 式轉變附加式 ABB 式，以重疊詞「森森」除了代表某種事物的集合體以外，還對顏色語素添加色彩濃度。在這裡，值得關注的是「碧森森＋結構助詞『底』」的出現。這樣的 ABB 重疊式外部結構的變化，給我們顯示「碧森森」中「森森」的語義淡化和其同義詞的再現。結果，句子中的語義中心由「碧森森」移到謂語「茂」，即謂語「碧森森」的狀語化；「森森綠」「森森青」「森森翠」等詞語處於由並列式 BBA 式變為偏正式 BBA 重疊式的過渡狀態。可見，隨著「森森」的實義逐漸開始弱化，以促使了「森森」向顏色語素靠攏。在句法功能上，「綠色範疇顏色語素＋森森」發生了變化。例（94）acdeh 的「綠森森」「森森青」「碧森森」「翠森森」都作謂語；例（94）b 的「森森綠」作定語；例（94）f 的「碧森森」作賓語。在這裡，該 ABB 式具有指代性，即荷花；例（94）gi 的「碧森森底」「森森翠」都作狀語。

通過對「顏色語素＋簇簇／茸茸／叢叢／森森」的語義、結構和用法變化的考察可見：

（1）在語義上，「顏色語素＋簇簇／茸茸／叢叢／森森」可以視為「顏色語素＋芊芊／萋萋」的 ABB 式近義詞。雖然「BB」的語言成分產生時期有先後關係，但它們和顏色語素構成的 ABB 式都在中古時期同時出現。因此，語義特徵上具有近義關係的這些 ABB、BBA 式可以滿足語言表達的多樣性。但是，其詞語的頻繁出現、使用歷史的長久和語義特徵上的變化導致了原生重疊和新生重疊的語義變化。換句話說，代表某種事物的集合性的非顏色語素的重疊成分變為附加成分，即對顏色語素增添色彩濃度。對此，可以參見下面的圖 6.6。

圖 6.6　宋代，表示「顏色義＋聚集貌／茂盛貌／濃密貌」的繼承 ABB ／ BBA 式語義變化體系

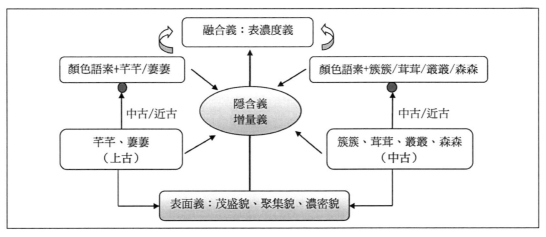

（2）在結構上，宋代，「顏色語素＋茸茸／簇簇／叢叢／森森」發展到附加式 ABB 式。

（3）在宋代，「顏色語素＋簇簇」「顏色語素＋茸茸」「顏色語素＋叢叢」「顏色語素＋森森」的用法如下：

表 6.20　宋代，表示「顏色義＋聚集／茂盛／濃密貌＋濃度」的繼承 ABB ／ BBA 式的用法情況

詞語＼用法	作主語	作謂語	作賓語	作定語	作狀語	作補語
顏色語素＋簇簇	●	●	●			
顏色語素＋茸茸		●	●			

顏色語素＋叢叢		●	●	●	●	
顏色語素＋森森		●	●	●	●	

2.2 表示「顏色義＋亮度＋鮮豔度」的繼承 ABB／BBA 式

顏色語素＋鱗鱗：白鱗鱗、綠鱗鱗、鱗鱗綠、碧鱗鱗。

顏色語素＋漆漆：黑漆漆地。

顏色語素＋豔豔：紅豔豔、豔豔紅。

顏色語素＋灑灑：紅灑灑、灑灑紅、赤灑灑。

顏色語素＋撲撲：撲撲白、紅撲撲、翠撲撲。

顏色語素＋滴滴：紅滴滴、滴滴紅。

顏色語素＋鮮鮮：白鮮鮮、鮮鮮綠、鮮鮮翠、碧鮮鮮。

（95）a. 細風微揭<u>碧鱗鱗</u>。（宋・王質《江城子・其一・席上賦》）

  b. 雲裏樓臺高鬱鬱，雨中原隔<u>碧鱗鱗</u>。（宋・晏殊《奉和聖製新春》）

  c. 關塞塵沙長滿眼，橫塘冰破<u>碧鱗鱗</u>。（宋・許景衡《和趙承之春日》）

  d. 楚江<u>鱗鱗綠</u>如釀，銜尾江邊繫朱舫。（宋・陸游《荊州歌》）

  e. 一聲鏗爾瑟，沂水<u>綠鱗鱗</u>。（宋・洪諮夔《送程宗武遊岢嵺》）

  f. 老去搜詩厭彫斲，晚風吹水<u>白鱗鱗</u>。（金・趙秉文《百五日獨遊西園》）

  g. 芳堤細草<u>鱗鱗綠</u>，深院垂楊嫋嫋黃。（宋・陳宗遠《春日書景》）

如見上例（95）acdef，宋代的「顏色語素＋鱗鱗」主要描寫水波蕩漾的樣子，以使「顏色語素＋鱗鱗」所指對象的範圍具有確定性。我們認為，其動因和該詞語在同一或相似的語境中反覆出現的情況密切相關。據統計，在宋代表示上面提到的語義的「綠色範疇顏色語素＋鱗鱗」出現 16 次，與此具有近義關係的新詞「綠色範疇顏色語素＋粼粼」出現 30 次。但是，這一時期描寫「雲彩」「碧瓦」「光彩」等語義的「顏色語素＋鱗鱗」沒發現。由此可見，語言的使用可以深刻影響到語義的演變。例（95）b 的「碧鱗鱗」描寫青翠而鮮明的原野；例（95）g 的「鱗鱗綠」是水波蕩漾的樣子映像到被風搖動的綠草的，其形成機制來自相似性聯想。但在宋代，該詞語就出現一次，沒發現。在結構上，在使用頻率很高的語境中顏色語素和「鱗鱗」的組合度越高，以其組塊已經成為附加式 ABB 式。在句法功能上，例（95）a 的「碧鱗鱗」具有

指代性，即表示綠色的水波，以作賓語；例（95）bcdefg 的「碧鱗鱗」「綠鱗鱗」「白鱗鱗」「鱗鱗綠」都作謂語。從不同的角度看，例（95）d 的「鱗鱗綠」又可以解釋為綠色的水波，所以把它可以看成作主語。可以看出，在宋代「顏色語素＋鱗鱗」的句法功能也多樣化。

（96）問：古鏡未磨時如何？師曰：照破天地。曰：磨後如何？師曰：<u>黑漆漆地</u>。問：如何是普眼？師曰：綯毫覷不見。曰：為什麼覷不見？（《五燈會元》卷八《羅漢琛禪師法嗣・龍濟紹修禪師》）

從中古沿用下來的「黑漆漆」沒有語義上的變化，但其詞的外部結構發生了變化。「黑漆漆」帶著結構助詞「地」，以其語義程度強化了。在句法功能上，該詞作謂語。從語體風格上，近古的「黑漆漆」開始進入口語環境裏。我們認為，從佛教語言的特徵上看，始見於唐代偈頌詩的「黑漆漆」具有一定程度上的傳承效果。像例（60）的「黑漫漫」那樣，「黑漆漆」也是在特殊語言環境裏產生的詞語，該詞語反映著「黑漆漆」從書面語進入口語的途徑之一，即一對一方式的對話體。

（97）a. 手種桃花滿北山，花<u>紅豔豔</u>照春灣。（宋・劉子翬《和士特栽果十首・桃》）

　　　b. 翠蓋田田綠，繁華<u>豔豔紅</u>。（宋・陳襄《荷華》）

　　　c. 叢頭金菊層層鬧，木末丹花<u>豔豔紅</u>。（宋・韓維《次韻和相公九月八日所賜詩》）

　　　d. 畏日流金<u>紅豔豔</u>，亂沙堆雪白漫漫。（宋・孔武仲《過馬鞍山》）

　　　e. 山花紅酣酣，溪水<u>綠灩灩</u>。（宋・陸游《雨雪兼旬有賦》）

　　　f. 直待黃昏風卷霽，<u>金灩灩</u>，玉團團。（宋・陳著《江城子・中秋早雨晚晴》）

　　　g. 須教月戶纖纖玉，細捧霞觴<u>灩灩金</u>。（宋・晏幾道《鷓鴣天》其一十七）

在語義上，例（97）abc 中的「紅豔豔」「豔豔紅」的語義是從中古沿用下來的。例（97）d 的「紅豔豔」是在宋代產生的新義，即該重疊詞形容像熔化的金屬一樣焰紅的太陽光。其語義變化的機制來自相似性聯想。由此可見，在語義特徵上，在中古同時存在的「紅豔豔」和「紅焰焰」到了宋代可以互相

代替。在結構上,「紅豔豔」屬於附加式 ABB 式;「豔豔紅」屬於偏正式 BBA 式。在句法功能上,例(97)a 的「紅豔豔」作狀語;例(97)bcd 的「豔豔紅」「紅豔豔」都作謂語。新生重疊「灩灩」始見於南北朝。如南朝梁何遜《望新月示同羈》詩:「的的與沙靜,灩灩逐波輕。」南朝梁何遜《行經范僕射故宅》詩:「潋灩故池水,蒼茫落日暉。」唐元稹《青雲驛》:「天池光灩灩,瑤草綠萋萋。」唐盧綸《上巳日陪齊相公花樓宴》:「樹色參差綠,湖光潋灩明。」唐張籍《朱鷺》詩:「避人引子入深壔,動處水紋開灩灩。」唐元稹《通州丁溪館夜別李景信三首》其一:「蠡盞覆時天欲明,碧幌青燈風灩灩。」唐盧綸《秋夜同暢當宿潭上西亭》:「梢梢寒葉墜,灩灩月波流。」等等。從語義上看,重疊詞「灩灩」和其逆向變聲重疊「潋灩」表示「水波浮動貌」「水光閃閃的樣子」「被風飄動貌」「月光明亮貌」等等。「顏色語素+灩灩」在唐代出現。如唐趙嘏《寄盧中丞》:「葉覆清溪灩灩紅,路橫秋色馬嘶風。」在這裡,偏正式「灩灩紅」描寫紅葉滿清溪的樣子,即顏色紅而鮮豔貌。如見上例,「顏色語素+灩灩」傳承到宋代。在語義上,例(97)e 的「綠灩灩」描寫溪水的顏色碧清而鮮豔貌;例(97)f 的「金灩灩」描寫金黃色的晚霞鮮豔貌;例(97)g 的「灩灩金」描寫金黃色的美酒鮮豔貌。在結構上,例(97)ef 的「綠灩灩」和「金灩灩」都屬於附加式 ABB 式;例(97)g 的「灩灩金」屬於偏正式 BBA 式。可以看出,新生重疊「灩灩」對顏色語素添加附加意義,即色彩的鮮豔度。在句法功能上,「綠灩灩」「金灩灩」「灩灩金」都作謂語。在這裡,需要說明的是「顏色語素+灩灩」明代以後沒發現。〔註48〕我們認為,其原因在於和該 ABB / BBA 式具有同義關係的「顏色語素+豔豔」宋代以後取代它。而且重疊詞「灩灩」單獨運用。

（98）a. 日染波光<u>紅灩灩</u>,風搖影裏碧鱗鱗。（宋·李綱《端康之間地名越城五山秀峙有蜿蜒飛躍之狀山有五龍廟當秦時神媼臨江五龍從之遊沒葬山上廟祀至今靈響甚著鄉人以風雨候龍之歸因作送迎辭五絕句以遺之》其五）

　　　b. 煙浮嵐彩重重碧,日染波光<u>灩灩紅</u>。（宋·李綱《江行即事八首》其一）

　　　c. 老龍吐珠<u>赤灩灩</u>,山鬼搖櫨走堂下。（宋·汪元量《聽徐雪江琴》）

〔註48〕如明楊基《省垣對雨有懷方員外》:「煮得新醅灩灩紅,省垣誰與晚樽同。」

新生重疊「灑灑」始見於唐代。如唐陸龜蒙《如奉和襲美太湖詩二十首‧曉次神景宮》：「曉帆逗埼岸，高步入神景。灑灑襟袖清，如臨蕊珠屏。」唐李賀《河南府試十二月樂詞‧其一十二‧十二月》：「日腳淡光紅灑灑，薄霜不銷桂枝下。」唐陸龜蒙《迎潮送潮辭‧送潮》：「潮西來兮又東下，日染中流兮紅灑灑。」在語義上，該重疊詞表示光芒四散貌，「紅灑灑」描寫陽光四散的樣子、陽光被水波反射後四散的樣子：例（98）ab 的「紅灑灑」「灑灑紅」從中古沿用下來的；例（98）c 的「赤灑灑」〔註49〕描寫紅色的珠光四散貌。由此可見，其所指的對象由太陽光轉移至珠光。在結構上，「紅灑灑」「赤灑灑」都屬於附加式 ABB 式；「灑灑紅」屬於偏正式 BBA 式。在句法功能上，「紅灑灑」「灑灑紅」「赤灑灑」都作謂語。

（99）a. 朝吟淮山翠撲撲，夜夢楚水鳴淙淙。（宋‧韓維《次韻和平甫同介甫當世過飲見招》）

　　　b. 野翠欣欣遍，林紅撲撲新。（宋‧宋祁《西園早春二首》其二）

　　　c. 春風剪草碧纖纖，春雨浥花紅撲撲。（宋‧高觀國《玉樓春‧其一‧擬宮詞》）

　　　d. 楊花撲撲白漫地，蛺蝶紛紛飛滿天。（宋‧梅堯臣《次韻和酬刁景純春雪戲意》）

在語義上，音綴式 ABB 式「顏色語素＋撲撲」是從中古沿用下來的，重疊詞「撲撲」對顏色語素添加功能詞義，以它表示顏色鮮豔貌。但是，在宋代「顏色語素＋撲撲」的所指對象的範圍擴大了。例（99）a 的「翠撲撲」描寫山色青翠而清新的樣子；例（99）bc 的「紅撲撲」描寫春花的顏色紅而鮮豔貌；在宋代出現的偏正式 BBA 式，即例（99）d 的「撲撲白」描寫雪白的柳絮，以表顏色義的程度增強了。可見，重疊詞「撲撲」的靈活運用可以帶來語義上的細微差異。在句法功能上，宋代的「顏色語素＋撲撲」發生了變化。例（99）abc 的「紅撲撲」「翠撲撲」都作謂語，這是與中古的功能基本一致的，而例（99）d 的「撲撲白」作狀語。

〔註49〕在這裡，需要說明的是這一時期非顏色 ABB 式重疊詞「赤灑灑」也並存。如宋釋懷深《諸禪人散灰》其二：「淨裸裸，赤灑灑，南北東西沒可把。」宋釋慧性《偈頌一百零一首》其六十一：「雪裡松徑，梅著寒梢。露裸裸，赤灑灑，獨孤標。」其詞語和「赤條條」具有同義關係，其意義表示「一無所有」「露在外頭」。

（100）a. 小槽珠溜<u>紅滴滴</u>，左持瓊觸右瑤瑟。（宋・李流謙《青樓行》）

　　　　b. 簷前雛竹娟娟粉，階下櫻桃<u>滴滴紅</u>。（宋・釋元肇《次陳平甫提幹晚春韻》）

　　　　c. 引領金扉<u>紅的的</u>。下有仙妃，纖手輕輕摘。（宋・王義山《樂語》）

　　新生重疊「滴滴」始見於南北朝時期。如北魏賈思協《齊民要術・養羊》：「作漉酪法：八月中作。取好淳酪，生布袋盛；懸之，當有水出，滴滴然下。」南朝梁蕭子雲《寒夜直坊》：「滴滴雨鳴階，愔愔茲夜靜。」唐令狐楚《賦山》詩：「古岩泉滴滴，幽谷鳥關關。」唐貫休《桐江閒居作十二首》其八：「露滴滴蘅茅，秋成爽氣交。」唐唐彥謙《留別四首》其二：「野花<u>紅滴滴</u>，江燕語喃喃。」唐張志和《漁父》：「秋山入簾<u>翠滴滴</u>，野艇倚檻雲依依。」等等。從語義上看，重疊詞「滴滴」表示水點或雨點一滴一滴地下注的樣子或聲音、花草或山色鮮豔貌。〔註50〕從唐代出現的「紅滴滴」和「翠滴滴」可以看出，重疊詞「滴滴」與單音詞「滴」的意義沒有任何關係。也就是說，「滴滴」借助於語音功能來對顏色語素「紅」「翠」添加鮮豔度。宋代的「紅滴滴」「滴滴紅」「紅的的」也仍然保持其語義。但是，例（100）a 的「紅滴滴」所指的對象發生了變化。按照《漢語大詞典》（1989）的解釋：「小槽，古時製酒器中的一個部件，酒由此緩緩流出。」唐李賀《將進酒》詩：「琉璃鐘，琥珀濃，小槽酒滴真珠紅。」由此可以看出，「紅滴滴」描寫從小槽口流出來的酒色。例（100）b 的「滴滴紅」描寫顏色紅而鮮潤的櫻桃；例（100）c 的「紅的的」描寫紅色豔麗的花。〔註51〕在結構上，「紅滴滴」「紅的的」屬於附加式 ABB

〔註50〕在語義上，宋代，「滴滴」和「的的」都表示鮮豔美麗。如宋無名氏《憶秦娥》其一：「嬌滴滴。雙眉斂破春山色。」宋歐陽修《鹽角兒》詞：「施朱太赤，施粉太白，傾城顏色。慧多多，嬌的的。天付與、教誰憐惜。」在這裡，需要說明的是在漢代出現的原生重疊「的的」表示鮮豔貌的意思見於南北朝時期。如《全梁文・江淹〈水上神女賦〉》：「諸光諸色，雜卉雜華。的的也。」依據《文選・宋玉〈神女賦〉》：「眸子炯其精朗兮，瞭多美而可觀；眉聯娟以蛾揚兮，朱唇的其若丹。」，在語義上，原生重疊「的的」與其單音詞「的」相同。就「滴滴」而言，在唐代出現的「紅滴滴」「翠滴滴」裏可以找到其語義。與「紅滴滴」音同義同的「紅的的」在宋代出現以後，一直到現代並存。

〔註51〕據考察，在中古和近古時期，「紅滴滴」「紅的的」主要描寫紅色豔麗的櫻桃或桃子。如明李夢陽《送程生兼寄姑蘇五嶽黃山人》：「壓枝梅杏累累碧，照眼櫻桃的的紅。」明許仲琳《封神演義》第九十三回：「忽然見一陣香風撲鼻，異樣甜美，這猴子爬上樹去一望，見一株桃樹，綠葉森森，兩邊搖盪，下墜一枝紅滴滴的仙桃，顏色鮮潤，嬌嫩可愛。」清末近現代初高燮《望江南六十四闋》其二十六：「連串櫻桃紅的的，堆盤角黍綠綿綿。」

式；「滴滴紅」屬於偏正式BBA式。在句法功能上，它們都作謂語。

（101）a. 誰云何用好，霜裏白鮮鮮。（宋‧王十朋《予有書閣僅容膝東有隙
地初甚荒蕪偶於暇日理成小園徑以通之杖藜日涉於其間幾欲成趣
然花木蕭疏不足播之吟詠謾賦十一小詩以記園中之僅有者時甲戌
仲冬也‧鮮鮮砌》）

b. 雨色今夜別，映門白鮮鮮。（宋‧戴表元《八月十五夜雨中微有月
色》）

c. 煙梢矗矗青圍屋，露葉鮮鮮綠滿籬。（宋‧范成大《題查山林氏
庵》）

d. 輕紅乾色無光霽。須是鮮鮮翠。（宋‧劉辰翁《虞美人‧其一十二‧
大紅桃花》）

新生重疊「鮮鮮」始見於唐代。如唐元結《演興四首‧招太靈》：「祠之襭
兮眇何年，木修修兮草鮮鮮。」唐韓愈《祖席前字》：「野晴山簇簇，霜曉菊鮮
鮮。」唐張九齡《入廬山仰望瀑布水》：「閃閃青崖落，鮮鮮白日皎。宋王安中
《郊行感興》：「鮮鮮野畦菊，的皪弄深黃。」宋韋驤《聞岩起至以詩先寄》其
一：「寶峰亭下菊鮮鮮，嫵媚秋風似可憐。」宋吳則禮《簡田升之時升之赴金
陵》：「建業風流端可憐，石城江色曉鮮鮮。」等等。從語義上看，重疊詞「鮮
鮮」主要描寫花草鮮麗貌、鮮豔貌、鮮明貌、新鮮的樣子。此外，它還描寫鮮
亮的太陽光、鮮明的江色等。「顏色語素＋鮮鮮」也始見於唐代。如唐白居易
《七月一日作》：「橋竹碧鮮鮮，岸莎青靡靡。」其語義表示竹葉翠綠而鮮明
貌。顏色語素「碧」和重疊詞「鮮鮮」的意義都指向前面的「橋竹」，同時重
疊詞「鮮鮮」的意義又指向顏色語素「碧」，以對顏色語素增添鮮明度。在語
義上，唐代的「顏色語素＋鮮鮮」的語義傳承到宋代：例（101）a的「白鮮
鮮」表示鮮明潔白的樣子；例（101）b的「白鮮鮮」表示月光明亮潔白的樣
子，即皎白；例（101）cd的「鮮鮮綠」「鮮鮮翠」表示鮮明的綠色。在結構
上，例（101）ab的「白鮮鮮」屬於附加式ABB式；例（101）cd的「鮮鮮
綠」「鮮鮮翠」都屬於偏正式BBA式。在句法功能上，例（101）abd的「白
鮮鮮」「鮮鮮翠」都作謂語；例（101）c的「鮮鮮綠」作狀語。可以看出，就
唐代相對而言，宋代的「顏色語素＋鮮鮮」「鮮鮮＋顏色語素」的句法功能多
樣化。

通過對表示「顏色義＋亮度＋鮮豔度（彩度）」的 ABB／BBA 式的語義、結構和用法變化的考察探析可見：

（1）「鱗鱗」和「漆漆」都是名詞重疊。雖然該些重疊詞的原義不盡相同，但隨著其詞語使用歷史的長久和語言環境的變化，其語義也逐漸開始變化。也就是說，重疊詞「鱗鱗」和「漆漆」，在不同的語言環境裏和顏色語素互動的情況下，其原義弱化，以它們對顏色語素帶來亮度的變化。狀態形容詞的重疊「豔豔」「灩灩」「灑灑」「鮮鮮」和疊音重疊「撲撲」也是如此：「豔豔」本身具有的「鮮豔貌」「豔麗貌」等的意義對顏色語素增添鮮豔度；「灩灩」表示水波閃閃發光的樣子；「灑灑」表示四散貌；「撲撲」的表音功能對顏色語素添加亮度或鮮豔度；「鮮鮮」表示「鮮麗貌」「新鮮」「明亮貌」「潔白貌」等，以對顏色語素添加亮度或鮮豔度。對此，可以參見下面的圖 6.7。

圖 6.7　宋代，表示「顏色義＋亮度＋鮮豔度」的繼承 ABB／BBA 式語義變化體系

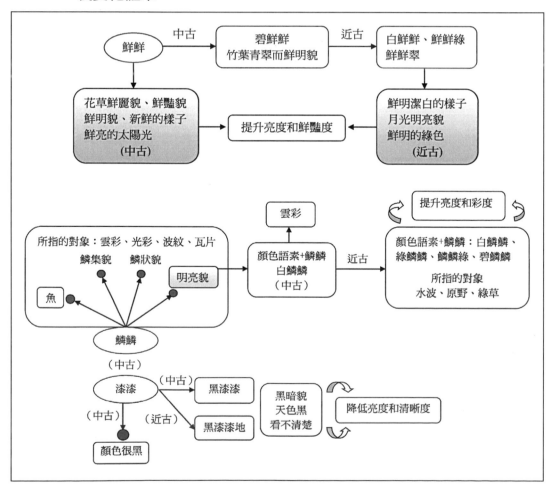

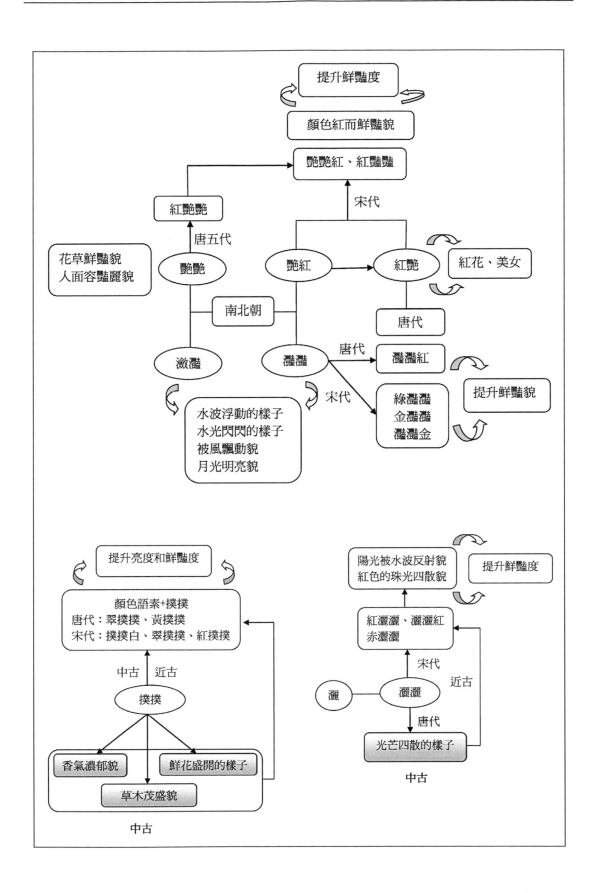

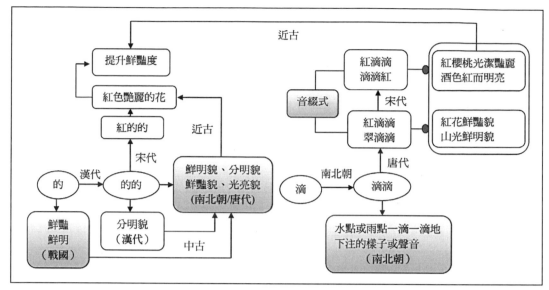

（2）在結構上，「顏色語素＋鱗鱗」「顏色語素＋漆漆」「顏色語素＋豔豔」「顏色語素灩灩」「顏色語素＋灑灑」「顏色語素＋鮮鮮」都屬於附加式或偏正式 ABB／BBA 式；「顏色語素＋撲撲」「顏色語素＋紅滴滴／的的」屬於音綴式 ABB／BBA 式。

（3）在宋代，「顏色語素＋鱗鱗」「顏色語素＋漆漆」「顏色語素＋豔豔」「顏色語素＋灩灩」「顏色語素＋灑灑」「顏色語素＋撲撲」「顏色語素＋滴滴／的的」「顏色語素＋鮮鮮」的用法如下：

表 6.21　宋代，表示「顏色義＋亮度＋鮮豔度」的繼承 ABB／BBA 式的用法情況

用法 \ 詞語	作主語	作謂語	作賓語	作定語	作狀語	作補語
顏色語素＋鱗鱗	●	●	●			
顏色語素＋漆漆		●				
顏色語素＋豔豔		●			●	
顏色語素＋灩灩		●				
顏色語素＋灑灑		●				
顏色語素＋滴滴		●				
顏色語素＋撲撲		●			●	
顏色語素＋鮮鮮		●			●	

2.3 表示「顏色義＋一層一層」的繼承 ABB／BBA 式

顏色語素＋層層：綠層層、層層綠、碧層層、層層碧、翠層層。

（102）a. 綠雲山麥<u>層層綠</u>，紅雨溪桃處處殘。（宋・李新《西齋睡起》其二）

　　　　b. 倡條繁蒂<u>綠層層</u>。（宋・趙彥端《畫堂春・其一・飲趙淵卿容光堂》）

　　　　c. 柔條細葉<u>綠層層</u>，盤結何工豈易然。（宋・林希逸《太平蓮者草花也本如藤蔓好事者結竹而植之其花大如當三錢四圍先綻中有一萼如初出水蓮最後方拆想以此得名一花可十許日鄰人饋以一盆亦自可愛推其所以名者戲述一首》）

　　　　d. 平塘玉立。薄羅飛起<u>層層碧</u>。（宋・王質《一斛珠・其三・有寄》）

　　　　e. 孤城芳樹<u>碧層層</u>，村落黃昏只見燈。（宋・張耒《離山陽入都寄徐仲車》）

　　　　f. 願王似南嶽，萬世<u>碧層層</u>。（宋・釋咸靜《擬寒山自述》其十）

　　　　g. 石路<u>層層碧</u>蘚花，矮窗低戶足煙霞。（宋・蒲壽宬《西岩》）

　　　　h. 數峰奇石<u>翠層層</u>，一片沙泉夜作冰。（宋・釋行海《冷泉冬夜》）

　　在宋代，「綠色範疇顏色語素＋層層」主要描寫樹木一層又一層的樣子。在語義上，與中古「綠色範疇顏色語素＋層層」的語義基本相同。但是，到了宋代其所指對象的範圍擴大。據例（102），宋代的「綠色範疇顏色語素＋層層」所指的對象是：「山麥」「柳條蒂」「竹葉」「荷葉」「花木」「山峰」「青苔」等等。在結構上，與「綠色範疇顏色語素＋重重」一樣，可以分成偏正式 BBA 式和附加式 ABB 式。它們也是在宋代頻繁出現，〔註52〕以使重疊「層層」向顏色語素靠攏。結果，顏色語素和「層層」之間的界線模糊了。因此，「綠色範疇顏色語素＋層層」的內部結構發生了變化。這給我們顯示，重疊詞「層層」的原義逐漸開始弱化。在句法功能上，例（102）abcdefh 的「綠層層」「層層綠」「碧層層」「翠層層」都作謂語；例（102）g 的「層層碧」作定語。可見，該重疊詞的句法功能也比較多樣。

　　2.4　表示「顏色義＋一望無際＋不明亮／模糊不清」的繼承 ABB／BBA 式顏色語素＋荒荒：白荒荒、荒荒白。

（103）a. 北接滄浪南洞庭，八九百里<u>荒荒白</u>。（宋・孫應時《沌中即事》）

〔註52〕據統計，「綠色範疇顏色語素＋層層」「層層＋綠色範疇顏色語素」在《全唐詩》中出現 2 次；在《全宋詞》和《全宋詩》中出現 17 次。

　　b. 越水<u>荒荒白</u>，吳山了了青。（宋・汪元量《杭州雜詩和林石田》其九）

　　c. 園林霜後色，樵牧霧中身。四望<u>荒荒白</u>，誰為洗日人。（宋・林景熙《雨土》）

　　d. 如今石鏡<u>荒荒白</u>，廟屋敧斜草沒頭。（宋・韓淲《臨安縣觀錢氏廟》其一）

　　e. 野色<u>荒荒白</u>，嵐光隱隱青。（宋・韓淲《九日》其二）

　　f. 夕陽有恨<u>荒荒白</u>，江水無聲泯泯流。（宋・仇遠《江上送友》）

　　據考察，新生重疊「荒荒」〔註53〕見於唐代。如唐司空圖《詩品・流動》：「荒荒坤軸，悠悠天樞。」該詞表示廣大的意思。可見，在語義上，新生重疊「荒荒」和原生重疊「悠悠」「茫茫」相通。「顏色語素＋荒荒」「荒荒＋顏色語素」，即 ABB／BBA 式也是在中古時期出現。如唐杜甫《漫成二首》其一：「野日荒荒白，春流泯泯清。」唐薛濤《賊平後上高相公》：「驚看天地白荒荒，瞥見青山舊夕陽。」從語義上看，「荒荒白」「白荒荒」裏面具有「一望無際＋不明亮的樣子」的含義，即黯淡無際貌。可以看出，顏色語素「白」受到重疊詞「荒荒」的影響，以其原義發生了變化。如見上例（103）ef，宋代的「荒荒白」仍然保持其語義。與此不同，例（103）abc 的「荒荒白」表示一望無際的白，其語義相當於「白茫茫」；例（103）d 的「荒荒白」表示模糊不清的樣子。可見，在宋代「荒荒白」的語義發生了變化。從結構上看，「荒荒白」具有偏正關係，以新生重疊「荒荒」對顏色語素「白」添加附加意義。從句法功能上看，例（103）a 至 f 的「荒荒白」都作謂語，沒有發生其功能上的變化。

2.5 其　他

（104）a. 燕子低飛入壞簷，柳條輕拂<u>綠毿毿</u>。（宋・王銍《別張自彊》）

〔註53〕按照北京大學中國語言學研究中心語料庫（CCL），重疊詞「荒荒」始見於漢代。如西漢楊雄《法言・孝至》：「荒荒聖德，遠人咸慕，上也；武義璜璜，兵征四方，次也。」與此不同，《法言義疏》（王榮寶撰、陳仲夫點校，中華書局，1987 年 3 月第 1 版，548 頁。）：「『茫茫聖德，遠人咸慕，上也。』〔注〕茫茫，大也。……〔疏〕『茫茫聖德』，秦氏影宋本作「荒荒」，注同。按音義：「茫茫，謨郎切。下同。」是音義所據本此與下文「茫茫天道」字同。司馬云：「李本『茫茫』作『荒荒』，今從宋、吳本。」則文公所見李本與音義本不同。錢本亦作「荒荒」，蓋當時所傳李注別本如此。今檢治平原本，此正文及注均作「茫茫」，正與音義合。秦本作「荒荒」者，蓋據集注語改之耳。」依據後者，我們把「荒荒」視為新生重疊。

b. 東風楊柳<u>碧毿毿</u>。（宋・謝懋《浪淘沙令》）

c. 墜崖鳴窣窣，垂蔓<u>綠毿毿</u>。（宋・蘇軾《入峽》）

d. 老木<u>碧毿毿</u>，幽亭著兩三。（宋・羅椅《冷泉亭》）

e. 頭高尾下<u>翠毿毿</u>，卻恐相傳是妄談。（宋・楊萬里《金雞石在玉山東二首》其二）

f. 萬畛針芒青曳曳，千山鱗羽<u>綠毿毿</u>。（宋・衛宗武《喜晴》其一）

g. <u>白毿毿</u>之頭髮，烏律律之眼睛。（宋・釋正覺《禪人並化主寫真求贊》其四〇五）

h. 細如毛髮<u>綠毿毿</u>，寂寞無人共歲寒。（宋・釋寶曇《次平元衡菖蒲》其二）

i. 六十三翁尚美髯，今年添盡<u>白毿毿</u>。（宋・戴表元《簡湯及翁》）

在語義上，在宋代，唐代「顏色語素＋毿毿」的主要義項，即柳絲翠而下垂貌和毛髮白而長毛，一邊保持其語義的典型性，一邊發生了變化。例（104）abcdgi 的「綠毿毿」「碧毿毿」「白毿毿」屬於前者，例（104）efh 的「翠毿毿」「綠毿毿」「碧毿毿」屬於後者。就後者而言，例（104）e 的「翠毿毿」是由細長下掛的柳絲映像到鳥的尾巴的，該重疊詞描寫鳥的尾巴細長而下垂的樣子；例（104）f 的「綠毿毿」描寫連綿起伏的山峰。在這裡，「毿毿」的原義已消失；例（104）h 的「綠毿毿」是由細長的毛髮映像到菖蒲的，該重疊詞描寫下垂的菖蒲葉。由此可見，「顏色語素＋毿毿」所指對象的範圍擴大，以提高該重疊詞的語義上的能產性。我們認為，其動因在於其詞語的繼承性、出現頻率和對新語境的適應能力。在結構上，宋代，顏色語素和新生重疊「毿毿」的結合的緊密度很高，以「顏色語素＋毿毿」已成為附加式 ABB 式。在句法功能上，例（104）g 的「白毿毿」作定語；例（104）i 的「白毿毿」作賓語；例（104）abcdefh 的「綠毿毿」「碧毿毿」「翠毿毿」都作謂語。可以看出，「顏色語素＋毿毿」的句法功能多樣化。

3. 基式 AB 或 BA 的擴展式

依據例（50）、（54）和（55），宋代的「紅豔豔」「豔豔紅」「焰焰紅」「綠陰陰」「翠陰陰」等 ABB／BBA 式除了構詞法，即「A＋BB」「BB＋A」重疊方式以外，還有構形法。也就是說，以 AB／BA 為基式的「紅豔」「豔紅」通過順向構形和逆向構形方式分別可以重疊為「紅豔豔」和「豔豔紅」；「焰紅」通過逆

向構形方式可以重疊為「焰焰紅」；「綠陰」「翠陰」通過順向構形方式可以重疊為「綠陰陰」「翠陰陰」。在語義上，基式和重疊式之間沒有什麼差異，但相對而言，後者比前者語義程度強化了。

（二）宋代，新生 ABB、BBA 式顏色詞的語義、結構與句法功能的變化

1. 「顏色語素＋原生重疊」「原生重疊＋顏色語素」「顏色語素＋新生重疊」「新生重疊＋顏色語素」類型

1.1 表示「顏色義＋亮度＋鮮豔度」的新生 ABB／BBA 式

顏色語素＋鑿鑿：白鑿鑿。

顏色語素＋皓皓：白皓皓。

顏色語素＋粼粼：綠粼粼、碧粼粼。

顏色語素＋娟娟：白娟娟、青娟娟、碧娟娟、翠娟娟、娟娟綠。

顏色語素＋涓涓：碧涓涓、翠涓涓、涓涓綠。

顏色語素＋沄沄：青沄沄、碧沄沄。

顏色語素＋煦煦：紅煦煦。

顏色語素＋酣酣：紅酣酣。

顏色語素＋灑灑：紅灑灑、灑灑紅、赤灑灑。

顏色語素＋呆呆：白呆呆、紅呆呆。

顏色語素＋炯炯：青炯炯、金炯炯、炯炯黑。

顏色語素＋洞洞：黑洞洞。

顏色語素＋卒卒：黑卒卒。

顏色語素＋淬淬：黑淬淬。

顏色語素＋窣窣：黑窣窣。

顏色語素＋籠籠：黑籠籠。

顏色語素＋黯黯：青黯黯。

（105）a. 清泉漱石<u>白鑿鑿</u>，湍落急瀨成淵洄。（宋・李廌《題郭功甫詩卷》）

　　　 b. 大千蒼蔔林，鉅萬梅花團。花惟<u>白皓皓</u>，巾自烏漫漫。（宋・王質《永興丞以皓雪鮮梅奇語見示戲占閒人浪辭酬之》）

c. 漁舟泛澤青茫茫，客衣吹霜<u>白皓皓</u>。（宋末元初·陸文圭《送吏員
　遷調松江》）

　　原生重疊「鑿鑿」始見於周代。如《詩經·唐風·揚之水》：「揚之水，白
石鑿鑿。」毛傳：「鑿鑿然，鮮明貌。在語義上，《詩經·唐風·揚之水》：「揚
之水，白石皓皓。」「揚之水，白石粼粼。」中的「皓皓」和「粼粼」與「鑿
鑿」相通。該重疊詞的義項傳承到中古和近古時期。如唐白居易《香爐峰下
新置草堂即事詠懷題於石上》：「香爐峰北面，遺愛寺西偏。白石何鑿鑿，清
流亦潺潺。」宋蘇軾《濬井》：「上除青青芹，下洗鑿鑿石。」等等。由此可
見，在宋代出現的「白鑿鑿」，顏色語素「白」和重疊詞「鑿鑿」之間具有同
義關係，以重疊詞「鑿鑿」對顏色語素增添其功能詞義，即色彩的鮮明度加
強。在結構上，「白鑿鑿」處在由述補式變為附加式 ABB 式的過渡。但是，
該詞語在宋代出現一次後沒發現。據考察，「白石鑿鑿」「石鑿鑿」等句法比
「白鑿鑿」靈活性更強。因此，運用其詞語的競爭中「白鑿鑿」被淘汰。在句
法功能上，「白鑿鑿」作謂語。原生重疊「皓皓」已見於上古時期。對此，可
以參見第二章的顏色詞「皓」。從語義上看，上古的「皓皓」主要有兩個義項，
即明亮貌和潔白貌。在中古時期，其重疊詞所指的對象擴大：明亮的月光 /
太陽光→結了冰的河水 / 凝結的霜→白雪 / 白霜→白雪的寒光→白雲等。如
南朝梁江淹《就謝主簿宿詩》：「季月寒氣重，滋蘭錯無芳。北風漂夜色，<u>河凝
皓如霜</u>。」南朝蕭統《擬古詩》：「霧苦瑤池黑，<u>霜凝丹墀皓</u>。晉陸機《七徵》：
「灼若<u>皓雪</u>之頹玄雲，皎若明珠之積緇圍。」唐李群玉《湖中古愁三首》其
一：「涼風西海來，直渡洞庭水。翛翛木葉下，白浪連天起。蘅蘭委<u>皓雪</u>，百
草一時死。」唐元稹《相和歌辭·古決絕詞三首》其二：「我自顧悠悠而若雲，
又安能保君<u>皓皓</u>之如雪。」唐貫休《別馮使君》：<u>皓皓玉霜</u>孤雁遠，蕭蕭松島
片帆開。宋陸游《冬夜》：「開門月滿庭，<u>皓皓</u>如積雪。」宋陳著《雪中偶成》：
「<u>寒光皓皓</u>照殘年，方信人閒別有天。」宋張嵲《斤竹嶺》：「朧朧曉月淡，<u>皓
皓</u>晨霜耿。」宋林正大《意難忘·括山谷煎茶賦》：「洶洶松風。更浮雲<u>皓皓</u>，
輕度春空。」明何景明《剡溪歌》：「舟行暮入山陰道，月濛濛兮<u>雪皓皓</u>。」近
現代宗遠崖《掃雪行》：「昨夜北風雪閉門，門前<u>皓皓</u>無餘痕。」等等。由此可
見，原生重疊「皓皓」的所指對象的擴大途徑是在心理上依賴於主觀感受來
模擬客觀事物呈現出的色彩現象的方式，即相似聯想。宋代出現的「白皓皓」

也是基於這一方式產生的。從語義上看，例（105）b，描繪雪白的梅花；例（105）c，描繪雪白的霜。可以看出，從語義關係上看，這裡的「白皓皓」與「白皚皚」具有同義關係。〔註54〕從結構上看，宋代的「白皓皓」已經成為附加式 ABB 式。也就是說，原生重疊「皓皓」對顏色語素「白」增添亮度，以其語義程度強化了。從句法功能上看，例（105）bc 的「白皓皓」都作謂語。

（106）a. 池痕吹皺<u>綠粼粼</u>，才見池痕認得春。（宋·方岳《立春》其三）

　　　　b. 柳下<u>碧粼粼</u>，認曲塵乍生，色嫩如染。（宋·王沂孫《南浦·其一·春水》）

　　　　c. 千峰高叢叢，一江<u>碧粼粼</u>。（宋·劉克莊《書堂山》）

　　　　d. 鳧鷖迎船似有情，隨波故起<u>綠粼粼</u>。（宋·呂祖謙《西興道中二首》其一）

　　　　e. 千峰倒影<u>碧粼粼</u>，摹寫桐江最逼真。（宋·孫岩《嶤浦早望》）

　　　　f. 試上小樓南北望，紅英滿地<u>綠粼粼</u>。（宋·張九成《丙寅正月》）

　　　　g. 鴉健觸翻紅薿薿，鷗閒占斷<u>碧粼粼</u>。（宋·李壁《句》其六）

　　　　h. 門前流水<u>碧粼粼</u>，禪定僧閒化復淳。（宋·房芝蘭《梵天寺》）

　　原生重疊「粼粼」始見於周代。如《詩經·唐風·揚之水》：「揚之水，白石粼粼。」毛傳：「粼粼，清澈也。」唐李賀《蜀國弦》：「涼月生秋浦，玉沙粼粼光。」唐高適《答侯少府》詩：「漆園多喬木，睢水清粼粼。」唐溫庭筠《張靜婉採蓮歌》：「城邊楊柳向嬌晚，門前溝水波粼粼。」等等。從語義上看，重疊詞「粼粼」描寫「白石鮮明貌」「白沙閃映貌」「水流清澈貌」「水波蕩漾」等。在宋代，原生重疊「粼粼」和綠色範疇顏色語素構成 ABB／BBA 式。如見上例，「綠色範疇顏色語素＋粼粼」主要描寫綠水清澈貌或碧波蕩漾的樣子，這一義項傳承到元明清。描寫白石鮮明貌的「白粼粼」〔註55〕在元代出現一次後沒發現。由此可見，宋代，該 ABB／BBA 式所指對象的範圍具有確定性。從

〔註54〕明清時期的「白皓皓」裏面表示「明亮貌」和「潔白貌」的兩個義項共存。如明朱浙《為譚二府乃祖母節孝卷題》：「嚴風入深閨，寒日白皓皓。」明李夢陽《香山寺》：「湖沙靜莽莽，海月白皓皓。」明李夢陽《故人殷進士特使自壽張來兼致懷作僕離群遠遁頗有遊陟之志酬美訂約遂有此寄》：「雲沙白皓皓，萬里見海口。」明邱雲霄《感遇》其七：「秋山白皓皓，東水走不停。」清李驥元《天雄關》：「波濤碧油油，霜霰白皓皓。」

〔註55〕如元李孝光《題松雪竹石》：「幽篁碧悄悄，白石白粼粼。」在語義上，宋代，新生重疊詞「白鑿鑿」「白粼粼」與繼承重疊詞「白磷磷」「磷磷白」基本一致。

語義上看，例（106）ad 的「綠粼粼」描寫綠波蕩漾；例（106）bcfgh 的「碧粼粼」「綠粼粼」都描寫綠水清澈貌；例（106）e 的「碧粼粼」描寫山峰倒映於水中的景色。從結構上看，例（106）abcdfgh 的「綠粼粼」「碧粼粼」都屬於附加式 ABB 重疊式，以重疊詞「粼粼」對顏色語素「綠」「碧」添加鮮明度；例（106）e 的「綠粼粼」屬於主謂式 ABB 式，這裡的顏色語素「綠」指代「水」。從句法功能上看，例（106）abceh 的「綠粼粼」「碧粼粼」都作謂語；例（106）dg 的「碧粼粼」作賓語。〔註 56〕

（107）a. 桃帶酒容紅煦煦，李餘粉態白娟娟。（宋·曾丰《尋春觸興》）

　　　　b. 分房圓戢戢，弄色翠娟娟。（宋·劉子翬《池蓮四詠分韻·其四·子》）

　　　　c. 雪壓寒梅枝嫋嫋，煙籠脩竹翠娟娟。（宋·李正民《野步》）

　　　　d. 擢幹春雨餘，挺節秋霜足。不知歲時改，守此娟娟綠。（宋·蘇轍《和鮮于子駿益昌官舍八詠·其二·竹軒》）

　　　　e. 已繞渚花紅灼灼，更縈沙竹翠娟娟。（宋·曾鞏《金線泉》）

　　　　f. 牆陰委宿莽，已覺青娟娟。（宋·舒岳祥《十月三十日晴暖而梅意殊冷也》）

　　　　g. 淨洗碧娟娟，顏色如少年。（宋·仇遠《題畫竹》其二）

　　新生重疊「娟娟」見於南北朝時期。如《文選·鮑照〈玩月城西門廨中〉》詩：「始出西南樓，纖纖如玉鉤。末映東北墀，娟娟似娥眉。」李善注：「《上林賦》曰，『長眉連娟』。」由此可見，該重疊詞形容像新月（眉月）一樣細長而彎曲的樣子。事實上，與「娟娟」相關的詞語「嬋媛」「便娟」「嬋娟」等早見於漢代。如漢邊讓《章華賦》：「形便娟以嬋媛兮，若流風之靡草。」《文選·張衡〈西京賦〉》：「嚼清商而卻轉，增嬋娟以此豸。」薛綜注：「嬋娟此豸，姿態妖蠱也。」從語義上看，它們主要表示姿態美好的意思，與「娟娟」基本相通。尤其「嬋娟」與「娟娟」又有「新月」「明月」「月光」等的意義。如南朝梁沈約《詠雪應令》：「嬋娟入綺窗，徘徊驚情極。」南朝齊謝朓《奉和隨王殿下詩》之一：「閒階塗廣露，涼宇澄月陰。嬋娟影池竹，疏蕪散風林」唐王適《江上有

〔註 56〕在元代，作定語的「粼粼碧」「碧粼粼」也出現。例如，元陳鎰《紫虛觀》：「紫虛宮近少微垣，俯瞰粼粼碧一川。」元關漢卿《雙赴夢》第四折：「碧粼粼綠水波紋皺，疏刺刺玉殿香風透。」

懷》：「洛陽閨閣夜何央，蛾眉嬋娟斷人腸。」唐皎然《溪上月》：「秋水月娟娟，初生色界天。」唐杜牧《南樓夜》：「歌聲嫋嫋澈清夜，月色娟娟當翠樓。」《說文》的解釋：「嬋，嬋娟，態也。從女單聲。」「娟，嬋娟也。從女昌聲。」可以看出，重疊詞「娟娟」由「嬋娟」分為「娟娟」和「嬋嬋」。可是，據考察，「嬋嬋」在宋代出現一次沒發現。〔註57〕「娟娟」隨著時代變化又產生了新的意義。如唐韋莊《夜景》：「欲把傷心問明月，素娥無語淚娟娟。」〔註58〕唐李建勳《新竹》：「嫋嫋薰風軟，娟娟湛露光。」唐杜甫《奉荅岑參補闕見贈》：「冉冉柳枝碧，娟娟花蕊紅。」唐杜甫《嚴鄭公宅同詠竹》：「雨洗娟娟淨，風吹細細香。」唐沈佺期《自昌樂郡溯流至白石嶺下行入郴州》：「娟娟潭裏虹，渺渺灘邊鶴。」宋王安中《和御製白蓮詩》其二：「娟娟初芙蓉，濯濯清淪漪。」按此，其意義是「流淚的樣子」「露水珠光耀的樣子」「花草的色彩鮮明、美好」「長曲貌」等等。在宋代，重疊詞「娟娟」和顏色語素構成附加式 ABB 式。從語義上看，這一時期的「顏色語素＋娟娟」主要描繪鮮麗妖媚的花草：例（107）a 的「白娟娟」表示李子像往臉上撲粉一樣明亮鮮豔；例（127）b 的「翠娟娟」表示青綠色的新鮮蓮子心；例（107）cdeg 的「翠娟娟」「娟娟綠」「翠娟娟」「碧娟娟」等表示碧綠色的清新竹葉；例（107）f 的「青娟娟」表示鮮嫩青綠的顏色。從句法功能上看，在宋代，「顏色語素＋娟娟」「娟娟＋顏色語素」等 ABB 式的句法功能比較多樣：例（107）abce 的「翠娟娟」都作謂語；例（107）dfg 的「娟娟綠」「青娟娟」「碧娟娟」都作賓語。

（108）a. 野水<u>涓涓綠</u>，林梢靡靡紅。（宋・劉敞《雪後》）

　　　　b. 轉山溪溜<u>碧涓涓</u>，一勺芳甘信所便。（宋・張嵲《無住壙山溪水》）

　　　　c. 兩溪光練練，萬竹<u>翠涓涓</u>。（宋・郭印《歸雲溪三首》其三）

　　　　d. 兩竿煙筱<u>翠涓涓</u>，數里清陰帶渭川。（宋・釋行海《竹》）

　原生重疊「涓涓」始見於戰國時期。如《荀子・法行》：「《詩》曰：『涓涓源水，不雍不塞。』」按照《說文》的解釋：「涓，小流也。從水昌聲。」可見，

〔註57〕如《全宋詩・釋道潛〈戲招李無悔秀才〉》：「野塘白芡珠盈斗，幽浦紅蕖錦繞船。冷炙殘杯當已厭，好來波際弄嬋嬋。」
〔註58〕從唐白居易《小橋柳》：「細水涓涓似淚流，日西惆悵小橋頭。」唐李商隱《野菊》：「苦竹園南椒塢邊，微香冉冉淚涓涓。」宋蔡伸《菩薩蠻》其五：「無人知我意。只有涓涓淚。」中可以看出，語義上「淚娟娟」與「細水涓涓」「淚流」「淚涓涓」「涓涓淚」相通。

・258・

原生重疊「涓涓」描寫泉水、小水等緩緩流動的樣子。依據《詩經・小雅・四月》:「滔滔江漢,南國之紀。」,在漢代,接近「滔滔」的義項也存在。如漢孔融《臨終詩》:「涓涓江漢流,天窗通冥室。」在中古時期,原生重疊「涓涓」仍然保持其原義,同時產生了新的意義。如晉陶潛《歸去來兮辭》:「木欣欣以向榮,泉涓涓而始流。」唐白居易《小橋柳》:「細水<u>涓涓</u>似淚流,日西惆悵小橋頭。」唐杜牧《春思》:「豈君心的的,嗟我淚涓涓。」可見,在唐代出現的「淚涓涓」是從前面的「細水涓涓似淚流」聯想到的詞語,以產生了新的義項,即形容眼淚不斷流出的樣子。如見上例,「綠色範疇顏色語素＋涓涓」「涓涓＋綠色範疇顏色語素」始見於宋代。從語義上看,例(108)ab 的「涓涓綠」「碧涓涓」描寫野水、溪水帶綠色而清新的樣子;例(108)cd 的「翠涓涓」描寫竹葉帶翠綠而新鮮的樣子。可以看出,隨著語境的變化,「涓涓」的語境義發生了變化,而且這一時期,重疊詞「涓涓」的原義也消失了。從結構上看,例(108)a 的「涓涓綠」,重疊詞「涓涓」和顏色語素「綠」之間具有偏正關係;例(108)bcd 的「碧涓涓」「翠涓涓」已成為附加式 ABB 式,以重疊詞「涓涓」對顏色語素添加附加意義,即鮮明度。從句法功能上看,「涓涓綠」「碧涓涓」「翠涓涓」都作謂語。

（109）a. 明旦立沙尾,若帶<u>青沄沄</u>。(宋・張嵲《四月旦大雨晝夜不止者兩日微水一夕暴漲》)

　　　　b. 暖翠浮嵐萬壑春,桃花流水<u>碧沄沄</u>。(宋・安麿《暖翠》)

　　　　c. 樓上春陰覆曉雲,一河天淨<u>碧沄沄</u>。(宋末元初・方回《清湖春早》其二)

原生重疊「沄沄」始見於漢代。如漢董仲舒《春秋繁露・山川頌》:「水則源泉混混沄沄,晝夜不竭。」《楚辭・王逸〈九思・哀歲〉》:「窺見兮溪澗,流水兮沄沄。」《說文》的解釋:「沄,轉流也。從水雲聲。」可見,原生重疊「沄沄」形容水流轉的樣子、水流洶湧湍急的樣子。該重疊詞傳承到中古近代仍然保持其語義。如南朝江淹《秋至懷歸》詩:「沄沄百重壑,參差萬里山。」唐宋務光《海上作》詩:「曠哉潮汐池,大矣乾坤力。浩浩去無際,沄沄深不測。」宋代,由「沄沄」的原義產生引申義,即時光像流水一樣迅速消逝。如宋王安石《次韻答陳正叔二首》其一:「功名落落求難值,日月沄沄去不回。」在宋

代出現的「顏色語素＋沄沄」也是主要描繪水流貌。在語義上，例（109）a 的「青沄沄」描寫碧水回流的樣子，它指代「漩渦」；例（109）b 的「碧沄沄」描寫山澗流水清澈貌；例（109）c 的「碧沄沄」描寫碧色的湖水中倒影的天空。可以看出，「顏色語素＋沄沄」由表示水流的動態性變為對顏色語素添加鮮明度。在結構上，這一時期，顏色語素和沄沄之間語法上的距離縮短，「顏色語素＋沄沄」逐漸接近附加式 ABB 式。就（109）b 而言，由於在同一的語言環境裏「水流」和「沄沄」同時出現，為了避免詞彙的冗餘現象，重疊詞「沄沄」向顏色語素「碧」靠攏，以重疊詞「沄沄」的原義弱化。例（109）c 中的「沄沄」，其原義已經模糊了。在句法功能上，例（109）a 的「青沄沄」作賓語；例（109）bc 的「碧沄沄」都作謂語。

(110) a. 乾坤無計薔春妍，擁在詩人耳目前。桃帶酒容<u>紅煦煦</u>，李餘粉態白娟娟。（宋・曾丰《尋春觸興》）

　　b. 山花<u>紅酣酣</u>，溪水綠灔灔。（宋・陸游《雨雪兼旬有賦》）

新生重疊「煦煦」始見於唐代。如唐韓愈《原道》：「彼以煦煦為仁，孑孑為義，其小之也，則宜。」宋王邁《反豔歌曲復三山林斗南》：「昵昵兒女語，煦煦婦人仁。」宋梅堯臣《大風》：「今者天柔和，煦煦皆敷芳。」宋葉適《祭周宗夷文》：「良朋時來，花月供娛；十十五五，煦煦濡濡。」該重疊詞表示「溫和」「溫暖」「陽光明亮貌」「和悅貌」等的意義。依據《墨子・經說下》：「景光之人煦若射。」南朝梁沈約《梁宗廟歌七首》其四：「悠悠億兆，天臨日煦。」，這些意義與單字義有關係，即陽光。例（110）a 的「紅煦煦」也具有其含義。該重疊詞描寫桃子的顏色紅而鮮麗貌。新生重疊「酣酣」始見於南北朝時期。如南朝梁釋寶誌《讖詩》：「昔年三十八，今年八十三。四中復有四，城北火酣酣。」唐白居易《不如來飲酒七首》其三：「不如來飲酒，仰面醉酣酣。」唐李商隱《句》：「遙想故園陌，桃李正酣酣。」宋孔平仲《春天》：「春天酣酣睡最美，日轉花陰猶未起。」宋方岳《山居十六詠・其一十二・錦巢》：「佳日春酣酣，一色錦步障。」等等。從語義上看，重疊詞「酣酣」描寫「火盛茂」「暢飲酒醉的樣子」「花盛開的樣子」「甜蜜的睡眠」「春景宛然」等等。例（110）b 的「紅酣酣」描寫紅色的山花鮮豔貌。《說文》的解釋：「酣，酒樂也。」該意義與述補式 ABB 式「醉酣酣」基本一致。這給我們顯示，在宋代出現之後，頻繁

使用的「酣紅」和「紅酣」與名詞「酒」有關係。其意義表示酒酣之後臉上呈現的紅潤色。而且「紅酣酣」與在同時代出現的「酣紅」「紅酣」的意義基本相同。從語境上看，宋代的「紅煦煦」「紅酣酣」與唐代的「紅怡怡」相通。可以看出，宋代的「酣紅」「紅酣」「紅酣酣」「紅煦煦」是「紅怡怡」的詞彙翻新。在結構上，上面的「紅煦煦」「紅酣酣」都屬於附加式 ABB 式；在句法功能上，例（110）a 的「紅煦煦」作賓語；例（110）b 的「紅酣酣」作謂語。

（111）a. 江抱月流<u>青炯炯</u>，山隨天去碧重重。（宋・盧襄《秋》）

　　　　b. 槐香吹鬢影，相對<u>青炯炯</u>。（宋・王質《故事三公皆黃閣作黃閣辭》）

　　　　c. 目瞳<u>青炯炯</u>，頭髮白絲絲。（宋・釋正覺《禪人並化主寫真求贊》其三五一）

　　　　d. 雙眸<u>炯炯黑</u>於漆，臉邊隱隱如桃紅。（宋・白玉蟾《贈城西謝知堂》）

　　　　e. 湖月<u>金炯炯</u>，竹風玉玲玲。（宋・蘇頌《次韻蔣穎叔同遊超化院》）

　　原生重疊「炯炯」始見於漢代。如《楚辭・嚴忌〈哀時命〉》：「夜炯炯而不寐兮，懷隱憂而歷茲。」王逸注：「言己中心愁怛，目為炯炯而不能眠。」三國魏陳琳《止欲賦》：「宵炯炯以不寐，晝捨食而忘饑。」晉潘岳《秋興賦》：「登春臺之熙熙兮，珥金貂之炯炯。」唐盧綸《和馬郎中畫鶴贊》：「晨光炯炯，一直朱頂。」唐劉禹錫《吳興敬郎中見惠斑竹杖兼示一絕聊以謝之》：「一莖炯炯琅玕色，數節重重玳瑁文。」宋孔文仲《秋月二首》其二：「頻聽一掀簾，星河光炯炯。」宋王之道《題智果寺》：「春雲忽解剝，林日光炯炯。」宋王之道《華亭風月堂避暑》：「輕風拂拂動襟袖，明月炯炯窺簾櫳。」宋鄒浩《求劉知錄澄泥香爐》：「千卷新書三疊琴，青燈炯炯夜沉沉。」宋王安石《贈寶覺》：「今朝忽相見，眸子清炯炯。」等等。從語義上看，重疊詞「炯炯」描寫「張開眼睛不眠的樣子」「星光、月光、太陽光、燈光等明亮貌」「人的眼睛發亮」等等。由此可見，重疊詞「炯炯」所指的對象擴大。在宋代，原生重疊「炯炯」和顏色語素構成 ABB／BBA 式。在語義上，例（111）ae 的「青炯炯」「金炯炯」都描寫水中光亮的月亮倒影；例（111）bcd 的「青炯炯」「炯炯黑」描寫眼睛黑亮的樣子。在這裡，重疊詞「炯炯」對顏色語素添加亮度或光澤。在結構上，「青炯炯」「金炯炯」都屬於附加式 ABB 式；「炯炯黑」屬於偏正式 BBA 式。在句

法功能上,「青炯炯」「金炯炯」「炯炯黑」都作謂語。

（112）a. 三冬和氣暖烘烘,半夜日頭<u>紅杲杲</u>。（宋・釋祖欽《偈頌一百二十三首》其六十一）

　　　　b. 命蹻破竹青離離,血潰江流<u>紅杲杲</u>。（宋・員興宗《歌兩淮》）

　　　　c. 海風吹練<u>白杲杲</u>,雪花滿面寒颼颼。（元・李孝光《龍湫行送軒宗冕歸山》）

　　原生重疊「杲杲」始見於周代。如《詩經・衛風・伯兮》:「其雨其雨,杲杲出日。」《楚辭・遠遊》:「陽杲杲其未光兮,凌天地以徑度。」按照南朝梁・劉勰《文心雕龍・物色》:「杲杲為出日之容,瀌瀌擬雨雪之狀。」等等。可見,上古時期,「杲杲」描寫太陽出來時的明亮貌。該重疊詞的意義傳承到中古和近古仍然保持運用。如南北朝陳叔寶《洛陽道五首》其二:「日光朝杲杲,照耀東京道。」唐韋應物《擬古詩十二首》其四:「綺樓何氛氳,朝日正杲杲。」唐白居易《負冬日》:「杲杲冬日出,照我屋南隅。」宋孫覿《寄題虞陽山周氏隱居五詠》其二:「竹間雨泠泠,花上日杲杲。」宋釋重顯《頌一百則》其三十五:「白雲重重,紅日杲杲。」宋陳著《新揭州學扁鄉人求賦》:「文明應奎壁,杲杲白日臨。」依據前面所舉的例子,在語義上,例（112）a 的「紅杲杲」保持著其典型意義。然而,例（112）bc 的「紅杲杲」和「白杲杲」都是由其典型意義轉變為非典型意義而產生的新詞。換句話說,後兩者就是表示太陽光的色彩現象映像到鮮紅的血液和白練飛瀉的瀑布的產物。由此可知,原生重疊「杲杲」的原義已消失,以其重疊詞對顏色語素添加亮度或鮮豔度。在結構上,「紅杲杲」和「白杲杲」都屬於附加式 ABB 式;在句法功能上,它們都作謂語。但是,在宋代以後,「顏色語素＋杲杲」類型的 ABB 式沒發現。原生重疊「杲杲」主要和名詞「日」連用,以導致了詞彙還原現象。這一語言現象與詞彙反彈現象一樣,在語言演化過程中很少見。胡敕瑞（2015）提出:「在漢語的歷時發展中,不少像『山』這樣的隱含概念最終從其融合形式（『崩』）中分離出來而形成了新的結構（『山崩』）,這種從概念融合到概念分離是『從隱含到呈現』的典型範例。」〔註59〕我們前面已提到,在產生漢語

〔註59〕胡敕瑞《從隱含到呈現（上）——試論中古詞彙的一個本質變化》（載於吳福祥、王雲路編《漢語語義演變研究》）,北京:商務印書館,2015 年 10 月第 1 版,113 頁。

顏色詞 ABB 式的路徑中，名詞和重疊詞之間嵌入顏色語素，以實現了語言表達的生動。從某種語義上看，這一方式與詞彙發展的一條重要規則，即「從隱含到呈現」一脈相通。就拿「紅呆呆」來說，其詞語的產生路徑是：「呆呆出日」→「日光朝呆呆」→「日呆呆」→「紅日呆呆」→「日頭紅呆呆」。按照「從隱含到呈現」，其呈現方式是，原詞「日」和原生重疊「呆呆」之間插入中心詞「日」裏面隱含的新的謂詞成分「紅」，以顏色要素呈現出來。這就是顏色詞的詞彙生動化。然而，語義上「紅呆呆」「白呆呆」在由典型意義轉變為非典型意義之後，不再延長其詞語的生命力，它們恢復到原來的狀態。我們認為，這樣產生「詞彙還原現象」的原因在於同時代存在的近義詞的優勢。也就是說，在語義關係上，「紅呆呆」和「紅豔豔（紅焰焰）」，「白呆呆」和「白皚皚」分別具有近義關係，這一時期後者「紅豔豔」和「白皚皚」的語義已經開始寬泛。因此，後起的「紅呆呆」「白呆呆」喪失了對它們的競爭力。

（113）a. 洞生毛竹<u>綠猗猗</u>，枝幹扶疏滿洞垂。（宋‧李綱《毛竹洞》）

　　　　b. 六月高標寒凜凜，三冬秀色<u>綠猗猗</u>。（宋‧丘葵《寄題朱推官竹齋》）

　　　　c. 自保<u>猗猗綠</u>，誰憐冉冉根。（宋‧丁謂《竹》）

　　　　d. 霜林老鴉閒無用，畦東拾麥畦西種。畦西種得<u>青猗猗</u>，畦東已作牛尾稀。（宋‧蘇軾《鴉重麥行》）

　　　　e. 種來三世遠，一片<u>綠猗猗</u>。（宋‧陳著《題東堂竹》）

　　　　f. 不用子猷親種竹，屋頭元有<u>綠猗猗</u>。（宋‧洪諮夔《移居西郭重樓》）

　　　　g. 何以居之安，賴此<u>猗猗綠</u>。（宋‧趙蕃《檢校竹隱竹數三首》其一）

　　　　h. 萬朵奇雲繞屋飛，雲心修竹<u>綠猗猗</u>。（宋‧章雲心《竹》）

　　　　i. 淇園<u>綠猗猗</u>，昌穀黑離離。（宋‧仇遠《題仲賓竹石》）

　　原生重疊「猗猗」始見於周代。如《詩經‧衛風‧淇奧》：「瞻彼淇奧，綠竹猗猗。」毛傳：「猗猗，美盛貌。」漢張衡《怨篇》：「猗猗秋蘭，植彼中阿。」西晉陸雲《贈鄱陽府君張仲膺詩》其四：「猗猗桑梓，厥耀孔多。」唐陳陶《泉州刺桐花詠兼呈趙使君》：「猗猗小豔夾通衢，晴日薰風笑越姝。」唐韓愈《寄崔二十六立之》：「四隅芙蓉樹，擢豔皆猗猗。」等等。據《詩經‧檜風‧隰有萇楚》：「隰有萇楚，猗儺其華。」《詩經‧衛風‧竹竿》：「巧笑之儺，佩玉之儺」，在語義關係上，「猗」和「儺」具有同義關係，它們都表示「柔美」「美

好的樣子」。可見，「猗」的單字義和重疊詞「猗猗」有密切聯繫。據所舉的例子，「猗猗」所指的對象比較多樣：「綠竹」「蘭草」「桑樹」「梓樹」「刺桐（花）」「芙蓉樹」「桃花」等等。但是，在宋代出現的「綠猗猗」「猗猗綠」主要描寫青翠而鮮艷的竹子或竹葉：例（113）abcefghi 的「綠猗猗」「猗猗綠」都指向「綠竹」；例（113）d 的「青猗猗」指代「青麥」。在結構上，「綠猗猗」「青猗猗」屬於附加式 ABB 式；「猗猗綠」屬於偏正式 BBA 式，以重疊詞「猗猗」增添顏色語素「綠」「青」的鮮艷度。在句法功能上，例（113）abehi 的「綠猗猗」「猗猗綠」都作謂語；例（113）cdfg 的「猗猗綠」「青猗猗」「綠猗猗」都作賓語。

（114）a. 火中有黑，陽中陰也；水外**黑洞洞**地，而中卻明者，陰中之陽也。
（《朱子語類》卷一）

　　　b. 但是人不見此理，這裡都**黑卒卒**地。（《朱子語類》卷二十九）

　　　c. 有僧到參，於山下見師，便問：丹霞山向甚麼處去？師指山曰：
青黯黯處。（《五燈會元》卷五《丹霞天然禪師》）

　　原生重疊「洞洞」已見於戰國時期。如《禮記・禮器》：「卿大夫從君，命婦從夫人，洞洞乎其敬也，屬屬乎其忠也。」《淮南子・天文訓》：「天墜未形，馮馮翼翼，洞洞灟灟，故曰大昭。」東漢高誘注：「馮翼洞灟，無形之貌。」《氾勝之書・種穀》：「以汁和蠶矢羊矢各等分，撓令洞洞如稠粥。」宋王令《自訟答束熙之》：「洞洞之室或者穿，岩岩之牆或者緣。」宋陳著《僧雍野堂贊》：「空空洞洞，規模廣大。」《朱子語類》卷六九：「（程明道）論修辭立其誠所以居業，說得來洞洞流轉。」等等。從語義上看，重疊詞「洞洞」隨著時代變化而變化：戰國時期，表示恭敬而有誠意貌，該詞義與單字「洞」的意義沒有任何關係；漢代，表示無形之貌、混沌貌、混合貌；宋代，表示黑暗貌、廣闊貌、洞曉貌。在這裡，漢代的「無形之貌」和宋代的「黑暗貌」與單字「洞」的意義密切相關。如《墨子・備城門》：「今之世常所以攻者，臨、鉤、衝、梯、堙、水、穴、突、空洞、蟻附、轒轀、軒車。漢班固《西都賦》：「超洞壑，越峻崖。」東漢王延壽《魯靈光殿賦》：「歆幽藹，雲覆霮霸，洞杳冥兮。」唐宋之問《嵩山石淙侍宴應制》詩：「離宮秘苑勝瀛洲，別有仙人洞壑幽。」唐宋之問《臥聞嵩山鍾》：「悔往自昭洗，練形歸洞窟。」唐白居易《洞

中蝙蝠》詩:「千年鼠化白蝙蝠,黑洞深藏避網羅。」等等。可以看出,從語義特徵上看,「洞」「空洞」「洞壑」「洞窟」「黑洞」等詞語具有「空無所有」「幽深」「杳冥」「黑暗貌」的含義。如見上例(114)a,在宋代出現的「黑洞洞」表示黑暗貌。從語義關係上看,顏色語素「黑」和重疊詞「洞洞」之間具有同義關係。像「黑漆漆」一樣,其語義程度強化了。可見,宋代的「黑洞洞」是在唐代出現的「黑漆漆」「黑漫漫」的詞彙翻新。從結構上看,「黑洞洞」屬於附加式 ABB 式;從句法功能上看,該重疊詞作謂語。

原生重疊「卒卒」始見於漢代。如《漢書·司馬遷傳》:「會東從上來,又迫賤事,相見日淺,卒卒無須臾之間,得竭指意。」顏師古注:「卒卒,促遽之意也。」可見,在語義上,重疊詞「卒卒」和後面的「無須臾之間」具有同義關係。該重疊詞的意義,在中古和近古也仍然保持運用。如唐韓愈《答劉秀才論史書》:「豈一人卒卒能紀而傳之邪?」宋王令《偶占》詩:「卒卒往來舟,翻翻逐利謀。」在宋代,其語義發生了變化。如宋趙蕃《寄秋懷》其二:「歲時空卒卒,身世益倀倀。」在這裡,「空卒卒」表示空虛的意思,其詞義和上面的「空洞」「空空洞洞」具有同義關係。可以看出,例(114)b 的「黑卒卒」是同義詞「黑洞洞」的詞彙翻新。從結構上看,重疊詞「卒卒」是借助於表音功能來表達語義的,以該重疊詞對顏色語素「黑」添加附加意義。按此,「黑卒卒」可以說屬於音綴式 ABB 式。從句法功能上看,該重疊詞作謂語。

原生重疊「黯黯」始見於漢代。如東漢陳琳《遊覽》詩之一:「蕭蕭山谷風,黯黯天路陰。」南朝宋劉義慶《世說新語·容止第十四》:「謝公云:『見林公雙眼,黯黯明黑。』」《全梁文》卷三十三《江淹〈哀千里賦〉》:「水黯黯兮蓮葉動,山蒼蒼兮樹色紅。」《全梁文》卷十五《元帝〈蕩婦秋思賦〉》:「重以秋水文波,秋雲似羅,日黯黯而將暮,風騷騷而渡河。」《全梁》卷五十三《陸倕〈思田賦〉》:「風飀飀以吹隙,燈黯黯而無光。」《唐代墓誌彙編續集·長壽 12》陝西卷第三冊:「日黯黯而山晦,雲蒼蒼而樹古。」《唐代墓誌彙編續集·顯慶 39》洛陽卷第四冊:「旅次荒郊,輪移洛渚,霧黯黯而離合,雲慘慘而低舉。」唐杜甫《秋日夔府詠懷奉寄鄭監李賓客一百韻》:「眾香深黯黯,幾地肅芊芊。」唐白居易《李都尉古劍》:「古劍寒黯黯,鑄來幾千秋。」唐末宋初徐鉉《宿蔣帝廟明日遊山南諸寺》:「松蓋遮門寒黯黯,柳絲妨路翠毿毿。」

等等。從語義上看，該重疊詞表示「昏暗貌」「眼睛黑炯炯」「深深的水或呈現黑色的水」「天色黑」「燈光暗淡」「雲霧彌漫」「清幽的香氣」「古劍寒光凜凜的樣子」「寒涼的樣子」等等。可見，原生重疊「黯黯」在不同的語境裏，其語義由描寫視覺意象轉移至表達嗅覺以及觸覺意象。我們認為，對此言語使用者的認知心理起了作用。如見例（114）c，在宋代出現的「青黯黯」描寫青山深深的樣子。該 ABB 式，通過顏色詞表示特指方向，以語義上它具有指代性。在句法功能上，「青黯黯」作定語。

（115）a. 天無明。夜半<u>黑淬淬</u>地，天之正色。（《朱子語類》卷一）

　　　　b. 字曰：今看文字未熟，所以鶻突，都只見成一片<u>黑淬淬</u>地。（《朱子語類》卷十）

　　　　c. 聖賢不是教人去<u>黑淬淬</u>裏守著。（《朱子語類》卷十五）

　　　　d. 若不見得，即<u>黑淬淬</u>地守一個敬，也不濟事。（《朱子語類》卷四十二）

　　　　e. 只恁地<u>黑淬淬</u>地在這裡，如何要得發必中節！（《朱子語類》卷六十二）

　　　　f. 蓋是見得分明，方有個進處，若不曾見得，則從何處進？分明<u>黑淬淬</u>地，進個甚麼？（《朱子語類》卷六十九）

　　　　g. 但是人不見此理，這裡都<u>黑窣窣</u>地。（《朱子語類》卷三十一）

　　　　h. 若上面著布衣，裏面著布襖，便是內外<u>黑窣窣</u>地。（《朱子語類》卷六十四）

　　　　i. 若不深，如何能通得天下之志！又曰：他恁<u>黑窣窣</u>地深，疑若不可測，然其中卻事事有。（《朱子語類》卷七十五）

　　　　j. 曰：玄，只是深遠而至於<u>黑窣窣</u>地處，那便是眾妙所在。（《朱子語類》卷一百二十五）

　　　　k. <u>黑窣窣</u>時魚是魯，聲嗚嗚處虎為菟。（宋・熊鉌《勉無咎》其二）

　　　　l. 若自心<u>黑籠籠</u>地，則應事安能中節！（《朱子語類》卷一百一十五）

　　從語義上看，例（115）中的「黑淬淬」「黑窣窣」「黑籠籠」都表示黑暗貌、糊裏糊塗、心裏不明白的樣子。與例（114）中的「黑洞洞」「黑卒卒」一樣，它們都在《朱子語類》中出現，其語義也與前兩者基本相同。該些 ABB

式的成員中「淬淬」「窣窣」「籠籠」都與單字義沒有任何關係，它們借助單字的表音功能來對顏色語素「黑」添加功能詞義。也就是說，重疊詞「淬淬」「窣窣」「籠籠」通過聽覺效果可以強化顏色語素的語義程度。從通感的角度，我們稱之為「顏色＋聽覺共感覺現象的雙贏效果」。從歷史層面上看，重疊詞「淬淬」從來沒有單獨運用。在宋代，該重疊詞直接和顏色語素「黑」構成了「黑淬淬」。據統計，「黑淬淬」在《朱子語類》中集中出現，即一共出現 10 次。而在明代，「淬淬黑」〔註60〕出現一次之後就沒發現。重疊詞「窣窣」始見於唐代。如唐李建勳《迎神》：「陰風窣窣吹紙錢，妖巫瞑目傳神言。」宋王灼《風蓬蓬一首贈范德承》：「風蓬蓬，雨窣窣，客子中夜寒侵骨。」宋吳江女子《又與錢忠》：「輕橈直入湖心裏，渡入荷花窣窣鳴。」宋辛棄疾《金人捧露盤・其一・會稽秋風亭觀雪》：「何如竹外，靜聽窣窣蟹行沙。」宋張鎡《七月望煙波觀對月》：「煙蘆窣颯雜蟲響，漁艇隱約收絲緡。」可見，「窣窣」是模擬風聲、雨聲、荷葉搖動的聲音、在沙灘上河蟹橫行時發出的聲音、蟲聲等事物聲音的重疊詞。重疊詞「籠籠」始見於六朝時期。如南朝梁江淹《傷愛子賦》：「霧籠籠而帶樹，月蒼蒼而架林。」唐孟郊《和宣州錢判官使院廳前石楠樹》：「籠籠抱靈秀，簇簇抽芳膚。」宋蘇舜欽《永叔石月屏圖》：「寒輝籠籠出輕霧，坐對不復嗟殘缺。」等等。從修辭的角度看，可以知道語義上「霧籠籠」「月蒼蒼」中的「籠籠」和「蒼蒼」之間具有近義關係；「籠籠」和「簇簇」之間也具有近義關係。它們分別表示「朦朧」「隱約」和「茂盛」的意思。在語義上，宋代的「籠籠」和前者「籠籠」基本相同。

從在《朱子語類》中同時出現的「黑洞洞」「黑卒卒」「黑淬淬」「黑窣窣」「黑籠籠」中可以看出，該些附加式 ABB 式和音綴式 ABB 式通過詞彙翻新產生的詞語。在同一的語言環境裏，這樣的詞彙冗餘現象既可以滿足語言表達的多樣性，又可以實現詞彙擴散的方式。在這裡，可以值得關注的是「黑卒卒」「黑淬淬」「黑窣窣」的構詞法。我們認為，它們都是通過音近義同的音變方式來產生的新詞。從語體風格上看，它們在口語環境裏運用，以逐漸進入口語詞。《現代漢語方言大詞典》（2002）：「在南京方言裏，『黑漆漆的』形

〔註60〕如明羅懋登《三寶太監西洋記》第十八回：「水裏又走出一夥娃子來，背兒烏，肚兒白，眼兒光，嘴兒窄，手兒過於膝，尼眼上一把剪刀淬淬黑，他接著「天兵」二字，也輕輕的撚做個紙條兒。」

容黑暗。」《漢語方言大詞典》（1999）：「『黑窣窣』形容很黑。吳語。浙江浦江。《浦江縣志》（1916）：『黑漆漆一作黑窣窣，又作黑洞洞。』浙江黃岩。清光緒三年《黃岩縣志》：『黑曰黑窣窣。』」這些南方地域的口語詞也是其佐證。從結構上看，「黑洞洞」屬於附加式 ABB 式；「黑卒卒」「黑淬淬」「黑窣窣」「黑籠籠」都屬於音綴式 ABB 式。該些 ABB 式後帶結構助詞「地」，以其外部結構也發生了變化，即質變。從所舉的例子中可以知道，這一時期結構助詞「地」和「的」的運用還沒完全區分。從句法功能上看，「黑淬淬」「黑窣窣」「黑籠籠」的功能比較多樣：例（115）aghl 的「黑淬淬」「黑窣窣」「黑籠籠」都作謂語；例（115）cjk 的「黑淬淬」「黑窣窣」都作定語；例（115）dei 的「黑淬淬」「黑窣窣」都作狀語；例（115）bf 的「黑淬淬」作賓語。可以看出，口語詞的出現頻率越高，其詞語的句法功能也更為豐富。

通過對表示「顏色義＋亮度＋鮮豔度」的新生 ABB／BBA 式的語義、結構和用法變化的考察探析可見：

（1）在語義上，對顏色語素添加亮度或鮮豔度的方式主要有三種趨向：一是和顏色語素構成 ABB／BBA 式的原生重疊或新生重疊的典型語義特徵發揮其功能。如「白鑿鑿」「白皓皓」「白娟娟」「綠色範疇顏色語素＋娟娟」「紅煦煦」「紅酣酣」「紅灑灑」「赤灑灑」「青炯炯」「炯炯黑」「金炯炯」「白呆呆」「紅呆呆」「綠色範疇顏色語素＋猗猗」「黑洞洞」「青黯黯」等等。其中，「白娟娟」「紅煦煦」「紅酣酣」等詞語是通過「比擬」產生的新詞。在語義上「紅煦煦」「紅酣酣」與唐代的「紅怡怡」相通；二是隨著語言環境的變化而產生的重疊詞的功能詞義變為附加成分。如「綠色範疇顏色語素＋涓涓」「綠色範疇顏色語素＋沄沄」「黑籠籠」等；三是擬聲重疊或借音詞，即音綴式詞語對顏色語素添加功能詞義的方式。如「黑卒卒」「黑窣窣」「黑淬淬」等等。從不同的角度看，「黑籠籠」又可以看成是音綴式詞語。對此，請參見下面的圖 6.8。

圖6.8　宋代，表示「顏色義＋亮度＋鮮豔度」的新生 ABB／BBA 式語義變化體系

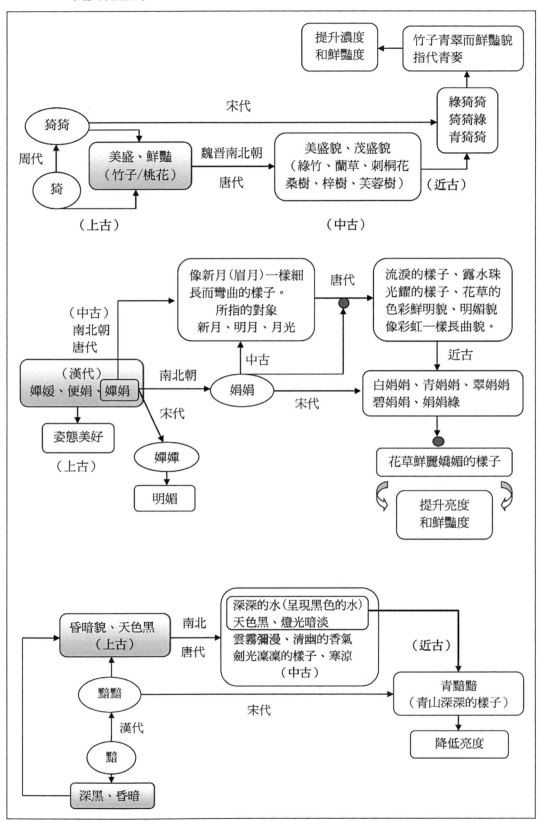

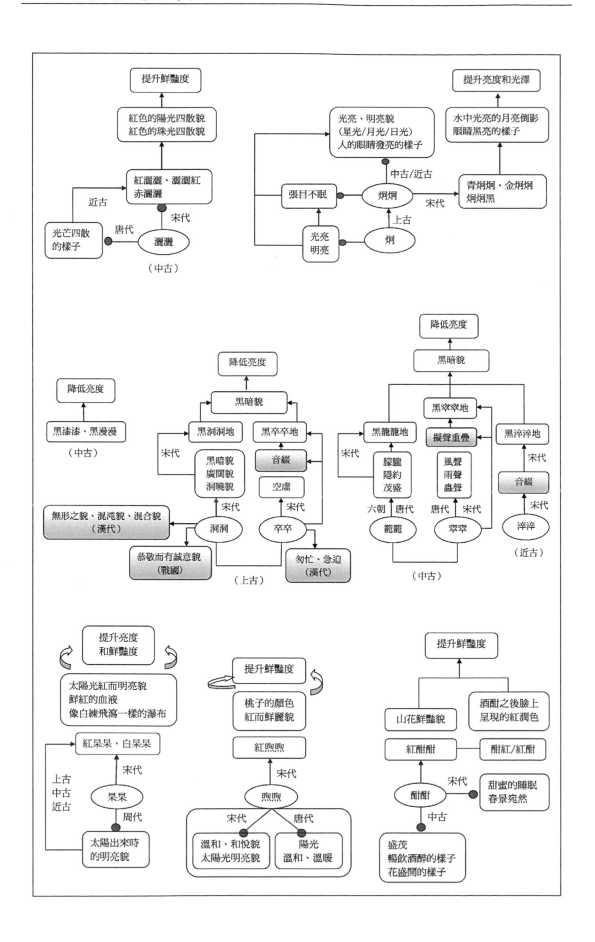

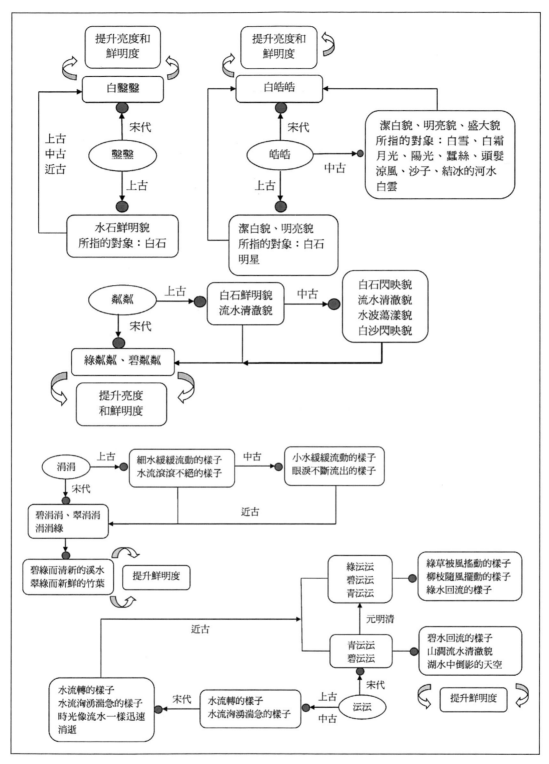

（2）在結構上，「白鑿鑿」屬於由述補式變為附加式 ABB 式的過渡形式；
「白皓皓」「紅煦煦」「紅酣酣」「顏色語素＋沄沄」「顏色語素＋杲杲」「綠猗猗」
「青猗猗」「黑洞洞」「青黯黯」「黑籠籠」都屬於附加式 ABB 式；「顏色語素＋
涓涓」「顏色語素＋娟娟」「顏色語素＋灑灑」「顏色語素＋炯炯」「猗猗綠」等

屬於附加式 ABB 或偏正式 BBA 式;「顏色語素＋粼粼」屬於附加式 ABB 或主謂式 ABB 式;「黑卒卒」「黑淬淬」「黑窣窣」等都屬於音綴式 ABB 式。

（3）在宋代,表示「顏色義＋亮度＋鮮豔度」的新生 ABB／BBA 式的用法比較多樣。值得關注的是黑色範疇口語詞的用法。對此,可以參見下面的表 6.22。

表 6.22　宋代,表示「顏色義＋亮度＋鮮豔度」的新生 ABB／BBA 式的用法情況

用法 ＼ 詞語	作主語	作謂語	作賓語	作定語	作狀語	作補語
顏色語素＋鑿鑿		●				
顏色語素＋皓皓		●				
顏色語素＋粼粼		●	●			
顏色語素＋娟娟		●	●			
顏色語素＋涓涓		●				
顏色語素＋沄沄		●	●			
顏色語素＋煦煦		●				
顏色語素＋酣酣		●				
顏色語素＋灑灑		●				
顏色語素＋炯炯		●				
顏色語素＋呆呆		●				
顏色語素＋猗猗		●	●			
顏色語素＋洞洞		●				
顏色語素＋卒卒		●				
顏色語素＋黯黯				●		
顏色語素＋淬淬		●	●	●	●	
顏色語素＋窣窣		●		●	●	
顏色語素＋籠籠		●				

1.2 表示「顏色義＋重疊貌＋茂盛貌＋濃度」的新生 ABB／BBA 式

顏色語素＋疊疊:紅疊疊、疊疊青、疊疊翠、疊疊碧。

顏色語素＋蔥蔥:綠蔥蔥、蔥蔥碧。

顏色語素＋鬱鬱:青鬱鬱、鬱鬱青、翠鬱鬱。

（116）a. 無賴山光**疊疊青**，玉魚金盌早飄零。（宋・鮑軹《重到錢唐》其二）

　　　　b. 秋山**疊疊翠**，夜月圓圓明。（宋・釋智圓《病起自敘》）

　　　　c. 階前**疊疊碧**成團，微雨新來洗幾番。（宋・趙時韶《掃苔有感》）

　　　　d. 龜甲屏低**紅疊疊**。（宋・仇遠《蝶戀花》其一）

　　新生重疊「疊疊」始見於南北朝時期。如南朝宋鮑照《擬行路難十八首》其十五：「君不見柏梁臺。今日丘壚生草萊。君不見阿房宮。寒雲澤雉棲其中。歌妓舞女今誰在。高墳疊疊滿山隅。」南朝江淹《山中楚辭六首》其五：「石簁簁兮蔽日，雪疊疊兮薄樹。」唐拾得《詩》其三十七：「雲山疊疊幾千重，幽谷路深絕人蹤。」唐王宏《從軍行》：「山邊疊疊黑雲飛，海畔莓莓青草死。」唐呂岩《直指大丹歌》：「提挈靈童山上望，重重疊疊是金錢。」唐齊己《韶陽微公》：「有信北來山疊疊，無言南去雨疏疏。」唐邵謁《送友人江行》：「送君若浪水，疊疊愁思起。」唐貫休《秋末入匡山船行八首》其四：「匡阜層層翠，修江疊疊波。」唐僧鸞《苦熱行》：「彤雲疊疊聳奇峰，焰焰流光熱凝翠。」宋衛宗武《雪山和丹岩晚春韻》其一：「疊疊青山疊疊林，風松石澗自成琴。宋衛宗武《雪山和丹岩晚春韻》其四：「喬木森森走虯鳳，稚松疊疊散牛羊。」宋馮山《閬中蒲氏園亭十詠・其四・蓮池》：「疊疊波紋綠，搖搖雨氣香。」等等。從語義上看，重疊詞「疊疊」描繪層層重疊的樣子。按照上面的例子，其重疊詞所指的對象比較多樣：墳墓重積貌、積雪、重重疊疊的高山或山峰、層層的雲彩、愁思像浪水那樣滔滔不絕的樣子、層層疊疊的水波、樹木茂密貌等等。在宋代，該重疊詞和顏色語素構成 ABB／BBA 式詞語，即「疊疊青」「疊疊翠」「疊疊碧」「紅疊疊」。在語義上，這些詞語中的「疊疊」仍然保持其原義：例（116）ab 的「疊疊青」「疊疊翠」描寫重巒疊嶂的景色；例（116）c 的「疊疊碧」描寫層層疊疊的青苔。可見，語義上「疊疊碧」與上例（102）g 的「層層碧」基本一致；例（116）d 的「紅疊疊」描寫層層重疊的蝶戀花屏風。從結構上看，例（116）abc 的「疊疊青」「疊疊翠」「疊疊碧」都屬於偏正式 BBA 式，以重疊詞「疊疊」對顏色語素添加狀態義和色彩濃度；例（116）d 的「紅疊疊」屬於附加式 ABB 式。在句法功能上，例（116）abd 的「疊疊青」「疊疊翠」「紅疊疊」都作謂語；例（116）c 的「疊疊碧」作做主語。從某種語義上看，該詞語可以指代具體事物「青苔」。

（117）a. 汗流珠點點，髮亂<u>綠蔥蔥</u>。（宋·李昉《太平廣記》卷四百八十八
《鶯鶯傳》）

b. 桃李無言一再風，黃鸝惟見<u>綠蔥蔥</u>。（宋·黃庭堅《寺齋睡起二首》
其二）

c. 宮槐<u>綠蔥蔥</u>，岑絕非世間。（宋·黃庭堅《和孫莘老》）

d. 岸草<u>蔥蔥碧</u>，溪流泯泯清。（宋·謝逸《晚晴》）

e. 簷雨初乾團扇風，夕陽芳樹<u>綠蔥蔥</u>。（宋·范成大《偶題》）

原生重疊「蔥蔥」始見於漢代。如東漢王充《論衡·吉驗》：「王莽時，謁者蘇伯阿能望氣，使過春陵，城郭鬱鬱蔥蔥。」隋末唐初袁朗《和洗掾登城南阪望京邑》：「帝城何鬱鬱，佳氣乃蔥蔥。」唐王勃《臨高臺》：「高臺四望同，帝鄉佳氣鬱蔥蔥。」從語義上來看，該重疊詞表示氣盛貌。依據上例（117），和顏色語素構成 ABB／BBA 式的「蔥蔥」主要表示草木青翠而茂盛貌。由此可見，上古的「蔥蔥」與這一意義沒有關係。那麼，在宋代「綠蔥蔥」出現之前用什麼詞語來表達「蔥蘢」的意思呢？據考察，從上古到近古，「青蔥」「蔥綠」「鬱青蔥」「鬱青蒼」「鬱青青」等詞語表示其意義。如東漢王逸《九思·其四·憫上》：「蘭藥兮青蔥，稿本兮萎落。」東晉許翽《郭四朝叩船歌四首》其一：「清池帶靈岫，長林鬱青蔥。」西晉潘岳《內顧詩二首》其一：「春草鬱青青，桑柘何奕奕。」《樂府詩集》第四十六卷《清商曲辭三·讀曲歌八十九首》其三十一：「初陽正二月，草木鬱青青。躡履步前園，時物感人情。」唐王約《日暖萬年枝》：「煦嫗光偏好，青蔥色轉宜。」唐殷文圭《九華賀雨吟》：「萬畦香稻蓬蔥綠，九朵奇峰撲亞青。」宋劉摯《次韻陳秀才胄遊石鼓山書院》：「山頭雲木鬱青蒼，山下江流淨鑒光。」等等。可以看出，「綠蔥蔥」在對同義詞「青蔥」「蔥綠」和近義詞「鬱青青」的語義程度強化或詞彙翻新的過程中產生的詞語。在語義上，例（117）a 的「綠蔥蔥」描寫豐盛的黑髮，其語義發生了變化；例（117）b 的「綠蔥蔥」指代茂密的樹林；例（117）cde 的「綠蔥蔥」「蔥蔥碧」描寫草木青翠而茂盛貌。在這裡，重疊詞「蔥蔥」具有對顏色語素增添濃度的功能詞義。在結構上，例（117）abce 的「綠蔥蔥」屬於附加式 ABB 式；例（117）d 的「蔥蔥碧」屬於偏正式 BBA 式。在句法功能上，例（117）acde 的「綠蔥蔥」「蔥蔥碧」都作謂語；例（117）b 的「綠

蔥蔥」作賓語。

（118）a. 亙天青鬱鬱，千峰互嶠崒。（宋·王安石《望晥山馬上作》）

　　　b. 來時草白芽，歸時青鬱鬱。（宋·晁補之《上馬》）

　　　c. 山有晚煙青鬱鬱，天無陰霧碧蒼蒼。（宋·劉弇《春日舟中喜晴》
　　　　其三）

　　　d. 龍門翠鬱鬱，伊水清潺潺。（宋·歐陽修《書懷感事寄梅聖俞》）

　　　e. 未張雲鶴蕭蕭影，先養松楸鬱鬱青。（宋·呂南公《道卿上人新作
　　　　塔亭準擬壽終乞餘題詩》）

　　原生重疊「鬱鬱」始見於春秋戰國時期。如《論語·八佾》：「周監於二代，
鬱鬱乎文哉！」《楚辭·九章·思美人》：「芳與澤其雜糅兮，羌芳華自中出。
紛鬱鬱其遠承兮，滿內而外揚。」西漢劉向《九歎·愍命》：「冥冥深林兮，樹
木鬱鬱。」三國魏曹丕《見挽船士兄弟辭別詩》：「鬱鬱河邊樹，青青野田草。」
唐白居易《和荅詩十首·其四·和大觜烏》：「青青窗前柳，鬱鬱井上桐。」唐
李頻《賀同年翰林從叔舍人知制誥》：「芳年貴盛誰為比，鬱鬱青青岳頂松。」
唐貫休《行路難》其一：「君不見道傍樹有寄生枝，青青鬱鬱同榮衰。」宋孔
武仲《萬松亭》：「鬱鬱青山夾路松，行人笑語綠陰中。」宋陸游《山南行》：
「平川沃野望不盡，麥隴青青桑鬱鬱。」從語義上看，「鬱鬱」表示文采美盛、
香氣濃鬱貌、草木茂盛貌、樹木茂密的青山等等。依據例（117）和（118），
產生「青鬱鬱」的路徑有兩種可能性：一是 AA 式「青青」和「鬱鬱」分別單
獨運用→形成並列式 AABB／BBAA 式「青青鬱鬱」「鬱鬱青青」→「青青鬱
鬱」和「鬱鬱青青」分離為「鬱青青」「青鬱鬱」「鬱鬱青」。從時間先後上看，
「鬱青青」先於「青鬱鬱」和「鬱鬱青」，即前者在南北朝出現，後者在宋代
出現；二是顏色語素「青」和原生重疊「鬱鬱」構成「青鬱鬱」。在語義上，
例（118）a 的「青鬱鬱」表示滿天呈現碧藍的顏色，其語義所指的對象發生
了變化；例（118）be 的「青鬱鬱」「鬱鬱青」表示草木青翠而茂盛貌；例（118）
c 的「青鬱鬱」表示傍晚青翠的山峰被煙霧繚繞的樣子；例（118）d 的「翠鬱
鬱」表示山色青翠而濃郁貌。在結構上，例（118）a 至 d 的「青鬱鬱」「翠鬱
鬱」都屬於附加式 ABB 式；例（118）e 的「鬱鬱青」屬於偏生式 BBA 式。
在這裡，原生重疊「鬱鬱」裏面蘊含著對顏色語素提升其濃度的增量義。在

句法功能上，它們都作謂語，以對自然景物進行描寫。〔註61〕

　　從上對宋代表示「顏色義＋重疊貌＋茂盛貌＋濃度」的新生 ABB／BBA 式的語義、結構和用法變化的考察探析可見：

　　（1）在語義上，「顏色語素＋疊疊」中的「疊疊」表示重疊貌；「顏色語素＋蔥蔥」「顏色語素＋鬱鬱」中古的「蔥蔥」和「鬱鬱」都表示茂盛貌、茂密貌。在這裡，「疊疊」「蔥蔥」「鬱鬱」等重疊詞代表對某種事物的集合性。因此，從語義特徵上看，該些重疊詞具有增量義，以對顏色語素增添其濃度。這給我們顯示，「顏色語素＋疊疊」「顏色語素＋蔥蔥」「顏色語素＋鬱鬱」都具有語義上的雙重性。其中，表濃度義的語義功能意味著重疊詞由實詞逐漸變為半實半虛。前面所述的「顏色語素＋重重」「顏色語素＋層層」也是如此。對此，可以參見下面的圖 6.9。

圖 6.9　宋代，表示「顏色義＋重疊貌＋茂盛貌＋濃度」的新生 ABB／
　　　　BBA 式語義變化體系

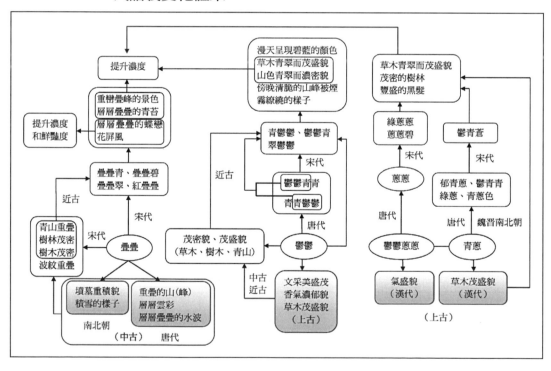

〔註61〕明代，作定語的「青鬱鬱」出現。如《水滸傳》第十五回：「青鬱鬱山峰疊翠，綠依依桑柘堆雲。」

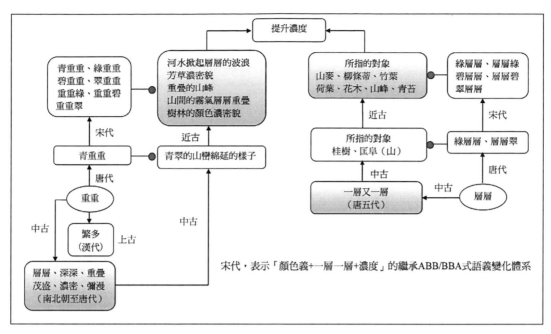

宋代，表示「顏色義＋一層一層＋濃度」的繼承ABB/BBA式語義變化體系

（2）在結構上，「紅疊疊」「綠蔥蔥」「青鬱鬱」「翠鬱鬱」都屬於附加式 ABB 式；「疊疊青」「疊疊碧」「疊疊翠」「蔥蔥碧」「鬱鬱青」都屬於偏正式 BBA 式。

（3）在宋代，表示「顏色義＋重疊貌＋濃度」的新生 ABB／BBA 式的用法也比較多樣。對此，可以參見下面的表 6.23。

表 6.23　宋代，表示「顏色義＋重疊貌＋濃度」的新生 ABB／BBA 式的用法情況

用法 \ 詞語	作主語	作謂語	作賓語	作定語	作狀語	作補語
顏色語素＋疊疊	●	●				
顏色語素＋蔥蔥		●	●			
顏色語素＋鬱鬱		●				
比較：宋代，表示「顏色義＋一層一層＋濃度」的繼承 ABB／BBA 重疊式的用法情況						
顏色語素＋重重	●	●			●	
顏色語素＋層層		●		●		

1.3　表示「顏色義＋濃度」的新生 ABB／BBA 式

顏色語素＋淡淡：淡淡紅、青淡淡、黃淡淡、淡淡黃、淡淡金。

顏色語素＋惛惛：綠惛惛。

（119）a. 憐君庭下木芙蓉，嫋嫋纖枝<u>淡淡紅</u>。（唐末宋初・徐鉉《題殷舍人宅木芙蓉》）

b. 原草萋萋綠，林花<u>淡淡紅</u>。（宋・劉攽《春陰》）

c. 迎風楊柳依依綠，帶雨桃花<u>淡淡紅</u>。（宋・余迪《登翠微亭》其二）

d. 雀舌纖纖碧，雞頭<u>淡淡紅</u>。（宋末元初・戴表元《六月朔日再會再次韻與胡氏謙避暑》）

e. 殘梅墮雪垂垂白，弱柳搖春<u>淡淡金</u>。（宋・王伯庠《和潘良貴題三江亭韻》）

f. 滿面宮妝<u>淡淡黃</u>，絳紗封蠟貯幽香。（宋・張孝祥《蠟梅》）

g. 模臘曾看<u>黃淡淡</u>，試妝猶恐暈深深。（宋・李新《次韻任使君詠梅》其一）

h. 踢成明月團團白，釀作新鵝<u>淡淡黃</u>。醅甕秋淒驚凜列，糟床夜注愛淋浪。（宋・陸游《比作陳下瓜曲釀成奇絕屬病瘍不敢取醉小啜而已》）

i. 雪意垂垂白，雲容<u>淡淡黃</u>。（宋・韓淲《雪天》）

j. 山向近來<u>青淡淡</u>，樹因遠看黑離離。（宋・汪夢斗《濟州至魯橋鎮即事》）

k. 海霧籠山<u>青淡淡</u>，河堤溼水白茫茫。（宋・陸游《殘臘二首》其一）

新生重疊「淡淡」始見於南北朝時期。如晉陶潛《詠荊軻》：「蕭蕭哀風逝，淡淡寒波生。」《列子・湯問》：「二曰承影，將旦昧爽之交，日夕昏明之際，北面而察之，淡淡焉若有物存，莫識其狀。」魏嵇康《四言詩》其一：「淡淡流水，淪胥而逝。泛泛柏舟，載浮載滯。」晉潘岳《金谷集作》詩：「綠池泛淡淡，青柳何依依。」唐王涯《宮詞三十首》其七：「一叢高鬢綠雲光，官樣輕輕淡淡黃。」唐張窈窕《寄故人》：「淡淡春風花落時，不堪愁望更相思。」唐李商隱《菊》：「暗暗淡淡紫，融融冶冶黃。」唐杜甫《行次鹽亭縣聊題四韻》：「雲溪花淡淡，春郭水泠泠。」唐末宋初劉兼《海棠花》：「淡淡微紅色不深，依依偏得似春心。」唐末宋初徐鉉《題殷舍人宅木芙蓉》：「過社紛紛燕，新晴淡淡霞。」等等。從語義上看，重疊詞「淡淡」表示「寒冷」「隱隱約約」「水晃動的樣子」「顏色淺淡」「風力微弱」等等。可見，「顏色語素＋淡淡」「淡淡＋顏色語素」的源頭見於唐代。事實上，「顏色語素＋淡淡」與在唐代

出現後傳承到宋代的「顏色語素＋微微」「微微＋顏色語素」「顏色語素＋薄薄」「薄薄＋顏色語素」基本相同。例如，「微微白」「綠微微」「微微綠」「紅薄薄」「薄薄紅」等等。在宋代出現的「淺淺紅」「淺淺黃」也是如此。

　　在語義上，例（119）abc 的「淡淡紅」描寫淡紅色的細嫩樹枝、花瓣；
〔註62〕例（119）d 的「淡淡紅」描寫淡紅色的雞頭；例（119）efg 的「淡淡金」「淡淡黃」「黃淡淡」描寫嫩黃的柳枝、臘梅；例（119）h 的「淡淡黃」表示酒色淡黃；例（119）i 的「淡淡黃」描寫淡黃色的雲層；例（119）j 的「青淡淡」描寫淡青色的近山；例（119）k 的「青淡淡」描寫被海霧繚繞的青山。後者「青淡淡」表示「青翠＋隱約」的意思。在結構上，「淡淡紅」「淡淡金」「淡淡黃」都屬於偏正式 BBA 式；「黃淡淡」「青淡淡」都屬於附加式 ABB 式。在句法功能上，除了例（119）g 的「黃淡淡」作賓語，剩下的「淡淡紅」「淡淡金」「淡淡黃」「青淡淡」都作謂語。

（120）a. 風入平湖寒裒裒，鳥啼芳樹綠憎憎。（宋・盧祖皋《舟中獨酌》）

　　　　b. 山入酒厄青耿耿，風搖槐影綠憎憎。（宋・宋伯仁《寄題天台王主簿約牖》）

　　　　c. 疏鐘敲暝色，正遠樹、綠憎憎。（宋・周密《木蘭花慢・其六・南屏晚鐘》）

　　原生重疊「憎憎」始見於春秋戰國時期。如《左傳・昭公十二年》：「祈招之憎憎，式招德音。」杜預注：「憎憎，安和貌。」漢蔡琰《胡笳十八拍》：「雁飛高兮邈難尋，空腸斷兮思憎憎。」西晉陸雲《太尉王公以九錫命大將軍讓公將還京邑祖餞贈此詩》其六：「聖澤既渥，嘉會憎憎。」西晉曹攄《贈王弘遠詩》其二：「太府堂堂，閒房憎憎。」宋丁開《漂泊岳陽遇張中行因汎舟洞庭晚宿君山聯句》：「疊翠晚憎憎，墮黃秋的的。」宋馮取洽《賀新郎・其六・次玉林感時韻》：「景色憎憎猶日暮，壯士無由吐氣。」該重疊詞表示「安和貌」「憂愁貌」「歡樂的樣子」「沉靜的樣子」「昏暗貌」等等。可見，重疊詞「憎憎」的語義隨著時代的變化而變化。但是，在語義上，在宋代，和顏色語素「綠」構成「綠憎憎」的「憎憎」與其本義沒有任何關係。我們認為，「綠憎憎」中的「憎憎」是在特殊語言環境裏產生的語境義。從語義上看，上例（120）中

〔註62〕「淡淡紅」的 ABB 式「紅淡淡」見於明代。如明陳璉《登梅山閣》：「雪裏梅花紅淡淡，天邊松樹翠層層。」

的「綠愔愔」與「綠陰陰」基本相同。這些詞語裏都具有表示草木茂盛貌的含義，同時重疊詞「愔愔」「陰陰」對顏色語素「綠」添加功能詞義，即色彩濃度。〔註63〕可以看出，「綠愔愔」是在附加式 ABB 式「綠陰陰」變為音綴式 ABB 式的過程中產生的詞語。對此，前面所述的「紅滴滴」和「紅的的」的關係給我們很好地解釋。而且宋代的新生 ABB 式「黑卒卒」「黑窣窣」「黑淬淬」中的「卒卒」「窣窣」「淬淬」也都是利用語音相近或字形相似的疊音詞來強化表顏色義的程度。依據語言事實，在語義關係上，它們都在同一語言環境裏具有同義關係：「綠愔愔」與「綠陰陰」，「紅滴滴」與「紅的的」，「黑卒卒」與「黑窣窣」「黑淬淬」等等。

由此可見，宋代「顏色語素＋疊音重疊」「顏色語素＋擬聲重疊」的產生以及其音綴化加快；「顏色語素＋與單字義有關的重疊詞」逐漸走向附加式 ABB 式變成音綴式 ABB 式的道路。從這樣的詞彙演變過程中可以看到，一系列詞彙的語法化軌跡。

1.4 表示「顏色義＋動作性狀態義」的新生 ABB／BBA 式

顏色語素＋漪漪：綠漪漪、碧漪漪。

顏色語素＋垂垂：垂垂白、綠垂垂、垂垂綠。

顏色語素＋流流：綠流流。

顏色語素＋曳曳：青曳曳。

（121）a. 紅薿薿，<u>綠漪漪</u>。花滿地，水平池。（宋・向子諲《三字令》）

　　　 b. 一湖春水<u>綠漪漪</u>，臥水桃花紅滿枝。（宋・周紫芝《湖上戲題》）

　　　 c. 一水<u>碧漪漪</u>，更逢煙雨微。（宋・郭祥正《和朱行中龍圖遊澄惠寺》）

按照南朝梁劉勰《文心雕龍・定勢第三十》：「激水不漪，槁木無陰，自然之勢也。」，單音動詞「漪」表示掀起細微的波浪。在宋代出現的新生重疊「漪漪」裏蘊含著單音動詞「漪」的意義。如宋馬輔《過子美草堂》：「村樹苒苒秋照白，水花漪漪江水明。」宋宋恭甫《社日不飲》：「漪漪細浪生蒲葉，剪剪輕風破柳芽。」宋周紫芝《次韻徐伯遠題錢少愚畫孤山月梅圖》：「月色昏昏人寂

〔註63〕例如，宋許及之《即事並寫和質弟詩呈似》：「新綠愔愔長茂材，嫩流漠漠養深苔。」
　　　元宋無《江南曲》：「遙天碧蕩蕩，遠草綠愔愔。」清張藻《靜逸園秋日閒居》其三：
　　　「竹簾香細細，桐閣綠愔愔。」清末近現代初汪東《酒泉子》其一：「井邊苔，枝
　　　上葉，綠愔愔。」

寂，梅花淡淡水漪漪。」宋郭印《次韻宋南伯感懷三首》其一：「巖壑定誰伍，泉清竹漪漪。」可見，表示水波動的意義映像到像水波一樣搖曳的草木、花卉等。但是，如見上例，「綠色範疇顏色語素＋漪漪」，即「綠漪漪」「碧漪漪」主要描寫綠水掀起波紋的樣子。這給我們顯示，在語義上「綠色範疇顏色語素＋漪漪」具有典型性。

（122）a. 草露<u>垂垂白</u>，溪泥腳腳深。（宋・劉弇《早發赴蒙縣二首》其一）

　　　b. <u>梅墮雪垂垂白</u>，弱柳搖春淡淡金。（宋・王伯庠《和潘良貴題三江亭韻》）

　　　c. 湖邊老樹<u>垂垂白</u>，半是梅花半雪花。（宋・高翥《西湖二首》其一）

　　　d. 卻憐客鬢<u>垂垂白</u>，不奈霜枝冉冉青。（宋・蕭立之《題穆叔晦雨淨風香亭三首》其三）

　　　e. 柳梢無雪受風吹。<u>綠垂垂</u>。（宋・王質《江城子・其三・宴守倅》）

　　　f. 御牆側畔<u>綠垂垂</u>，接夏連春花點衣。（宋・王義山《王母祝語・宮柳花詩》）

　　　g. 雨沾弱柳<u>垂垂綠</u>，風動新篁隱隱香。（元・袁泰《次壽道韻二首》其一）

如見上例，「顏色語素＋垂垂」中的「垂垂」主要有兩個義項：一是頭髮、柳枝等低垂貌。二是白色露珠、雪花、梅花等下落貌。據考察，前者見於唐代，後者見於宋代。如唐杜甫《和裴迪登蜀州東亭送客逢早梅相憶見寄》：「江邊一樹垂垂發，朝夕催人自白頭。」宋衛宗武《錢竹深・招泛西湖值雨即事》：「浩浩雲常浮，垂垂雨不止。」除了「顏色語素＋漪漪」「顏色語素＋垂垂」以外，還有臨時性 ABB 式「綠流流」「青曳曳」。如宋王過《詩一首》：「荔子雨晴紅點點，葡萄江漲綠流流。」宋衛宗武《喜晴》其一：「萬畛針芒青曳曳，千山鱗羽綠毿毿。」從語義特徵上看，它們分別表示「顏色義＋水流貌」和「顏色義＋搖曳貌」。可以看出，表示動作性狀態義的重疊詞對顏色語素添加「Animation 效果」，以使語言表達更為生動。

2. 基式 AB 或 BA 的擴展式

前面所述的「綠沉沉」「綠沉沉」「綠油油」「碧油油」「青蔥蔥」「紅酣酣」等 ABB 重疊式，除了「A＋BB」式以外，還有另一種重疊方式。也就是說，

基式 AB「綠沉」「綠沈」「綠油」「青蔥」「紅酣」又可重疊為 ABB 式。劉丹青（2008）說：「漢語重疊式大多屬於形態現象，或其中含有形態成分。形態現象中最重要的區分是構詞形態和構型形態之別。」〔註64〕就拿 ABB 式顏色詞來說，前者屬於構詞法，後者屬於構形法。從語義上看，基式 AB 與 ABB 式基本相同，但重疊後其語義程度增強。例如：

（123）a. 有人以<u>綠沉</u>漆竹管及鏤管見遺，錄之多年。斯亦可愛玩，詎必金寶雕琢，然後為寶也。（晉・王羲之《筆經》）

　　　b. 一架三百本，<u>綠沈</u>森冥冥。（唐・皮日休《公齋四詠・新竹》）

　　　c. <u>綠沈</u>莎似藻，紅泛葉為舟。（唐・李咸用《和殷衙推春霖即事》）

　　　d. 端溪紫琳腴，洮河<u>綠沉色</u>。（宋・范成大《嘲峽石》）

　　如見上例，「綠沉」始見於魏晉南北朝時期。其意義表示「深綠色」「濃綠色」。在中古近古時期，「綠沉」「綠沈」已成詞，它們又可重疊為「綠沉沉」「綠沉沉」。

（124）a. <u>綠油</u>剪葉蒲新長，紅蠟黏枝杏欲開。（唐・白居易《與皇甫庶子同遊城東》）

　　　b. 山名天竺堆青黛，湖號錢唐瀉<u>綠油</u>。（唐・白居易《荅客問杭州》）

　　　c. 山柏張青蓋，江蕉卷<u>綠油</u>。（唐・沈佺期《從驩州廨宅移住山間水亭贈蘇使君》）

　　　d. 樹暖然紅燭，江清展<u>碧油</u>。（唐・李益《送襄陽李尚書》）

　　　e. 夏樹始繁密，條縷方且柔。左右覆吾廬，合如張<u>碧油</u>。（宋・文同《夏樹》）

　　　f. 紫氣發硎光射斗，<u>碧油</u>草檄令飛風。（宋・王邁《簡南劍倅趙用甫以夫同年二首》其一）

　　　g. 君知否，問如今綠野，勝似<u>青油</u>。（宋・李曾伯《沁園春・其三・代為親庭壽》）

　　依據上例，「綠色範疇顏色語素＋油」具有兩個義項：一是色澤，即顯得翠綠光潤，其意義和「油綠」基本一致。二是綠水或綠色的草葉。這表明，在中

〔註64〕載於石鋟《漢語形容詞重疊形式的歷史發展》，北京：商務印書館，2010 年 7 月第 1 版，357 頁。

古近古時期，「綠油」「碧油」「青油」已成為詞。其中「綠油」和「碧油」分別又可以重疊為「綠油油」和「碧油油」。可見，與「綠油」「碧油」相比，其重疊詞的語義程度強化了。

（125）a. 凌波仙子靜中芳，也帶<u>酣紅</u>學醉妝。（宋・范成大《州宅堂前荷花》詩）

　　　b. 萬花春老正<u>紅酣</u>，不是叢林優缽曇。（宋・方信孺《花山寺》）

　　　c. 荷花落日照<u>酣紅</u>。（宋・吳儆《西江月》）

　　　d. 柳葉鳴蜩綠暗，荷花落日<u>紅酣</u>。（宋・王安石《題西太一宮壁》）

　　　e. 漫山高下武陵花，一片<u>紅酣</u>散晚霞。（宋・葉茵《桃花》）

　　　f. 暮霞天角正<u>紅酣</u>，渺渺飛鳴雁兩三。（宋・吳錫疇《聞雁》）

　　　g. 好向瓊林待公袞，杏園春色正<u>紅酣</u>。（宋・李曾伯《和別制垣金陵勸駕韻》）

　　　h. 遠草連雲碧積，繁花照日<u>紅酣</u>。（宋・范浚《春日行蘭溪道中六言》）

　　　i. 花蓓<u>紅酣</u>日，池光碧浸虛。（宋・陳造《再遊殖軒小酌》）

加曉昕（2014）認為，現代漢語「紅燦燦、紅彤彤、紅酣酣、紅晃晃、紅隱隱（構詞）。」「這類詞比較特殊，即不同於第一類詞的『BB』沒有詞彙意義，『紅 BB』的含義實際是『紅』和『B』含義疊加，也不同於第二類詞、第三類詞的『B』和『紅』會發生語法結構關係。『紅 B』和『B 紅』都不成立。」〔註65〕我們的觀點與此不同。〔註66〕在宋代出現的「酣紅」和「紅酣」都是通過「比擬」或「移位」的修辭法產生的複音詞。依據上例，其語義由「飲酒後臉上呈現的紅潤色」轉移至「嫣紅的花色」「紅色的晚霞濃盛貌」「豔紅的太陽」「盛美的春色」等等。按此結構和語義變化，這一時期「酣紅」和「紅酣」都可以看成是一個詞。從而「紅酣」又可重疊為「紅酣酣」，其語義與「酣紅」基本相同。但是，其詞也重疊後語義程度強化了。

〔註65〕加曉新《現代漢語色彩詞立體研究》，成都：四川科學技術出版社，2014 年 1 月第一版，73 頁。

〔註66〕沈家煊（1994）指出：「歷時和共時不是語言本身的兩個平面，而是語言研究的兩個平面。在研究中把共時和歷時截然區分開來已不利於共時研究的深入，因為當今的共時研究不再滿足於語言事實的描寫，還要對語言事實作出解釋，就必須考慮歷時因素。」（沈家煊《語法化研究綜觀》，《外語教學與研究》，1994 年第 4 期（總第 100 期），23 頁。）

（126）a. 虆蘮兮青蔥，稿本兮萎落。（東漢・王逸《九思・其四・憫上》）

　　　 b. 猶採薪者，見一芥掇之，見青蔥拔之。（《淮南子・說山訓》）

　　　 c. 峭茜青蔥間，竹柏得其真。（西晉・左思《招隱詩二首》其二）

　　　 d. 清池帶靈岫，長林鬱青蔥。（東晉・許詢《郭四朝叩船歌四首》其一）

　　　 e. 遙望山上松，隆谷鬱青蔥。（三國魏・嵇康《遊仙詩》）

　　　 f. 金華紛苒若，瓊樹鬱青蔥。（南朝齊・王融《法樂辭》其一十一）

　　　 g. 守山東。山東萬嶺鬱青蔥。（南朝齊・沈約《八詠詩・其八・被褐守山東》）

　　　 h. 陪遊入舊豐，雲氣鬱青蔥。紫陌垂青柳，輕槐拂慧風。（南朝梁・蕭綱《遊光宅寺詩應令詩》）

　　　 i. 新篁才解籜，寒色已青蔥。（唐・元稹《新竹》）

　　　 j. 煦嫗光偏好，青蔥色轉宜。（唐・王約《日暖萬年枝》）

　　　 k. 商山三月花如火，草樹青蔥雨初過。（宋・王禹稱《賦得南山行送馮中允之辛谷冶按獄》）

如見上例，複音詞「青蔥」始見於漢代。從語義上看，例（126）adefghk 的「青蔥」「鬱青蔥」表示草木青翠而茂盛貌、雲霧繚繞茂盛樹木的樣子；例（126）bc 的「青蔥」表示樹木蔥蘢的山峰、草木翠綠而茂盛的樹林。在這裡，「青蔥」具有指代性；例（126）ij 的「青蔥」「青蔥色」指的是翠綠色或深綠色。由此可見，在漢代以後，「青蔥」已成為一個詞。按此，「青蔥」又可以重疊為「青蔥蔥」。

（三）小　結

以上是宋代，對繼承和新生「顏色語素＋原生重疊」「原生重疊＋顏色語素」「顏色語素＋新生重疊」「新生重疊＋顏色語素」類型和基式 AB 或 BA 的擴展式 ABB／BBA 式的發展變化面貌。通過對此的探析可見：

（1）在語義上，重疊詞具有描繪性，而其形象性在歷史長河中漸漸淡化或虛化。原生重疊的語義弱化現象導致了所指對象的範圍擴大或新的重疊式的產生，即「顏色語素＋原生重疊」類型。中古時期的「顏色語素＋原生重疊」類型代替原生重疊，以該重疊式發揮了其語義功能。中古後期，逐漸開始出現的附加式 ABB 式和音綴式 ABB 式又導致了第二次語義弱化現象。為

了克服這一點，近古時期的「顏色語素＋原生重疊」在具體的語境中，有的強化了其語義的典型性，有的產生了新的語境義，有的和雙聲詞或分音詞結合而產生了變體，又有的進入了形象性、生動性更為豐富的口語環境裏。此外，通過同義詞或近義詞的詞彙翻新產生了新詞。

　　值得關注的是，「顏色語素＋原生重疊」「顏色語素＋新生重疊」中語義弱化或半實半虛化的重疊詞逐漸走向表示色彩濃度、亮度和鮮豔度（彩度）的趨勢，即語法化。

　　（2）在結構上，絕大多數「顏色語素＋原生重疊」類型轉變到附加式 ABB 式；少數「顏色語素＋原生重疊」轉化為音綴式 ABB 式；「顏色語素＋擬聲重疊」和「顏色語素＋疊音重疊」中「擬聲重疊」「疊音重疊」成分的音綴化速度加快；口語性比較強的「顏色語素＋原生重疊」「顏色語素＋新生重疊」後帶助詞「地」或「底」，以對漢語顏色詞 ABB 式帶來了其結構的外部變化。我們發現，在唐代漢語顏色詞「ABB＋地」的結構出現以後，一直到宋代只存在「ABB＋地／底」的結構，即沒有「BBA＋地／底」結構。這說明，漢語顏色詞 ABB／BBA 式的發展趨勢傾向於 ABB 式。換句話說，這給我們顯示，在宋代，雙音重疊詞逐漸開始後綴化。

　　（3）在句法功能上，「顏色語素＋原生重疊」「顏色語素＋新生重疊」由中古的單一功能變為其功能上的多樣化。中古的「顏色語素＋原生重疊」「顏色語素＋新生重疊」主要做謂語。而近古的「顏色語素＋原生重疊」「顏色語素＋新生重疊」裏做主語、謂語、賓語、定語、狀語和補語的詞彙成分都存在。

　　（4）在語體風格上，「黑漫漫」「顏色語素＋團團」等詞語逐漸開始從書面語進入口語詞：「黑漫漫」通過偈頌詩、佛教語錄或儒學家的語錄滲透到口語詞；「顏色語素＋團團」→「顏色語素＋團欒」，通過詞彙翻新進入了口語系統。據北宋宋祁《宋景文公筆記》卷上《釋俗》，「突欒」屬於俗語詞，「突欒」是「團欒」的變體。「俗語是各階層的人民在生產、生活實踐中產生的語言。與所謂高雅文字相比，俗語的最突出的特點是形象、生動。」〔註67〕從而「顏色語素＋團欒」可以說為了提高表達的生動俗語詞滲透到文言的產物。此外，「黑漆漆地」「黑漫漫地」的同義詞或近義詞，即「黑洞洞地」「黑卒卒

_____

〔註67〕吳玉貴《中國風俗通史》（隋唐五代卷），上海：上海文藝出版社，2001 年 11 月第 1 版，727 頁。

地」「黑淬淬地」「黑窣窣地」「黑籠籠地」等口語性比較強的附加式 ABB 式和音綴式 ABB 式也出現。

（5）「顏色語素＋原生重疊」「顏色語素＋新生重疊」的語義變化、詞彙化與語法化都是在語境中發生的，只是其發展變化的速度不平等。

二、元明清代，ABB、BBA 式顏色詞的發展變化

我們全面考察了《全元散曲》《元刊雜劇三十種》《朴通事》《初刻拍案驚奇》《二刻拍案驚奇》《水滸傳》《三寶太監西洋記》《喻世明言》《警世通言》《醒世恒言》《醒世姻緣傳》《周朝秘史》《封神演義》《西遊記》《金瓶梅詞話》《堯山堂外紀》《英烈傳》《五代秘史》《夏商野史》《紅樓夢》《彭公案》《施公案》《彭公案》《八仙得道》《九尾龜》《野叟曝言》《東度記》《海公大紅袍傳》《說唐全傳》《說岳全傳》《孽海花》《風流悟》《兒女英雄傳》《康熙俠義傳》《東周列國志》《小五義》《小八義》《七俠五義》《三俠劍》《七劍十三俠》《聊齋誌異》《儒林外史》《綠野仙蹤》《女媧石》《官場現形記》《老殘遊記》《隋唐演義》《續濟公傳》《俠女奇緣》《平山冷燕》《蕉軒隨錄》等作品和其他元明清代詩集〔註69〕中的五色範疇 ABB／BBA 式顏色詞。請看下面的表 6.24 至表 6.41。

表 6.24　元代，白色範疇 ABB／BBA 式顏色詞

全元曲					
散　曲		雜　劇		戲　文	
詞　語	詞頻	詞　語	詞頻	詞　語	詞頻
白漫漫	1	白茫茫	9	白蓬蓬	1
白茫茫	11	白潸潸	1		
白潸潸	1	白絲絲	1	朴通事	
白生生	1	白泠泠	1	詞　語	詞頻
白雪雪	1	白森森	1	白淨淨	1
白點點	1	白鄧鄧	1		
白靄靄	1	白璞璞	1		
其他詩集					
詞　語	詞頻	詞　語	詞頻	詞　語	詞頻
白漫漫	3	白皚皚	5	白紛紛	6
漫漫白	2	皚皚白	1	白差差	3

〔註69〕元明清代詩集的語料來源於《搜韻詩詞庫》。網址：http://sou-yun.com.PoemIndex.aspx。

雙雙白	2	團團白	1	白離離	1
垂垂白	1	白浩浩	4	離離白	2
迢迢白	1	白蒼蒼	1	白溶溶	1
白氄氄	1	白泠泠	2	白纖纖	1
白迤迤	1	白巉巉	1	白峨峨	1
白粼粼	2	白濛濛	1	白蕩蕩	1

表 6.25　元代，黑色範疇 ABB / BBA 式顏色詞

全元曲				其他詩集	
散　曲		雜　劇			
詞　語	詞頻	詞　語	詞頻	詞　語	詞頻
黑漫漫	2	黑漫漫	4	黑離離	1
黑洞洞	4	黑洞洞	18	黑洞洞	1
黑黯黯	1	黑暗暗	1		
黑鬅鬅	1	黑黯黯	5		
黑騰騰	1	黑鬅鬅	1		
黑髟髟	1	黑真真	2		
		黑沉沉	1		
		黑濛濛	1		
		黑濛濛	1		
		黑突突	1		
		黑甜甜	1		
		黑蓁蓁	1		

表 6.26　元代，紅色範疇 ABB / BBA 式顏色詞

全元曲				其他詩集			
散　曲		雜劇					
詞　語	詞頻	詞　語	詞頻	詞　語	詞頻	詞　語	詞頻
紅灼灼	2	紅灼灼	2	紅片片	1	灼灼紅	1
紅馥馥	6	紅馥馥	6	紅灼灼	3	紅冉冉	1
紅飄飄	1	紅颭颭	1	紅斑斑	1	紅團團	1
		紅溜溜	1	紅蕊蕊	2	紅簌簌	2
		赤資資	2	紅纂纂	1	簌簌紅	2
		赤焰焰	1	紅兩兩	1	兩兩紅	1
		赤津津	1	紅聳聳	1	個個紅	1
		片片紅	1	岸岸紅	1	細細紅	1

表6.27　元代，綠色範疇 ABB / BBA 式顏色詞

全元曲						朴通事	
散曲		雜劇		戲文			
詞語	詞頻	詞語	詞頻	詞語	詞頻	詞語	詞頻
綠茸茸	4	青湛湛	1	碧澄澄	1	青旋旋	1
碧茸茸	1	碧悠悠	1	碧沉沉	1		
青鬱鬱	1	綠茸茸	3	翠巍巍	1		
青嫋嫋	1	碧茸茸	1				
青隱隱	1	青旋旋	2				
青耿耿	1	青湛湛	2				
青絲絲	1	青森森	1				
青藹藹	1	碧粼粼	3				
碧森森	2	碧悠悠	3				
碧溶溶	1	碧油油	1				
碧粼粼	2	碧澄澄	7				
碧澄澄	3	碧湛湛	1				
綠湛湛	2	綠湛湛	1				
碧熒熒	4	碧熒熒	2				
碧幽幽	1	碧遙遙	1				
綠迢迢	1	綠叢叢	1				
綠依依	5	綠依依	3				
青芽芽	1	綠湛湛	1				
綠悠悠	1	翠巍巍	8				
翠濛濛	1	青滲滲	2				
翠巍巍	4	碧泠泠	1				
茸茸翠	2	碧聳聳	1				
青鴉鴉	1	青旋旋	3				
青芽芽	1	青鴉鴉	2				
其他詩集							
詞語	詞頻	詞語	詞頻	詞語	詞頻	詞語	詞頻
青點點	1	點點青	1	青鬱鬱	1	鬱鬱青	1
青茫茫	7	青戢戢	1	綠毿毿	1	綠層層	2
青遙遙	1	青冉冉	1	宛宛綠	1	翠陰陰	1
冉冉青	1	青茸茸	2	青濛濛	2	青峨峨	1
綠靡靡	1	青歷歷	1	翠重重	2	重重綠	6

青靡靡	1	青重重	1	青漫漫	1	青巍巍	1
青童童	2	青離離	1	疊疊青	1	巍巍翠	1
綠猗猗	1	猗猗綠	1	青熒熒	1	青葇葇	1
青霏霏	1	青杳杳	1	綠絲絲	2	綠紛紛	3
峨峨青	1	青楚楚	1	楚楚青	1	翠紛紛	3
層層綠	1	青的的	1	森森青	1	碧娟娟	1
碧層層	1	層層碧	1	碧萋萋	3	萋萋碧	1
青萋萋	5	萋萋綠	3	碧溶溶	3	溶溶綠	1
碧粼粼	4	粼粼碧	1	綠粼粼	1	鱗鱗碧	1
碧悠悠	2	碧叢叢	1	叢叢碧	1	碧離離	1
翠毿毿	3	碧紛紛	2	碧澄澄	1	碧潺潺	1
綠潺潺	2	湛湛碧	2	碧沉沉	3	碧沉沉	2
翠茸茸	1	碧熒熒	1	熒熒碧	1	碧團團	1
碧潭潭	1	碧灣灣	1	灣灣碧	2	團團碧	1
碧迢迢	3	碧涓涓	1	碧盈盈	1	碧悄悄	1
碧浪浪	1	碧蕩蕩	1	綠沄沄	1	青沄沄	1
綠漪漪	1	碧漪漪	1	綠差差	2	垂垂綠	2
綠迢迢	1	綠依依	4	依依綠	3	青依依	3
綠纖纖	1	綠決決	1	綠團團	1	翠團團	2
綠漫漫	1	綠灣灣	1	綠憒憒	1	綠陰陰	3
綠油油	2	灣灣綠	1	綠田田	1	沉沉綠	1
綠茫茫	1	綠悠悠	2	斑斑綠	1	沉沉翠	4
翠娟娟	1	翠亭亭	2	翠雙雙	2		

表 6.28　元代，黃色範疇 ABB／BBA 式顏色詞

全元曲				其他詩集			
散曲		雜劇					
詞　語	詞頻	詞　語	詞頻	詞　語	詞頻	詞　語	詞頻
金閃閃	1	黃干干	1	金纂纂	3	金鱗鱗	1
黃紺紺	2	黃甘甘	13	剪剪黃	1	簇簇黃	1
黃浩浩	1	黃滾滾	1	黃浼浼	1	金粼粼	1
黃甘甘	1	黃登登	1				
		黃穰穰	1				

表6.29　元代 五色範疇 ABB／BBA 式顏色詞　計量統計

時代	顏色詞類別									
	白色範疇		黑色範疇		紅色範疇		綠色範疇		黃色範疇	
	詞語	詞頻	詞語	詞頻	詞語	詞頻	詞語	詞頻	詞語	詞頻
元代	白皚皚	5	黑漫漫	6	紅團團	1	青漫漫	1	金粼粼	1
	白漫漫	4	黑濛濛	1	紅斑斑	1	綠漫漫	1	金鱗鱗	1
	白紛紛	6	黑濠濠	1	紅片片	1	碧紛紛	2	金纂纂	3
	白茫茫	20	黑洞洞	23	紅簌簌	2	綠紛紛	3	金閃閃	1
	白潸潸	2	黑黯黯	6	赤焰焰	1	翠紛紛	3	黃穰穰	1
	白絲絲	1	黑蓁蓁	1	紅灼灼	7	青茫茫	7	黃滾滾	1
	白差差	3	黑沉沉	1	紅纂纂	1	綠茫茫	1	黃干干	1
	白浩浩	4	黑鬒鬒	2	紅冉冉	1	青絲絲	1	黃甘甘	14
	白毿毿	1	黑真真	2	紅兩兩	1	綠絲絲	2	黃紺紺	2
	白蒼蒼	1	黑騰騰	1	紅馥馥	12	綠差差	2	黃登登	1
	白溶溶	1	黑髭髭	1	紅飄飄	1	綠毿毿	1	黃浼浼	1
	白纖纖	1	黑暗暗	1	紅飆飆	1	翠毿毿	3	黃浩浩	1
	白離離	1	黑突突	1	紅溜溜	1	碧溶溶	4	剪剪黃	1
	白森森	1	黑甜甜	1	紅蕊蕊	2	溶溶綠	1	簇簇黃	1
	白點點	1	黑離離	1	赤資資	2	綠纖纖	1		
	白靄靄	1			赤津津	1	青離離	1		
	白峨峨	1			紅聳聳	1	碧離離	1		
	白粼粼	2			灼灼紅	1	青森森	2		
	白濛濛	1			簌簌紅	2	碧森森	1		
	白巉巉	1			個個紅	1	青點點	1		
	白冷冷	3			兩兩紅	1	碧粼粼	7		
	白生生	1			岸岸紅	1	綠粼粼	1		
	白淨淨	1			細細紅	1	青藹藹	1		
	白雪雪	1			片片紅	1	碧團團	1		
	白迤迤	1					綠團團	1		
	白鄧鄧	1					翠團團	2		
	白鬆鬆	1					青濛濛	2		
	白璞璞	1					翠濛濛	1		
	白蕩蕩	1					碧泠泠	1		
	白蓬蓬	1					翠雙雙	2		
	垂垂白	1					綠迢迢	2		

迢迢白	1					碧迢迢	3	
皚皚白	1					青冉冉	1	
團團白	1					青隱隱	1	
離離白	2					青嫋嫋	1	
漫漫白	2					青鬱鬱	2	
雙雙白	2					青耿耿	1	
						青蓁蓁	1	
						青旋旋	4	
						綠依依	12	
						青依依	3	
						青茸茸	2	
						綠茸茸	7	
						碧茸茸	2	
						翠茸茸	1	
						碧澄澄	13	
						碧潯潯	1	
						綠潯潯	2	
						碧焂焂	7	
						青焂焂	1	
						綠湛湛	3	
						碧湛湛	2	
						綠悠悠	3	
						碧悠悠	3	
						翠巍巍	13	
						碧沉沉	4	
						碧沉沉	2	
						綠叢叢	1	
						碧叢叢	1	
						碧遙遙	1	
						青遙遙	1	
						碧油油	1	
						綠油油	2	
						青戢戢	1	
						翠陰陰	1	
						綠陰陰	3	
				第六章 ABB		青羕羕	1	

						碧萋萋	3		
						青萋萋	5		
						青歷歷	1		
						青重重	1		
						翠重重	2		
						綠層層	2		
						碧層層	1		
						青靡靡	1		
						綠靡靡	1		
						青童童	2		
						綠猗猗	1		
						碧潭潭	1		
						青杳杳	1		
						青霏霏	1		
						碧娟娟	1		
						翠娟娟	1		
						碧灣灣	1		
						綠灣灣	1		
						碧漪漪	1		
						綠猗猗	1		
						碧盈盈	1		
						青的的	1		
						碧涓涓	1		
						綠沄沄	1		
						青沄沄	1		
						綠泱泱	1		
						綠愔愔	1		
						綠田田	1		
						翠撲撲	1		
						翠亭亭	2		
						青滲滲	2		
						碧蕩蕩	1		
						青芽芽	1		
						青鴉鴉	3		
						碧幽幽	1		
						青楚楚	1		

						碧悄悄	1		
						碧浪浪	1		
						碧聳聳	1		
						鬱鬱青	1		
						巍巍翠	1		
						宛宛綠	1		
						冉冉青	1		
						重重綠	6		
						層層綠	1		
						層層碧	1		
						疊疊青	1		
						猗猗綠	1		
						楚楚青	1		
						森森青	1		
						點點青	1		
						萋萋碧	1		
						萋萋綠	3		
						叢叢碧	1		
						湛湛碧	2		
						熒熒碧	1		
						溶溶綠	1		
						粼粼碧	1		
						鱗鱗碧	1		
						團團碧	1		
						灣灣碧	2		
						灣灣綠	1		
						依依綠	3		
						斑斑綠	1		
						沉沉翠	4		
						沉沉綠	1		
						垂垂綠	2		

合計 （225）	白色範疇 ABB（30） BBA（7）	黑色範疇 ABB（15） BBA（0）	紅色範疇 ABB（17） BBA（7）	綠色範疇 ABB（106） BBA（29）	黃色範疇 ABB（12） BBA（2）
百分比	ABB （13.33%） BBA （3.11%）	ABB （6.67%） BBA（0%）	ABB （7.56%） BBA （3.11%）	ABB （47.11%） BBA （12.89%）	ABB （5.33%） BBA （0.89%）

表 6.30 明代，白色範疇 ABB／BBA 式顏色詞

初刻拍案驚奇		二刻拍案驚奇		水滸傳／水滸全傳		三寶太監西洋記	
詞語	詞頻	詞語	詞頻	詞語	詞頻	詞語	詞頻
白晃晃	2	白團團	1	白生生	1	白漫漫	1
皎團團	1	白燦燦	1	白茫茫	1	白茫茫	4
		白晃晃	4	白蕩蕩	1	白淨淨	1
		白皙皙	1	白冷冷	1	白盈盈	3

喻世明言		警世通言		醒世恒言		醒世姻緣傳	
詞語	詞頻	詞語	詞頻	詞語	詞頻	詞語	詞頻
白瑩瑩	1	白淨淨	1	白晃晃	2	白皚皚	1
白堆堆	1					白晃晃	2
白華華	1						

周朝秘史		封神演義		西遊記		金瓶梅詞話	
詞語	詞頻	詞語	詞頻	詞語	詞頻	詞語	詞頻
白茫茫	1	白光光	1	白茫茫	3	白生生	7
				白鐸鐸	1	白鮮鮮	1
堯山堂外紀				白穰穰	1	白馥馥	3
詞語	詞頻			白森森	6	白瀲瀲	1
白皓皓	1			白嬢嬢	1	白晃晃	2
白晶晶	1					白膩膩	1
白皚皚	1					白湛湛	1

其他詩集							
詞語	詞頻	詞語	詞頻	詞語	詞頻	詞語	詞頻
白迢迢	1	皎皎白	1	白皓皓	4	白娟娟	3
白蒼蒼	2	白纖纖	2	微微白	1	白茫茫	9
滔滔白	1	白浩浩	10	白皚皚	5	白紛紛	20
紛紛白	2	白差差	2	白雙雙	1	荒荒白	3
白茸茸	1	嫋嫋白	1	白嬝嬝	1	白團團	2
白垂垂	1	垂垂白	1	團團白	3	白離離	2
冷冷白	1	白毿毿	2	白燦燦	1	白磊磊	2
白皎皎	1	白皙皙	1	霏霏白	1	翻翻白	1
白峨峨	4	白粼粼	5	白濛濛	2	白蓬蓬	1

表 6.31　明代，黑色範疇 ABB／BBA 式顏色詞

初刻拍案驚奇		二刻拍案驚奇		喻世明言		醒世恒言	
詞語	詞頻	詞語	詞頻	詞語	詞頻	詞語	詞頻
黑漆漆	1	黑洞洞	3	黑絲絲	1	黑漫漫	1
黑洞洞	3	黑魆魆	2	黑陰陰	1	黑洞洞	3
		黑磔磔	1	黑乎乎	1	黑魆魆	1
						黑茫茫	1

警世通言		英烈傳		五代秘史		夏商野史	
詞語	詞頻	詞語	詞頻	詞語	詞頻	詞語	詞頻
黑洞洞	1	黑叢叢	1	黑漫漫	1	黑漫漫	1
						漫漫黑	1

三寶太監西洋記		封神演義		醒世姻緣傳		其他詩集	
詞語	詞頻	詞語	詞頻	詞語	詞頻	詞語	詞頻
黑漆漆	2	黑暗暗	2	黑鴉鴉	1	黑漫漫	2
黑魆魆	1	黑沉沉	1	黑押押	1	漫漫黑	1
黑沉沉	3	黑慘慘	1	黑沉沉	1	離離黑	1
黑葳葳	2	黑靄靄	2	黑參參	1	黑撲撲	1
黑委委	1			黑越越	1	黑茫茫	1
黑通通	2					黑峨峨	1

水滸傳／水滸全傳		西遊記		金瓶梅詞話			
詞語	詞頻	詞語	詞頻	詞語	詞頻		
黑漫漫	1	黑漫漫	1	黑漫漫	1		
黑洞洞	4	漫漫黑	1	黑洞洞	1		
黑暗暗	2	黑洞洞	3	黑油油	1		
黑鬖鬖	1	黑暗暗	1	黑壓壓	2		
黑稠稠	1	黑沉沉	1	黑鬖鬖	1		
黑魆魆	1	黑悠悠	1	黑臻臻	1		
黑騰騰	1	黑攸攸	1	黑裀裀	1		
黑凜凜	2	黑溜溜	1	黑鬖鬖	2		
黑撲撲	1						

表 6.32　明代，紅色範疇 ABB／BBA 式顏色詞

初刻拍案驚奇		二刻拍案驚奇		喻世明言		金瓶梅詞話	
詞語	詞頻	詞語	詞頻	詞語	詞頻	詞語	詞頻
紅焰焰	1	紅霏霏	1	紅拂拂	2	紅赤赤	2
		紅焰焰	1			紅縐縐	1

		赤豔豔	1			紅馥馥	2
		紅閃閃	1			紅鄧鄧	1

警世通言		英烈傳		五代秘史		堯山堂外紀	
詞語	詞頻	詞語	詞頻	詞語	詞頻	詞語	詞頻
紅焰焰	1	紅焰焰	1	紅豔豔	1	紅灼灼	1
紅滾滾	1						

三寶太監西洋記		封神演義		醒世姻緣傳		周朝秘史	
詞語	詞頻	詞語	詞頻	詞語	詞頻	詞語	詞頻
紅灼灼	2	紅灼灼	1	紅馥馥	4	紅拂拂	1
紅油油	1	紅滴滴	1				
紅通通	4						

水滸傳／水滸全傳				西遊記			
詞語	詞頻	詞語	詞頻	詞語	詞頻	詞語	詞頻
紅瑟瑟	1	紅鮮鮮	1	紅豔豔	2	赤淋淋	5
紅乳乳	1			紅焰焰	2	紅嬈嬈	1
				紅拂拂	1		

其他詩集							
詞語	詞頻	詞語	詞頻	詞語	詞頻	詞語	詞頻
紅簇簇	1	紅灼灼	1	紅的的	2	紅馥馥	1
紅片片	3	葉葉紅	1	的的紅	1	紅瑟瑟	1
片片紅	4	紅冉冉	2	紅豔豔	1	紅滾滾	1
紅霏霏	1	漠漠紅	1	豔豔紅	1	紅歷歷	1
紅淡淡	1	紅紛紛	1	淺淺紅	1	閃閃紅	1
樹樹紅	1	紅斑斑	3	紅輝輝	1	紅離離	1
紅藹藹	1	紅娟娟	1	紅粼粼	1	款款紅	1
紅籔籔	1	紅菲菲	1	朵朵紅	6	岸岸紅	1

表 6.33　明代，綠色範疇 ABB／BBA 式顏色詞

喻世明言		警世通言		三寶太監西洋記		封神演義	
詞語	詞頻	詞語	詞頻	詞語	詞頻	詞語	詞頻
翠彎彎	1	綠溶溶	1	綠茸茸	1	碧沉沉	2
		碧磷磷	1	碧澄澄	6	綠依依	2
		碧澄澄	1	碧團團	2		
水滸傳／水滸全傳		西遊記		金瓶梅詞話		五代秘史	
詞語	詞頻	詞語	詞頻	詞語	詞頻	詞語	詞頻

綠茸茸	4	青茸茸	1	青旋旋	2	綠悠悠	1
青旋旋	1	青冉冉	2	碧沉沉	1		
青娜娜	1	碧澄澄	1	綠椮椮	1	堯山堂外紀	
碧澄澄	1	碧沉沉	1	翠彎彎	1	詞　語	詞頻
綠叢叢	1	綠茸茸	2			碧迢迢	1
綠依依	2	綠依依	3				
		綠陣陣	1				
其他詩集							
詞　語	詞頻	詞　語	詞頻	詞　語	詞頻	詞　語	詞頻
青娟娟	1	青點點	1	點點青	2	青茫茫	2
綠差差	2	青巉巉	1	青冉冉	2	冉冉青	2
青茸茸	2	綠茸茸	4	碧茸茸	1	青鬱鬱	2
鬱鬱青	1	青峨峨	3	青漠漠	1	鬱青青	2
青嫋嫋	8	青歷歷	6	歷歷青	5	宛宛青	1
青簇簇	3	簇簇綠	1	疊疊綠	1	青濛濛	3
翠重重	12	碧重重	2	重重碧	1	碧濛濛	6
重重翠	3	重重綠	1	漫漫青	1	翠濛濛	3
青童童	2	青離離	4	黯黯青	2	濛濛翠	1
猗猗青	1	綠猗猗	2	猗猗綠	1	青若若	1
疊疊青	3	青隱隱	3	青熒熒	1	若若青	1
綠菲菲	2	靡靡綠	1	青纂纂	1	綠絲絲	5
青絲絲	1	碧絲絲	1	青檆檆	1	絲絲綠	1
青渾渾	1	青藹藹	2	青的的	1	鬱鬱翠	1
青幽幽	1	綠幽幽	2	碧層層	8	層層碧	2
碧萋萋	5	萋萋碧	1	綠萋萋	4	萋萋綠	1
碧森森	2	森森碧	1	綠森森	3	森森綠	1
碧溶溶	1	溶溶碧	2	綠溶溶	1	溶溶綠	2
碧粼粼	7	綠粼粼	2	粼粼綠	1	碧鱗鱗	3
碧巉巉	1	碧悠悠	2	碧叢叢	3	叢叢碧	1
碧纖纖	1	碧芊芊	2	綠芊芊	4	芊芊綠	1
碧離離	1	依依翠	2	翠離離	3	碧氄氄	2
翠沉沉	1	綠氄氄	5	氄氄綠	1	碧澄澄	2
碧潺潺	8	綠澄澄	1	澄澄綠	1	湛湛碧	1
碧沉沉	1	碧沉沉	2	碧依依	1	碧紛紛	1
碧熒熒	1	碧團團	2	團團碧	2	碧灣灣	2
碧迢迢	10	碧漪漪	2	碧蕭蕭	1	灣灣碧	1
碧盈盈	2	盈盈碧	3	碧涓涓	2	碧枝枝	1

碧淒淒	2	累累碧	1	碧沄沄	4	綠沄沄	1
綠迢迢	5	迢迢綠	1	綠叢叢	1	翠依依	1
綠垂垂	2	垂垂綠	1	綠依依	13	依依綠	2
青依依	2	綠纖纖	1	綠峨峨	1	綠泱泱	1
綠層層	3	綠紛紛	5	綠離離	4	綠漫漫	2
綠漪漪	3	綠茸茸	1	綠陰陰	5	綠沉沉	3
沉沉綠	1	綠灣灣	1	綠疏疏	2	微微綠	1
綠嫋嫋	1	綠津津	1	翠團團	1	團團翠	1
茫茫綠	3	蕭蕭綠	4	綠蕭蕭	1	團團綠	1
綠團團	1	翠娟娟	1	翠森森	2	森森翠	3
綠悠悠	3	翠亭亭	2	翠氄氄	2	翠紛紛	4
紛紛翠	1						

表 6.34　明代，黃色範疇 ABB／BBA 式顏色詞

喻世明言		金瓶梅詞話		水滸傳／水滸全傳		其他詩集	
詞語	詞頻	詞語	詞頻	詞語	詞頻	詞語	詞頻
黃燦燦	2	黃烘烘	4	黃烘烘	1	黃離離	1
		黃霜霜	2			金溶溶	1
		黃晃晃	1			黃嫋嫋	1
		黃慽慽	4			垂垂黃	1
						莽莽黃	1
						淡淡黃	1

封神演義		西遊記		三寶太監西洋記			
詞語	詞頻	詞語	詞頻	詞語	詞頻		
黃澄澄	1	黃森森	2	金晃晃	2		
黃鄧鄧	9	黃拂拂	1	黃澄澄	2		

醒世姻緣傳							
詞語	詞頻	詞語	詞頻	詞語	詞頻		
黃爍爍	1	黃干干	1	黃烘烘	1		

表 6.35　明代 五色範疇 ABB／BBA 式顏色詞　計量統計

時代	顏色詞類別									
	白色範疇		黑色範疇		紅色範疇		綠色範疇		黃色範疇	
	詞語	詞頻	詞語	詞頻	詞語	詞頻	詞語	詞頻	詞語	詞頻
明代	白皚皚	7	黑茫茫	2	紅鮮鮮	1	青茫茫	2	黃嫋嫋	1

白茫茫	18	黑漫漫	8	紅馥馥	7	綠漫漫	2	黃離離	1
白漫漫	1	黑峨峨	1	紅紛紛	1	碧團團	4	金溶溶	1
白浩浩	10	黑洞洞	18	紅霏霏	2	綠團團	1	黃澄澄	3
白皎皎	1	黑漆漆	3	紅娟娟	1	翠團團	1	黃森森	2
白團團	3	黑絲絲	1	紅離離	1	碧森森	2	金晃晃	2
皎團團	1	黑陰陰	1	紅藹藹	1	綠森森	3	黃燦燦	2
白生生	8	黑叢叢	1	紅油油	1	翠森森	2	黃拂拂	1
白蕩蕩	1	黑沉沉	6	紅簇簇	1	碧迢迢	11	黃烘烘	6
白泠泠	1	黑靄靄	2	紅籔籔	1	綠迢迢	5	黃鄧鄧	9
白淨淨	2	黑鴉鴉	1	紅焰焰	6	綠紛紛	5	黃爍爍	1
白盈盈	3	黑撲撲	2	紅豔豔	4	碧紛紛	1	黃干干	1
白皓皓	5	黑鬒鬒	2	赤豔豔	1	翠紛紛	4	黃蠢蠢	1
白晶晶	1	黑騰騰	1	紅閃閃	1	綠茸茸	11	黃懨懨	4
白森森	6	黑悠悠	1	紅滾滾	2	青茸茸	3	黃霜霜	2
白鮮鮮	1	黑攸攸	1	紅灼灼	4	碧茸茸	1	莽莽黃	1
白馥馥	3	黑暗暗	5	紅滴滴	1	綠垂垂	2	垂垂黃	1
白湛湛	1	黑油油	1	紅片片	3	青峨峨	3	淡淡黃	1
白迢迢	1	黑臻臻	1	紅淡淡	1	綠峨峨	1		
白蒼蒼	2	黑魆魆	5	紅冉冉	2	碧纖纖	1		
白紛紛	20	黑碌碌	1	紅斑斑	3	綠纖纖	1		
白茸茸	1	黑乎乎	1	紅的的	2	綠差差	2		
白垂垂	1	黑葳葳	2	紅輝輝	1	青嫋嫋	8		
白峨峨	4	黑委委	1	紅粼粼	1	綠嫋嫋	1		
白纖纖	2	黑淄淄	1	紅歷歷	1	翠氄氄	2		
白嫋嫋	1	黑押押	1	紅媠媠	1	碧氄氄	2		
白氄氄	2	黑壓壓	2	紅通通	4	綠氄氄	5		
白雙雙	1	黑通通	2	紅拂拂	4	青濛濛	3		
白濛濛	2	黑慘慘	1	紅赤赤	2	碧濛濛	6		
白娟娟	3	黑越越	1	紅縐縐	1	翠濛濛	3		
白離離	2	黑稠稠	1	紅瑟瑟	2	青娟娟	1		
白磊磊	2	黑凜凜	2	赤淋淋	5	翠娟娟	1		
白粼粼	5	黑裀裀	1	紅乳乳	1	青離離	4		
白晃晃	12	黑鬖鬖	2	紅菲菲	1	碧離離	1		
白燦燦	2	黑參參	1	紅鄧鄧	1	綠離離	4		
白皙皙	2	離離黑	1	閃閃紅	1	翠離離	3		

白瑩瑩	1	漫漫黑	3	片片紅	4	青絲絲	1		
白堆堆	1			漠漠紅	1	碧絲絲	1		
白華華	1			樹樹紅	1	綠絲絲	5		
白光光	1			葉葉紅	1	綠陰陰	5		
白鐸鐸	1			淺淺紅	1	綠叢叢	2		
白穰穰	1			的的紅	1	碧叢叢	3		
白媥媥	1			朵朵紅	6	綠沉沉	3		
白潋潋	1			款款紅	1	碧沉沉	6		
白膩膩	1			岸岸紅	1	碧沉沉	1		
白差差	2			豔豔紅	1	翠沉沉	1		
白蓬蓬	1					青藹藹	2		
泠泠白	1					綠悠悠	4		
微微白	1					碧悠悠	2		
紛紛白	2					青簇簇	3		
翻翻白	1					碧萋萋	5		
垂垂白	1					綠萋萋	4		
嫋嫋白	1					碧芊芊	2		
霏霏白	1					綠芊芊	4		
荒荒白	3					青冉冉	4		
滔滔白	1					青漠漠	1		
皎皎白	1					青的的	1		
團團白	3					青歷歷	6		
						翠彎彎	2		
						綠灣灣	1		
						碧灣灣	2		
						綠溶溶	2		
						碧溶溶	1		
						碧粼粼	7		
						綠粼粼	2		
						碧鱗鱗	3		
						碧磷磷	1		
						碧澄澄	11		
						綠澄澄	1		
						碧涓涓	2		
						碧沄沄	4		
						綠沄沄	1		

					綠依依	20	
					翠依依	1	
					青依依	2	
					碧依依	1	
					青旋旋	3	
					綠椮椮	1	
					青鬱鬱	2	
					碧重重	2	
					翠重重	12	
					綠層層	3	
					碧層層	8	
					青童童	2	
					綠猗猗	2	
					綠漪漪	3	
					碧漪漪	2	
					青點點	1	
					青巉巉	1	
					碧巉巉	1	
					青隱隱	3	
					青熒熒	1	
					碧熒熒	1	
					青纂纂	1	
					碧槭槭	1	
					青若若	1	
					青幽幽	1	
					綠幽幽	2	
					碧潺潺	8	
					碧盈盈	2	
					綠津津	1	
					翠亭亭	1	
					碧枝枝	1	
					綠泱泱	1	
					綠菲菲	2	
					青娜娜	1	
					綠陣陣	1	
				第六章　ABB 與 BBA 重疊式顏色詞的歷史發展	青渾渾	1	

						碧淒淒	2		
						綠茸茸	1		
						綠疏疏	2		
						碧蕭蕭	1		
						綠蕭蕭	1		
						團團翠	1		
						森森碧	1		
						森森翠	3		
						茫茫綠	3		
						漫漫青	1		
						團團綠	1		
						森森綠	1		
						迢迢綠	1		
						紛紛翠	1		
						垂垂綠	1		
						氄氄綠	1		
						濛濛翠	1		
						絲絲綠	1		
						叢叢碧	1		
						沉沉綠	1		
						簇簇綠	1		
						萋萋碧	1		
						萋萋綠	1		
						芊芊綠	1		
						冉冉青	2		
						灣灣碧	1		
						歷歷青	5		
						溶溶綠	2		
						溶溶碧	2		
						粼粼綠	1		
						澄澄綠	1		
						湛湛碧	1		
						依依綠	2		
						依依翠	2		
漢語顏色詞的生成與發展						鬱鬱青	1		
——以重疊式顏色詞為中心						鬱鬱翠	1		

				重重翠	3	
				重重碧	1	
				重重綠	1	
				層層碧	2	
				疊疊綠	1	
				疊疊青	3	
				猗猗綠	1	
				猗猗青	3	
				點點青	2	
				黯黯青	2	
				宛宛青	1	
				若若青	1	
				盈盈碧	3	
				蕭蕭綠	4	
				微微綠	1	
				靡靡綠	1	
				累累碧	1	
				團團碧	2	
合計（320）	ABB（47）BBA（11）	ABB（35）BBA（2）	ABB（35）BBA（11）	ABB（112）BBA（49）	ABB（15）BBA（3）	
百分比	ABB（14.69%）BBA（3.43%）	ABB（10.94%）BBA（0.63%）	ABB（10.94%）BBA（3.43%）	ABB（35.00%）BBA（15.31%）	ABB（4.69%）BBA（0.94%）	

表 6.36　清代，白色範疇 ABB / BBA 式顏色詞

紅樓夢		七俠五義		彭公案		其他詩集	
詞語	詞頻	詞語	詞頻	詞語	詞頻	詞語	詞頻
白漫漫	1	白茫茫	1	白茫茫	1	白皓皓	1
白花花	3	白馥馥	1	白生生	7	白皚皚	5
白汪汪	1	白花花	4	白花花	2	白差差	2
白茫茫	2	白亮亮	2	白亮亮	3	白潺潺	1
施公案		八仙得道		九尾龜		白荒荒	3
詞語	詞頻	詞語	詞頻	詞語	詞頻	荒荒白	1
白茫茫	2	白茫茫	2	白茫茫	1	白泱泱	2
白花花	1			白花花	3	溶溶白	1
				白晃晃	2	白茫茫	4

野叟曝言		說岳全傳		東度記		茫茫白	3
詞語	詞頻	詞語	詞頻	詞語	詞頻	白紛紛	4
白茫茫	1	白茫茫	2	白茫茫	1	紛紛白	1
白馥馥	1					白浩浩	2
						白離離	2
海公大紅袍傳		說唐全傳		孽海花		其他詩集	
詞語	詞頻	詞語	詞頻	詞語	詞頻	詞語	詞頻
白閃閃	1	白茫茫	1	白茫茫	2	離離白	1
風流悟		兒女英雄傳		康熙俠義傳		白纖纖	1
詞語	詞頻	詞語	詞頻	詞語	詞頻	白霏霏	1
白生生	1	白嫩嫩	1	白生生	13	霏霏白	1
東周列國志		小八義		七劍十三俠		垂垂白	1
詞語	詞頻	詞語	詞頻	詞語	詞頻	白峨峨	1
白茫茫	1	白花花	1	白茫茫	1	絲絲白	3
		白亮亮	1	白淨淨	1	溶溶白	1
						白濛濛	6
小五義		三俠劍				聊齋誌異	
詞語	詞頻	詞語	詞頻	詞語	詞頻	詞語	詞頻
白茫茫	1	白漆漆	1	白潤潤	1	白巉巉	1
白點點	1	白微微	1	團團皎	1		
白亮亮	2	白糊糊	1	白亮亮	1		
		白汪汪	2	白生生	2		
		白微微	14	白淨淨	1		

表 6.37　清代，黑色範疇 ABB／BBA 式顏色詞

紅樓夢		儒林外史		綠野仙蹤		九尾龜	
詞語	詞頻	詞語	詞頻	詞語	詞頻	詞語	詞頻
黑漆漆	1	黑油油	1	黑洞洞	2	黑漆漆	4
黑油油	1	黑壓壓	1	黑油油	1	黑洞洞	1
黑黲黲	1	黑津津	1	黑壓壓	1	黑壓壓	1
黑魆魆	1					黑沉沉	1
說岳全傳		說唐全傳		八仙得道		東度記	
詞語	詞頻	詞語	詞頻	詞語	詞頻	詞語	詞頻
黑漆漆	1	黑洞洞	3	黑漆漆	3	黑漫漫	5
黑洞洞	1	黑磣磣	1	黑壓壓	1	黑洞洞	1

聊齋誌異		東周列國志		女媧石		海公大紅袍傳	
詞　語	詞頻	詞　語	詞頻	詞　語	詞頻	詞　語	詞頻
黑索索	1	黑黯黯	1	黑薰薰	1	黑暗暗	1

續濟公傳		小八義		官場現形記		老殘遊記	
詞　語	詞頻	詞　語	詞頻	詞　語	詞頻	詞　語	詞頻
黑漆漆	2	黑暗暗	1	黑蒼蒼	1	黑漫漫	1
烏溜溜	1	黑沉沉	1				

彭公案		小五義		七俠五義		野叟曝言	
詞　語	詞頻	詞　語	詞頻	詞　語	詞頻	詞　語	詞頻
黑漫漫	1	黑洞洞	9	黑漆漆	8	黑漆漆	1
黑洞洞	5	黑暗暗	3	黑洞洞	1	黑洞洞	1
黑暗暗	9	黑壓壓	4	黑凜凜	1	黑壓壓	2
黑真真	5	黑真真	1	黑沉沉	1	黑黝黝	1
黑糊糊	1	黑沉沉	1	黑忽忽	1	黑騰騰	1
黑忽忽	1	黑糊糊	2	黑乎乎	1	黑凜凜	1
黑乎乎	4	黑忽忽	16				

施公案		七劍十三俠		隋唐演義		三俠劍	
詞　語	詞頻	詞　語	詞頻	詞　語	詞頻	詞　語	詞頻
黑漆漆	5	黑漆漆	2	黑洞洞	1	黑漆漆	3
黑叢叢	3	黑洞洞	1	黑叢叢	2	黑暗暗	3
黑森森	1	黑沉沉	1			黑鴉鴉	2

俠女奇緣（原名《兒女英雄傳》）				康熙俠義傳		黑壓壓	9
詞　語	詞頻	詞　語	詞頻	詞　語	詞頻	黑黝黝	1
黑漆漆	2	黑洞洞	3	黑漫漫	1	黑真真	8
黑魆魆	1	黑沉沉	1	黑洞洞	2	黑黪黪	1
黑暗暗	1	黑森森	2	黑暗暗	6	黑糊糊	2
黑壓壓	3	黑糝糝	1	黑黝黝	1	黑忽忽	2
				黑黲黲	12	黑乎乎	2
						黑森森	2

孽海花				其他詩集		黑巍巍	3
詞　語	詞頻	詞　語	詞頻	詞　語	詞頻	黑威威	2
黑洞洞	5	黑魆魆	1	黑洞洞	1		
黑壓壓	2	黑蒼蒼	2				
烏油油	3						

表 6.38　清代，紅色範疇 ABB／BBA 式顏色詞

紅樓夢		七俠五義		彭公案		續濟公傳	
詞　語	詞頻	詞　語	詞頻	詞　語	詞頻	詞　語	詞頻
紅撲撲	1	紅撲撲	2	紅彤彤	1	紅通通	2
		紅焰焰	1				

野叟曝言		三俠劍		東度記		女媧石	
詞　語	詞頻	詞　語	詞頻	詞　語	詞頻	詞　語	詞頻
微微紅	1	紅彤彤	1	紅簇簇	1	紅亮亮	1
紅馥馥	2	紅乎乎	1	赤焰焰	1		
紅閃閃	1						

兒女英雄傳		說唐全傳		小五義		平山冷燕	
詞　語	詞頻	詞　語	詞頻	詞　語	詞頻	詞　語	詞頻
紅撲撲	1	紅閃閃	1	紅赤赤	2	紅杲杲	1

其他詩集							
詞　語	詞頻	詞　語	詞頻	詞　語	詞頻	詞　語	詞頻
紅簇簇	1	紅冉冉	1	紅酣酣	1	紅爛爛	1
紅片片	2	紅豔豔	1	紅簌簌	5	紅離離	2
片片紅	1	淡淡紅	1	簌簌紅	1	圓圓紅	1
紅灼灼	2	紅斑斑	2	紅瑟瑟	1	扇扇紅	1
霅霅紅	1						

表 6.39　清代，綠色範疇 ABB／BBA 式顏色詞

紅樓夢		九尾龜		康熙俠義傳		蕉軒隨錄	
詞　語	詞頻	詞　語	詞頻	詞　語	詞頻	詞　語	詞頻
碧瑩瑩	1	綠沉沉	1	碧迢迢	1	綠油油	1

野叟曝言		孽海花		續濟公傳		東度記	
詞　語	詞頻	詞　語	詞頻	詞　語	詞頻	詞　語	詞頻
碧油油	1	碧沉沉	3	綠漫漫	1	青茸茸	1
碧氄氄	1	綠沉沉	2	綠沉沉	1	綠蔭蔭	1
				綠瑩瑩	1		

小五義		七俠五義		三俠劍		官場現形記	
詞　語	詞頻	詞　語	詞頻	詞　語	詞頻	詞　語	詞頻
碧盈盈	1	青簇簇	2	碧森森	1	翠森森	2
		翠森森	2	綠森森	1	隋唐演義	
		碧澄澄	3	綠陰陰	2	詞　語	詞頻
		碧沉沉	1	翠疊疊	1	綠沉沉	1

其他詩集							
詞　語	詞頻	詞　語	詞頻	詞　語	詞頻	詞　語	詞頻
點點青	1	綠茸茸	2	碧濛濛	6	青曹曹	1
青茫茫	5	青童童	1	翠濛濛	1	青巉巉	1
青巉巉	4	青濛濛	25	濛濛翠	1	碧差差	1
青茸茸	1	綠濛濛	2	鬱青青	3	青鬱鬱	1
森森翠	1	碧萋萋	4	綠森森	1	碧沉沉	1
碧森森	2	萋萋碧	3	碧溶溶	1	綠峨峨	1
綠絲絲	4	綠萋萋	4	溶溶綠	1	漠漠青	2
絲絲綠	2	萋萋綠	2	翠溶溶	1	青歷歷	1
碧絲絲	3	青的的	1	層層碧	1	青簇簇	1
翠重重	5	青漫漫	2	青熒熒	2	碧磷磷	1
青疊疊	1	青黯黯	1	青蒼蒼	1	磷磷碧	1
碧重重	1	猗猗碧	1	碧鱗鱗	1	鱗鱗碧	3
重重碧	2	青冥冥	4	綠鱗鱗	2	碧粼粼	6
青耿耿	1	碧悠悠	1	碧油油	1	綠粼粼	1
碧叢叢	6	碧芊芊	1	綠芊芊	1	芊芊綠	1
碧離離	3	碧氄氄	3	翠氄氄	1	綠氄氄	2
碧澄澄	3	碧潺潺	5	碧沉沉	6	沉沉碧	1
碧沉沉	5	沉沉碧	2	碧依依	1	熒熒碧	1
碧潭潭	1	碧迢迢	9	綠迢迢	4	迢迢綠	2
綠沄沄	3	沄沄青	1	碧盈盈	2	盈盈碧	2
綠差差	3	綠垂垂	1	垂垂綠	1	綠依依	2
依依綠	2	層層綠	1	綠紛紛	1	綠漫漫	1
綠漪漪	1	綠愔愔	1	綠陰陰	6	青嫋嫋	1
綠茫茫	3	綠蕭蕭	1	斑斑綠	1	綠閒閒	1
綠濛濛	9	濛濛綠	1	綠生生	1	翠娟娟	1
娟娟翠	1	翠森森	2	翠亭亭	1	翠氄氄	1
依依翠	1	翠沉沉	3	翠疊疊	1	青蠢蠢	1

表 6.40　清代，黃色範疇 ABB / BBA 式顏色詞

紅樓夢		七俠五義		彭公案		施公案	
詞　語	詞頻	詞　語	詞頻	詞　語	詞頻	詞　語	詞頻
黃澄澄	2	黃澄澄	3	黃澄澄	3	黃澄澄	1
金晃晃	1	金煌煌	1	黃焦焦	2		

康熙俠義傳		三俠劍		濟公全傳		俠女奇緣	
詞　語	詞頻	詞　語	詞頻	詞　語	詞頻	詞　語	詞頻
黃焦焦	6	黃森森	1	黃澄澄	1	黃燦燦	1
		黃澄澄	13				
		黃橙橙	5				

兒女英雄傳		小五義		小八義		九尾龜	
詞　語	詞頻	詞　語	詞頻	詞　語	詞頻	詞　語	詞頻
黃澄澄	1	黃澄澄	5	黃澄澄	1	黃澄澄	4

其他詩集							
詞　語	詞頻	詞　語	詞頻	詞　語	詞頻	詞　語	詞頻
黃纂纂	1	團團黃	1	垂垂黃	1	黃淡淡	1
金煌煌	1	熠熠黃	1				

表 6.41　清代 五色範疇 ABB／BBA 式顏色詞　計量統計

時代	顏色詞類別									
	白色範疇		黑色範疇		紅色範疇		綠色範疇		黃色範疇	
	詞語	詞頻	詞語	詞頻	詞語	詞頻	詞語	詞頻	詞語	詞頻
清代	白茫茫	23	黑漫漫	8	紅離離	2	青茫茫	5	金晃晃	1
	白漫漫	1	黑漆漆	32	紅馥馥	2	綠茫茫	3	金煌煌	2
	白皚皚	5	黑油油	3	紅閃閃	2	綠漫漫	2	黃森森	1
	白皓皓	1	烏油油	3	紅乎乎	1	青漫漫	2	黃淡淡	1
	白差差	2	黑鬢鬢	1	紅撲撲	4	碧差差	1	黃澄澄	34
	白荒荒	3	黑真真	14	紅通通	2	綠差差	3	黃燦燦	1
	白浩浩	2	黑壓壓	24	紅簇簇	2	碧離離	3	黃纂纂	1
	白離離	2	黑津津	1	赤焰焰	1	綠生生	1	黃焦焦	8
	白馥馥	2	黑洞洞	38	紅焰焰	1	碧溱溱	5	黃橙橙	5
	白生生	23	黑黯黯	1	紅赤赤	2	碧溶溶	1	團團黃	1
	白晃晃	2	黑暗暗	24	紅杲杲	1	翠溶溶	1	垂垂黃	1
	白閃閃	1	黑蒼蒼	3	紅片片	2	綠紛紛	1	熠熠黃	1
	白淨淨	2	黑乎乎	7	紅灼灼	2	綠垂垂	1		
	白微微	1	黑沉沉	6	紅冉冉	1	綠萋萋	1		
	白點點	1	黑凜凜	2	紅豔豔	1	青巍巍	4		
	白溱溱	1	黑騰騰	1	紅斑斑	2	青濛濛	25		
	白泱泱	2	黑叢叢	5	紅酣酣	1	綠濛濛	11		
	白紛紛	4	黑森森	5	紅軟軟	5	碧濛濛	6		
	白纖纖	1	黑魃魃	3	紅瑟瑟	1	翠濛濛	1		

白霏霏	1	黑穆穆	1	紅亮亮	1	綠油油	1		
白峨峨	1	黑黲黲	13	紅彤彤	2	碧油油	2		
白巉巉	1	黑鴉鴉	2	紅爛爛	1	青黯黯	1		
白濛濛	6	黑磢磢	1	微微紅	1	青蒼蒼	1		
白漆漆	1	黑索索	1	片片紅	1	綠沉沉	5		
白汪汪	3	黑薰薰	1	皸皸紅	1	碧沉沉	9		
白花花	14	黑糊糊	5	扇扇紅	1	碧沉沉	8		
白亮亮	9	黑忽忽	20	雪雪紅	1	翠沉沉	3		
白嫩嫩	1	黑黝黝	3	圓圓紅	1	碧叢叢	6		
白糊糊	1	烏溜溜	1	淡淡紅	1	碧森森	3		
白潤潤	1	黑巍巍	3			綠森森	2		
白素素	14	黑威威	2			翠森森	6		
荒荒白	1					青簇簇	3		
離離白	1					碧瑩瑩	1		
茫茫白	1					綠瑩瑩	1		
霏霏白	1					碧迢迢	10		
垂垂白	1					綠迢迢	4		
溶溶白	1					碧氄氄	4		
紛紛白	1					翠氄氄	1		
團團皎	1					綠氄氄	2		
						青茸茸	2		
						綠茸茸	2		
						綠蔭蔭	1		
						綠陰陰	8		
						碧盈盈	3		
						翠疊疊	2		
						青疊疊	1		
						碧澄澄	6		
						青童童	1		
						碧萋萋	4		
						綠萋萋	4		
						青鬱鬱	1		
						青矗矗	1		
						青萼萼	1		
						青嶷嶷	1		
						綠絲絲	4		

						碧絲絲	3		
						翠重重	5		
						碧重重	1		
						青耿耿	1		
						碧潭潭	1		
						綠沄沄	3		
						綠依依	2		
						碧依依	1		
						青嫋嫋	1		
						綠漪漪	1		
						翠娟娟	1		
						青的的	1		
						青冥冥	4		
						碧悠悠	1		
						碧芊芊	1		
						綠芊芊	1		
						綠愔愔	1		
						綠蕭蕭	1		
						青熒熒	2		
						碧鱗鱗	1		
						綠鱗鱗	2		
						碧磷磷	1		
						碧粼粼	6		
						綠粼粼	1		
						青歷歷	1		
						翠亭亭	1		
						綠閒閒	1		
						點點青	1		
						垂垂綠	1		
						濛濛翠	1		
						濛濛綠	1		
						沉沉碧	2		
						沉沉碧	1		
						森森翠	1		
						斑斑綠	1		
						熒熒碧	1		

				盈盈碧	2	
				迢迢綠	2	
				萋萋碧	3	
				萋萋綠	2	
				絲絲綠	2	
				重重碧	2	
				沄沄青	1	
				依依綠	2	
				依依翠	1	
				猗猗碧	1	
				娟娟翠	1	
				芊芊綠	1	
				層層綠	1	
				層層碧	1	
				鱗鱗碧	3	
				磷磷碧	1	
				漠漠青	2	
				溶溶綠	1	
合計（220）	ABB（31）BBA（8）	ABB（31）BBA（0）	ABB（22）BBA（7）	ABB（82）BBA（27）		ABB（9）BBA（3）
百分比	ABB（14.10%）BBA（3.63%）	ABB（14.10%）BBA（0%）	ABB（10.00%）BBA（3.18%）	ABB（37.27%）BBA（12.27%）		ABB（4.09%）BBA（1.36%）

　　根據表 6.7、14、29、35 和 41 等的統計，元代的五色範疇顏色詞 ABB／BBA 式共有 225 例，其中從唐宋繼承的共有 182 例，占總數的 80.89%，元代新生的共有 43 例，占總數的 19.11%；明代的五色範疇顏色詞 ABB／BBA 式共有 320 例，其中從唐宋元繼承的 268 例，占總數的 83.75%，明代新生的共有 52 例，占總數的 16.25%；清代的五色範疇顏色詞 ABB／BBA 式共有 220 例，其中從唐宋元明繼承的 195 例，占總數的 88.64%，清代新生的共有 22 例，占總數的 10%。按此，從語言歷史發展的角度看，漢語五色範疇顏色詞 ABB／BBA 式具有很強的繼承性和保守性。可是，從另一方面看，這意味著在元明清時期五色範疇顏色詞 ABB／BBA 式已經進入從量變發展到質變的階段。

通過這一時期的語料，我們發現如下變化：第一，在元明清代的詩集中 ABB 式顏色詞和 BBA 式顏色詞都大量出現，而在元代散曲、雜劇、漢語會話課本以及明清代白話小說中 BBA 式顏色詞極少見。事實上，這一語言現象的萌芽始見於唐五代，到了宋元代逐漸開始突出。這給我們顯示：一是在唐宋代方言口語成分逐漸滲透入 ABB 式顏色詞以後，到了元代文言的產物，即 BBA 式顏色詞開始衰弱。二是在 ABB 式顏色詞的發展過程中，大量文言成分的繼承與口語對其的影響和滲透導致了 ABB 式顏色詞的內部和外部結構的變化、句法功能變化、語法意義變化以及語音變化。也就是說，在內部結構上，該語言現象促使了在顏色語素後面附的重疊詞變為後綴，即語法化；在外部結構上，產生了「ABB＋的」「代詞＋ABB＋的＋名詞」「有些＋ABB＋的＋名詞」「動詞／形容詞＋的／得＋ABB」「ABB＋兒」等語言形式。如元楊文奎《兒女團圓》第二折：「你看那青旋旋的頭兒，小小的口兒，高高的鼻兒。」《金瓶梅詞話》第三十三回：「可惜我黃鄧鄧的金背，配你這錠難兒一臉褶子。」《金瓶梅詞話》第六十一回：「見他瘦的黃憔憔兒，不比往時，兩個在屋裏大哭了一回。」《金瓶梅詞話》第六十三回：「見李瓶兒勒著鴉青手帕，雖故久病，其顏色如生，姿容不改，黃憔憔的，嘴唇兒紅潤可愛。」等等。這樣的 ABB 式顏色詞的結構變化帶來了其句法功能上的變化。這意味著在元明清時期 ABB 式顏色詞具備更為精密和完善的系統。關於語音變化，請見「ABB／BBA 式顏色詞的語法意義與語音變化」。第二，元明清代，除了在唐宋代出現的「顏色語素＋聽覺」類型的 ABB 式之外，還發現和「觸覺」「味覺」「嗅覺」等通感要素聯通的 ABB 式。比如，「顏色語素＋泠泠」「顏色語素＋暖暖」「顏色語素＋嫩嫩」「顏色語素＋溜溜」「顏色語素＋膩膩」「顏色語素＋甜甜」「顏色語素＋馥馥」等等。對此，下面進行探析。

（一）「顏色語素＋通感要素的重疊」類型的發展變化

錢鍾書提出：「在日常生活中，視覺、聽覺、觸覺、嗅覺和味覺往往可以彼此打通或交通，從心理語言學的角度名之為『通感』或『感覺挪移』。」〔註69〕劉英凱（1985）說：「漢語中的『通感』也叫『移覺』或『聯覺』，就是讓人的

〔註69〕錢鍾書《七綴集》，北京：生活・讀書・新知三聯書店，2002 年 6 月北京第 1 版（2004.4 重印），64 頁。

聽覺、視覺、嗅覺和觸覺相通，讓某一個器官的感覺移到另一個或幾個器官上，憑藉相通的感覺相互映照，達到刺激審美想像，渲染意境的目的。」〔註70〕從認知的角度看，「通感」也可以視為是一種隱喻，即用一種感官經驗去表達另一種感官經驗。如晉葛洪《抱朴子・逸民》：「朝為張天之<u>炎熱</u>，夕為<u>冰冷</u>之委灰。」元湯式《夏閨情》小令：「盡今生難捨難忘，<u>甜膩膩</u>兩字恩情，<u>苦懨懨</u>幾樣思量。」《紅樓夢》第五十四回：「鳳姐兒忙道：『也有棗兒熬的粳米粥，預備太太們吃齋的。』賈母笑道：『不是<u>油膩膩</u>的就是甜的。』」《七劍十三俠》第四十七回：「一手撤去，恰在季芳頸邊，覺得<u>滑膩膩</u>的，連忙縮起來，恰巧把淤泥抹在季芳的鬍子上。」清張傑鑫《三俠劍》第三回：「到葦塘子裏一看，孫三<u>睡得正在甜蜜</u>之際，還直打呼聲呢。」清曾樸《孽海花》第四回：「一夜回來，覺得不適，忽想起才喝的酒味非常<u>刺鼻</u>。」清曾樸《同上》第二十四回：「彩雲輕輕摸著雯青頭上，原來<u>火辣辣熱得燙手</u>，倒也急得哭起來。」清李寶嘉《官場現形記》第三十一回：「烏額拉布坐定之後，方覺得臉上<u>火辣辣的發疼</u>；及至立起走到穿衣鏡跟前一看，才曉得被田小辮子挖傷了好幾處。」清李伯元《文明小史》第三十六回：「緯卿聽他說的話很覺<u>刺耳</u>，心中有些不樂。」等等。從語義上看，「炎熱」「冰冷」用溫覺來表達天氣熱的感覺和寒冷的感覺；「甜膩膩」「苦懨懨」「油膩膩」用味覺來表達「溫馨甜蜜」「痛苦」「油膩」的意思；「滑膩膩」用觸覺來表達「滑溜黏糊」「光滑細膩」的感覺；「甜蜜」用味覺來表達「酣睡」「熟睡」的意思；「火辣辣」用味覺來表達「溫覺」「燙傷後的疼痛」；「刺鼻」「刺耳」用觸覺來表達嗅覺和聽覺。由此可見，雖然這些詞語裏存在著語言表達上的矛盾，但這給我們顯示，人的各個感官的作用不是孤立的，而是它們相互聯通的。〔註71〕實際上，在唐宋時期出現的「碧潺潺」「黃颯颯」「青槭槭」「黑窣窣」等「顏色語素＋聽覺」類型的 ABB 式，可以看作是一種通感隱喻。也就是說，聽覺的刺激和由此產生的反應使視覺出現共鳴，以增強了表色義的程度。這一類型的 ABB 式，到了元明清時

〔註70〕劉英凱《英漢「移覺」修辭格探討》，《現代外語》，1985 年第 3 期（總第 29 期），42 頁。

〔註71〕來源於南朝宋劉義慶《世說新語・假譎》：「魏武行役，失汲道，三軍皆渴，乃令曰：『前有大梅林，饒子，甘酸可以解渴。』士卒聞之，口皆出水。」的「望梅止渴」這個成語很好地說明「通感現象」，即從聽覺移到視覺上，再從視覺移到味覺上。其產生機制基於人的認知心理作用。

期擴展到「顏色語素＋觸覺」「顏色語素＋溫覺」「顏色語素＋味覺」「顏色語素＋嗅覺」類型的 ABB 式。例如：

顏色語素＋嗅覺：白馥馥、紅馥馥、青馥馥。

顏色語素＋觸覺：白嫩嫩、白膩膩、白潤潤。

顏色語素＋溫覺：白泠泠、碧泠泠、翠泠泠、黃暖暖。

顏色語素＋味覺：黑甜甜。

這些「顏色語素＋通感要素的重疊」類型的 ABB 式，在具體語言環境裏發揮其作用。例如：

（127）a. <u>紅馥馥</u>落盡桃花片，青絲絲舞困垂楊線，撲簌簌滿地墮榆錢，芳心問倦。（元・王元鼎《醉太平・寒食》小令）

b. 到春來綠依依柳吐煙，<u>紅馥馥</u>桃噴火，粉蝶兒來往穿花過。（元・薛昂夫《端正好・高隱》套曲）

c. 擔不得翠彎眉黛遠山青，<u>紅馥馥</u>桃臉褪朱唇。（元・蒲察善長《新水令》套曲）

d. 滿架香芸<u>青馥馥</u>，一庭芳草翠盈盈。（明・朱誠泳《賀新盏兄書屋落成》）

e. 林芳<u>紅馥馥</u>，山月白娟娟。（明・黎貞《遼陽寓懷一百韻》）

f. <u>紅馥馥</u>的腮頰，藍鬱鬱的頭皮。（《醒世姻緣傳》第二十一回）

g. 頭上銀絲鬆髻，金鑲分心翠梅鈿兒，雲鬢簪著許多花翠，越顯得<u>紅馥馥</u>朱唇、白膩膩粉臉，……。（《金瓶梅詞話》第十九回）

h. 說著紛紛的惱了，向他<u>白馥馥</u>香肌上颼的一馬鞭子來，打的婦人疼痛難忍，眼噙粉淚，……。」（《同上》第十二回）

i. 眾人觀看，但見頭戴金翠圍冠，雙鳳珠子挑牌、大紅妝花袍兒，<u>白馥馥</u>臉兒，儼然如生。（《同上》第六十三回）

原生重疊「馥馥」已見於漢代。如漢蘇武《別友》詩：「燭燭晨明月，馥馥秋蘭芳。」該重疊詞表示香氣濃郁貌。唐代，「馥馥」和「香」連用，以其詞義更為明顯。如唐盧鴻一《嵩山十志十首・草堂》：「藤蘿薛荔兮成草堂，陰陰邃兮<u>馥馥香</u>。」唐白居易《有木詩八首》其八：「有木名丹桂，四時<u>香馥馥</u>。花團夜雪明，葉剪春雲綠。」上古到近古，「馥馥」所指的對象主要有「蘭花」

「荷花」「梅花」「野花」「香草」「芳草」等等。由此可見，從生態特徵上看，這些所指的對象都具有顏色和香氣，即視覺和嗅覺上的特徵。在時間跨度很長的語言環境裏，它們擁有的顏色屬性和嗅覺上的特徵融為一體，以成為說話人和聽話人的心理詞典。這樣產生的「顏色語素＋馥馥」始見於金朝。如金董解元《西廂記諸宮調》卷五《千秋節》：「窄弓弓羅襪兒翻，紅馥馥地花心，我可曾慣？」從語義上看，「紅馥馥」表示「豔紅」「鮮紅」的意思。在這裡，「紅馥馥」可以說處於由附加式 ABB 重疊式變為音綴式 ABB 式的過渡狀態。例（127）abde 中的「紅馥馥」「青馥馥」也是如此，它們都指向桃花或香草。與此不同，例（127）cfghi 中的「紅馥馥」「白馥馥」，其語義由表示芳草或香草的典型義轉移至表示人的膚色的非典型義，即「桃紅」「雪白」。由此可以看出，在元明時期，原生重疊「馥馥」已經音綴化，以它對顏色語素添加鮮豔度或亮度。

（128）a. 頭上銀絲鬆髻，金鑲分心翠梅鈿兒，雲鬢簪著許多花翠，越顯得紅馥馥朱唇、白膩膩粉臉，……。（《金瓶梅詞話》第十九回）

　　　　b. 兩隻手一層層的把住公子的衣衿，喀嚓一聲，只一扯扯開，把大衿向後又掖了一掖，露出那個白嫩嫩的胸膛兒來。（《俠女奇緣》第五回）

　　　　c. 低頭觀看，白潤潤粉頸，黃橙橙赤金兌肚鏈，饊子把的抓髻，黑黲黲烏雲青絲，元寶耳，襯赤金墜圈，綠陰陰翡翠的大艾葉，十分俊美。（《三俠劍》第一回）

　　依據上文所列舉的「甜膩膩」「油膩膩」「滑膩膩」，從感官上的語義特徵上看，「膩膩」表示味覺或觸覺。可是，在「膩膩」和顏色語素「白」構成 ABB 式之後，該重疊詞的實義弱化：在語義上，例（128）a 的「白膩膩」表示皮膚光滑白皙的樣子。同樣，「嫩嫩」也用來表達「味覺」或「觸覺」。如《醒世恒言》第三十八卷：「原來是煮熟的鵝卵石，就似芋頭一般，軟軟的，嫩嫩的，又香又甜，比著雲門穴底的青泥，越加好吃。」《封神演義》第二十六回：「紂王見喜媚不甚推託，乃以手抹著喜媚胸膛，軟綿綿，溫潤潤，嫩嫩的腹皮，喜媚半推半就。」這樣同時可以表達兩個感官的「嫩嫩」和顏色語素「白」構成「白嫩嫩」之後，語義上表示「白色＋柔軟」的意思，即「顏色義＋觸覺」。先於「白嫩嫩」的 AABB 式「白白嫩嫩」也表示「顏色義＋觸覺」。如明羅懋

登《三寶太監西洋記》第四十八回：只見紅蓮宮主<u>白白嫩嫩</u>，面如出水荷花；嫋嫋婷婷，身似風中細柳。」它們都形容雪白粉嫩的肌膚。「白潤潤」中的「潤潤」主要表示滋潤的意思。從感官上的語義特徵上看，該重疊詞可以說屬於觸覺。從語義上看，例（128）c 的「白潤潤」形容白淨而有光澤的皮膚。

（129）a. <u>白泠泠</u>似水，多半是相思淚。（《西廂記》第四本第三折）

　　　　b. 露下空明夜氣清，天回銀浦<u>碧泠泠</u>。（明・王沂《海舟乘月夜歸》）

　　　　c. 鍾靈泉水<u>碧泠泠</u>，臺上孤梅老更青。（明・林大春《贈陳廣文移官江藩四首》其一）

　　　　d. 夜明簾外輝煌，少也有一萬盞，<u>翠泠泠</u>雨絲縷絡。（《三寶太監西洋記》第九十四回）

　　　　e. 那溪中甜水做的綠豆小米黏粥，<u>黃暖暖</u>的拿到面前，一陣噴鼻的香，雪白的連漿小豆腐，飽飽的吃了。（《醒世姻緣傳》第二十四回）

「泠泠」始見於戰國時期。如《文選・宋玉〈風賦〉》：「清清泠泠，愈病析酲。」李善注：「清清泠泠，清涼之貌也。」晉陸機《招隱詩》之二：「山溜何泠泠，飛泉漱鳴玉，」三國魏徐幹《情詩》：「高殿鬱崇崇，廣廈凄泠泠。」唐白居易《灘聲》：「碧玉班班沙歷歷，清流決決響泠泠。」唐白居易《寄崔少監》：「彈為古宮調，玉水寒泠泠。」由此可見，從感官上的語義特徵上看，原生重疊「泠泠」表示觸覺和聽覺。如見上例（129）的「白泠泠」「碧泠泠」「翠泠泠」，「泠泠」主要表示觸覺中的冷覺。在感覺上，例（129）a 的「白泠泠」表示「白色＋涼爽」的淚水；例（129）b 的「碧泠泠」表示「藍光＋涼爽」的銀河；例（129）c 的「碧泠泠」表示「藍綠色＋冰冷」的泉水；例（129）d 的「翠泠泠」表示「藍色＋涼爽」的雨絲簾。與此相反，「暖暖」屬於觸覺中的溫覺。該重疊詞已見於南北朝時期。如東晉孫綽《三月三日》詩：「嘉卉萋萋，溫風暖暖。」唐元稹《表夏十首》其一：「夏風多暖暖，樹木有繁陰。」從語義上看，例（129）e 的「黃暖暖」表示「黃色＋暖暖」的綠豆小米粥。

（130）a. 我睡呵，<u>黑甜甜</u>倒身如酒醉，忽嘍嘍酣睡似雷鳴；誰理會的五更朝馬動，三唱曉雞聲。（元・馬致遠《西華山陳摶高臥》第一折）

　　從感官上的語義特徵上看，「甜」屬於味覺。「黑甜甜」的基式 AB「黑甜」

見於宋代。如宋張元幹《賦漳南李幾仲安齋》詩：「先生睡美黑甜處，那聞鍾鼓朝鳴樓。」「黑甜」和其重疊詞「黑甜甜」都表示「酣睡」「睡得甜甜」的意思。依據關於「黑甜」的記載，按照不同的地區，其語義也存在細微的差異。如宋惠洪《冷齋夜話》卷一《詩用方言》：「詩人多用方言。南人謂象牙為白暗，犀為黑暗，故老杜詩曰黑暗通蠻貨。又謂睡美為黑甜，飲酒為軟飽，故東波詩曰三杯軟飽後，一枕黑甜餘。」宋魏慶之《詩人玉屑》卷六《點石化金》引《西清詩話》：「南人以飲酒為軟飽，北人以晝寢為黑甜。」由此看來，上例（130）a 的「黑甜甜」屬於北方方言口語詞。〔註 72〕在心理上，這一詞可能借用顏色語素「黑」來形容睡得深沉，以表示程度深。

（二）同義或近義 ABB 式顏色詞的字形變化與多樣化

1. 同義或近義 ABB 式顏色詞的字形變化

顏色詞類別	詞　　語
顏色語素＋茫茫	白莽莽、白濼濼。
顏色語素＋馥馥	白馥馥、白撲撲、白璞璞、紅馥馥、紅拂拂、紅撲撲。
顏色語素＋濛濛	黑濛濛、黑濛濛。
顏色語素＋悠悠	黑悠悠、黑攸攸。
顏色語素＋鴉鴉	青芽芽、青鴉鴉、黑鴉鴉、黑壓壓、黑押押、烏壓壓。
顏色語素＋瞖瞖	黑瞖瞖、黑真真、黑臻臻。
顏色語素＋巍巍	黑巍巍、黑威威。
顏色語素＋甘甘	黃干干、黃甘甘、黃紺紺。

（131）a. 黑漫漫離恨天，白濼濼迷魂海。（元・湯舜民《自省》套曲）

　　　b. 黑濛濛翠霧連山，白濼濼雪浪堆銀。（元・楊暹《西遊記》第三出）

　　　c. 我見他格截架解不放空，起一陣殺氣黑濛濛遮籠。（元・關漢卿《尉遲恭單鞭奪槊》第三折）

　　　d. 夜冰白莽莽，風來但飛沙。（明・李夢陽《黃河冰二首》其二）

　　　e. 仙山洞府黑攸攸，海島蓬萊昏暗暗。（《西遊記》第二十一回）

　　　f. 只殺得星不光兮月不皎，一天寒霧黑悠悠！（《同上》第六十一回）

「白濼濼」「白莽莽」相當於白茫茫，其語義表示一片白色。從其所指的對

〔註 72〕作者馬致遠是大都（今北京）人，而且按照《漢語方言大詞典》（1999：6129）：「黑甜，熟睡。也特指白日睡覺。中原官話。河南。」。

象的概念上看，例（131）a 的「白溱溱」所指的對象是抽象的。其產生機制是從比較熟悉、易於理解的具體性名詞「大海」映像到抽象性名詞的，即隱喻；例（131）bd 的「白溱溱」「白莽莽」所指的對象是具體的。同樣，例（131）bcef 的「黑濛濛」「黑濛濛」「黑攸攸」「黑悠悠」都表示「黑暗＋迷茫＋籠罩」的意思。從其所指的對象的概念上看，例（131）bf 的「黑濛濛」「黑悠悠」所指的對象是具體性名詞「雲霧」「寒霧」；例（131）c 的「黑濛濛」所指的對象是抽象性名詞「殺氣」。這也是像「白溱溱」那樣從具體性對象映像到抽象性對象的；例（131）e 的「黑攸攸」表示空間上的亮度，即黑暗貌。

（132）a. 也有平江路酸溜溜涼蔭蔭美甘甘連葉兒整下的黃橙綠橘，也有松陽縣軟柔柔<u>白璞璞</u>蜜煎煎帶粉兒壓匾的凝霜柿餅。（元·無名氏《逞風流王煥百花亭》第三折）

b. 只見<u>白撲撲</u>一股煙雲打在惡道面上，登時二目難睜，鼻口倒噎，連氣也喘不過來。（清·石玉昆《七俠五義》第八回）

c. 狄希陳把著南牆望信，只見兩個吃得<u>紅馥馥的</u>臉彈子，歡天喜地而來，……。（《醒世姻緣傳》第七十五回）

d. 我兩人先買一角酒吃，教臉上<u>紅拂拂地</u>，走去韋諫議門前旋一遭，回去說與大伯，只道說了，還未有回報。」（《喻世明言》第三十三卷）

e. 再往臉上看時，已然喝的<u>紅撲撲的</u>，似有醉態。（清·石玉昆《同上》第六十二回）

　　重疊詞「璞璞」已見於南北朝時期。如《全梁文》卷十八《南朝梁·蕭繹〈曠野寺碑〉》：「轣轆璇題，虹梁生於暮雨；<u>璞璞</u>銀榜，飛觀入乎雲中。」按照《廣韻》：「玘，匹角切。與璞同。」《玉篇》：「玉未成器也。」《類篇》：「玉素也。」清·史夢蘭《疊雅》四卷：「璞璞，素也。」，「璞璞」表示質樸、樸素的意思。由此可見，元代的「璞璞」沒有任何意義，只有表音功能。從語義上看，「白璞璞」「白撲撲」都表示非常白，以後綴「璞璞」「撲撲」都強化了顏色語素「白」的語義程度。它們相當於「白馥馥」，只是其所指的對象有所不同。重疊詞「拂拂」已見於唐代。如唐李賀《舞曲歌辭·章和二年中》：「雲蕭索，風<u>拂拂</u>，麥芒如篲黍如粟。」唐白居易《紅線毯》詩：「綵絲茸茸香<u>拂拂</u>，線軟花

虛不勝物。」唐呂岩《七言》詩之六九：「共語難分情兀兀，獨自行時<u>輕拂拂</u>。」
依據《楚辭‧大招》：「長袂拂面，善留客只。」，單詞「拂」表示輕輕掠過的意
思。從語義上看，「風拂拂」「輕拂拂」中的「拂拂」描寫風吹飄動貌。該重疊
詞含有單字「拂」的意義；「香拂拂」中的「拂拂」形容香氣散發的樣子。「香
拂拂」相當於在同時代並存的「香馥馥」「香撲撲」。在這裡，「拂拂」是和單字
義沒有任何關係的疊音詞。

可以看出，例（132）cde 的「紅馥馥」、「紅拂拂」和「紅撲撲」都通過通
感隱喻來產生的 ABB 重疊式，即從嗅覺移到視覺上。從語義上看，它們都描寫
臉色紅而鮮豔貌。

（133）a. <u>青芽芽</u>柳條，接綠茸茸芳草。（元‧無名氏《那吒令過鵲踏枝寄生
　　　　草》）

　　　b. 一個<u>青鴉鴉</u>門栽五柳，一個虛颺颺海內雲遊。（元‧無名氏《十二
　　　　月過堯民歌》小令）

　　　c. <u>青鴉鴉</u>岸兒，黃壤壤田地，馬蹄兒踏做搗椒泥。（元‧關漢卿《關
　　　　張雙赴西蜀夢》第一折）

　　　d. 畫著的是<u>青鴉鴉</u>幾株桑樹，鬧炒炒一簇田夫。（元‧紀君祥《冤報
　　　　冤趙氏孤兒》第四折）

　　　e. 丫鬟僕婦<u>黑鴉鴉的</u>跟了一陣。（《醒世姻緣傳》第七十八回）

　　　f. <u>黑壓壓</u>一群人，跟著五頂大轎落在門首。（《金瓶梅詞話》第四十三
　　　　回）

　　　g. 忽然月被雲朦陰了天啦，賊人此時一看東南有<u>黑鴉鴉</u>一片松林……。
　　　　（《三俠劍》第二回）

　　　h. 只見<u>黑壓壓</u>一片樹木，南面是桃樹，……。（《同上》第六回）

　　　i. <u>黑押押</u>的六房，惡磣磣的快手，俊生生的門子，臭哄哄的皂隸，挨
　　　　肩擦背的擠滿了丹墀。（《醒世姻緣傳》第九十四回）

「青芽芽」的基式「青芽」始見於南北朝時期。如南朝梁沈約《有所思》：
「關樹抽紫葉，塞草發<u>青芽</u>。」唐皎然《顧渚行寄裴方舟》詩：「紫筍<u>青芽</u>誰
得識，日暮採之長太息。」宋姚寬《西溪叢語‧楊柳二種》：「楊、柳二種。楊
樹葉短，柳樹葉長，花即初發時，黃蕊子為飛絮。今絮中有小青子，著水泥沙

灘上，即生小青芽，乃柳之苗也。」從語義上看，「青芽」表示綠草的嫩葉、茶葉的嫩尖、柳樹苗等等。元代，「青芽」重疊為「青芽芽」，並其詞性也由名詞變為狀態形容詞。從語義上看，「青芽芽」形容青青的樣子。例（133）bcd的「青鴉鴉」是詞彙諧音現象反映了的產物，它和「青芽芽」音同義同。這說明，在這一時期「青鴉鴉」中的「鴉鴉」音綴化。明代，「鴉鴉」變為「壓壓」「押押」，並它和顏色語素「黑」構成「黑鴉鴉」「黑壓壓」「黑押押」。從語義上看，例（133）ef 的「黑鴉鴉」「黑壓壓」描寫人多而密集貌；例（133）gh 的「黑鴉鴉」「黑壓壓」描寫成片的樹木；（133）i 的「黑押押」表示一片黑色。見於《紅樓夢》的「烏壓壓」也是如此。如《紅樓夢》第二十九回：「一共又連上各房的老嬤嬤奶娘並跟出門的家人媳婦子，烏壓壓的佔了一街的車。」《同上》第四十回：「進裏面，只見烏壓壓的堆著些圍屏、桌椅、大小花燈之類，雖不大認得，只見五彩炫耀，各有奇妙。」

（134）a. 星靨靨花鈿簇翠圓，黑鬒鬒雲鬢盤鴉小。（元·湯式《一枝花·贈明時秀》套曲）

b. 白森森的皓齒，小顆顆的朱唇，黑鬒鬒的烏雲。（元·王仲文《救孝子賢母不認屍》第二折）

c. 紅馥馥雙臉胭脂般赤，黑真真三絡美髯垂。（元·無名氏《諸葛亮博望燒屯》第一折）

d. 西門慶打開紙包兒，卻是老婆剪下一柳黑臻臻光油油的青絲，用五色絨纏就的一個同心結託兒，……。（《金瓶梅詞話》第七十九回）

e. 寶玉一面吃茶，一面仔細打量那丫頭：穿著幾件半新不舊的衣裳，倒是一頭黑鬒鬒的頭髮，挽著個鬒，容長臉面，……。（《紅樓夢》第二十四回）

f. 在臉面上一看，面如敷粉桃花，黑真真寶劍眉抱於桃花臉上，一雙俊目皂白分明，鼻如懸膽，口似塗朱……。（《三俠劍》第一回）

g. 烏雲巧挽青絲鬢，黑真真長就了未擦油。（《濟公全傳》第六十九回）

在元代出現的「黑鬒鬒」形容頭髮黑而稠密貌。事實上，「黑鬒鬒」中的「鬒」是指烏黑的頭髮。如《詩經·鄘風·君子偕老》：「鬒髮如雲，不屑髢

也。」毛傳：「鬒，黑髮也。」《說文》：「㐱，稠髮也。從彡從人。」該詞義在「鬒黑」和「黑鬒」中更為具體。如《陳書·皇后傳·後主張貴妃》）：「張貴妃髮長七尺，<u>鬒黑</u>如漆，其光可鑒。」宋張君房《雲笈七籤》卷一百一十五《紀傳部·傳十四·廣陵茶姥》「常如七十歲人，而輕健有力，耳聰目明，頭髮<u>鬒黑</u>。」宋曲貞《歲暮篇寄無礙居士》：「夙齡壯志日蹉跎，<u>黑鬒</u>蕭蕭又云晞。」例（134）abe 中的「黑鬒鬒」所指的對象也都是頭髮或云鬒。可見，AB 式「黑鬒」重疊為「黑鬒鬒」。「黑鬒鬒」還見於《海浮山堂詞稿》。如明馮惟敏《海浮山堂詞稿·黃鐘醉花陰·剪髮山甫》：「矮髻盤鴉玉簪彈，<u>黑鬒鬒</u>香雲一朵。」；《海浮山堂詞稿·南黃鶯兒·剪髮》：「玉手解青絲，風頭釵初卸時，頂心一剪烏雲墜。<u>黑鬒鬒</u>似漆，長鬖鬖過膝，單根兒都是心肝繫。」按照《漢語方言大詞典》（1999），「黑鬒鬒」屬於山東方言。在甘肅隴右方言裏，又說「黑㐱㐱」。如《隴右方言發微·釋言》（1988）：「今隴右形容髮多且黑，曰『黑㐱㐱』。」〔註 73〕雖然其字形有所不同，但它們的音義完全一致。例（134）cfg 的「黑真真」是「黑鬒鬒」的變體。其所指的對象除了頭髮之外，還有鬍子和眉毛。可以看出，在「鬒鬒」的字形變化為「真真」的過程中「鬒」的實義已經虛化，即音綴化。例（134）d 的「黑臻臻」和「黑鬒鬒」音同義同。但是，其產生方式有所不同。也就是說，「黑臻臻」是由顏色語素「黑」和原生重疊「臻臻」構成的「A＋BB」式顏色詞。原生重疊「臻臻」已見於漢代。如漢王逸《荔枝賦》：「修幹紛錯，綠葉臻臻。」宋禹稱《太一宮祭回馬上偶作寄韓德純道士》：「此來芳春暮，宮草<u>青蓁蓁</u>。」元無名氏《風雨象生貨郎旦》第四折：「我只見<u>密臻臻</u>的朱樓高廈，碧聳聳青簷細瓦，四季裏常開不斷花。」其意義表示茂盛貌、密集貌，以「臻臻」對顏色語素「黑」增添濃度。從語義上看，例（134）d 的「黑臻臻光油油」與同時代的「黑油油」和在民國時期出現的「青溜溜」相同。如《金瓶梅詞話》第二回：「頭上戴著<u>黑油油</u>頭髮鬏髻，一逕裏綻出香雲，周圍小簪兒齊插。」《紅樓夢》第一〇一回：「由不得回頭一看，只見<u>黑油油</u>一個東西在後面伸著鼻子聞他呢，那兩隻眼睛恰似燈光一般。……。卻是一隻大狗。」民國蔡東潘《五代史演義》第三十一回：「<u>青溜溜</u>的一簇烏雲，碧澄澄的一雙鳳目，紅隱隱的一張桃靨，嬌怯怯的

〔註73〕李恭《隴右方言發微》，蘭州大學出版社，1998 年 1 月第 1 版，111 頁。

一搦柳肢，真是無形不俏，無態不妍。」它們都形容頭髮黑而有光澤貌。按照
《漢語方言大詞典》（1999），「黑臻臻」屬於山東方言。

（135）a. 黑夜之間，星斗之下，⋯⋯。忽然間，抬頭一看，<u>黑威威</u>，高聳
聳，木板連環八卦連環堡。智爺一瞧，西北方向木板牆，極其高
大。（《小五義》第二回）

b. 且說眾位離了情景禪林，曉行夜住。那日正走之間，見前面<u>黑巍
巍</u>、高聳聳、密森森、疊翠翠一帶高山阻路。（《小五義》第九十
三回）

c. 那日天氣已晚，看見<u>黑巍巍</u>、高聳聳，山連山、山套山，不知套出
有多遠。（《小五義》第九十九回）

d. 生一張<u>黑威威</u>臉面，短腮闊口，兜風一雙大耳，兩眼銅鈴，朱砂濃
眉，兩臂有千斤之力。（《說唐後傳》第一回）

原生重疊「巍巍」始見於春秋戰國時期。如《論語·泰伯》：「巍巍
乎！舜禹之有天下也而不與焉。」在漢代魏晉時期，「巍巍」轉變為「巍峨」和「崔巍」。
如《楚辭·東方朔〈七諫·初放〉》：「高山崔巍兮，水流湯湯。」王逸注：「崔
巍，高貌。」西晉成公綏《行詩》：「洋洋熊耳流，巍巍伊闕山。」晉葛洪《抱
朴子·博喻》：「五嶽巍峨，不以藏疾傷其極天之高。」從語義上看，「巍巍」「崔
巍」「巍峨」都表示高大貌。但是，從時間順序上看，「顏色語素＋巍峨」和「顏
色語素＋崔巍」先於「顏色語素＋巍巍」。如唐鮑溶《經舊遊》：「故山系歸念，
行坐<u>青巍峨</u>。」宋柴元彪《秋日江郎道中》：「滿眼秋光無盡意，三峰萬古<u>碧崔
嵬</u>。」元趙孟頫《賦張秋泉真人所藏研山》：「泰山亦一拳石多，勢雄齊魯<u>青巍
峨</u>。」元張養浩《水仙子》小令：「對華山翠壁丹崖，將小閣閣書房蓋。<u>綠巍巍</u>
松樹栽，倒大來悠哉。」元末明初謝應芳《和顧仲瑛金粟冢燕集》：「君不見無
邊之海白森森，無名之山<u>青巍巍</u>。」明程敏政《古樸行》：「日光亭午不到地，
遠望一冪<u>青巍巍</u>。」那麼，「顏色語素＋巍巍」為什麼在元代以後才出現的呢？
我們認為，這與在周代出現的「峩峩」在唐宋時期先佔優勢有密切關係。對此，
可以參見第六章「名詞＋原生重疊」→「狀態形容詞＋原生重疊」＋「顏色語
素＋原生重疊」的例（17）和（18）。根據這些例子，「顏色語素＋巍巍」是在
「顏色語素＋峩峩」→「顏色語素＋巍峨」→「顏色語素＋崔巍」→「顏色語

素＋巍巍」等詞彙翻新的過程中產生的。這給我們顯示，為了長時期保持其原義，像「顏色語素＋原生重疊 1」→「顏色語素＋連綿詞 1」→「顏色語素＋連綿詞 2」→「顏色語素＋原生重疊 2」那樣，使用了不同類型的循環式構詞法。而且這樣由 ABB 式轉變為 ABC 式，再 ABC 式轉變為 ABB 式的形態變化和語音變化現象可以使語言表達更為形象、生動。可是，如見上例（135）abc，清代的「黑巍巍」和其變體「黑威威」都表示黑暗貌，以「巍巍」的原義模糊了。我們認為，其原因在於受到具體語言環境的影響。由於在凌晨、傍晚或夜晚時，自然景物的細節部分令人覺得模糊不清，在語言表達上只能描寫其朦朧的輪廓，因此在句子中出現了「黑威威」「黑巍巍」與「高聳聳」的語義功能上的分工現象。也就是說，「高聳聳」已經取代「巍巍」「威威」的語義功能，以對「黑巍巍」「黑威威」添加附加意義。這意味著重疊詞「巍巍」的實義虛化。例（135）d 的「黑威威」形容臉色黑，這給我們顯示「巍巍」的原義完全消失了，即音綴化。

（136）a. 血模糊污了一身，軟答剌冷了四肢，<u>黃甘甘</u>面色如金紙，乾叫了一炊時。（元・關漢卿《包待制三勘蝴蝶夢》第一折）

　　　b. 為甚的<u>黃甘甘</u>改了面上，白鄧鄧丟了眼光？（元・李行道《包待制智賺灰欄記》第一折）

　　　c. 我見他皮殼骷髏，面色兒<u>黃干干</u>渾消瘦。（元・宮大用《死生交范張雞黍》第三折）

　　　d. 面皮兒<u>黃紺紺</u>，身子兒瘦岩岩。（元・張可久《寨兒今・收心》小令）

　　　e. 感人消瘦的疏籬下<u>黃甘甘</u>菊盡開，染人血淚的窄溝岸紅颭颭楓亂落，……（元・賈仲明《荊楚臣重對玉梳記》第二折）

　　　f. 碧茸茸芳草展青氈，白點點殘梅撒玉鈿，<u>黃紺紺</u>弱柳拖金線。（元・湯式《湘妃引・贈別》小令）

　　　g. 五短身材，黑參參的面彈；兩彎眉葉，<u>黃干干的</u>雲鬢。（《醒世姻緣傳》第十八回）

在元代出現的「黃干干」「黃甘甘」「黃紺紺」主要描寫人的臉色發黃而消瘦的樣子。「黃干干」的基式「黃干」見於宋代。如宋徐積《和張文潛晚春》其

三：「麥穎未黃王，桑實半紅濕。」「黃干」表示草木枯黃的意思。在元代，該詞用來描寫面容沒有光澤而憔悴的樣子。如元張國賓《羅李郎》第一折：「你戀著紅裙翠袖，折倒的你黃干黑瘦。」但是，在元明代，「黃干干」和「黃甘甘」所指的對象擴大，即例（136）e 的「黃甘甘」是指菊花，例（136）e 的「黃干干」是指髮髻。

　　據考察，在元代，這三個 ABB 式顏色詞北方方言和南方方言裏都存在。其根據有以下兩點：其一，王衍軍在《談〈醒世姻緣傳〉的語言學價值》（2010）中說：「《醒世姻緣傳》是明末清初之際以山東方言寫成的一部百回世情小說。」「該書不僅是一部極具歷史價值和文學價值的文化史料集，還是一部豐富詳盡的語言史料集，字裏行間蘊含著那個時代的語言信息。」〔註74〕《漢語方言大詞典》（1999）釋為：「黃干干，黃黃（貶）。冀魯官話。山東淄博。」，例（136）g 的「黃干干」屬於山東淄博方言。其二，文學作品中的詞語，在一定程度上可能會受到作家的出生地區和生活環境的影響，即作家的基礎方言。據《元曲選校注》（1994）：「關於關漢卿的出生地，有大都（今北京）人說、祈州（今河北安國縣）人說和解州（今山西省運城）人說。據史料，說關漢卿是今河北安國縣伍仁村人，是比較可信的。」〔註75〕「宮大用，大名開州（今河北大名縣）人，是元代較有成就的雜劇作家。」〔註76〕「賈仲明，元末明初劇作家，山東淄川（今山東省淄博市）人。」〔註77〕「李行道，元代前期劇作家，絳州（今山西省侯馬市）人。」〔註78〕由此看來，例（136）cg 的「黃干干」屬於冀魯官話；例（136）abe 的「黃甘甘」屬於冀魯官話或中原官話。據《元散曲選注》（1981）：「張可久，約生於元初（1270 年前），慶元（今浙江寧波）人。平生足跡曾及湘、贛、閩、皖、蘇、浙各省，晚年久居杭州。」〔註79〕《全元散曲簡編》（1984）：「湯式，元末象山（現在浙江省象山縣）人。」〔註80〕《現代漢語方言大詞典》（李榮，2002）釋為：「黃干干，徐州 xuaŋ⑨

〔註74〕王衍軍《談〈醒世姻緣傳〉的語言學價值》，《漢語史學報》（第 9 輯），上海：上海教育出版社，2010 年 8 月第 1 版，261 頁。
〔註75〕王學奇主編《元曲選校注》，河北教育出版社，1994 年 6 月第 1 版，386 頁。
〔註76〕王學奇主編《元曲選校注》，2428 頁。
〔註77〕王學奇主編《元曲選校注》，2768 頁。
〔註78〕王學奇主編《元曲選校注》，2801 頁。
〔註79〕李季思等《元散曲選注》，北京出版社，1981 年 6 月第 1 版，207 頁。
〔註80〕隋樹森選編《全元散曲簡編》，上海古籍出版社，1984 年 10 月第 1 版，488 頁。

kæ⑨ kæ⑨形容顏色發黃（多指臉色）。」按此，「黃紺紺」是「黃干干」「黃甘甘」的異體，它可能受到那個時代江浙方言的影響。

2. 同義或近義 ABB 式顏色詞的多樣化

2.1 表示膚色的 ABB 式顏色詞

顏色詞類別	詞　　語
白色範疇	白馥馥、白膩膩、白嫩嫩、白潤潤、白淨淨、白生生、白素素、白微微、白皙皙、白雪雪、白盈盈、白瑩瑩、白支支。
黑色範疇	黑沉沉、黑挖挖、黑參參、黑威威、黑黝黝。
紅色範疇	紅馥馥、紅拂拂、紅撲撲、紅豔豔。
黃色範疇	黃干干、黃甘甘、黃紺紺、黃慄慄、黃澄澄。

表示膚色的 ABB 式可分為白色範疇的 ABB 式、紅色範疇的 ABB 式、黑色範疇的 ABB 式和黃色範疇的 ABB 式。其中，「白馥馥」「白膩膩」「白嫩嫩」「白潤潤」「紅馥馥」「黃干干」等 ABB 式顏色詞的產生機制是基於通感隱喻的。而且「紅拂拂」「紅撲撲」「黃甘甘」「黃紺紺」等 ABB 式顏色詞是「紅馥馥」或「黃干干」的異體。它們都用來描寫臉色。對此，前文已提到，不再贅述。

在元明清時期出現的「白淨淨」「白生生」「白素素」「白微微」「白皙皙」「白雪雪」「白盈盈」「白瑩瑩」「白支支」等白色範疇 ABB 式形容膚色潔白的樣子。例如：

（137）a. 玉纖纖蔥枝手兒，一撚撚楊柳腰兒，軟濃濃粉白肚兒，窄星星尖翹腳兒，肉奶奶胸兒，<u>白生生</u>腿兒，……。（《金瓶梅詞話》第二回）

b. 翹尖尖腳兒，花簇簇鞋兒，肉奶奶胸兒，<u>白生生</u>腿兒。（《水滸傳》第四十四回）

c. 在西面坐著一位少年英雄，<u>白生生</u>的臉面，圓方臉，小白胖子，一對眯縫眼。（清・張傑鑫《三俠劍》第二回）

「白生生」始見於元代。如元無名氏《嘲妓家匾食》套曲：「白生生麵皮，軟溶溶肚皮，抄手兒得人意。」這一時期，「白生生」表示顏色很白，其所指的對象是用麵粉來做的麵皮。由此可見，其意義和膚色沒有關係。然而如見上例，到了明清代「白生生」主要描寫人的膚色潔白的樣子。從使用地區範圍上看，「白生生」北系方言和南系方言裏都存在。其依據主要基於以下三點：

一是上面所列舉的元代散曲中的「麵皮」，即主食和「抄手兒」，即兒化分別反映了北方地區的生態環境上的特徵和語言現象的特點。「白生生」運用在這樣的語言環境中的實例是它可能屬於北方方言的佐證。二是與《金瓶梅詞話》和《水滸傳》的作家有密切相關。《金瓶梅詞話》的作者「蘭陵笑笑生是山東人，該作品多使用了屬於冀魯官話區的山東方言。」〔註81〕《水滸傳》是「江淮官話區作家的作品」〔註82〕，即施耐庵。而且在同一時期出現的《西遊記》中「白生生」音變為「白森森」，其意義基本相同。三是「白生生」的變形重疊「白格生生」「白圪生生」在晉語陝北方言、長子方言和內蒙呼和浩特方言裏也發現。對此，請參見第六章「ABB、BBA 式顏色詞的語法意義與語音變化」。關於「白生生」的同義詞「白生生兒」，《漢語方言大詞典》（1999）釋為：「〈形〉白嫩（專指皮膚）。蘭銀官話。甘肅蘭州。」

（138）a. 那壇主是高麗師傅，青旋旋頂，<u>白淨淨</u>顏面，聰明智慧過人，唱念聲音壓眾，經律論皆通，真是一個有德行的和尚。（《朴通事諺解》）

　　　　b. 忽見。有一對象，光閃閃，<u>白淨淨</u>，嘴灣灣，腹大大的，……，原來是個銀瓶。（《警世通言》第四十卷）

　　　　c. 就見這位少爺，頭戴武生公子巾，身披一件米色大衣，……，米色的腰圍子，年在二十多歲，<u>白淨淨的</u>臉面，五官端正。（清・張傑鑫《同上》第五回）

　　　　d. 連這老嬤也裝扮得齊整起來：<u>白皙皙</u>臉搪胡粉，紅霏霏頭戴絨花。（《二刻拍案驚奇》卷二）

　　「白淨淨」的基式「白淨」始見於六朝時期。如《百喻經》卷第二《見他人塗舍喻》：「壁可白淨，泥始平好。便用稻穀和泥用塗其壁，望得平正。」唐張籍《答僧拄杖》：「靈藤為拄杖，白淨色如銀。」宋張耒《喜寶積智軫道人惠書偈》：「南山老禪翁，白淨如水月。」《水滸傳》第十回：「五短身材，白淨面皮，沒甚髭鬚，約有三十餘歲。」《老殘遊記》第二回：「瓜子臉兒，白淨面皮，相貌不過中人以上之姿。」從語義上看，「白淨」表示「白白」「銀白」「皎皎」

〔註81〕參見李錦山《〈金瓶梅詞話〉中的江淮方言》，《棗莊師範專科學校學報》，2003 年12 月第 20 卷第 6 期，56 頁。

〔註82〕汪維輝、秋谷裕幸《漢語「站立」義詞的現狀與歷史》，載於《漢語語義演變研究》，北京：商務印書館，2015 年 10 月 10 月第 1 版，338 頁。

「白皙」等的意思。「白皙皙」的基式「白皙」始見於春秋戰國時期。如《左傳・昭公二十六年》：「有君子白晳，鬒鬚眉，甚口。」《樂府詩集・相和歌辭三・陌上桑》：「為人潔白晳，鬑鬑頗有鬚。」晉左思《嬌女》詩：「吾家有嬌女，皎皎頗白皙。」唐皎然《春夜賦得漉水囊歌送鄭明府》：「吳縑楚練何白晳，居士持來遺禪客。」從語義上看，「白皙」表示「膚色白淨」、「雪白」的意思。在元代，「白淨」重疊為「白淨淨」和「白白淨淨」；在明代，「白皙」重疊為「白皙皙」。它們都用來描寫皮膚潔白乾淨的樣子。從語言使用的地域、空間維度上看，例（138）a，即漢語教科書《朴通事諺解》中的「白淨淨」屬於北方方言的口語詞；例（138）bd 的「白淨淨」「白皙皙」分別在《三言》和《二拍》中出現。辛志成（2004）說：「『三言』、『二拍』雖刊行於明末天啟至崇禎年間，但其中有相當數量是宋、元兩代的話本和擬話本，其餘為馮夢龍、凌濛初自己創作的擬話本，保留和運用了大量的民間語詞。」「馮夢龍是長州（今江蘇吳縣）人，凌濛初是浙江烏程（今浙江吳興）人，終其一生，他們一直生活在吳語方言語區。」〔註83〕《漢語方言大詞典》（1999）釋為：白皙皙，「〈形〉雪白。贛語。江西贛州。」按此，「白淨淨」「白皙皙」有可能反映江浙方言；例（138）c 的「白淨淨」可能屬於北方話。雖然《三俠劍》中的人物主要生活在「鎮江」「江寧」「江蘇南京」「杭州」「九龍山」等江南地區，但它是冀魯官話區作家「張傑鑫」的作品。因此，作品中的人物所說的詞彙能反映江南地區的方言。然而為了便於讀者理解，作家對作品中的生活環境及人物的形象進行描述的部分，至少受到作者母語方言的影響。可見，在元明清時期運用的「白淨淨」呈現出北方方言口語詞和江浙方言之間的交融。

（139）a. 明晃晃馬鐙槍尖上挑，<u>白雪雪</u>鵝毛扇上鋪。（元・睢景臣《哨遍・高祖還鄉》套曲）

　　　b. 陶子堯聽了，面孔氣得<u>雪雪白</u>，一句話也說不出來。（清・李伯元《官場現形記》第十回）

　　　c. 雖然不施脂粉，皮膚倒也<u>雪雪白</u>。（清・李伯元《同上》第二十二回）

〔註83〕辛志成《從「三言二拍」看昆明方言中的江浙古吳語》，《昆明冶金高等專科學校學報》，2004 年 12 月第 20 卷第 4 期，83 頁。

　　在春秋戰國時期出現的偏正式「白雪」，到了唐代凝固為一個詞。在不同的語言環境中，「白雪」又可以表示顏色義，即雪白。如《孟子‧告子上》：「白雪之白，猶白玉之白與？」戰國楚宋玉《登徒子好色賦》：「眉如翠羽，肌如白雪。」唐李白《宮中行樂詞》其二：「柳色黃金嫩，梨花白雪香。」唐劉禹錫《貞元中侍郎舅氏牧華州時余再忝科第前後由華觀謁陪登伏毒寺屢焉亦曾賦詩題於梁棟今典馮翊暇日登樓南望三峰浩然生思追想昔年之事因成篇題舊寺》：「昔是青春貌，今悲白雪髻。」從後者兩個「白雪」中可以看出，其語義表示白色的意思。在唐代，「白雪」通過移就產生比擬式「雪白」。如唐盧綸《酬靈澈上人》詩：「走馬城中頭雪白，若為將面見湯師。」如見上例，在元代，AB 式「白雪」重疊為「白雪雪」；在清代，BA 式「雪白」重疊為「雪雪白」。依據中古時期的一部民間笑話集《啟顏錄》版本中《太平廣記》第二百四十八《詼諧四‧吃人》：「此人即應聲報云：『取取五月五日南牆下雪雪塗塗，即即治。』素云：『五月何處得有雪。』答云：『若五月五日無雪，臘月何處有蚰咬。』」，名詞重疊「雪雪」又可以和顏色語素「白」構成「白雪雪」「雪雪白」。從語義上看，就「白雪」「雪白」相對而言，「白雪雪」「雪雪白」的語義程度強化了。從語言使用的地域、空間維度上看，「白雪雪」「雪雪白」可能屬於江浙方言。其根據有以下兩點：一是散曲作家睢景臣是「江蘇揚州人」〔註84〕，《官場現形記》的作家李伯元是「江蘇武進人（今屬常州）。」〔註85〕二是《現代漢語方言大詞典》（2002）釋為：「白雪雪，非常白。」現在保留在廣州方言和福建方言裏，福州方言又說「雪雪白」；在金華方言裏，「『白雪雪兒』形容皮膚白皙。」《漢語方言大詞典》（1999）釋為：「『白雪雪』，〈形〉雪白；白得可愛。吳語。浙江黃岩。」按照劉丹青（1986）與徐立芳（1987）〔註86〕，「雪雪白」保留在蘇州方言裏。

（140）a. 新添的這三十三個天罡精，……，一個個光頭光臉，是白盈盈的，
　　　　　　就是個傅粉郎君。（《三寶太監西洋記》第七回）

〔註84〕李季思等《元散曲選注》，北京出版社，1981 年 6 月第 1 版，137 頁。
〔註85〕湯克勤《李伯元：普通士人轉型為近代知識分子的先行者》，《廣東技術師範學院報》（社會科學），2012 年第 4 期，13 頁。
〔註86〕參見劉丹青《蘇州方言重疊式研究》，《語言研究》，1986 年第 1 期（總第 10 期），7～28 頁。徐立芳《蘇州方言形容詞研究初探》，《徐州師範學院學報》（哲學社會科學版），1987 年第 1 期，65～74 頁。

　　b. 黑絲絲的髮兒，<u>白瑩瑩的</u>額兒，……。（《喻世明言》第三十六卷）

　　原生重疊詞「盈盈」已見於漢代。如《玉臺新詠・古樂府〈日出東南隅行〉》：「盈盈公府步，冉冉府中趨。」《漢語大詞典》（1997）釋為：「盈盈，儀態美好貌。」可見，其詞義和「盈」的單字義沒有關係。但是，該重疊詞的意義，隨著時代和語境的變化而變化。如《古詩十九首・迢迢牽牛星》：「<u>盈盈</u>一水間，脈脈不得語。」《敦煌變文集新書》卷二《雙恩記》：「客感叨煩言切切，主慚寂寞淚<u>盈盈</u>。」宋白玉蟾《雲遊歌》：「白楊風瀟瀟，荒臺月<u>盈盈</u>。」宋張孝祥《和子雲白蓮》：「<u>盈盈</u>夜露光，灩灩秋江肥。」元馮子振《梅花百詠・其九・全開梅》：「玉臉<u>盈盈</u>總是春，都將笑色媚東君。」元末明初楊維楨《織婦曲》：「<u>盈盈</u>白面娥，新絲織扇羅。」明楊基《江村雜興》其一十一：「江月<u>盈盈白</u>，墟煙細細陰。」從語義上看，「盈盈」表示「晶瑩貌」「淚水盈眶的樣子」「月光明亮貌」「面孔潔白乾淨的樣子」等等。由此看來，在明代出現的「白盈盈」和「白淨淨」的意義基本相通。後起的「瑩瑩」始見於宋代。如宋梅堯臣《送侯孝傑殿丞僉判潞州》詩：「鏘鏘發英聲，<u>瑩瑩</u>如佩玦。」元王哲《夢令》：「<u>瑩瑩</u>明珠一顆。」明無名氏《贈書記・訂盟聞難》：「清宵杳，看月光<u>瑩瑩</u>，歸路非遙。」從語義上看，「瑩瑩」表示光潔的意思。該重疊詞和顏色語素「白」構成「白瑩瑩」，以對顏色語素「白」添加功能詞義，即亮度和光澤度。

（141）a. 淫賊乃是一身金鑲白的短靠，<u>白素素</u>的臉面，年在二十餘歲。（清・張傑鑫《三俠劍》第一回）

　　　b. 又指著自己臉說道：「你二人看，<u>白素素</u>長方臉，二鼻窪有十幾個黑痣。」（《同上》第二回）

　　　c. 雙肩抱攏，螞蟻腰，<u>白素素</u>一張臉面，五官俊美。（《同上》第三回）

　　「白素素」的基式「白素」始見於漢代。如《淮南子・本經訓》：「燎木以為炭，燔草而為灰，野莽白素，不得其時，上掩天光，下殄地財，此遁於火也。」晉郭泰機《答傅咸》詩：「皦皦白素絲，織為寒女衣。」《說文》釋為「素，白緻繒也。」按此，「白素」的本義是白而細緻的絲織品。可以看出，前面所列舉的偏正式詞組「白素」受到語境的影響來產生了新義，即白色。清代，「白素」重疊為「白素素」，其語義和「白素」基本相同。但是，與「白素」相比，「白

素素」的語義程度增強了。這一時期，「白素素」一共出現 14 次，其用例主要
集中在《三俠劍》中：表示臉色的出現 8 次；表示絲線或服裝色顏色的出現 4
次；表示盤龍棍的顏色的出現 2 次。

（142）a. 問：「死人臨入殮時，臉上是什麼顏色？」答稱：「<u>白支支</u>的，同死
人一樣。」（清・劉鄂《老殘遊記》第十八回）

b. 向屋中一看，屋裏漆黑，借著門縫照進去的亮兒一看，後簷牆捆著
一個人，<u>白微微</u>的臉面，捆了兩夜一天啦，……。（清・張傑鑫《同
上》第五回）

例（142）a 的「白支支」是音綴式 ABB 式，該詞語形容臉上沒有血色的
樣子，即蒼白。《漢語方言大詞典》（1999）釋為：「白白，含貶義。冀魯官話。
山東。」例（142）b 的「白微微」是附加式 ABB 式，它表示顏色白而模糊不
清的樣子。事實上，「白微微」的 BBA 式「微微白」已見於唐宋代。如唐呂
岩《五言》詩之十二：「浴就微微白，燒成漸漸紅。」宋蘇洞《望前山雪寄葉
山人》：「煙雲出沒微微白，知道前山雪也來。」從語義上看，前者表示顏色逐
漸變白，後者表示一片模糊的白色，即白濛濛。由此看來，在清代出現的「白
微微」的意義接近後者「微微白」，只是其所指的對象不同而已。

在元明清代出現的「黑沉沉」「黑挖挖」「黑參參」「黑威威」等黑色範疇
ABB 式顏色詞也用來描寫臉色。例如：

（143）a. 五短身材，<u>黑參參</u>的面彈。（《醒世姻緣傳》第十八回）

b. <u>黑沉沉</u>的臉面，粗眉大眼，半部鋼髯。（《小五義》第十一回）

c. 一個是青緞六瓣壯帽，青箭袖絲鸞帶，薄底靴，<u>黑挖挖</u>的臉面，兩
道濃眉。（《同上》第十六回）

d. 生一張<u>黑威威</u>臉面，短腮闊口，兜風一雙大耳，兩眼銅鈴，朱砂濃
眉，兩臂有千斤之力。（清・無名氏《說唐後傳》第一回）

關於「黑黲黲」的意義，《漢語方言大詞典》（1999）釋為：「〈形〉黑中泛
白。西南官話。四川成都 [xɛ²¹ts'n⁵⁵ ts'an⁵⁵]。」與例（143）a 的「黑參參」一
樣，「黑黲黲」也用來描寫臉色。《說文》釋為：「黲，淺青黑也。從黑參聲。」
《通俗文》釋為：「暗色曰黲。」〔註87〕《玉篇・黑部》：「今謂物將敗時顏色

〔註87〕《叢書集成續編》（第七三冊），臺北：新文豐出版公司，民國七十七年臺一版
（1998），360 頁。

黲也。」由此可見，「黑黲黲」裏含有口語性很強的俗語詞，方言「黑參參」是「黑黲黲」的變體。就「黑黲黲」的產生方式而言，有兩種可能：一是構形法，即「黑黲」重疊為「黑黲黲」。基式「黑黲」見於宋代。如《古尊宿語錄》卷第四十二《住洞山語錄》：「去年富唯有一領黑黲布褊衫。」二是構詞法，即「黑＋黲黲」→「黑黲黲」。新生重疊「黲黲」也始見於宋代。如宋王令《初聞思歸鳥憶昨寄崔伯易朱元弼》詩：「柳梢黲黲坌晴絮，杏萼爍爍翻遺埃。」明李詡《戒庵老人漫筆・塔影》：「牛首山塔影在僧室中，閉門暗映卓前，懸紙或以白衣承之，影小而倒，黲黲可見。」「黑沉沉」始見於元代。如元楊景賢《西遊記》第四折第十三出：「兀那山下一座大林，林下黑沉沉一所莊院。」從語義上看，元代的「黑沉沉」表示黑暗貌。按照《現代漢語方言大詞典》（2002），太原和金華方言「黑沉沉」、洛陽方言「黑沉沉的」和哈爾濱方言「黑沉的」都形容天色黑暗貌。可以看出，例（143）b 的「黑沉沉」的意義隨著語境的變化而產生的語境義。例（143）c 的「黑挖挖」也用來描寫臉色。音綴式 ABB 式「黑挖挖」見於清末民初，該重疊詞集中出現在《小五義》中，它可能是北方方言。在清代出現的「黑威威」是同音字「黑巍巍」的變體。對此，請參見上面所述的「黑巍巍」的字形變化。

　　黃色範疇 ABB 式中「黃憸憸」也用來描寫臉色。例如：

（144）a. 他瘦的黃憸憸兒，不比往時，兩個在屋裏大哭了一回。（《金瓶梅》第六十一回）

　　　　b. 忽聽有人掀的簾兒響，只見李瓶兒驀地進來，身穿糝紫衫、白絹裙，亂挽烏雲，黃憸憸面容，……。（《同上》第六十七回）

　　　　c. 看此人夜行衣靠，腿上血痕。黃澄澄的臉面，倒捆四肢，是個渾人。（《小五義》第四回）

　　　　d. 艾虎瞧了這人，黃澄澄臉皮，細條身材，青衣小帽，作買賣的人樣兒，說話有點尖酸的氣象。（《小五義》第五十一回）

　　重疊詞「憸憸」已見於唐代。如唐韋莊《冬日長安感志寄獻虢州崔郎中二十韻》：「客舍正甘愁寂寂，郡樓遙想醉憸憸。」唐末宋初劉兼《春晝醉眠》：「處處落花春寂寂，時時中酒病憸憸。」元貫雲石《一枝花・離悶》套曲：「病憸憸損容顏，悶昏昏多少愁煩。」元谷子敬《醉花陰北・閨情》套曲：

「自別來模樣，<u>瘦懨懨</u>在膏肩。」元李行道《包待制智賺灰欄記》第一折：
「則見他悶沉沉等半晌，<u>苦懨懨</u>口內嘗。」由此可見，「懨懨」主要用來描寫
病狀，在明代出現的「黃懨懨」形容面黃肌瘦的樣子。依據清末民國初鍾毓
龍《上古神話演義》第一百二十九章：「不過那些人民除出孩童之外，個個面
黃肌瘦，懨懨如有病容，而且多半是斑白的老者。」，「黃懨懨」有可能在冀魯
官話區和江浙方言區裏都存在。新生重疊「澄澄（dēngdēng）」已見於南北朝
時期。如晉阮修《上巳會詩》：「澄澄綠水，澹澹其波。」唐拾得《詩》其四十
九：「溪潭水澄澄，徹底鏡相似。」唐張瑛《望月》：「天漢涼秋夜，澄澄一鏡
明。」宋程顥《盆荷二首》其二：「澄澄皓月供宵影，瑟瑟涼風助曉寒。」從
語義上看，「澄澄」形容綠水清澈明潔貌、月光明亮貌。可是，例（144）cd 的
「黃澄澄」中的重疊詞義和其原義不相關。由此可見，清代的「澄澄」已經音
綴化，以它對顏色語素「黃」功能詞義。該重疊式形容臉色黃。

2.2 表示頭髮、鬢毛、眉毛、鬍子等顏色的 ABB 式顏色詞

顏色詞類別	詞　　　　語
白色範疇	白絲絲、白毿毿。
黑色範疇	黑黲黲、黑絲絲、黑粲粲、黑委委、黑油油、黑鬒鬒、黑臻臻、黑真真、青溜溜。
綠色範疇	青滲滲。
黃色範疇	黃干干。

在語義上，表示頭髮、鬢毛、眉毛、鬍子等顏色的 ABB 式顏色詞可分為
白色範疇、黑色範疇和黃色範疇。關於黃色範疇 ABB 式「黃干干」，前面已
提到，此不贅述。就白色範疇 ABB 式而言，上面所列舉的「白絲絲」和「白
毿毿」都是從唐宋時期沿用下來的。如《敦煌變文·破魔變文：「只昨日頤邊
紅艷艷，如今頭上<u>白絲絲</u>。」宋王灼《王氏碧雞園六詠·其四·鑒泉》：「亦覆
照主人，鬢髮<u>白絲絲</u>。」元尚仲賢《尉遲恭三奪槊》第二折：「折倒的黃甘甘
的容顏，<u>白絲絲</u>地鬢腳，展不開猿猱臂，撑不起虎狼腰。從語義上看，「白絲
絲」形容鬢髮非常白的樣子。就「白絲絲」的產生方式而言，該重疊詞是由
AB 式「白絲」重疊為「白絲絲」的。「白絲」本來指的是蠶絲，到了唐代其
詞義轉變為白色的頭髮。如東漢馮衍《顯志賦》：「楊朱號乎衢路兮，墨子泣
乎<u>白絲</u>；知漸染之易性兮，怨造作之弗思。」唐白居易《湖中自照》：「重重照

影看容鬢，不見朱顏見白絲。」其產生機制基於相似聯想，即隱喻。「白絲絲」的同義詞「白毿毿」也始見於唐代。如唐白居易《除夜寄微之》:「鬢毛不覺白毿毿，一事無成百不堪。」釋正覺《禪人並化主寫真求贊》其四〇五:「白毿毿之頭髮，烏律律之眼睛。」明程本立《晚至安寧》詩:「回首蓬萊天萬里，忍教塵鬢白毿毿。」由此可見，「白毿毿」用來描寫白而細長的鬢髮。對「白毿毿」的產生方式，請參看例（48）和（104）。

與白色範疇 ABB 式和黃色範疇 ABB 式相比，黑色範疇 ABB 式比較多樣。其中，關於「黑黌黌」「黑臻臻」「黑真真」「黑油油」「青溜溜」等 ABB 式，請參見例（134）。例如:

（145）a. 你看他青滲滲秀眉長，高聳聳俊鼻樑。（元‧鄭光祖《立成湯伊尹耕莘》第一折）

b. 黑絲絲的髮兒，白瑩瑩的額兒，……。（《喻世明言》第三十六卷）

c. 早已有個漢子，碧澄澄的顏色，黑委委的髭槍，頭上一雙角，項下一路鱗。（《三寶太監西洋記》第九十四回）

d. 櫻唇朱滴滴，鴉鬢黑峨峨。（明‧張璨《惱公詩題遊春士女圖》）

e. 低頭觀看，白潤潤粉頸，黃橙橙赤金兌肚鏈，篏子把的抓髻，黑鬖鬖烏雲青絲，元寶耳，襯赤金墜圈，……，十分俊美。（清‧張傑鑫《同上》第一回）

依據上面所列舉的例子，元代的「青滲滲」形容眉毛黝黑的樣子；明清代的「黑絲絲」「黑巍巍」「黑鬖鬖」等黑色範疇 ABB 式用來描寫黑色的鬢髮。在時間先後上，後起的「黑絲絲」和「黑巍巍」是分別從「白絲絲」和「青峩峩」轉變的。也就是說，前者所指的對象由白色的鬢髮轉移至黑色的鬢髮；後者所指的對象由高聳的山峰轉移至高聳的髮髻。在同時代存在的「聳巍峩」很好地說明這一變化過程。如明李紹興《大髻婆山》:「何代猶遣一阿婆，巧梳高髻聳巍峩。」「黑鬖鬖」是「黑參參」的同義詞，只是其所指的對象有所不同。關於「黑絲絲」「黑巍巍」「黑鬖鬖」的具體內容，前文已提到，此不贅述。例（145）b 的「黑委委」可能是通過字形變化而產生的詞語，即在同一作品中的「黑葳葳」→「黑委委」。如《三寶太監西洋記》第二十二回:「城上是個樓，

城樓上掛著一面<u>黑葳葳</u>的牌，牌上粉寫『金蓮寶象國』五個大字。」事實上，
從明代追溯到唐代，可以查到其前身。如唐孟郊《宇文秀才齋中海柳詠》：「玉
縷<u>青葳蕤</u>，結為芳樹姿。」宋王安石《和晚菊》詩：「不得黃花九日吹，空看
野葉<u>翠葳蕤</u>。」宋葉適《鹿鳴宴》詩：「朝陽羽翩翩，春梧<u>綠蕤蕤</u>。」疊韻重
疊「葳蕤」已見於漢代，《漢語大詞典》釋為：「草木茂盛枝葉下垂貌。」由此
可見，語義上「青葳蕤」「翠葳蕤」「綠蕤蕤」中的「葳蕤」和「蕤蕤」基本一
致。然而明代，在由「綠色範疇顏色語素＋葳蕤」變為「黑葳葳」之後，其實
義消失，以在語義不變的情況下，同音字「黑委委」代替「黑葳葳」來描寫別
的事物的色彩現象。我們認為，這樣的同義詞或近義詞的字形變化是附加式
ABB 式變為音綴式 ABB 式的路徑之一。而且這意味著語義所指的對象擴大。

2.3 表示眼睛的 ABB 式顏色詞

顏色詞類別	詞　　　語
白色範疇	白鄧鄧。〔註88〕
黑色範疇	黑漆漆、青炯炯、炯炯黑、烏律律、烏溜溜、烏樓樓。
綠色範疇	綠盈盈、碧澄澄。

「青炯炯」「炯炯黑」「烏律律」都是見於宋代的 ABB 式，它們都形容眼
睛黑得發亮。對「青炯炯」「炯炯黑」，前文已提到，不再贅述。就「烏律律」
而言，該重疊詞主要集中在禪詩中。如宋釋正覺《禪人並化主寫真求贊》其
三五一：「目瞳青炯炯，頭髮白絲絲。」宋釋正覺《禪人並化主寫真求贊》其
四〇五：「白毿毿之頭髮，<u>烏律律</u>之眼睛。」宋釋惟一《偈頌四首》其一：「年
去年來無盡期，拄杖依前<u>烏律律</u>。」宋釋智愚《銷印》：「一對眼睛<u>烏律律</u>，半
隨雲影掛寒堂。」宋釋道璨《偈頌十二首》其一十二：「動地放光明，眼睛<u>烏
律律</u>。」關於「烏律律」的意義，《丁福保佛學大詞典》釋為：「烏律律，又作
烏律率。形容眼睛之黑色語也。」；《佛學大詞典》釋為：「禪林用語。又作烏
律率、烏律卒、烏律漆、黑律漆。其意作黑漆漆。」〔註89〕；以梅縣話為代表
的《客家話詞典》釋為：「烏律律 vu^{1}lud^{5}lud^5 形容黑得發亮（眼睛黑亮亮的）。」

〔註88〕在對例（150）中的「黃鄧鄧」進行描寫時，將「白鄧鄧」和「黑鄧鄧」放在一起。

〔註89〕《丁福保佛學大詞典》《佛學大詞典》數據庫都來源於《佛緣網站》http://cidian.
　　　foyuan.net/%CE%DA%C2%C9%C2%C9/。依據清石玉昆編《七俠五義》第九十二回：
　　　「那些田婦村姑已皆看得呆了，一個個黑漆漆的眼珠兒，瞅著那白花花的銀子，覺
　　　得心裏撲騰撲騰亂跳，⋯⋯。」，在清代「黑漆漆」也用來描寫黑色的眼珠。

〔註90〕由此可見，「烏律律」屬於客家方言，該重疊詞在不同地區的方言裏經歷了語音變化，即變聲變韻重疊。與「烏律律」不同，清代和民國時期的「綠盈盈」和「碧澄澄」都形容綠色的眼睛清澈明亮的樣子。如《小五義》第八十八回：「一個是一雙眼睛<u>綠盈盈</u>的顏色，故此人稱叫作碧目神鷹。」民國‧蔡東藩《五代史演義》第三十一回：「青溜溜的一簇烏雲，<u>碧澄澄的</u>一雙鳳目，紅隱隱的一張桃靨，嬌怯怯的一搦柳肢，真是無形不俏，無態不妍，……。」在這裡，重疊詞「盈盈」「澄澄」都具有「晶瑩」「清澈明亮」的意思，在宋元代它們主要用來描寫「綠水」。換句話說，上面提到的語義是隨著語言環境的變化而產生的語境義。此外，在明清代描寫眼睛的 ABB 重疊式還有「烏樓樓」和「烏溜溜」。例如：

（146）a. 他<u>烏樓樓</u>的睜著眼，東一眼西一眼的看人。（《醒世姻緣傳》第二十一回）

　　　　b. 這魯總爺，是江南徐州府人氏，本是個鹽梟投誠過來的，兩隻眼睛<u>烏溜溜</u>，東也張張，西也望望，忽而坐下，忽而站起，……。（《官場現形記》第十三回）

　　　　c. 往外一瞧，只見一個大鱉，大如圓桌，伸著頭，兩個<u>烏溜溜</u>的眼睛對濟公望著。（《續濟公傳》第七十三回）

從語義上看，「烏溜溜」有兩個義項：例（146）ab 的「烏樓樓」「烏溜溜」形容眼睛轉動的樣子；例（146）c 的「烏溜溜」形容眼睛炯炯有神的樣子，它相當於「黑炯炯」。從語言使用的地域、空間維度上看，《漢語方言大詞典》（1999：770、771）釋為：「烏樓樓，〈形〉即烏溜溜。眼睛轉動得很快。冀魯官話。山東。」；「烏溜溜，②〈形〉形容眼珠黑而靈活。吳語。浙江蒼南金鄉 [u⁴⁴ liu⁴⁴ liu⁴⁴]。」可見，在不同地區的方言裏存在語義和語音變化，而且語言表達更為形象、生動。

2.4　表示「顏色義＋亮度＋光澤＋清晰度」的 ABB 式顏色詞

顏色詞類別	詞　　語
白色範疇	白燦燦、白鐸鐸、白光光、白華華、白花花、白晃晃、白皛皛、白亮亮、白穰穰、白閃閃。

〔註90〕張維耿主編《客家話詞典》，廣東人民出版社，1995 年 7 月第 1 版，221 頁。

黑色範疇	墨浸浸、黑津津、黑暗暗、黑黲黲、黑慘慘、黑通通、黑騰騰、黑黝黝、黑油油、黑糊糊、黑乎乎、黑忽忽。
紅色範疇	赤溜溜、紅溜溜、紅閃閃。
黃色範疇	黃澄澄、黃鄧鄧、金晃晃、黃燦燦、黃烘烘、金烘烘、黃塊塊、金閃閃、黃爍爍。

首先，白色範疇的 ABB 式顏色詞主要用來描寫潔白明亮或光閃閃的事物。例如：

（147）a. 做公的看見光景有些尷尬，不由分說，索性用力一推，把灶角多推塌了，裏面露出<u>白晃晃</u>大錠銀子一堆來。（《二刻拍案驚奇》卷二十一）

　　　b. 程朝奉果然拿了一包銀子來，對李方哥道：「銀子已現有在此，打點送你的了。只看你每意思如何。」朝奉當面打開包來，<u>白燦燦</u>的一大包，李方哥見了，好不眼熱，……。（《同上》卷二十八）

　　　c. （玉兔兒）伏在地，<u>白穰穰</u>一堆素練；伸開腰，<u>白鐸鐸</u>一架銀絲。（《西遊記》第九十五回）

　　　d. 風晴野冰<u>白皛皛</u>，臘近山日寒蒼蒼。（明‧李夢陽《辛巳生日》）

　　　e. 大鵬當真的去吐，不覺一吐而出，有雞子大，<u>白光光</u>的，連綿不斷，就像一條銀索子，將大鵬的心肝鎖住。（《封神演義》第六十三回）

　　　f. 陳大郎已自會意，開了皮匣，把這些銀兩<u>白華華</u>的，攤做一臺，高聲的叫道：「有這些銀子，難道買你的貨不起。」（《喻世明言》第一卷）

　　　g. 眼見得<u>白花花</u>的銀子，只是不能到手。（《紅樓夢》第九十九）

　　　h. 正面鋪著一張土炕，兩邊擺了竹椅，壁上有架，上面放著許多槍刀器械，<u>白閃閃</u>的鋒利無比，令人心膽俱寒。（《海公大紅袍傳》第四十八回）

在明清代出現的「白晃晃」「白燦燦」「白華華」「白花花」等主要用來描寫白亮的銀子：例（147）a 的「白晃晃」形容銀錠白而閃亮的樣子；例（147）b 的「白燦燦」形容銀子的光澤耀眼；例（147）fg 的「白華華」「白花花」形容銀子白得耀眼。例（147）c 的「白穰穰」表示雪白的意思；例（147）c 的「白鐸鐸」表示顏色白而明亮的樣子。事實上，前者「白穰穰」是繼承元代的「黃穰穰」和「黃壤壤」的，只是其所指的對象不同。如元武漢臣《包待制智

賺生金閣》第三折：「我我我看了些青滲滲峻嶺層巒，是是是行了些黃穰穰沙堤得這古道，呀呀呀兀良早過了些碧澄澄野水橫橋。」元關漢卿《關張雙赴西蜀夢》第一折：「青鴉鴉岸兒，黃壤壤田地，馬蹄兒踏做搗椒泥。」在這裡，需要說明的是原生重疊「穰穰」「壤壤」的原義和「白穰穰」「黃穰穰」「黃壤壤」中的其詞義不相關。從歷史層面上看，原生重疊「穰穰」始見於周代。如《詩經・商頌・烈祖》：「自天降康，豐年穰穰。」《詩經・周頌・執競》：「降福穰穰，降福簡簡。」毛傳：「穰穰，眾也。」唐溫庭筠《寒食節日寄楚望》詩之二：「颼颼楊柳風，穰穰櫻桃雨。」宋洪諮夔《閒居》其二：「豆苗深沒腰，稻花高出肩。路旁兩三叟，合爪感謝天。老身幸不死，得見穰穰田。」從語義上看，「穰穰」表示稻穀豐收、眾多、紛亂貌，等等。原生重疊「壤壤」已見於春秋戰國時期。如《呂氏春秋・知接》：「戎人見暴布者而問之曰：『何以為之莽莽也？宋王安石《和農具詩》之十三：「蓬蓬戲場聲，壤壤戰時伍。」從語義上看，「壤壤」表示紛亂貌的意思。雖然「穰穰」和「壤壤」之間具有共同義項，但在它們都和顏色語素「黃」「白」構成 ABB 式之後，只有表音功能。這表明，在元代，「穰穰」和「壤壤」都已經音綴化，以增強表色義的程度。例（147）d 的「白皛皛」形容潔白明亮貌。新生重疊「皛皛」已見於魏晉南北朝時期。如晉陶潛《辛丑歲七月赴假還江陵夜行塗口》詩：「昭昭天宇闊，皛皛川上平。」唐岑參《尹相公京兆府中棠樹降甘露詩》：「團團甜如蜜，皛皛凝若脂。」宋安如山《曹將軍》：「酒酣歌節士，皛皛霜日白。」重疊詞「皛皛」對顏色語素添加亮度。例（147）eh「白光光」「白閃閃」形容潔白明亮、白光閃閃的樣子。就和顏色語素「白」搭配的「光光」「閃閃」而言，原生重疊「光光」已見於漢代。如《漢書・敘傳下》：「子明光光，發跡西疆，列於禦侮，厥子亦良。」《樂府詩集・橫吹曲辭五・梁鼓角橫吹曲・地驅樂歌》：「月明光光星欲墮，欲來不來早語我。」從語義上看，該重疊詞表示明亮貌；從語體風格上看，在北朝民歌中出現的「光光」口語性濃厚。新生重疊「閃閃」已見於南北朝時期。如南朝宋劉義慶《世說新語・容止》：「雙目閃閃若岩下電。」唐元稹《感夢》詩：「閃閃燈背壁，膠膠雞去塒。」宋龐謙孺《聞虜人敗於柘皋作口號十首》其二：「鐵鷂乘時轉海津，兜牟閃閃白如銀。」元湯式《一枝花・贈明時秀》套曲：「金閃閃襪鉤舒鳳嘴，玉搖搖釵嫋雞翹。」《二刻拍案驚奇》卷二十六：「大凡老休在屋裏的小官，巴不得撞個時節吉慶，穿

著這一付<u>紅閃閃的</u>，搖擺搖擺，以為快樂。」從語義上看，「閃閃」形容光亮四射或閃爍的樣子。由此可見，明清代的「白光光」「白閃閃」中的「光光」和「閃閃」仍然保留其原義，以對顏色語素「白」補充說明其狀態義。

（148）a. 一個頭上是<u>白亮亮的</u>銀月牙箍，黑髮髻飄灑兩肩頭，也在十八九歲。（《三俠劍》第六回）

　　　　b. 飛雲在西房上瞧老道贏不了馬玉龍，便把鏢拔出來，一抖手，<u>白亮亮的</u>直奔大人刺來。（《彭公案》第一五八回）

在清代出現的「白亮亮」是由顏色語素「白」和重疊詞「亮亮」構成的附加式 ABB 式。在這裡，「亮亮」是在「明亮」「光亮」重疊為「明明亮亮」「明亮亮」「光亮亮」的過程中產生的。第一，「明亮」已見於南北朝時期。如北魏酈道元《水經注·河水一》：「心念若我成道，當有神驗。石壁上即有佛影見，長三尺許，今猶<u>明亮</u>。」宋孔武仲《三峽橋》：「我來搜奇古，秋色正<u>明亮</u>。」宋釋慧空《送僧遊天台》其二：「初說石樑橫空，次誇聖燈<u>明亮</u>。」《初刻拍案驚奇》卷二十七：「王氏自在船尾，聽得鼾睡之聲徹耳，於時月光<u>明亮</u>如晝，仔細看看艙裏，沒有一個不睡沉了。」《喻世明言》第二十九卷：「那間禪房關著門，一派是大窗子，房中掛著一碗琉璃燈，<u>明明亮亮</u>。」《三俠劍》第二回：「此時，聚義廳上雁排翅站立，四十八位削刀手，每人一把<u>明亮亮</u>樸刀。」第二，「光亮」見於明代。如《警世通言》第十五卷：「賣豆腐的老兒，才要聲張，胡美向兜肚裏摸出<u>雪白光亮</u>水磨般的一錠大銀，對酒缸草蓋上一丟。」《三寶太監西洋記》第九十七回：「李海即時取開來，眾位老爺一看，果真的那只腿就像盞燈籠，<u>光亮亮</u>的。」可以看出，從語義關係上看，「明亮」「明明亮亮」「明亮亮」「光亮」「光亮亮」之間具有同義關係，它們都形容髮亮或明亮貌。例（148）ab 的「白亮亮」描寫白光從金屬表面反射的樣子。在清代，「白亮亮」所指的對象除了金屬之外，還有服裝、白沙灘、豆腐漿、昆蟲等等。如《小五義》第一百一回：「他就瞧著穿一身<u>白亮亮</u>的短衣襟，又是空著手兒，剛一腳踏實地。」《續小五義》第六十九回：「他們大眾也是三三兩兩的，散步出了五里新街，西頭一看，盡是<u>白亮亮</u>的沙土地，寸草不生，此地起名就叫白沙灘。」《七俠五義》第三回：「只見孟老從鍋臺上拿了一個黃砂碗，用水洗淨，盛了一碗<u>白亮亮</u>、熱騰騰的漿，遞與包興。」《三俠劍》第七十五回：「誰知黑暗之中，見有<u>白亮亮</u>一條蚰蜒小路兒，他便順路行去。」可見，

在這一時期「白亮亮」所指的對象比較多樣。

其次，黑色範疇的 ABB 式顏色詞形容黑暗貌或物體的顏色黑而有光潤的樣子。例如：

（149）a. 紅冉冉綠依依花籠陰映玉除，清淺淺響濺濺水流香出翠渠，明朗朗 <u>墨浸浸</u>八龍篆太霞深處，……。（元湯式《端正好·詠荊南佳麗》套曲）

　　　 b. 和尚走熱了，坐在天井內把衣服脫了一件，敞著懷，膖著個肚子，走出<u>黑津津</u>一頭一臉的肥油。（《儒林外史》第四回）

　　　 c. 好教我滿眼兒沒處尋歸路，<u>黑暗暗</u>雲迷四野，白茫茫水淹長塗。（元·孟漢卿《張孔目智勘魔合羅》第一折）

　　　 d. 青隱隱渾疑太華，白漫漫錯認蓬壺。<u>黑黯黯</u>難分吳越，綠迢迢不辨衡廬。（元·湯式《雲山圖為儲公子賦》套曲）

　　　 e. 眾人一齊都到殿內，<u>黑暗暗</u>不見一物。（《水滸傳》第一回）

　　　 f. 只見風生四野，雲霧迷空，播土揚塵，落來有聲，把哪吒昏沉沉不知南北，<u>黑慘慘</u>怎認東西，頸項套一個金圈，……。（《封神演義》第十四回）

　　　 g. 火母道：「我在裏面<u>黑通通</u>的，不看見是個甚麼。（《三寶太監西洋記》第四十二回）

　　　 h. 半空中亂糝長沙，<u>黑騰騰</u>形雲布，冷颼颼風又刮，山頂上開花。（元·無名氏《水仙子·韓湘子》小令）

　　　 i. 只見神殿裏捲起一陣惡風，將那火把都吹滅了。<u>黑騰騰</u>罩了廟宇，對面不見。（《水滸傳》第四十二回）

　　　 j. 大牆高有丈餘，攛身上牆，左胳膊肘一拐，瞧看裏邊，只見<u>黑黝黝</u>，鴉雀無聲。（《三俠劍》第一回）

　　　 k. 頸裏掛一串念珠，<u>黑黝黝</u>有龍眼大小。（《野叟曝言》第十四回）

從語義上看，例（149）ab 的「墨浸浸」和「黑津津」都形容顏色黑而光潤貌；例（149）c 至 j 的「黑暗暗」「黑黯黯」「黑慘慘」「黑通通」「黑騰騰」「黑黝黝」都表示「黑暗貌＋模糊不清」的意思。從產生方式上看，除了「黑暗暗」和「黑黯黯」之外，其他都屬於「A＋BB」重疊式。據考察，「黑黯黯」「黑暗暗」的產生方式有兩種可能：一是「A＋BB」→「ABB」。事實上，元

代的「黑黯黯」是繼承宋代的「青黯黯」。對此，可以參見第六章的例（114）。
「黯黯」的同義詞「暗暗」早見於周代。如舊題周・鷽熊撰《鷽子》：「既去暗暗然，人失其教。」元代，原生重疊「暗暗」和顏色語素「黑」構成「黑暗暗」。
其意義與「黑黯黯」基本一致。二是「AB」→「ABB」。AB 式「黑暗」已見於南北朝時期。如《全梁文・卷十三・南朝梁・蕭綱〈大法頌（並序）〉》：「除黑暗於四生，遣無明於三界。」唐李商隱《雜纂》：「不得黑暗獨自出行。」宋釋如珙《德山和尚贊》：「吹滅紙燈，眼前黑暗。」AB 式「黑黯」已見於宋代。
如《雲笈七籤》卷十四《三洞經教部・經五》：「皮枯者，肝熱也。肌肉黑黯者，肝風也。」按此，「黑暗」和「黑黯」可以重疊為「黑暗暗」和「黑黯黯」。例
（149）f 的「黑慘慘」是由顏色語素「黑」和原生重疊詞「慘慘」構成的附加式 ABB 式。原生重疊「慘慘」始見於周代。如《詩經・小雅・正月》：「憂心慘慘，念國之為虐。」鄭玄箋：「慘慘，猶戚戚也。」按此，在語義上，周代的「慘慘」與「黑慘慘」中的重疊詞義不相關。形容黑暗貌的意思始見於東漢末。如《文選・王粲〈登樓賦〉》：「風蕭瑟而並興兮，天慘慘而無色。」李善注：「《通俗文》曰：『暗色曰黲。』慘與黲古字通。」由此可見，「黑慘慘」與「黑沉沉」「昏沉沉」具有同義關係。關於「黑通通」的產生過程，請參見下文例（163）「紅彤彤」「紅通通」「黑通通」的語法變化和語音變化。例（149）hi 的「黑騰騰」描寫雲霧迷蒙昏沉的樣子、黑暗貌。新生重疊「騰騰」始見於唐代。如唐白居易《東院》詩：「有時閑酌無人伴，獨自騰騰入醉鄉。」唐白居易《醉中歸盩厔》：「金光門外昆明路，半醉騰騰信馬回。」唐仲子陵《五絲續寶命賦》：「龍爛蛇伸，光氣騰騰。」唐李紳《憶漢月》詩：「燕子不藏雷不蟄，燭煙昏霧暗騰騰。」《敦煌變文集新書》卷四《大目乾連冥間救母變文並圖一卷並序》：「鐵城煙焰火騰騰，劍刃森林數萬層，人脂碎肉和銅汁，迸肉含潭血裏凝。」宋周邦彥《醉桃源》詞：「情黯黯，悶騰騰，身如秋後蠅。」宋周邦彥《紅窗迥》詞：「情性兒，慢騰騰地，惱得人又醉。」元無名氏《馮玉蘭》第一折：「掩篷窗且捱過了今宵時分，不覺的困騰騰越減精神。」《警世通言》第五卷：「兩個學生頑耍了半晌，正在肚饑，見了熱騰騰的餅子，一人兩個，都吃了。」《警世通言》第十一卷：「老婆婆請小官人於中間坐下，自己陪坐，喚老婢潑出一盞熱騰騰的茶，……。」《三寶太監西洋記》第五回：「祥雲蕩蕩，瑞氣騰騰。」《三寶太監西洋記》第八回：「一個個威風凜凜，殺氣騰騰。」

從語義上看，「騰騰」表示「朦朧」「升騰」「昏暗貌」「心中煩悶」「困倦的樣子」「熱氣蒸發的樣子」「很熱的樣子」「氣勢或氣氛旺盛」等等。可以看出，「熱熱」在名詞或形容詞後附著來形容某種情狀的程度加深。按此，「黑騰騰」中的「騰騰」可以降低亮度或清晰度。

　　例（149）j 的「黑黝黝」也可以用來描寫空間上的黑暗貌。關於「黝」的意義，《說文》釋為：「微青黑色。從黑幼聲。」由此看來，在語義關係上，「黑」與「黝黝」之間具有近義關係。新生重疊「黝黝」已見於南北朝時期。如晉左思《魏都賦》：「黝黝桑柘，油油麻紵。」南朝梁任昉《落日泛舟東溪》詩：「黝黝桑柘繁，芃芃麻麥盛。」《樂府詩集·郊廟歌辭八·昭夏樂》：「閟宮黝黝，復殿微微。」唐張說《畏途賦》：「林黝黝而人靜，山嵾嵾而地寒。」宋蘇轍《登真興寺樓賦》：「日將入而山陰兮，天黝黝而茫茫。從語義上看，「黝黝」表示草木茂盛貌、黑暗貌、森林昏暗陰森的樣子等等。依據唐楊炯《渾天賦》：「旁望萬里之橫山而皆青翠；俯察千仞之深谷而皆黝黑。」，「黝黝」和「黝黑」與「黑黝黝」之間具有同義關係。只是後者「黑黝黝」的語義程度強化了。與此不同，例（149）k 的「黑黝黝」形容黑得像油一樣發亮，該詞義相當於「黑油油」。《漢語方言大詞典》（1999：6136）釋為「『黑釉釉』，〈形〉黑得發亮。徽語。安徽歙縣。」《現代漢語方言大詞典》（2002）釋為：「『黑油油』太原 ꜕uei ꜖uei ꜕ɕ̠ex ꜖ə̠？黑得發亮：頭髮黑油油的。」；「『黑油油兒』西安 ꜕xei ꜖uoi ꜖iour꜔黑得發亮；頭髮黑油油兒的。」從語言使用的地域、空間維度上看，「黑黝黝」北方方言和南方方言裏都存在。其根據有以下兩點：一是它與《三俠劍》和《野叟曝言》的作者有關係。前者作品的作者張傑鑫是河北安新縣人；後者作品的作者夏敬渠是「江蘇江陰人。」〔註91〕二是在不同地區「黑黝黝」的使用情況。《現代漢語方言大詞典》（2002）釋為：「『黑黝黝』蘇州 ꜕hə？ ꜖iꜝyi ꜕iꜝyi꜔常用來人臉上的皮膚。」按照《百度百科》，在東北地區，將「龍葵果（Solanum nigrum）」稱為「黑黝黝」。〔註92〕在這一地區，「黑黝黝」是基於龍葵果的顏色特徵而產生的俗稱。可以看出，雖然「黑黝黝」在不同地區的方言裏存在著其所指對象的

〔註91〕楊娟娟《夏敬渠〈野叟曝言〉研究》，贛南師範學院碩士論文，2011 年，4 頁。
〔註92〕語料來源於《百度百科》。網址：http://baike.baidu.com/link?url=gCTPo7h60Xkbt_v_Ey
TjOnBVskkTQQYiF83uhYz0sAjbGTOedYexiFmsAYPg618rutAf1pBIKmlhgIJp6ebyC
U0sDNr19Y4Mc9Sev7NhLkI4yX_Zr4PGwsnLXQx4GGpw。

差異，但其重疊詞的原義基本一致。

再次，黃色範疇 ABB 式顏色詞主要形容顏色金黃而閃閃的樣子。例如：

（150）a. 一會兒，點成一塊<u>黃澄澄</u>的金子，還了酒錢，卻是三醉岳陽人不識，朗然飛過洞庭湖。（《三寶太監西洋記》第五十二回）

   b. 一個<u>黃澄澄</u>火光閃爍，一個白盈盈寶霧氤氳。（《同上》第八十六回）

   c. 剛要坐下問話，見地下<u>黃澄澄</u>一物，連忙毛腰撿起，卻是婦女帶的戒指。（《七俠五義》第六十九回）

   d. 白老寨主在座上一看，<u>黃澄澄</u>的赤金茶盤上，放著漢白玉的茶壺，四個茶杯。（《三俠劍》第六回）

   e. 今兒雪化盡了，<u>黃澄澄</u>的映著日頭，還在那裡呢，我就揀了起來。（《紅樓夢》第五十二回）

   f. 頸項套一個金圈，兩隻腿兩個金圈，靠著<u>黃鄧鄧</u>金柱子站著。（《封神演義》第十四回）

   g. 金甲<u>黃鄧鄧</u>，銀盔似玉鐘。（《同上》第六十六回）

從語義上看，「黃澄澄」形容顏色金黃而閃爍貌，「黃鄧鄧」形容顏色黃而明亮貌，在明代並存的「黃澄澄」和「黃鄧鄧」音同義近。由此看來，「鄧鄧」是「澄澄」的同音字，「黃鄧鄧」可能是「黃澄澄」的變體。〔註93〕從所指的對象上看，「黃澄澄」「黃鄧鄧」都主要描寫金製品或黃銅之類。如見例（150）be，「黃澄澄」還描寫火光和日光。

（151）a. 城門裏湧出一群小鬼來，當頭一個大鬼，站著地上就有一丈多長，頭上一雙黃角<u>金晃晃</u>的，兩隻手攢著一雙拳頭，……。（《三寶太監西洋記》第七十七回）

   b. 瀉出像個繫馬柱兒<u>金晃晃</u>的一根銅柱。（《同上》第九十回）

〔註93〕事實上，「鄧鄧」已見於元代。如元李行道《包待制智賺灰欄記》第一折：「為甚的黃甘甘改了面上，白鄧鄧丟了眼光」在這裡「白鄧鄧」形容眼白多而無光澤的樣子。明代，「鄧鄧」還和顏色語素「黑」構成「黑鄧鄧」。如《海浮山堂詞稿‧黃鐘醉花陰‧聽鐘有感》：「短巷長街送車馬，黑鄧鄧飛塵亂撒。」《漢語方言大詞典》（1999：1394、6131）釋為：「『白鄧鄧』〈形〉即白瞪瞪。翻白眼的樣子。（一）西南官話。雲南昭通。（二）吳語。江蘇江陰。」；「『黑鄧鄧』〈形〉黑乎乎。冀魯官話。山東。」由此可見，「顏色語素＋鄧鄧」是音綴式 ABB 重疊式。

c. 一面說，一面走，剛到薔薇架下，湘雲道：「你瞧那是誰掉的首飾，<u>金晃晃</u>在那裡。」（《紅樓夢》第三十一回）

d. 慌忙又取出<u>黃燦燦</u>的兩錠金子，也放在桌上。（《喻世明言》第一卷）

e. 趙升將雙手拔起松根，看時，下面顯出<u>黃燦燦</u>的一窖金子。（《同上》第十三卷）

f. 腳上穿了官長舉人一樣的皂靴，腰裏繫了舉貢生員一樣的儒條，巾上簪了<u>黃燦燦</u>的銀花。（《醒世姻緣傳》第二十六回）

　　如見上例，在近古時期，「金晃晃」「黃燦燦」所指的對象的範圍比較確定，即金子。從語義上看，它們都形容金光閃動的樣子，重疊詞「晃晃」和「燦燦」分別對顏色語素「金」和「黃」添加附加義，即提升亮度，降低清晰度。「新生重疊「晃晃」已見於南北朝時期；新生重疊「燦燦」見於唐代。如晉葛洪《抱朴子·祛惑》：「及到天上，先過紫府，金床玉幾，晃晃昱昱，真貴處也。」唐李德裕《早入中書行公主冊禮事畢登集賢閣成詠》：「明星入東陌，燦燦光層宙。」《說文》釋為：「晃，明也。」；「燦，燦爛，明淨貌。」可見，「晃晃」和「燦燦」與它們的單字義基本一致。從語義關係上看，例（151）f 的「黃燦燦」與「金晃晃」和「黃燦燦」具有同義關係。關於「燦燦」的產生路徑和其原義，前文已提到，在這裡不再贅述。

（152）a. <u>黃烘烘</u>火焰般一付好頭面，收過去，單等二十四日行禮，出月初四日準娶。（《金瓶梅詞話》第十七回）

b. 頭上治的珠子箍兒，金燈籠墜子，<u>黃烘烘</u>的。（《同上》第二十三回）

c. 卻說西門慶打發伯爵去了，手中拿著<u>黃烘烘</u>四錠金鐲兒，心中甚是可愛。（《金同上》第四十三回）

d. 門前窗檻邊坐著一個婦人，露出綠紗衫兒來，頭上<u>黃烘烘</u>的插著一頭釵環，鬢邊插著些野花。（《瀿全傳》第二十七回）

e. 只見她打半截子黑炭黑也似價的鬢角子，……，戴一頭<u>黃塊塊</u>的簪子，穿一件元青扣縐的衣裳，……。（《俠女奇緣》第七回）

f. 除了綢裙兒緞衫兒不算外，頭上是<u>金烘烘黃塊塊</u>。（《同上》第二十九回）

　　明清代的「黃烘烘」「金烘烘」「黃塊塊」都形容金黃色。在不同的語境裏，「黃烘烘」「金烘烘」又可以描寫金光閃亮的樣子。事實上，「黃烘烘」「金烘烘」是繼承唐代「赤烘烘」的。如唐張鷟《野朝僉載》卷二：「當中取起炭火，銅盆貯五味汁，鵝鴨繞火走，渴即飲汁，火炙痛即回，表裏皆熟，毛落盡，肉赤烘烘乃死。」《說文》釋為：「烘，尞也。從火共聲。」從語義特徵上看，「烘」具有「燒」「炙烤」「溫暖」「照明」等的含義。按此，「赤烘烘」形容在火上烤後呈現出的紅色。從歷史層面上看，「烘烘」的意義比較多樣。如宋趙炅《逍遙詠》其一十八：「烘烘火色水中論，至寶須教鼎內存。」宋釋祖欽《偈頌一百二十三首》其六十一：「三冬和氣暖烘烘，半夜日頭紅杲杲。」元喬吉《金錢記》第二折：「空著我烘烘醉眼迷芳草。」《二刻拍案驚奇》卷之四：「混了幾日，鬧烘烘熱騰騰的，早把探父親信息的事撇在腦後了。」《封神演義》第八十九回：「那一時暖烘烘紅日當頭曬，掃彤雲四開，現青天一派，瑞氣祥光擁出來。」《水滸傳》第六十七回：「魏定國收轉軍馬回城，看見本州烘烘火起，烈烈煙生。」其意義是「火盛貌」「暖和」「朦朧」「熱鬧」「火勢猛烈」等等。可見，隨著語境的變化「烘烘」的意義也有變化。例（152）a 至 f 的「黃烘烘」「金烘烘」的語義也受到語言環境的影響而產生的，即其重疊詞所指的對象。據考察，「黃烘烘」又可以描寫別的事物。如《金瓶梅詞話》第四十二回：「也有黃烘烘金橙，紅馥馥石榴，甜磟磟橄欖，青翠翠蘋婆，香噴噴水梨……。」《醒世姻緣傳》第八十回：「戴氏拉著寄姐抬頭搗臉，淫婦歪拉的臭罵，拿著黃烘烘的人屎，灑了寄姐一頭一臉。」從語義上看，前者和後者之間存在著語義上的差異。後者「黃烘烘」裏沒有表示光澤的意思，並該重疊詞含有表示貶義的感情義。

　　最後，紅色範疇的「紅閃閃」「赤溜溜」「紅溜溜」等 ABB 式顏色詞也表示「顏色義＋光澤」的意思。關於「紅閃閃」，上面已提到，不再贅述。「赤溜溜」「紅溜溜」見於元明代。如元楊顯之《臨江驛瀟湘秋夜雨》第二折：「我則見舞旋旋飄空的這敗葉，恰便似<u>紅溜溜</u>血染胭脂。」《三寶太監西洋記》第九十四回：「怎見得星移萬戶，<u>赤溜溜</u>的珠球滾地拋來。」從語義上看，「紅溜溜」形容血的顏色，該重疊詞裏蘊含著「紅色＋滴溜溜」的意思；「赤溜溜」形容顏色紅而有光澤的圓珠。那麼，「顏色語素＋溜溜」中的「溜溜」怎麼產生這些意義呢？《說文》釋為：「溜，水。出鬱林郡。從水雷聲。」按此，在語義特徵上，「溜」

含有表示水流的意義。如晉棗據《遊覽》詩：「重巖吐神溜，傾觸挹湧波。」南朝陳張君祖《贈沙門竺法頵》詩之一：「峭壁溜靈泉，秀嶺森青松。」晉陸機《招隱詩》：「山溜何泠泠，飛泉漱鳴玉。」「溜」還和「滴」連用來描寫圓潤光滑的樣子。如元李好古《張生煮海》第二折：「明滴溜冰輪出海角，光燦爛紅日轉山崖。」據考察，重疊詞「溜溜」也表示前面涉及的意義。如宋張九成《秋興》其一：「蕭蕭江上竹，溜溜巖下泉。」《三寶太監西洋記》第六回：「碧峰長老就輕輕的伸起一個指頭兒來，到地上畫了一個圓溜溜的小圈兒。」《三寶太監西洋記》第八回：「這其餘的都是些真珠，光溜溜的。」等等。由此可見，這些「溜溜」的義項都是在從名詞「水」的性狀引申出來的。然後，其所指的對象也逐漸由典型的對象轉移至非典型性的對象。

2.5　表示「顏色義＋清晰度」的 ABB 式顏色詞

綠色範疇：青楚楚、楚楚青。

在元代出現的「青楚楚」「楚楚青」形容顏色青而清晰貌。如元陳鎰《三用韻荅松學諸友》其一：「蟾峰青楚楚，時見鶴飛回。」元周權《秋霽》：「夜涵露氣漫漫白，秋入山光楚楚青。」這些 ABB／BBA 式顏色詞，像「青歷歷」那樣提升清晰度。

2.6　表示「顏色義＋圓貌」的 ABB 式顏色詞

顏色詞類別	詞　語
白色範疇	白胡闌、白圈圈。
紅色範疇	紅曲連。
綠色範疇	碧環環。

上面所列舉的「顏色語素＋分音詞」「顏色語素＋圈圈」「顏色語素＋環環」是在唐宋時期頻繁出現的「顏色語素＋團團」「顏色語素＋團欒」的詞彙翻新。對此，可以參見下面第六章「ABB、BBA 式顏色詞的語法意義與語音變化」。

（三）ABB、BBA 式顏色詞的語法意義與語音變化

1.　繼承 ABB、BBA 式顏色詞

顏色詞類別	詞　語
顏色語素＋皚皚	白皚皚。
顏色語素＋茫茫	白茫茫。

顏色語素＋漆漆	白漆漆、黑漆漆、黑魆魆、黑黢黢。
顏色語素＋洞洞	黑洞洞、黑古董、黑咕咚、黑古隆咚。
顏色語素＋漫漫	白漫漫、黑漫漫、黑彌漫。
顏色語素＋旋旋	青旋旋。
顏色語素＋靄靄	白靄靄、黑靄靄、青靄靄、碧靄靄。
顏色語素＋霏霏	紅霏霏、青霏霏、紅菲菲、綠菲菲、翠霏微。
顏色語素＋的的	紅滴滴、紅的的、青的的。
顏色語素＋紛紛	白紛紛、白紛綸。

（153）a. 鷹騰二陵間，劍鋒白皚皚。（元末明初‧劉基《題釋驂圖》）

b. 太祖昔平陳，戈矛白皚皚。（明‧葉春及《送方伯滕公拜大中丞操江》其三）

c. 恰好的起眼一看，刀架上插著一張白茫茫的快刀。（《三寶太監西洋記》第五十九回）

d. 他手上帶著白皚皚亮晶晶兩個鑽戒，擺動車輪，那速率穩而且快。（民國‧費只園《清朝三百年豔史演義》第九十四回）

「白皚皚」在唐代出現以後不斷地產生新的意義，以適應為新的語言環境。在元明代，「白皚皚」的語義又發生了變化：例（153）ab 的「白皚皚」表示鋒利的刀劍或矛頭閃光的樣子。雖然其語義所指的對象不盡相同，但語義上與例（153）d 的「白皚皚亮晶晶」相通。〔註94〕在這裡，「白皚皚」中的重疊詞「皚皚」消失了其功能詞義，即虛化。徐時儀（1998）說：「虛化是人類語言演變過程中普遍存在的一種現象，虛化可以是詞義的由實變虛，也可以是語義功能的由實變虛，詞義和語義功能的虛化實際上也就是語言演變中的語法化現象。」〔註95〕從語法化角度看，從上古到近古「白皚皚」的語義和結構變化過程是：在語義上，在唐代出現的述補式「白皚皚」中的重疊詞「皚皚」開始弱化，以其詞對顏色語素「白」的程度或狀態補充說明。但其所指的對象仍然是霜或雪。在同時代出現的附加式「白皚皚」中的重疊詞「皚皚」更為虛化，即實義變為

〔註94〕從語義上看，「白亮亮」可以替代「白皚皚亮晶晶」。如《小八義》第七十六回：「張大量鐵棍放在塵埃，急忙由自己腰中抽出了一把牛耳尖刀，約一尺五寸長，寬有寸餘，白亮亮鋼刀拿在手內。」

〔註95〕徐時儀《論詞組結構功能的虛化》，《復旦學報》（社會科學版），1998 年第 5 期，108 頁。

功能詞義，以增強了「白皚皚」的語義程度。而且其所指的對象擴大，並其語義也泛指化。元明代，「白皚皚」表示鋒利的刀刃或矛頭閃光的樣子，以重疊詞「皚皚」的功能詞義虛化。這說明，「白皚皚」由附加式 ABB 式轉變為音綴式 ABB 式。在這裡，需要說明的是，雖然「白皚皚」中的「皚皚」語法化為音綴，但附加式「白皚皚」在語言中仍然使用。換句話說，附加成分「皚皚」的音綴化並不意味著附加式「白皚皚」的消失，而附加式「白皚皚」和音綴式「白皚皚」並存。對此，請見下面的圖 6.10。

圖 6.10　顏色詞 ABB 式「白皚皚」的結構和語義變化體系

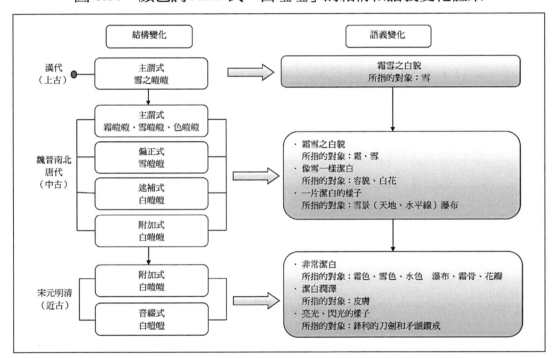

明代，像「白皚皚」那樣，「白茫茫」中原生重疊「茫茫」的功能詞義虛化，即音綴化：例（153）c 的「白茫茫」描繪鋒利的刀劍。

（154）a. 時已天黑不辨色了，兩女聽得人聲，向窗外一看，但見<u>黑魆魆</u>一個人影。（《二刻拍案驚奇》卷三十五）

　　　b. 他見那桌子上擺著也有前日筵席上的那小雞蛋兒熬乾粉，又是清蒸刺蝟皮似的一碗，合那一碗<u>黑漆漆的</u>一條子一條子上面有許多小肉錐兒的，不知甚麼東西。（《俠女奇緣》第二十九回）

　　　c. 勝爺遂又向西去，向北拐來到西門，西門雪霜白，<u>白漆漆的</u>。（《三俠劍》第三回）

從唐代沿用至現代的「黑漆漆」，在宋代逐漸進入口語環境之後，到了清代其詞的使用頻率越高，其語義也跟著淡化了。據上例（154）c 的「白漆漆」，在清代重疊詞「漆漆」完全消失了其原義，以該重疊詞音綴化。從語法意義上看，詞綴「漆漆」強化顏色語素「白」的語義程度。我們認為，「顏色語素＋漆漆」由附加式 ABB 式轉變為音綴式 ABB 式的動因與方言音變有相關。為此，我們調查了《漢語方言大詞典》（1999）和《現代漢語方言大詞典》（2002）。對此，請見下面的表 6.42。

表 6.42 「黑漆漆」的全國使用範圍情況

方 言 點		方 言 詞	詞 義
南京		黑漆漆的 黑漆抹烏的 [xəʔ・tsʻiʔ maʔ u・tiʔ]	黑暗。
吳語。江蘇丹陽		黑黢黢 [xæʔ tɕʻyʔ tɕʻyʔ] 黑黢拉烏 [xao⁴² tɕʻy³⁴la⁵⁵ u³³] 黑漆麻烏 [xæʔ tɕʻiʔ ma vu]	非常黑暗。
上海		黑黢黢 [həʔ tsʻəʔ tsʻəʔ]	光線黑暗。黑洞洞。
廣州		黑黢黢 [hɐk tsøt tsøt]	形容物體黑。
西南官話	四川成都	黑漆嗎孔 [xɛ²¹ tɕʻi⁵⁵ ma⁵⁵ kʻuŋ⁵³]	光線很暗、顏色很黑的樣子。
		黑黢麻拱 [xe²¹ tɕʻy⁵⁵ ma⁵³ koŋ⁵³]	形容黑暗沒有燈光。
	四川重慶	黑黢麻恐 [˨xɛ ˨tɕʻy ˨ma ˥kʻuŋ]	形容黑暗沒有燈光。
銅仁方言		黑黢黢子的〔註96〕	很黑。
膠遼官話。山東煙臺		黑黢黢的 [xɤ²¹⁴⁻³¹ tɕʻy³¹⁻³⁵ tɕʻy³¹ ti²¹]	微黑。
東北官話。東北哈爾濱		黑黢的 [xei tɕʻy・ti]	很黑。
		黑漆廖光 [˨xei・tɕiº ˨liau ˨kuaŋ]	漆黑。
		黑黢燎光 [˨xɛ・tɕʻy ˨liau ˨kuaŋ]	很黑。
官話		黑驅驅	漆黑。
晉語。山西忻州		黑曲曲 [xəʔ² tɕʻyəʔ² tɕʻyəʔ²]	天色很黑。

〔註96〕按照蕭黎明（2007）：西南官話的「ABB 的」式在銅仁方言裏演化出「ABB 子的」的後綴附加式。」「『ABB 子的』表示較深程度，但未到極限。（蕭黎明《銅仁地區漢語方言內部差異及成因》，《銅仁學院學報》，2007 年 7 月第 1 卷第 4 期，67 頁。）

> 黢：很、十分、非常。（冀魯官話。山東淄博、桓臺[tɕʻy³³]、山東利津[tɕʻyꜛ]黢黑；
> 膠遼官話。
> 山東煙臺[tɕʻy³¹]；遼寧大連[tɕʻy²¹³]；晉語。山西榆次[tɕʻyʌʔ²¹]；吳語。江蘇蘇州、
> 無錫、薛典、常熟[tsʻəʔ⁵⁵]墨黢黑。）
> 曲曲：〔副〕很；非常。膠遼官話。山東福山東陌堂。

　　在語音和語義關係上，「黑漆漆」「黑黢黢」「黑魖魖」〔註97〕「黑驅驅」「黑曲曲」等 ABB 式都音近義同。可以看出，隨著「黑漆漆」的意義淡化，其語音和字形也跟著變了。「黑漆漆」變為「黑黢黢」。像「漆黑」和「黢黑」那樣，表示顏色的意義在重疊詞「漆漆」和「黢黢」裡保留。但是，在「黑漆漆」又變為「黑魖魖」「黑驅驅」和「黑曲曲」之後，「漆漆」本身的意義就不那麼重要了。在這一過程中「黑漆漆」中的「漆漆」音綴化，以除了顏色語素「黑」之外，還可以和其他顏色語素構成 ABB 式，即「白漆漆」。可見，方言音變對「漆漆」由表狀態義變為表程度義起了重要作用。

（155）a. 鑼篩破了，鼓擂破了，謝天地早是明瞭。若還到底不明時，黑洞洞、
　　　　幾時是了。（元・無名氏《鵲橋仙・月蝕》）

　　　b. 滴溜溜一雙俊眼，也會撩人；黑洞洞一個深坑，盡能害客。（明・
　　　　凌濛初《二刻拍案驚奇》卷十四）

　　　c. 不明亮曰黑古董。（明・沈榜《宛署雜記・民風二・方言》）

　　　d. 舌尖舐破窗上紙，看見繡樓黑咕咚。（清・無名氏《小八義》第三
　　　　十五回）

　　　e. 屋中這個家人說：「怎麼了？」這個說：「黑古攏洞，毛毛轟轟鬼吹
　　　　風。」（清・郭小亭《濟公全傳》第五十回）

　　「黑洞洞」的產生方式除了「A＋BB」式之外，還有 AB 式的擴展式，即「黑洞」→「黑洞洞」。〔註98〕元明清，「黑洞」變為「黑窟籠」「黑窟窿」〔註99〕

〔註97〕孫也平（1988）指出：黑龍江中北部方言裏的「黑漆漆」「黑黢黢」「黑魖魖」等 AXX
　　　式中的後綴書面讀音跟口語常有出入。（孫也平《黑龍江方言附加式形容詞多音後
　　　綴》，《語言研究》，1988 年第 2 期（總第 15 期），110 頁。）
〔註98〕AB 式「黑洞」見於唐代。如唐白居易《洞中蝙蝠》：「千年鼠化白蝙蝠，黑洞深藏
　　　避網羅。」唐劉昭禹《送人遊九疑》：「漆燈尋黑洞，之字上危峯。」其詞義是暗深
　　　的洞窟。明代，「黑洞」通過移就產生比擬式詞語「洞黑」。如明田藝蘅《煮泉小品・
　　　清寒》：「有黃金處水必清，有明珠處水必媚，有玙䥯處水必腥腐，有蛟龍處水必洞
　　　黑。」BA 式「洞黑」的意義是很黑。
〔註99〕如元喬吉《李太白匹配金錢記》第三折：「他敢要入你姐姐黑窟籠。」清石玉昆《小

「黑古董」「黑咕咚」「黑古攏洞」等等。據北宋宋祁《宋景文公筆記》卷上《釋俗》：「孔曰窟籠。」，在元代出現的「黑窟籠」是顏色語素「黑」和「孔」的分音詞「窟籠」構成的詞語。從語義關係上看，「黑洞」、「黑窟籠」和「黑窟窿」具有同義關係；從詞性上看，它們都屬於名詞。那麼，語義上表示「黑暗」「漆黑」的「黑古董」「黑咕咚」「黑古攏洞」是怎麼產生的呢？石鋟（2010）認為，音綴式「黑洞洞」變為「黑咕咚」或「黑古董」之後，又變為「黑古攏洞。」〔註100〕我們對此有所不同的看法。在這裡，對「黑洞洞」變為「黑咕咚」「黑古董」「黑古攏洞」的過程令人有必要換個角度看看。我們認為，它們都是受到北方方言的構詞方式、語義變化和語音變化的影響而產生的。為此，我們在《漢語方言大詞典》（1999）《現代漢語方言大詞典》（2002）《哈爾濱方言詞典》（現代漢語方言大詞典·分卷，1997）《太原方言詞典》（現代漢語方言大詞典·分卷，1994）裏查看了和它們有關的詞語。請看下面的表 6.43。

表 6.43　北方方言「黑古董」「黑咕咚」「黑古隆冬」的使用情況

方言詞	方　言　點		詞　義
圪洞	晉語	山西沁水　[kɣ⁴⁴ toŋ⁵¹]。	[名]胡同。
		內蒙西部。內蒙伊克昭盟、土默特旗。內蒙包頭。山西文水　[kəŋ³¹² tuəŋ³⁵]。	[名]坑；較深的坑。
		山西忻州　[kəʔ² tuəŋ⁵³]	[名]小洞。
		山西靈石　[kəʔ²¹³⁻²¹ tuŋ⁵³]。	[形]洞狀的；凹。
		山西太原　[kəʔˀˠ˩ tuŋ˥] 。	[名]小坑兒。
圪洞兒	晉語	中原官話。山西吉縣　[kə° t'ueir³³]	[名]胡同。
圪洞洞	晉語	呼和浩特內蒙。	[名]洞。
不洞	晉語	山西太原　[pəʔˀˠ˩ tuŋˤ]。（圪洞=不洞）	[名]小坑。
骨洞	中原官話	河南洛陽　[ku³³ tuɯ⁴¹²]	[名]胡同
	晉語	山西沁水　[kuo⁴⁴ tuŋ³⁵]	
		河南濟源　[kuʔ³³ tũɣ¹³]	

五義》第二百十三回：「一塊翻板，長夠五尺，寬夠四尺，往下一看，如同一個黑坑一般。……當中四扇隔扇，裏面弩箭俱都發盡，四面隔扇大開，進了裏面，單有一個四方黑窟窿，倒下臺階。」
〔註100〕石鋟《漢語形容詞重疊形式的歷史發展》，北京：商務印書館，2010 年 7 月第 1 版，237 頁。

古洞	晉語	河北涉縣 [ᵘku tuŋˀ]	
古洞兒	中原官話	河南鄭州 [ku⁵⁵ tũr³¹]	[名] 胡同；巷。
	晉語	河南新鄉 [꜀ku turˀ]	
古隆〔註101〕	中原官話。山西聞喜。		[名] 窟窿。
黑古東	中原官話。河南。		[形] 黑暗。
黑古董	官話。		
黑咕咚	北京官話。北京 [xei⁵⁵ kuᵒtun⁵⁵]。		[形] 漆黑。
黑咕曨	北京官話。北京。		
黑古隆冬	東北官話。黑龍江 [꜀xei·ku ꜀luŋ ᵘtuŋ]。		[形] 很黑。
黑古籠冬	北京官話。北京 [xei⁵⁵ kuᵒ luŋ⁵⁵ tuŋ⁵⁵]。		
黑古冬 黑古洞 黑咕隆 黑古隆	哈爾濱 [xei˧˩·ku luŋ˧]。		[形] 形容很黑暗。
黑咕隆咚 黑咕窿冬 黑古隆咚 黑古籠咚	哈爾濱 [xei˧˩·ku luŋ˧]。		[形] 形容很黑暗。
黑圪洞洞	晉語。山西長治 [xɑʔ꜍ kəʔ꜍ tuŋˀ tuŋˀ]。		[形] 漆黑的。
黑格洞洞	晉語。山西。		[形] 形容黑暗。
黑骨洞洞	中原官話。陝西渭南 [xei²¹ ku²¹ tuŋ⁵³ tuŋ⁵⁵]。		[形] 天黑。
黑骨隆咚	北京官話。北京 [xei⁵⁵ kuᵒ luŋ⁵⁵ tuŋ⁵⁵]。		[形] 形容沒有光亮，黑得厲害。
白洞洞	晉語。山西榆次 [piaʔ⁵⁴ tun³⁵ tun³⁵⁻⁵³]。		[形] 很白。

從上面的表 6.43 中可以看出，晉語〔註102〕、中原官話、北京官話、東北官話等北方方言中的二音節、三音節和四字格詞裏存在「圪」「不」「骨」「格」等特殊構詞成分。按照溫端政（1997）：「表音詞綴『圪』在晉語區分布面相當

〔註101〕參見任林深《聞喜方言中的「圪」與「古」》，《山西師大學報》（社會科學版），1991年1月第18卷第1期，89頁。
〔註102〕邢向東（1987）：『晉語』這一概念，指的是山西、陝西、內蒙、河南、河北等地保留〔ʔ〕尾入聲韻的方言。圪頭詞從結構分，有單純詞、派生詞兩類，有名詞、動詞、形容詞、象聲詞和量詞五類。（邢向東《晉語圪頭詞流變論》，《內蒙古師大學報》（漢文哲學社會科學版），1987年第二期，78頁。）

廣。」〔註103〕賀巍（1989）發現，「河南獲嘉方言有『卜』『撲』『圪』『坷』『黑』『骨』『窟』『忽』等八個表音字作詞頭。」〔註104〕根據上面的表 6.43，「圪」「古」「骨」「不」等前綴和名詞「洞」或「隆（窿）」構成二音節詞或三音節詞。例如，「圪洞」「圪洞兒」「圪洞洞」「不洞」「骨洞」「古洞」「古洞兒」「古隆」等等。從詞性上看，這些詞都屬於名詞。從語義上看，前綴「圪」分為帶有「小」意的和不表義的表音字；「不」帶有「小」意；「古」和「骨」都是不表義的表音字。我們認為，三音節詞是在此基礎上通過由「黑洞」轉變為「黑古洞」或「黑窟籠」「黑窟窿」的詞彙翻新和方言音變而產生的。如，「黑古東」「黑古董」「黑咕咚」「黑古隆」「黑咕嚨」等等。從歷史層面上看，語義上表示「山洞」或「洞窟」的「古洞」已見於唐五代。如《敦煌變文新書》卷二《雙恩記》：「澄潭隱隱聽龍吟，古洞深深聞虎驟。」宋文紳儀《遊靈巖》其一：「山深雲障日，江闊夜生潮。古洞遺仙跡，流泉傍石橋。」《五燈會元》卷六《青原下五世・九峯虔禪師法嗣・南源行修禪師》：「師曰：『古洞有龍吟不出，岩前木馬喊無形。』」清貪夢道人《彭公案》第二百二十一回：「你若聽我良言相勸，就跪下磕三個頭，你抖手一走，找深山古洞修真養性，不要再管白天王之事，任憑他兩家爭鬥。」「古洞」的同義詞「窟洞」見於元代。如元楊梓《功臣宴敬德不伏老》第四折：「莫道是平地上走不出，便走到那鬼窟洞裏也直尋見。」〔註105〕「古洞」和「窟洞」的同義詞「胡同」見於清末。如《小五義》第四十七回：「正是新彩新砌，把山神廟拿席搭成胡同，裏面用鍋煙子抹了。」這些雙音詞為我們提供可以觀察「黑洞」變為「黑古董」或「黑咕咚」的路徑信息。其路徑是：黑洞→黑窟籠→黑窟窿→黑古隆→黑咕隆→黑咕嚨；黑洞→黑古洞→黑古董→黑咕咚；黑洞→洞黑。由此可見，在 AB 式「黑洞」變為 ABC 式「黑古董」「黑咕咚」的過程中其語義和語音都發生了變化，而且在語體風格上這些 ABC 式詞語帶有濃厚的口語色彩。徐時儀（1998）說：「漢語並列結構詞組在凝固成詞的過程中，如果凝合成詞後其中

〔註103〕溫端政《試論晉語的特點與歸屬》，《語文研究》，1997 年第 2 期（總第 63 期），2頁。
〔註104〕賀巍《獲嘉方言表音字詞表》，《語文研究》，1989 年第 3 期（總第 32 期），1 頁。
〔註105〕在清代，「窟洞」所指的對象轉移至頭上的小洞。如清郭小亭、坑餘生撰《續濟公傳》第八十八回：「其中有一個頂吃苦，將把顆頭朝紫檀桌角上一撞，穿了一個窟洞，鮮血直流。」

一個單音詞詞義完全虛化，失去了其原有的詞義，僅僅作為另一個單音詞的陪襯，這就形成了偏義複詞。」徐先生稱之為「詞組演變為詞彙語法化」。〔註106〕按此說法，偏正結構 AB 式詞組「黑洞」變為偏正結構 ABC 式詞組「黑古洞」「黑窟籠」「黑窟窿」後，像上例（155）中的「黑古董」「黑咕咚」那樣，在詞彙擴散的過程中語音多變，以修飾詞「黑」和中心詞 BC 之間取消分界，同時中心詞 BC 由實變虛也可以看成是「由詞組虛化為詞的一種詞彙語法化現象」。從語義上看，它們和「洞黑」「黑洞洞」相同。北方方言中還有「A 圪 BB 式」「A 格 BB 式」「A 骨 BB 式」「A 不 BB 式」等四字格詞：「黑圪洞洞」「黑格洞洞」「黑骨洞洞」「黑骨隆咚」「黑古隆冬」「黑古籠冬」「黑咕窿冬」「黑不嚨咚」等等。邢向東（1987），對晉語圪頭詞的流變及其並存現象討論過：「晉語有許多以『格』『不』為中綴的四音節形容詞。」這是在口語四字格的影響下產生的詞。具體地說，「在 ABB 式和圪 AA、卜 AA 式的『協同作用下』」，類推產生了 A 格 BB 和 A 不 BB 式形容詞。」〔註107〕據《聞喜方言中的「圪」與「古」》（任林深，1991）《山西靈石方言中的「圪」》（張亭立，2012）《淺析山西平定方言中的「圪」》（霍俐娜，2015），晉語中有「古同同（胡同）」「圪洞洞（小坑或洞）」。按照邢先生的觀點，其產生過程是：「圪洞洞」→「黑圪洞洞」「黑格洞洞」「黑骨洞洞」→「黑古攏洞」。我們認為，在清代出現的「黑古攏洞」的產生方式還有兩種可能：一是 ABB 式的 A 和 BB 之間嵌「骨」字後語音變化的方式，即「黑洞洞」→「黑骨洞洞」→「黑古攏洞」。二是「黑洞」的兩種變形 ABC 式的融合，即「黑窟籠」「黑窟窿」＋「黑古洞」→「黑古攏洞」。從語義上看，就「黑古董」「黑咕咚」相對而言，其語義程度強化了。事實上，宋元明清的「碧靛青」「蔥碧綠」「墨漆黑」「墨測黑」「烏漆墨黑」等詞語也是通過兩種或三種 AB 式的融合方式而產生的。該語言現象給我們很好地說明「黑古攏洞」的產生過程。例如：

（1）碧青＋靛青→碧靛青：宋王諶《山庵即景》：「晚晴獨步出門去，雲掛<u>碧青</u>松樹枝。」明羅懋登《三寶太監西洋記》第五回：「四眾人等起頭看時，

〔註106〕徐時儀《論詞組結構功能的虛化》，《復旦學報》（社會科學版），1998 年第 5 期，108 頁。

〔註107〕邢向東《晉語圪頭詞流變論》，《內蒙古師大學報》（漢文哲學社會科學版），1987 年第二期，84 頁。

又只見丹墀裏右側也站著一位聖賢，身長十尺，面似靛青，環眼劍眉，虯髯絳幘。」明‧馮夢龍《醒世恒言》三十八卷：「只見路傍碧靛青的流水，兩岸覆著菊花，且去捧些水吃，豈知這水也不是容易吃的，仙家叫做『菊泉』，最能延年卻病。」

（2）蔥綠＋碧綠→蔥碧綠：晉傅玄《瓜賦》：「敷碧綠之純采，金華炳其朗明。」唐殷文圭《九華賀雨吟》：「萬畦香稻蓬蔥綠，九朵奇峰撲亞青。」清石玉昆《小五義》六十四回：「五彩絲鸞帶束腰，套玉環，佩玉佩，蔥碧綠襯衫，青緞靴子。」

（3）「墨黑＋漆黑→墨漆黑」「墨黑＋測黑→墨測黑」「烏黑＋漆黑＋墨黑→烏漆墨黑」：《後漢書‧班彪列傳》：「漆黑故曰玄。」宋許景衡《趙持志出先公文炳所藏蘆雁》：「四天墨黑雪欲落，群雁上下聲咿呦。」《五燈會元》卷十九《南嶽下十五世上‧昭覺勤禪師法嗣‧護國景元/禪師》：「脫卻羅籠截腳跟，大地撮來墨漆黑。」《古尊宿語錄》卷四十七《東林和尚云門庵主頌古》：「半夜墨漆黑。捉得一個賊。點火照來看。元是王大伯。」明西周生《醒世姻緣傳》第二十五回：「看那素姐：『扭青的頭皮，烏黑的是頭髮，白的是臉，紅的是唇，纖纖的一雙玉腕，小小的兩隻金蓮。』」清李寶嘉《官場現形記》第三回：「黃道臺坐在綠呢大轎裏，鼻子上架著一副又大又圓，測黑的墨晶眼鏡，嘴裏含著一枝旱煙袋。」清李伯元《文明小史》第二回：「若不是屁股後頭掛著一根墨測黑的辮子，大家也疑心他是外國人了。」清蘧園《負曝閒談》第八回：「一帶短窗緊靠著一個院子　院子裏堆了半院子的煤炭　把天光都遮住了　覺得烏漆墨黑。」就「漆黑」而言，清代，「漆黑」變為「測黑」，「墨漆黑」變為「墨測黑」，「墨測黑」又變為「烏漆墨黑」。

這樣的構詞方式是一種語義程度的強化手段，可以滿足新的語言表達的需要。從這一點看，「黑古攏洞」和「黑古董」「黑咕咚」相比，在語體風格上前者更為口語化，在語義上其表色義的程度更深。在這一演變過程中，像「白漆漆」那樣，「黑洞洞」的「洞洞」又和顏色語素「白」構成「白洞洞」，以「洞洞」的實義完全虛化，即音綴化。在北方方言裏「白洞洞」的出現，給我們顯示主要補充說明黑色的「洞洞」通過視覺效果來強化典型顏色義的手段轉變為通過聽覺效果來強化非典型顏色義的手段。結果，在語法功能上，顏色語素「白」

後附的「洞洞」強化顏色語素「白」的語義程度。

（156）a. <u>黑漫漫</u>殺氣遮了日色，惡狠狠的人離了寨柵。（元·無名氏《小尉遲將鬥將認父歸朝》第二折）

　　　 b. 一會兒一個<u>白漫漫的</u>毛頭鬼，把個白虎神一扯兩半邊。（《三寶太監西洋記》第五十五回）

　　元明代，「顏色語素＋漫漫」的語義又發生了變化：例（156）a 的「黑漫漫」描寫陰森和殺氣騰騰的氣氛；例（156）b 的「白漫漫」描寫白色的毛頭鬼（妖鬼）。在這裡，「黑漫漫」「白漫漫」中的重疊詞「漫漫」不是表示「一望無際」「模糊」的意義，而是強化表色義的程度。由此可見，在元明時期，「漫漫」的實義已經虛化。與此不同，元代，在「漫漫」的意義由實變虛的進程中出現的「黑彌漫」喚起聽話人的注意，以對語言表達帶來形象性和生動性。如宋末元初戴表元《張騫乘槎圖》：「數尺枯槎底易騎，海風吹浪<u>白瀰瀰</u>。」元湯舜民《新水令·春日閨思》套曲：「巫山廟雲壑翠巇岏，桃源洞煙水<u>黑彌漫</u>，望夫臺景物年年在，相思海風波日日滿。」元李好古《沙門島張生煮海》第二折：「<u>黑彌漫</u>水容滄海寬，高崒嵂山勢崑崙大。」該 ABC 式詞語中的連綿詞「彌漫」仍然保留「瀰瀰」的原義，即「水漫貌」「水盛貌」。〔註108〕

（157）a. 點綴南枝<u>紅旋旋</u>。（宋·王之道《蝶戀花和魯如晦梅花二首》其七）

　　　 b. 那壇主是高麗師傅，<u>青旋旋</u>頂，白淨淨顏面，聰明智慧過人，唱念聲音壓眾，經律論皆通，真是一個有德行的和尚。（《朴通事（下）》）

　　　 c. 你看那<u>青旋旋的</u>頭兒，小小的口兒，高高的鼻兒。（元·高茂卿《翠紅鄉兒女兩團圓》第二折）

　　　 d. 見他戴著清淨僧帽，披著茶褐袈裟，剃的<u>青旋旋</u>頭兒，生得魁肥胖大，沼口豚腮。（明·蘭陵笑笑生《金瓶梅》第五十回）

　　在宋代出現的「顏色語素＋旋旋」到了元代其語義發生了變化：例（157）a 的「紅旋旋」描寫紅色的梅花鮮豔貌。在這裡，始見於唐代的新生疊音重疊

〔註108〕如《詩經·邶風·新臺》：「新臺有泚，河水瀰瀰。」唐王昌齡《採蓮》詩：「湖上水瀰漫，清江初可涉。」唐杜佑《通典》卷一百四十六《樂六·坐立部伎》：「玄宗正位，以宅為宮，池水逾大，瀰漫數里，為此樂以歌其祥也。」

「旋旋」與其原義沒有關係，〔註109〕通過表音功能來對顏色語素「紅」添加鮮豔度；在元代出現的口語詞「青旋旋」主要描寫剃光的頭像。例（157）bcd的「青旋旋」對後面的中心語「頂」「頭兒」加以描寫其性質和狀態。由此可見，在語義上，動作性重疊詞「旋旋」表示「圓貌」。該語義是由動詞「旋轉」引申而來的，它反映了的名詞「頂」「頭兒」的語義特徵使語言表達更為形象生動。這樣的詞彙生動化現象是基於視覺上的鏡象效果的，即相似性。

（158）a. 軟耨耨堪宜梅雪同心，<u>白靄靄</u>不與梨花共影。（元·湯舜民《贈美人號展香綿楊鐵笛為著此號》套曲）

b. <u>青靄靄</u>山抹柔藍，碧澄澄水泛金波。（元·貫雲石《粉蝶兒北》套曲）

c. 古洞浮嵐<u>青靄靄</u>，山堂芳草綠依依。（明·霍與瑕《侍甘泉師謁四賢祠》其一）

d. <u>黑靄靄</u>雲迷白日，鬧嚷嚷殺氣遮天。（明·許仲琳《封神演義》第六十四回）

e. 夫妻二人正衝殺間，只見亂騰騰殺氣迷空，<u>黑靄靄</u>陰風晦晝，正遇金靈聖母在七香車上布陣。（明·許仲琳《同上》第八十三回）

f. 野霜叢森森，水月<u>碧靄靄</u>。（清·吳嘉紀《竹園》詩）

g. 竹風涼修修，松月<u>碧靄靄</u>。（清·嚴長明《品外泉在方丈後汲飲成句》）

h. 箕山<u>碧靄靄</u>，潁水流洋洋。（清·吳嘉紀《十月六日羅母初度贈詩》其四）

新生重疊「靄靄」始見於南北朝時期，該重疊詞主要描寫「雲霧密集貌」「下了大霜的樣子」。如晉陶潛《停雲》詩：「<u>靄靄</u>停雲，濛濛時雨。」南朝周

〔註109〕在唐代，「旋旋」主要有兩個義項：一是「慢慢」。如唐韓偓《有矚》詩：「晚涼開步向江亭，默默看書旋旋行。」二是「逐漸」。如唐元稹《生春二十首》其二：「屋上些些薄，池心旋旋融。」《敦煌變文集新書·維摩詰經講經文》：「信心若解聽真經，智惠心頭旋旋生。」表示「旋轉」的意思始見於明代。如明羅懋登《三寶太監西洋記》第七十回：「沒奈何，頭只在半天之上，旋旋轉轉，慌慌張張，左打右找，左找不見，右找不見。」明羅懋登《同上》第七十一回：「拿起他來照上一搬，搬到半天之上，喝聲道：『變！』即時間變做一扇比天再大的磨磬，迴迴旋旋，乘風而下。」清蒲松齡《聊齋誌異·雲翠仙》：「言次，婢嫗連衿臂，旋旋圍遶之。亦指團團而轉。」

弘正《學中早起聽講詩》：早霜垂<u>靄靄</u>，初霧上霏霏。唐司空曙《秋夜憶興善院寄苗發》：「捲簾霜<u>靄靄</u>，滿目水悠悠。」唐代，「靄靄」和顏色語素構成 ABB式。如唐徐夤《回文詩二首》其二：「晴日海霞<u>紅靄靄</u>，曉天江樹綠迢迢。」從語義上看，「紅靄靄」描繪海面一片紅霞。在元代以後，「顏色語素＋靄靄」所指的對象和其語義發生變化：例（158）a 的「白靄靄」描寫雪白的梅雪，該詞語和「白皚皚」基本一致。可見，「靄靄」的原義已經虛化，以對顏色語素「白」添加語法意義，即強化表色義的程度；例（158）bh 的「青靄靄」「碧靄靄」描寫山色青翠而濃郁的樣子。在這裡，重疊詞「靄靄」對顏色語素「青」「碧」增添濃度。它們和唐代出現的「青藹藹」基本一致。如唐白居易《歡常生》：「園林<u>青藹藹</u>，相去數里餘。」依據晉陶潛《和郭主簿》之一：「藹藹堂前林，中夏貯清陰。」晉陸機《贈顧令文為宜春令》詩之一：「<u>藹藹</u>芳林，有集惟嶽。」，「藹藹」的原義是「茂盛貌」。由此可見，該重疊詞在時間跨度比較長的環境裏，其語義淡化了；例（158）cd 的「青靄靄」「黑靄靄」仍然保留「靄靄」的原義，即云霧密集貌。「青靄靄」描寫飄動的霧氣繚繞著的青山。「黑靄靄」描寫一片漆黑的烏雲。可是，例（158）e 的「黑靄靄」由此轉移至描寫黑暗的陰風，以其語義發生了變化；例（158）fg 的「碧靄靄」描寫明亮清澈的月亮。依據《全漢文·西漢司馬相如〈長門賦〉》：「眾雞鳴而愁予兮，起視月之精光。觀眾星之行列兮，畢昴出於東方。望中庭之<u>藹藹</u>兮，若季秋之降霜。」南朝江淹《山中楚辭六首》其一：「青春素景兮白日出之<u>藹藹</u>。」唐陳子昂《山亭宴序》：「東方明而畢昴升，北閣曙而天雲淨。宋王安石《回橈》：「紫磨月輪升<u>靄靄</u>，帝青雲幕卷寥寥。」，「藹藹」「靄靄」又表示「太陽光」「月光」「星光」等明亮貌。可以看出，「碧靄靄」中的後綴「靄靄」對顏色語素「碧」添加亮度。

（159）a. 霞際浮玉<u>青霏霏</u>，吳中景物天下稀。（元·項炯《題野秀堂》其一）

　　　b. 吏散庭閒靜掩扉，點蒼西望<u>翠霏</u>微。（明·包節《晚望蒼山即事》）

　　　c. 連這老孃也裝扮得齊整起來：白皙皙臉擂胡粉，<u>紅霏霏</u>頭戴絨花。（《二刻拍案驚奇》卷二）

　　　d. 一雪今冬早，<u>霏霏白</u>滿沙。隨風斜著樹，帶雨不成花。（明·何景明《雪》）

e. 盆池芳草<u>綠菲菲</u>，燈下殘香襲苧衣。（明・程敏政《八月九日醉書》
其一十七）

f. 柳眉桃臉<u>紅菲菲</u>，東園蝴蝶西園飛。（明・劉炳《迎春曲》）

如前所述，原生重疊「霏霏」主要描寫雨雪盛多貌、雨雪紛飛的樣子、雲霧或煙霧飄灑的樣子、濃霜凝結貌、花上凝結的露水、雲彩密集貌等。在語義上，在唐代出現的「白霏霏」「紅霏霏」反映了前兩者。對此，請參見第五章的例（16）。宋代的「翠霏霏」「碧霏霏」形容繚繞著青山的煙霧、碧綠色的霧氣迷蒙的樣子。如宋張守《題潤公看經室》：「潤公看經室，山氣翠霏霏。」宋文同《雪中三章寄景孺提刑・齋宮》：「玉龍噴霧碧霏霏，鈿枕珠衾照百枝。」由此可見，到了宋代「顏色語素＋霏霏」的語義發生了變化。元明，「顏色語素＋霏霏」的語義又發生了變化：例（159）a 的「青霏霏」描寫一片碧綠色的浮玉山；例（159）c 的「紅霏霏」表示紅色；例（159）d 的「霏霏白」表示「白皚皚」的意思。可以看出，原生重疊「霏霏」的意義已虛化。如見上例（159）b，明代「青霏霏」變為「翠霏微」，其語義表示點蒼山青綠而迷蒙的樣子。在這裡，「霏微」始見於南朝，其詞語基本含有「霏霏」的意義。如南朝梁王僧孺《侍宴詩》：「散漫輕煙轉，霏微商雲散。」南朝梁何遜《七召・神仙》：「雨散漫以沾服，雲霏微而襲宇。」唐花蕊夫人徐氏《宮詞》其八十九：「小雨霏微潤綠苔，石楠紅杏傍池開。」唐劉言史《北原情三首》其一：「米雪晚霏微，墓成悄無人。」唐齊己《觀荷葉露珠》：「霏微曉露成珠顆，宛轉田田未有風。」唐李煜《采桑子》其二：「亭前春逐紅英盡，舞態徘徊，細雨霏微，不放雙眉時暫開。」宋吳可《春霽》：「南國春光一半歸，杏花零落雨霏微。」宋辛棄疾《一翦梅》其二：「百花門外，煙翠霏微。」等等。在唐代以後，「霏微」和「小雪」「小雨」「細雨」等詞語連用來表示雨雪細小貌。按照《說文》的解釋：「霏，雨雲皃。從雨非聲。芳非切。」由此可見，「霏微」裏具有「雨雪」和「小」的意義。從語音關係上看，「霏」上古音為滂母微部，「微」上古音為明母微部；「霏」的中古音是[pʻiwəi（平）]，「微」的中古音是[miwəi（平）]。可以看出，「霏微」是「霏霏」的變聲重疊，「翠霏微」是在「綠色範疇顏色語素＋霏霏」中原生重疊「霏霏」的意義弱化的過程中產生的。可是，明代就出現一次沒發現。

原生重疊「菲菲」始見於戰國時期。如《楚辭・離騷》：「佩繽紛其繁飾兮，

芳菲菲其彌章。」王逸注：「菲菲，猶勃勃，芬香貌也。」《漢書·司馬相如傳上》：「吐芳揚烈，鬱鬱菲菲。」唐李德裕《鴛鴦篇》：「二月草菲菲，山櫻花未稀。」唐杜甫《甘林》詩：「相攜行豆田，秋花靄菲菲。」從語義上看，原生重疊「菲菲」主要描繪「花草的香氣濃郁」「花草茂盛貌」。「顏色語素＋菲菲」始見於明代。例（159）e 的「綠菲菲」描繪碧綠的芳草茂盛貌，其原義仍然保留。可是，例（159）f 的「紅菲菲」描寫像桃花一樣的面容，即桃紅臉。由此可見，「菲菲」的實義已虛化，以該重疊詞提升顏色語素「紅」的鮮豔度。

（160）a. 水上摘蓮<u>青的的</u>，泥中採藕白纖纖。（元·丁鶴年《竹枝詞二首》其二）

　　　 b. 澗底石花<u>青的的</u>，水邊楊葉綠疏疏。（明·劉崧《出溪四首》其一）

　　　 c. 近看遠山<u>青的的</u>，又驚夕照影瞳瞳。（清·張鵬翮《江上雨霽》）

宋代，「紅的的」「紅滴滴」中的「的的」「滴滴」主要表示顏色的鮮豔度。與此不同，在元明清時期，「青的的」中的重疊詞「的的」有兩個語法意義：一是表示顏色的濃度，另一是表示顏色的亮度。例（160）ab 的「青的的」分別描寫蓮葉和石花碧綠而濃郁的樣子；例（160）c 的「青的的」描寫雨後的遠山青翠而明亮貌。由此可見，在語境不同的情況下，顏色語素後的詞綴「的的」的語法語義也存在著細微的差異。

（161）蟹螯斫雪<u>白紛綸</u>，橘柚搖霜綠鬖鬖。（清·徐昂發《次韻答日容秋夕醉歌》）

依據《史記·司馬相如列傳》：「紛綸威蕤，堙滅而不稱者，不可勝數也。」《樂府詩集·〈相和歌辭九·董逃行五解〉》：「但見芝草葉落紛紛。百鳥集來如煙。山獸紛綸麟辟邪其端。」，「紛綸」具有原生重疊「紛紛」的意義，即眾多貌、雜亂貌。該詞語到了元代與名詞「雪」連用來描寫白雪飄揚的樣子。在語義上，這也是與從南北朝沿用下來的「雪紛紛」「白雪紛紛」相同的。如南朝宋謝靈運《上留田行》：「<u>素雪紛紛</u>鶴委。」唐白居易《秦中吟·重賦》：「夜深煙火盡，霰雪<u>白紛紛</u>。」宋孔平仲《招常父承君舟中觀雪》：「晨起<u>雪紛紛</u>，開簾見群玉。」元袁桷《新安芍藥歌》：「何人看花不解理，<u>香雪紛綸</u>手中毀。」明袁華《海雪軒》：「海天漠漠<u>雪紛綸</u>，橫槊馮軒欲問津。」由此可見，在語義上，例（161）的「白紛綸」與上面所舉例的「白紛紛」基本一致。「綸」可單用，主要表示「釣絲」。雖然它與「紛綸」沒有語義上的關係，但從語音關係上

看，「紛」上古音為滂母文部，「綸」上古音為來母文部。同時代存在的「紛紜」的意義也與「紛紛」「紛綸」相同，「紜」的上古音為雲母文部。在韻母系統上，「紛」「紜」「綸」都屬於文部。按此，「紛綸」可能是「紛紛」的變形重疊。

2. 新生 ABB、BBA 式顏色詞

顏色詞類別	詞　　　語
顏色語素＋森森	白生生、白森森、黑森森、黃森森。
顏色語素＋彤彤	紅彤彤、紅通通、黑通通。
顏色語素＋糊糊	白模糊、黑模糊、白糊糊、黑糊糊、黑乎乎、黑忽忽。
顏色語素＋環環	白胡闌、碧環環
顏色語素＋圈圈	紅曲連、白圈圈。
顏色語素＋刺擦	白刺擦。
顏色語素＋足呂	黑足呂。
顏色語素＋林侵	黑林侵。

（162）a. 瑞雪般肌膚，曉花般豐韻，楊柳般腰枝，秋水般精神，<u>白森森</u>的皓齒，小顆顆的朱唇，黑鬢鬢的烏雲。（元‧王仲文《救孝子賢母不認屍》第二折）

　　　b. <u>白森森</u>的四個鋼牙，光耀耀的一雙金眼。（《西遊記》第二十回）

　　　c. 即忙袖中取出一個亮灼灼<u>白森森</u>的圈子來，……。（《同上》第五十回）

　　　d. 只見路旁有幾個小猴，捧著紫巍巍的葡萄，香噴噴的梨棗，<u>黃森森的</u>枇杷，紅豔豔的楊梅。（《同上》第三十回）

　　　e. 又見那<u>黃森森</u>金瓦迭鴛鴦，明幌幌花磚鋪瑪瑙。（《同上》第九十八回）

　　　f. 在一旁龍頭鳳尾的架子上戳著一條金鼎龍頭搠，加重的分量，<u>黃森森</u>有八尺餘長，分量加重又加重。（清‧張傑鑫《三俠劍》第二回）

　　　g. 臉上兩道寶劍眉，<u>黑森森</u>。（清‧張傑鑫《同上》第一）

　　　h. 但見一片大水，又望見對面<u>黑森森</u>一座大寨柵，只得咕咚咕咚鑽入水內，泅著水來到對岸。（清‧文康《俠女奇緣》第六十回）

　　　i. 趙鵬又出主意，望著<u>黑森森的</u>莊子走去，必定到了寨子門。（《同上》第六十回）

唐宋代的「綠色範疇顏色語素＋森森」主要表示草木碧綠而眾多貌。與此不同，在元明清的重疊詞「森森」和「白」「黃」「黑」等顏色語素構成 ABB 式之後，重疊詞的意義由實變虛。相對於宋代而言，其語法意義的虛化程度加深了。從語義上看，例（162）ab 的「白森森」表示潔白的牙齒；例（162）c 的「白森森」表示潔白亮晶晶的圈子；例（162）def 的「黃森森」分別表示橙黃色的枇杷、金黃色的瓦子和鼎子；例（162）g 的「黑森森」表示黑色的眉毛；例（162）hi 的「黑森森」表示黑暗陰森的樣子。由此可見，在元明清時期，例（162）a 至 f 中的重疊詞「森森」已經音綴化。在這裡，我們需要指出的是「白森森」「黃森森」與「顏色語素＋森森」的繼承性沒有任何關係。按照《宋元語言詞典》（1985）：「白森森，形容色白。亦作『白生生』。」〔註 110〕這為我們提供解決「白森森」「黃森森」的產生路徑問題的線索。據《漢語方言大詞典》（1999：1395）：「『白生生』表示白淨。冀魯官話。山東 [꜂pai ꜀ʂəŋ ꜀ʂəŋ]；中原官話。河南 [꜂pai ꜀ʂəŋ ꜀ʂəŋ]；西南官話。四川成都 [pe^{21} sən^{55} sən^{55}]；貴州沿河 [pæ^{22} sən^{55} sən^{55}]。」「『白圪生生』表示雪白的。晉語。內蒙呼和浩特。白圪生生的饅頭。」「『白格生生』形容潔白。晉語。陝西北部。」「『白森森的』表示潔白、純白。蘭銀官話。甘肅蘭州 [pə^{51} sə̃n^{53} sən^{21} ti^{21}]。」《現代漢語方言大詞典》（2002）：「『白生生』形容白得好看。貴陽 pe˨˩ sən⑨ snə⑨；膚色很白。成都 pe˨˩（pe˨˩）sən⑨ snə⑨。」按照武黃崗（2013）的研究，晉語長子方言中的「白圪生生」也表示顏色很白。〔註 111〕〔註 112〕據考察，在元代出現的「白生生」主要表示潔白的皮膚。對此，可以參見前文第五章「同義或近義 ABB 式顏色詞的字形變化與多樣化」。在民國時期，該重疊詞又表示潔白的獠牙。民國．徐哲身《大清三傑》第五十一回：「當時先母雖然躲在帳子

〔註 110〕龍潛庵編著《宋元語言詞典》，上海辭書出版社，1985 年 12 月第 1 版，225 頁。

〔註 111〕武黃崗《晉語長子方言「圪」研究》，《語言學刊》，2013 年 12 期，62 頁。

〔註 112〕按照鄔美麗（2004）：在晉語內蒙古中西部鄂爾多斯漢語方言中的「黃圪生生」表示黃色。「例如：『他的頭髮黃圪生生價，就像染過咧呀似的。（他的頭髮很黃，就像染過了一樣。）』」（鄔美麗《鄂爾多斯漢語方言構詞方式》內蒙古師範大學碩士學位論文，2004 年，19 頁。）；張清常（1962）提出：「內蒙西部漢語方言屬漢語北方方言系統，所在地區大致西起巴彥淖爾盟，東迄烏蘭察布盟，以巴彥浩特，包頭、薩拉齊，呼和浩特、豐銀、集寧等地為代表。語言情況大致與陝北晉北方言相近。」「帶『圪』是北方方言，尤其西北方言中較重要的現象之一。內蒙西部漢語方言的『圪』出現在名詞量詞形容詞動詞裏。」（張清常《內蒙西部漢語方言構詞法中一些特殊現象》，《內蒙古大學學報》，1962 年第 2 期，1、4 頁。）

裏面，但是覺得那個女鬼，已經瞧見先母在偷看她的樣子，頓時又把她那兩隻極大的血眼一突，一張血口一張，露出<u>白生生的</u>獠牙，大有撲進窗子，要去攫我先母之意」《陝北民歌·吃你的口口比肉香》：「紅格當當嘴唇<u>白格生生</u>牙，親口口說下些疼人話。」可以看出，「白森森」「黃森森」是「白生生」「黃生生」的方言音變的產物，它們都音近義同。音綴式後綴「森森」加強顏色語素的語義程度。

（163）a. 碧峰長老慧眼一開，又只見那個弟子弄了一個神通，躲在那<u>紅通通的</u>火焰裏面。（《三寶太監西洋記》第五回）

b. 藍旗官道：「每船的坐梡上，都有一條<u>紅通通的</u>大蛇，盤繞在上面。（《同上》第四十一回）

c. 火母道：「我在裏面<u>黑通通的</u>，不看見是個甚麼。（《同上》第四十二回）

d. 走了一會，只見前面<u>黑通通的</u>沒有了路。（《同上》第八十五回）

e. 嫩生生粉面桃腮，水靈靈秋波杏眼，<u>紅彤彤</u>唇若櫻桃，果然清淡淡品如金玉，香噴噴氣若芝蘭。（清·貪夢道人《彭公案》第八十三回）

f. 這小子遂由勝爺偏面，手提著<u>紅彤彤的</u>大鐵通條。（《三俠劍》第五回）

在明代出現的「紅通通」可以看成對 BA 式「通紅」的語義程度強化的產物。由副詞「通」和形容詞「紅」構成的偏正式「通紅」受到它們之間很高的結合度和出現頻率的影響來凝固為詞。在一個組塊裏面，副詞「通」很容易轉變為中心詞「紅」的語義程度強化手段。如宋白玉蟾《次韻紫岩潘庭堅》其一：「相對一窗風打雪，<u>通紅</u>榾柮謾燒殘。」宋蘇軾《書雙竹湛師房》詩：「白灰旋撥<u>通紅</u>火，臥聽蕭蕭雨打窗。」宋陸游《讀書》：「紙新窗正白，爐暖火<u>通紅</u>。」宋釋士圭《偈十六首》其九：「大爐鞴裏，金剛鑽燒得<u>通紅</u>。」明馮夢龍《喻世明言》第一卷：「那婦人聽得說著了他緊要的關目，羞得滿臉<u>通紅</u>，開不得口，一發號啕大哭起來，慌得王公沒做理會處。」明馮夢龍《喻世明言》第二十一卷：「沈苛自覺失信，滿臉<u>通紅</u>，上前發怒道：「將軍差矣！常言軍有頭，將有主。」可是，在口語中常出現的「通紅」，因為在語言表達上追

求新穎的社會的需要，受到語言使用者的心理機制的壓迫，以導致了「紅通通」的產生。從歷史層面上看，由於「紅通」從來沒有成詞，所以「紅通通」的產生方式只有一種可能性，即「紅＋通通」。在這裡，「通通」是由象聲詞變為音綴式後綴的。如宋陳造《官居二首》其一：「礊礊初鳴曉，通通已報衙。」元鄭光祖《倩女離魂》第四折：「精磚上摔破菱花鏡，撲通通冬井底墜銀瓶。」從語義上看，前者形容鼓聲，後者形容銀瓶墜落的聲音。從例（163）abcd 的「紅通通」和「黑通通」中可以看出，具有聽覺效果的「通通」增強了表色義的程度。但是，與「紅通通」具有同義關係的「紅彤彤」有所不同。就「紅彤彤」中的「彤彤」而言，「彤」具有紅色的意義。如《詩經‧邶風‧靜女》：「彤管有煒，說懌女美。」《左傳‧僖公二十八年》：「彤弓一，彤矢百，旅弓矢千。」楊伯峻注：「彤弓、彤矢與下旅弓矢，俱以所漆之色言之。」《說文》：「丹飾也。從丹從彡。彡，其畫也。」該詞的重疊詞「彤彤」始見於漢代。如東漢土延壽《魯靈光殿賦並序》：「彤彤靈宮。」唐戎昱《下第留辭顧侍郎》詩：「綺陌彤彤花照塵，王門侯邸盡朱輪。」從語義上看，「彤彤」表示顏色很紅、豔紅的意義。從語義關係上看，「紅」與「彤彤」具有同義關係。由此可見，原生重疊「彤彤」對顏色語素「紅」添加色彩濃度和鮮豔度。

（164）a. 我則郵黑模糊的印在鋼刀把。（元‧鄭廷玉《布袋和尚忍字記》第二折）

　　　b. 濃靉靆陰雲隊裏，黑模糊翠霧叢中。（元‧楊暹《西遊記》西第三本）

　　　c. 白模糊不見蘆花岸，空倚高寒。（元‧張可久《寨兒令‧雪晴泛舟》小令）

　　　d. 尋梅處，泛剡圖，白模糊小橋無路。（元‧張可久《落梅風‧玄文館雪夜飲金盤露食馬頭》小令）

　　　e. 不愁雪後白模糊，再約孤山訪和靖。（元‧陳鎰《次韻友人西湖訪梅》）

　　　f. 同事的李掌櫃把刀母子遞給老掌櫃的，刀母子是三尺來長、半尺來寬黑糊糊。（《三俠劍》第二回）

　　　g. 女劍客用寶刀將銅鐵網削斷，眾人圍著向裏一看，黑乎乎深不見底。（《同上》第六回）

h. 三兒呀，你看明間屋，<u>白糊糊</u>是什麼？（《同上》第五回）

i. 走著走著，見前面<u>黑乎乎</u>霧濛濛，不知前面是村莊還是樹林子。
（《彭公案》第一百九十五回）

j. 他跑到半山腰，看看放滾木，<u>黑忽忽的</u>奔自己而來，並無躲閃之處。
（《小五義》第三十八回）

事實上，「顏色語素＋模糊」已見於唐代。如唐白居易《雪中即事寄微之》詩：「連夜江雲黃慘澹，平明山雪<u>白模糊</u>。」唐崔玨《道林寺》詩：「潭州城郭在何處，東邊一片<u>青模糊</u>。」宋文同《惜杏》詩：「急教取酒對之飲，滿頭亂插<u>紅模糊</u>。」宋韋驤《和會峰亭》：「千峰環聚<u>翠模糊</u>，欲卜為鄰豈易圖。宋趙師俠《鵲橋仙·安仁道中雪》詞：「山川滿目<u>白模糊</u>，更茅舍、溪橋瀟灑。」宋末元初陸文圭《題立齋不礙雲山亭》：「忽然一片<u>黑模糊</u>，失卻萬丈青崔嵬。」金趙秉文《重陽後雪寄馬柔克》：「朝來飛雪<u>白模糊</u>，城郭山川入畫圖。」從語義上看，「顏色語素＋模糊」表示「顏色義＋一片＋模糊不清／迷茫貌」的意思。在這裡，就「模糊」而言，《漢語大字典》（2010）的解釋：「糢，糢糊。也作『模糊』。不清楚，不分明。」〔註113〕從語音關係上看，模字上古音為明母魚部，糊字上古音為匣母魚部。按此，「糢糊／模糊」可以說屬於疊韻重疊詞。從分音詞產生方式的角度看，「模」為「莫胡」。如《說文》：「模，莫胡切。」仔細看「顏色語素＋模糊」的語義，疊韻重疊詞的語義功能比較多樣：「白模糊」表示「雪白＋迷茫」的意思，該 ABC 式重疊詞是由「雪模糊」產生的；「青模糊」表示一片碧綠而模糊不清的樣子，以「模糊」降低視覺上的清晰度。與此不同，「翠模糊」表示青翠而濃密貌，以「模糊」提升色彩的濃度義；「紅模糊」具有指代性，即該 ABC 式重疊詞指的是山杏花；「黑模糊」表示一片黑暗貌，以「模糊」降低色彩的亮度和視覺上的清晰度。按照褚福俠（2007），「山東魯南方言有『黑木糊』，該詞表示黑糊糊一片的意思。」〔註114〕由此可見，ABC 式「黑模糊」在方言口語中有語音變化，而且後綴「模糊」強化顏色的語義程度。如見上例（164），這些「顏色語素＋模糊」傳承到元明清，由「黑模糊」「白模糊」衍生出「黑糊糊」「黑乎乎」「白糊糊」「黑忽忽」等音綴

〔註113〕漢語大字典編輯委員會編纂《漢語大字典》，武漢：湖北長江出版集團·崇文書局；成都：四川出版集團·四川辭書出版社，2010 年（第二版九卷本），3364 頁。
〔註114〕褚福俠《元曲詞綴研究》，山東大學博士學位論文，2007 年，159 頁。

式 ABB 重疊詞。從語義上看，清代的「白糊糊」由描寫雪景轉移至描寫白色的東西，以其語義泛指化。

（165）a. 一面旗<u>白胡闌</u>套住個迎霜兔，一面旗<u>紅曲連</u>打著個畢月烏。（元·睢景臣《哨遍·高祖還鄉》套曲）

　　　 b. 南北峰高青日日，東西塔鎖<u>碧環環</u>。（明·沈宜修《憶江南·湖上曲十二闋》）

　　　 c. 羅文又一看金頭虎頭上有<u>白圈圈</u>，知道金頭虎有金鐘罩，有十三道橫練的工夫。（《三俠劍》第七回）

　　　 d. 睹暮天昏黯黪，望長林<u>白刺擦</u>。（元·朱庭玉《雪景》小令）

　　據考察，有些分音詞和顏色語素構成 ABC 式。在語義上，該重疊式與 ABB 式顏色詞相同。對此，從「顏色語素＋團團」「顏色語素＋團欒」「顏色語素＋洞洞」「顏色語素＋窟窿」「顏色語素＋窟籠」「顏色語素＋古洞」「顏色語素＋古董」「顏色語素＋咕咚」中可以知道，不再贅述。在這裡，對以「屈欒」「胡闌」「刺擦」「刺拉」為後綴的「顏色語素＋分音詞」進行探析。分音詞在南北方言裏具有普遍性，這些詞的使用情況如下。趙秉璿（1984）發現：山西太原方言中「環」為「忽欒」（叩一下門「忽欒」。＝叩一下門「環環」。）、「圈」為「窟聯」（娃娃們在地啊畫了兀些些（那麼多）圓「窟聯」。＝娃娃們在地啊畫了兀些些圓「圈圈」。）、「擦」為「測臘」（把鞋底的泥「測臘測臘」。＝把鞋底的泥「擦一擦」。）〔註 115〕張子剛（2004）：陝北方言中的「窟聯 [kʼuəʔ³ lyæ²¹³]」是「圈 [tɕʼyæ²¹³]」的分音詞；「忽卵 [xuəʔ³ luæ²¹³]」是「環 [xuæ³³]」的分音詞。例如，「油窟聯」和「油忽卵」都是指中心有孔的油餅。〔註 116〕秦虹（2012）也發現內蒙古包頭方言裏有很多分音詞。其中的兩個詞如「環」的分音詞「胡闌」（狀物：把你那鐵胡闌給我娃娃玩玩。設置全套：你少來這這兒胡闌別人嘞，我昨天剛從那那兒回來。）和「圈」的分音詞「窟連」（圍建的牲畜棚圈：我們家旁邊這空地是圈豬的豬圈。動詞圈：我們家旁邊這空地是窟連豬的豬圈。）〔註 117〕很好地說明上例（165）中的「白胡闌」和「紅曲

〔註 115〕趙秉璿《太原方言裏的反語駢詞》，《語文研究》，1984 年第 1 期（總第 10 期），59、60 頁。

〔註 116〕張子剛《陝北方言中的分音詞》，《延安大學學報》（社會科學版），2004 年 4 月第 26 卷第 2 期，102 頁。

〔註 117〕秦虹《包頭方言分音詞研究》，遼寧師範大學碩士學位論文，2012 年，22 頁。

連」的構詞方式，即「顏色語素＋分音詞」。在語義上，這些 ABC 式顏色詞
與 ABB 式顏色詞基本一致。但是，在語言表達上，前者比後者其形象性和生
動性更為豐富。在語體風格上，就 ABB 式顏色詞相對而言，ABC 式顏色詞
的口語性更強。在這裡，需要說明的是例（165）中的「白胡闌」和「紅曲連」
具有語義上的指代性，即「月亮」和「太陽」。這是因為它們受到特殊語言環
境的影響。事實上，「白胡闌」相當於「白環環」，「紅曲連」相當於「紅圈圈」。
在明清時期出現的「碧環環」和「白圈圈」都是其佐證。從某種語義上看，
「白胡闌」「紅曲連」「碧環環」「白圈圈」等 ABB、ABC 式顏色詞的出現，
可以說已見於唐宋代的「白團團」「白團欒」「碧團團」「碧團欒」「團團紅」
「紅團欒」的詞彙翻新。

關於「刺擦」「刺拉」，首先，我們有必要提及與它們具有同義關係的「抹
拉」。按照貢貴訓（2010），安徽懷遠方言中的「木拉 məʔɡʐ laʋ」是「抹 ɬɕem məʔˈ」
的分音詞。其詞義表示「用手掌從上往下快速摸」的意思。〔註118〕王國栓、馬
慶株（2012）指出：天津言中的「抹拉[ma²¹la⁰]」是「抹」的分音詞。第一個音
節有意義，很像一個詞根；第二個音節沒有意義，很像一個詞綴。其詞義表示
「簡單抹拭」「用手順著抹過去，使物體表面的東西去掉」的意思。〔註119〕那
麼，上例（165）d「白刺擦」中的「刺擦」怎麼產生的呢？我們認為，「刺擦」
是「擦」的逆向分音詞，上面提到的「抹拉」「木拉」是「抹」的順向分音詞。
我們發現，元曲中「擦」的分音詞「刺擦」和其疊音詞「擦擦」並存。如元睢
玄明《滾繡球・題道觀贈羽士》套曲：「滑擦擦，細粼粼，布金沙雲塔整碔砆。」
元關漢卿《魯齋郎》第一折：「我擦擦的望前去。」元無名氏《碌砂擔》第一折：
「則聽的擦擦的鞋底鳴，丕丕的大步行。」元無名氏《馮玉蘭》第二折：「猛聽
的響擦擦似有人，早諕得我急煎煎怎坐存。」元無名氏《海門張仲村樂堂・麼
篇》第三折：「則被這金晃的我這眼睛兒花臘搽，嚇的我這手腳兒軟刺答，可若
是官司知道怎割殺？」元李行道《灰闌記》第三折：「凍欽欽的難立扎，腳稍天，
騰的吃個仰刺叉。」元楊景賢《馬丹陽度脫劉行首》第二折：「呀，呀，呀，仰
刺擦推了我一交。」在這裡，「擦擦」是象聲詞，該詞模擬腳步聲。但是，「滑

〔註118〕貢貴訓《安徽恒遠方言「分音詞」舉例》，《安徽理工大學學報》，2013 年 9 月第 12
　　　　卷第 3 期，60 頁。
〔註119〕王國栓、馬慶株《天津言的分音詞》，《語文研究》，2012 年第 2 期（總第 123 期），
　　　　58 頁。

擦擦」中的「擦擦」和「花臘搽」「仰刺叉」「仰刺擦」中的「臘搽」「刺叉」「刺擦」都沒有意義，只是它們通過表音功能來強化詞根的語義程度。從例（165）d 的「白刺擦」中可以看出，該詞表示很白。「白刺擦」又變為 A 不 BC 式，即「白不拉差」。按照《現代漢語方言大詞典》（2002），山西忻州方言的「白不□差 p'iɛʔ⌇ pəʔ⌇ laↄ ts'ɑↄ」形容白得難看。「刺拉」是「擦」的順向分音詞。從語義上看，「測臘」「刺拉」「抹拉」「木拉」等分音詞都與表示「摩擦」的意義有密切關係。按照《現代漢語方言大詞典》（2002），徐州方言中的「刺拉 ts'ㄣ◎⌇ la◎」是象聲詞，該詞有四個義項：「一是水滴入熱油中的聲音；二是物體摩擦聲；三是撕紙、布等的聲音；四是因吃較辣的食物而發出的唏噓聲。」像「白刺擦」那樣，「刺拉」也和顏色語素構成 ABC 式。如《漢語方言大詞典》（許寶華、宮田一郎主編，1999）：東北官話，「白刺拉 [⸤pai· st'ㄣ ⸤la]」表示顏色發白的意思；東北「白不呲咧 [⸤pai· pu ⸤st'ㄣ ⸤lie]」、北京「白不呲咧 [pai³⁵ puˢ st'ㄣ⁵⁵ lie⁵⁵]」、天津「白不呲咧 [pai⁴⁵ puˢ st'ㄣ²¹⁻²¹³ lie²¹]」「白不叱啦」、河南商丘「白不呲咧 [pai⁴² puˢ st'ㄣ²⁴ lie²⁴]」都表示對象褪色發白。《現代漢語方言大詞典》（2002：1008～1009）：哈爾濱方言的「白呲拉 pai❿· ts'ㄣ ls❺」「白不呲咧 pai❿· pu ts'ㄣ❺ liɛ❺」「白不呲拉 pai❿· pu ts'ㄣ❺ la❺」都表示顏色發白而難看。雖然在近古 ABB 式顏色詞「白擦擦」沒發現，但是這些語言變化過程給我們顯示，在這一時期「擦」的疊音詞「擦擦」和其分音詞「刺擦」「刺拉」都已經轉變為後綴。〔註 120〕

（166）a. 唱道向紅蓼灘頭，見個<u>黑足呂</u>的漁翁鬢似霜。（元·楊果《賞花時》套曲）

　　　 b. 止不過<u>黑林侵</u>的肌體嬴，又無那紅馥馥的皮肉嬌。（元·秦簡夫《趙禮讓肥》第二折）

　　元曲中還見 ABC 式顏色詞「黑足呂」和「黑林侵」，它們可能是方言詞。依據例（166）ab，在語義上前者形容臉色很黑的樣子，後者形容膚色黑得發亮。

　　首先，關於「黑足呂」，有人認為該詞語表示烏黑的意思，「足呂」是語助詞，沒有什麼意義。〔註 121〕那麼「黑足呂」是怎麼產生的，而且是否存在和其

〔註 120〕按照《漢語方言大詞典》（1999：6138），「黑擦擦」屬吳語，在上海方言裏該詞表示「黑洞洞」的意思。

〔註 121〕參見史良昭解《元曲三百首全解》，上海：復旦大學出版社，2009 年 3 月第二版，7 頁。

詞相應的 ABB 式呢？

為此，我們查到在元曲和其他文獻中出現的有關語料，並發現「出的」「出出」「滑出律」「光出律」「滑出出」「卒律律」「促律律」「足律律」「出出律律」「出留出律」「赤留出律」「尺留出呂」等「A 的」「AA」「ABC」「ABB」「AABB」「ABCD」「ABAC」式的複音節詞語。請看下面的用例。

2.1 「出的」「出出」

（167）a. 那呂布見刀來，<u>出的</u>躲過。（元・鄭光祖《三戰呂布》第三折）

b. 窗隔每都颼颼的飛，桌椅每都<u>出出</u>的走，金銀錢米都消為塵垢。（元・錢霖《哨遍・看錢奴》套曲）

從語義上看，例（167）a 的「出的」形容很快的樣子；關於例（167）b 的「出出」，《漢語大詞典》（1997：941）釋為：「出出，象聲詞。摩擦聲。」從不同的角度看，「出出」又可以釋為「很快」。

2.2 「滑出律」「光出律」「滑出出」

（168）a. 本待做曲呂木頭車兒隨性打，原來是<u>滑出律</u>水晶球子怎生拿。（元・喬吉《一枝花・雜情》套曲）

b. 你個火性緊的哥哥廝覷口段，須是這<u>光出律</u>的冬凌田地滑。（元・李行道《包待制智賺灰欄記》第三折）

c. 早晨間，吃了頓酸溜溜、甜甘甘，一缽頭黃菜虀。<u>滑出出</u>、水泠泠、兩碗來素匾食。（明・朱有燉《豹子和尚自還俗》）〔註122〕

如見上例，「出律」和「出出」與形容詞「滑」或「光」構成 ABC 式或 ABB 式。它們都表示「滑溜」「光潤」的意思。

2.3 「卒律律」「促律律」「足律律」

（169）a. <u>卒律律</u>電影重，古突突霧氣濃。（元・尚仲賢《柳毅傳書》第二折）

b. <u>卒律律</u>寒颼撲面，急颼颼冷氣侵人。（《金瓶梅詞話》第七一回）

c. 殺的那楚項羽<u>促律律</u>向北忙逋。（元・無名氏《氣英布》第四折）

d. 慢騰騰昏地裏走，<u>足律律</u>旋風中來。（元・關漢卿《竇娥冤》第四折）

〔註122〕周貽白選注《明人雜劇選》，人民文學出版社，1953 年，181 頁。

e. <u>足律律</u>起陣旋風，刮起那黃登登幾縷塵。（元・張壽卿《紅梨花》第三折）

f. 見一個旋風兒<u>足律律</u>將人繞，莫不是作念的你湯哥鬧？（元・張國寶《羅李郎》第二折）

依據元馬致遠《青衫淚》第二折：「你文章勝賈浪仙，詩篇壓孟浩然，不能勾侍君王在九間朝殿，怎想他<u>短卒律</u>命似顏淵。」，「短卒律」中的「卒律（zúlǜ）」表示「催促」「使加快」的意思。「卒律」的 ABB 式「卒律律」和其變形重疊「促律律」「足律律」也含有該語義。張美蘭在《近代漢語後綴形容詞詞典》（2001）中釋為：例（169）abc 的「卒律律」「促律律」形容急驟猛烈的樣子，例（169）def 的「足律律」形容快速旋轉的樣子。〔註 123〕按照《元曲選校注》：「足律律，亦作卒律律、足呂呂、促律律。」〔註 124〕

2.4　「出出律律」「出留出律」「赤留出律」「尺留出呂」

（170）a. 見一個宿鳥鳥忒楞楞騰<u>出律律</u>忽忽閃閃串過花梢，不覺的淚珠兒浸淋淋瀝瀝撲撲簌簌搵濕鮫綃。（元・王庭秀《粉蝶兒・怨別》套曲）

b. 我見他<u>出留出律</u>兩個都迴避。（元・關漢卿《錢大尹智寵謝天香》第三折）

c. 唬的那呆呆鄧鄧的麋鹿<u>赤留出律</u>的撞。（元・無名氏《魯智深喜賞黃花峪》第一折）

d. 急張拘住慢行早<u>尺留出呂</u>去，我子索滴溜溜列整身軀。（元・孟漢卿《張鼎智勘魔合羅雜劇》第一折）

從語義上看，上面所列舉的「出出律律」「出留出律」「赤留出律」「尺留出呂」都形容疾走、快速奔竄的樣子。這些複音節詞語為我們提供可以解決「黑足呂」的產生路徑問題的線索：一是「黑足呂」的原形應是「黑出律」。依據前面所列舉的 ABC 式和 ABB 式詞語，在語義上「光出律」和「滑出律」與「滑出出」相通。在這裡，值得關注的是「滑出律」「光出律」「滑出出」的語義焦點在「滑」或「光」等核心詞上。從這一點上看，「出律」和「出出」

〔註 123〕張美蘭編著《近代漢語後綴形容詞詞典》，貴陽：貴州教育出版社，2001 年 12 月第 1 版，203 頁。

〔註 124〕王學奇主編《元曲選校注》，河北教育出版社，1994 年 6 月第 1 版，3813 頁。

只有表音功能，沒有實義。同樣，「黑」是「黑出律」的核心詞，「出律」是通過表音功能來增強「黑」的語義程度的功能詞。那麼，「出律」是怎麼產生的呢？據《說文》：「出，進也。象艸木益滋，上出達也。凡出之屬皆從出。尺律切。」按此，從語音上看，出字是「尺律」的合音字，「尺律」和「出律」音近。可以看出，「出律」是「出」的分音詞；「出出」是「出」的疊音詞，它們都和「出」的本義沒有任何關係。二是「黑足呂」中的「足呂」是「出律」的重疊現象和語音變化的產物。從語音變化上看，「出律」變為「卒律」「促律」「足律」；從詞語的形態變化上看，「出律」重疊為「出出律律」，「卒律」「促律」「足律」分別重疊為「卒律律」「促律律」「足律律」。「出律」又可重疊為「出留出律」「赤留出律」「尺留出呂」等。該語言現象屬於變聲或變韻重疊。從語義關係上看，「出的」「出出」「卒律律」「促律律」「足律律」「出出律律」「出留出律」「赤留出律」「尺留出呂」等詞語相互具有同義關係。雖然在元曲中沒發現「黑出出」，但按照《漢語方言大詞典》（1999），在中原官話和蘭州官話裏「黑出出」形容髮黑（黑得難看）。

「黑林侵」是顏色語素「黑」和變聲重疊「林侵」構成的 ABC 式顏色詞。那麼，變聲重疊「林侵」是怎麼產生的呢？為此，我們利用找到產生「足呂」的路徑的辦法來查到和「林侵」有關的語料，並發現如下：「冷侵侵」「冷淋侵」「雨淋淋」「雨淋侵」「淋淋侵侵」「七林林」「緝林林」「齊臨臨」「七林侵」「七淋侵」「七留七林」等等。請看下面的用例。

2.5 「冷侵侵」「冷淋侵」「雨淋淋」「雨淋侵」

（171）a. 因舉曹山云：「佛既說一言，五百害心生。如何是此言？」師云：「<u>冷侵侵</u>地。」（五代《祖堂集》卷第十一《保福和尚》）

b. ［老］是鬼也。［旦］娘，你女兒有話講。［老］則略靠遠，<u>冷淋侵</u>一陣風兒旋，這般活現（明·湯顯祖《牡丹亭·遇母》）

c. 或時日杲杲，或時<u>雨淋淋</u>。（宋·文天祥《詠懷》）

d. 小窗今夜<u>雨淋侵</u>。（清·陳世祥《浣溪紗·將雨》）

從語義上看，例（171）ab 的「冷侵侵」和「冷淋侵」都表示「陰森森」「冷森森」的意思；例（171）cd 的「雨淋淋」和「雨淋侵」都形容雨大貌。在這裡，「侵侵」「淋淋」都增強前面的形容詞「冷」或動詞「雨」的語義程

度。前者「侵侵」和其單字義沒有關係。如唐李賀《高平縣東私路》詩：「<u>侵侵</u>槲葉香，木花滯寒雨。」唐竇群《晚自臺中歸永寧裏南望山色悵然有懷呈上右司十一兄》詩：「白髮<u>侵侵</u>生有涯，青襟曾愛紫河車。」由此可見，「侵侵」是疊音詞。與此不同，後者「淋淋」和其單字義有聯繫，即它是重疊詞。如漢枚乘《七發》：「其始起也，<u>洪淋淋</u>焉，若白鷺之下翔。」但是，我們認為，「冷淋侵」和「雨淋侵」中的「淋侵」分別屬於「侵」的逆向變聲重疊和「淋」的順向變聲重疊。這也是一種由 ABB 式轉變為 ABC 式的變形重疊方式。換句話說，該語言現象可以看成是疊音詞或重疊詞轉變為功能詞的過程。

2.6 「七林林」「緝林林」「齊臨臨」「七林侵」「七淋侵」「七留七林」

（172）a. <u>七林林</u>低隴高丘，急旋旋淺澗深溝。（元・無名氏《硃砂擔》第二折）

b. 老身是王員外的母親，有孩兒：吾兒每年三月二十二日，去大安州做一遭買賣，有人來說不見孫子神玉顆。我想王員外買賣上多有不合神道，折我這孫子。好去張婆婆問個信去。……我這裡入深村過長街，<u>齊臨臨</u>踏芳徑步蒼苔，見老娘娘低首淚盈腮。（元・無名氏《小張屠》第三折）

c. 咱也曾濕浸浸臥雪眠霜，咱也曾磕擦擦登山驀嶺，咱也曾<u>緝林林</u>劫寨偷營。（《氣英布》第二折）〔註 125〕

d. 打得他<u>七林侵</u>尋鬼窟，荒篤速拜神壇。（《誠齋樂府・金盞兒・仗義疏財》）〔註 126〕

e. 虧心的議者，<u>七淋侵</u>幾千般的雕鞍卸，滴溜撲數十聲摔的菱花缺。（《詞林摘豔・醉太平・憶舊》）〔註 127〕

f. 我這裡<u>七留七林</u>行，他那裡必丟不搭說。（元・高文秀《黑旋風》第二折）

關於「七林林」「緝林林」「齊臨臨」「七林侵」「七淋侵」「七留七林」的

〔註 125〕語料來源於龍潛庵編著《宋元語言詞典》，上海古籍出版社，1985 年 12 月第 1 版，27 頁。

〔註 126〕語料來源於顧學頡、王學奇《元曲釋詞》，中國社會科學出版社，1983 年 11 月第 1 版，84 頁。

〔註 127〕語料來源於顧學頡、王學奇《元曲釋詞》，中國社會科學出版社，1983 年 11 月第 1 版，84 頁。

意義，《元曲釋詞》《元劇俗語方言例釋》《宋元語言詞典》《〈元曲選〉狀態詞用法詞典》《近代漢語後綴形容詞》都釋為「悄悄地」「漫漫地」。與此不同，秦存鋼先生（2001）將它們釋為「動作急速」「動作急促」。我們認為，後者的解釋比較妥當。從前面所列舉的語料可以看出，在語義關係上，它們之間具有同義關係；在語音和形態變化上，ABB、ABC 和 ABAC 式之間也具有密切關係，即其基式是「七林」。那麼，基式「七林」是怎麼產生的？按照《康熙字典・亥集上・馬部》：「『駸』，《廣韻》《正韻》七林切《集韻》《韻會》千尋切，达音侵。《玉篇》駸駸，馬行疾貌。」；《同上・子集中・人部》：「『侵』，《唐韻》《正韻》七林切《集韻》《韻會》千尋切，达音駸。《說文》漸進也。」，在語義關係上「駸」和「侵」具有反義關係。但是，從語音上看，「駸」和「侵」都是「七林」的合音字。依據文獻，「侵侵」表示「快速」的實例見於宋代。如宋趙蕃《雨中四首・其四》：「稍稍風頭變，<u>侵侵</u>雨腳來。峰巒忽成暗，雲霧亦旋開。」宋黃庭堅《兩同心》詞：「<u>霎時間</u>，雨散雲歸，無處追尋。」按此，在語義上「侵侵」「霎時間」和「駸駸」相通。由此可見，「七林」是「侵」「駸」的分音詞，「七林」可重疊為「七林林」。「緝林林」和「齊臨臨」都是「七林林」的變體。「七林侵」是「七林」的不完全順向變聲重疊，即 ABC 式。這與「冷侵侵」變為「冷林侵」和「雨淋淋」變為「雨淋侵」的重疊方式相似。而且「七林」又可變為「七留七林」，這可以說不完全逆向變韻重疊，即 ABAC 式。在這裡，我們發現，變聲重疊部分「林侵」「淋侵」和單音節形容詞或單音節動詞構成 ABC 式，以性質形容詞或動詞可變為狀態詞。在這一語言變化過程中，「林侵」「淋侵」只做表音功能，沒有實義。除了「冷林侵」「雨淋侵」之外，見於元明代的「死臨侵」「死淋侵」「廝淋侵」也視為其證據。如元白樸《牆頭馬上》第三折：「被老相公親向園中撞見者，諕得我<u>死臨侵</u>地難分說。」元孫季昌《中呂・粉蝶兒・怨別》：「<u>死臨侵</u>魂夢勞，呆答孩心似迷，常常思時時想頻頻記。」明湯顯祖《牡丹亭還魂記》卷下《婚走》第三十六出：「感一片志誠無奈，<u>死淋浸</u>走上陽臺，活森沙走出這泉臺。」元劉庭信《雙調・夜行船・青樓詠妓》套曲：「細尋思，<u>廝淋侵</u>，熱溫存漫想偎香枕。」在語義上，「死臨侵」「死淋浸」形容精神不振作的樣子。這說明，「林侵」是「侵」「駸」的分音詞「七林」通過變形重疊方式來產生的後綴。〔註128〕從這一點上看，元

〔註128〕「林侵（淋侵）」又可重疊為「淋淋侵侵」。如《二刻拍案驚奇》卷四十：「御屏上

曲中的 ABC 式「黑林侵」〔註129〕的產生路徑如下圖所示：

圖 6.11　ABC 式顏色詞「黑林侵」的產生路徑示意圖

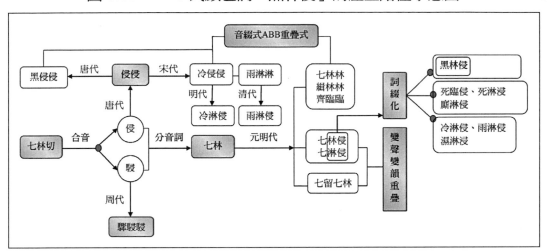

（四）BBA 式顏色詞的外部結構與句法功能的發展變化

在元明清代，隨著 ABB、BBA 式顏色詞的外部結構的變化，在句子中的其句法功能也發生了變化。同時，圍繞著 ABB、BBA 式顏色詞的各種語言成分對在句子中這些顏色詞的位置帶來變化，以使其語義焦點也有了變化。下面對此進行探析。

1. 作謂語的 ABB、BBA 式顏色詞

1.1 「ABB 式＋的」「ABB 式＋地」「是＋ABB 式」「是＋ABB 式＋的」

（173）a. 狠得他將金箍棒一搗，搗開門扇，裏面卻<u>黑洞洞的</u>。（《西遊記》第十八回）

b. 巴著井欄一望，<u>黑洞洞地</u>，不要管他，再趕一程。（《警世通言》第十一卷）

c. 往裏一看，三四層佛殿，盡都<u>是黑洞洞</u>，惟獨看看西北有燈光閃亮。（《小五義》第八十四回）

d. 幸而好不大深，二人打算要往上躥，上邊翻板復又蓋好，裏面<u>是黑洞洞的</u>，伸手不見掌。（《同上》第一百八十八回）

寫得淋淋侵侵地，多是些綠林中一派參參差差諢。」

〔註129〕與 ABC 式「黑林侵」相應的 ABB 式顏色詞見於唐五代。如《敦煌變文·妙法蓮華經講經文（四）》：「此人灰相黑侵侵，終日羞慚惡業深。」由此可見，在語義上「黑侵侵」與「黑林侵」基本一致。

如見上例，清末期，唐宋代的「ABB 式＋的／地」發展為「是＋ABB 式＋的」結構，以呈現出現代漢語的面貌。這一變化，使句子中的語義焦點在「黑洞洞」上，即強調其語義。

1.2 「有些＋ABB 式＋的」

（174）你沒病，我看著你這嘴臉，有些<u>黃甘甘的</u>。（元・吳昌齡《張天師斷風花雪月》第二折）

在結構上，元代出現的「有些＋黃甘甘＋的」具有偏正式結構。在這裡，表數量義的「有些」語義上帶有減量的功能。但是，由於在語言表達上說話人的心裏上的主觀性，其語義程度範圍的界線不明顯。

2. 作定語的 ABB、BBA 式顏色詞

2.1 「ABB 式＋名詞」→「ABB 式＋的＋名詞」「ABB 式＋地＋名詞」

（175）a. 滿斟離杯長出口兒氣，比及道得個我兒將息，一盞酒裏<u>白泠泠的</u>滴胾半盞兒淚。（金・董解元《西廂記諸宮調》卷六）

b. <u>青旋旋的</u>元頂，光燦燦的數珠，比城市中僧人甚是不同。（元・無名氏《龍濟山野猿聽經》第一折）

c. 折倒的<u>黃甘甘的</u>容顏，<u>白絲絲地</u>鬢腳，展不開猿猱臂，撐不起虎狼腰。（元・尚仲賢《尉遲恭三奪槊》第二折）

d. 谷賢道：「其魚約有十丈之長，<u>碧澄澄的</u>顏色，<u>黑委委的</u>鬢槍。（明・羅懋登《三寶太監西洋記》第九十四回）

f. 在西面坐著一位少年英雄，<u>白生生的</u>臉面，圓方臉，小白胖子，一對眯縫眼。（清・張傑鑫《三俠劍》第二回）

g. 向屋中一看，屋裏漆黑，借著門縫照進去的亮兒一看，後簷牆捆著一個人，<u>白微微的</u>臉面，捆了兩夜一天啦。（清・張傑鑫《同上》第五回）

h. 白生生的臉膛兒，<u>黑真真的</u>眉毛兒，一雙虎目，頗有神采，唇若朱脂，俊品人物。（《彭公案》第二十五回）

「ABB 式＋名詞」是 ABB 式顏色詞作定語的典型結構。金代，這一結構逐漸發展到「ABB 式＋的＋名詞」結構，元代，該結構與「ABB 式＋名詞」

「ABB 式＋地＋名詞」並存。但是，在明代以後，「ABB 式＋的＋名詞」結構開始佔優勢，以 ABB 式後附的結構助詞「的」成為 ABB 式顏色詞與名詞之間表示偏正關係的標誌。結果，在句子中語義焦點在 ABB 式顏色詞後面的名詞上，並 ABB 式顏色詞對名詞的性狀進行描寫。從某種意義上看，ABB 式顏色詞利用顏色的突顯性來對其描寫對象添加具體性效果。

2.2 「指示代詞＋ABB 式（的）＋體詞」「人稱代詞＋ABB 式（的）＋體詞」

（176）a. 捧著<u>這赤資資</u>黃金奉母，安慰了我那嬌滴滴年少夫人。（元·石君寶《魯大夫秋胡戲妻》第三折）

　　　b. 那魔王公然不懼，一隻手取出<u>那白森森的</u>圈子來。（《西遊記》第五十一回）

　　　c. 我想<u>這等黑洞洞</u>深穴，從來沒人下去，……。（《醒世恒言》第三十八卷）

　　　d. 行了些黃穰穰沙堤得這古道，顯出<u>那碧澄澄</u>天氣爽，……。（元·武漢臣《包待制智賺生金閣》第四折）

　　　e. 我看起來，你穿著這破不刺的舊衣，擎著<u>這黃甘甘的</u>瘦臉，必是來投托俺家師父的。（元·范康《陳季卿誤上竹葉舟》）

　　　f. 你看<u>那青旋旋的</u>頭兒，小小的口兒，高高的鼻兒。（元·高茂卿《翠紅鄉兒女兩團圓》第二折）

　　　g. 你看<u>他青滲滲</u>秀眉長，高聳聳俊鼻樑。（元·鄭光祖《立成湯伊尹耕莘》第一折）

　　　h. 只見<u>她白鬆鬆</u>兩隻料袋也似的大奶奶，必定是養兒子的，才有這奶食。（元·李行道《包待制智賺灰欄記》第二折）

　　如見上例，「指示代詞＋ABB 式顏色詞（的）＋體詞」「人稱代詞＋ABB 式顏色詞（的）＋體詞」結構始見於元代。事實上，這一結構是與在宋代出現的「那青青黯黯處去」一樣的。對此，可以參見第五章「近古 AABB 式顏色詞的使用變化」例（17）。按照上面所列舉的例子，指示代詞「這」「那」可以指示具體事物、身體部位、性狀、程度、類別等；人稱代詞「他」「她」指示某人。

　　首先，就前者而言，例（176）a 的「這＋赤資資＋黃金」形容紅色燦爛的

黃金，「這」指示特指事物「赤資資黃金」或事物的性狀「赤資資」；例（176）
b 的「那＋白森森的＋圈子」形容顏色白而明亮的圈子，「那」指示特指事物
「白森森的圈子」或事物的性狀「白森森」；例（176）c 的「這等＋黑洞洞＋
深穴」形容黑漆漆的深洞。「這等」表示類別，它指示具體事物的性狀「黑洞
洞＋深」或特指事物「黑洞洞深穴」；例（176）d 的「那＋碧澄澄＋天氣」形
容天色湛藍，天氣清亮的樣子，「那」指示天氣情況「碧澄澄」或特指對象「碧
澄澄天氣」例（176）e 的「這黃甘甘的瘦臉」形容顏色黃而瘦的臉。與例（174）
的「黃甘甘」相比，語言表達上「這＋黃甘甘的＋瘦臉」更為細緻和生動。也
就是說，後者從「黃甘甘」兩個具體義項「黃黃」和「瘦臉」分離出來，以在
語義上由包括性變為具體性、個別性。從而「這」可以指示具體對象的性狀「黃
甘甘」，又可以指示特指對象「黃甘甘的瘦臉」；例（176）f 的「那青旋旋的頭
兒」形容頭髮剃光後呈現出的樣子，即烏黑而圓貌。「那」可以指示「青旋旋」，
又可以指示「青旋旋的頭兒」。可以看出，指示代詞「這」「那」放在「ABB 式
顏色詞（的）＋體詞」前面，可以特指某個具體對象的性狀，又可以指示帶有
最突顯某種性狀的對象。不管怎麼樣，在這一結構中的 ABB 式顏色詞都對其
後面的中心詞具有描寫性，以使句子中的語義焦點放在中心詞上。

其次，「人稱代詞＋ABB 式顏色詞（的）＋體詞」對某個人的特指身體部
位進行描寫其性狀。例（176）g 的「他青滲滲秀眉」形容又濃又黑的眉毛。
從內部結構上看，這一短語可以分析為「他＋（青滲滲＋秀眉）」。在這裡，
「青滲滲秀眉」表示第三者「他」的身體部位，它們之間具有領屬關係，「青
滲滲」對「他」的隸屬對象「秀眉」進行描寫其性狀。可見，「青滲滲」利用
顏色的顯著性來使句子中的語義焦點放在「秀眉」上。例（176）h 的「她白
鬆鬆兩隻料袋也似的大奶奶」也是如此。從語義功能上看，「白鬆鬆」也對被
觀察對象「她」的隸屬對象進行描寫其性狀，即顏色白而鬆鬆的樣子。

2.3 「動詞＋數量詞＋ABB 式（的）＋體詞」「ABB 式（的）＋數量詞＋
體詞」

（177）a. 我、我、我，看了<u>些青滲滲</u>峻嶺層巒，是、是、是，行了<u>些黃穰穰</u>
沙堤得這古道，……，早過了<u>些碧澄澄</u>野水橫橋。（元・武漢臣《包
待制智賺生金閣》第三折）

b. 棄萬兩<u>赤資資</u>黃金買笑，拚百段大設設紅錦纏頭。（元·喬吉《杜牧之詩酒揚州夢》第一折）

c. 西門慶睡了一個時辰，睜開眼醒來，看見婦人還弔在架上，兩隻<u>白生生</u>腿兒蹺在兩邊，興不可遏。（《金瓶梅》第二十七回）

d. 手兒裏捧著<u>一個碧澄澄的</u>滑琉璃。（《三寶太監西洋記》第二回）

e. 身高九尺，<u>紫微微</u>一張臉面，一部黑髯。（《小五義》第一百八十八回）

f. <u>青溜溜的</u>一簇烏雲，<u>碧澄澄的</u>一雙鳳目，<u>紅隱隱的</u>一張桃靨，嬌怯怯的一搦柳肢，真是無形不俏，無態不妍，……。（民國·蔡東藩《五代史演義》第三十一回）

「動詞＋數量詞＋ABB 式顏色詞（的）＋體詞」結構始見於元代。就拿例（177）abd 的「看了些青滲滲峻嶺層巒」「行了些黃穰穰沙堤得這古道」「棄萬兩赤資資黃金」「捧著一個碧澄澄的滑琉璃」而言，它們的內部結構關係如下圖所示：

圖 6.12　「運動＋數量詞＋ABB 式顏色詞（的）＋體詞」內部結構關係

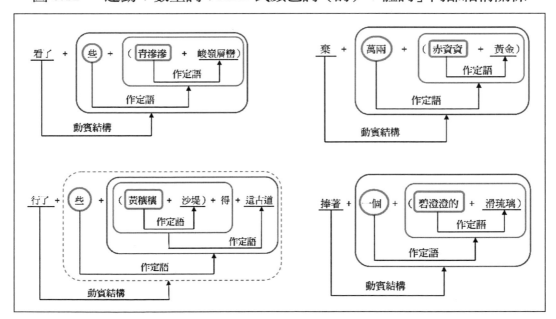

從此可以看出，在動賓結構內的 ABB 式顏色詞對其後的賓語成分具有描寫性，以使句子中的語義焦點在賓語上。同時，「些」「萬兩」「一個」等數量詞限制在後面的整個「ABB 式（的）＋體詞」的語義。也就是說，數量詞的最終制約對象不是 ABB 式顏色詞，而是語義上具有顯著性的事物名詞。這些

制約成分，即數量詞和 ABB 式顏色詞，調整數量範圍的寬窄或確定描寫對象的具體性效應，以使語言表達更為精緻。

例（177）ef 的「ABB 式（的）＋數量詞＋體詞」利用 ABB 式顏色詞來限制其後的「數量詞＋體詞」。事實上，這一結構與「數量詞＋ABB 式（的）＋體詞」結構一樣。只是在說話人的心理作用下，語義上顯著性比較強的語言單位在前，被這一語言單位具體化的中心詞在後的。因為這種語言表達方式可以吸引聽話人或讀者的注意力。在這裡，需要說明的是，與「萬兩」「一個」「兩隻」「一張」「一簇」「一雙」等數量詞相比，在句子中的位置上「些」具有呆板性，即它只放在顏色詞 ABB 式前面。與此不同，上面所列舉的數量詞可以放在 ABB 式顏色詞前面，又可以放在其後面，以在句子中的位置上具有靈活性。其原因在於語義上它們表示不定量的數量還是確定的數量。換句話說，其所指的對象的範圍確定還是不確定的問題起著重要作用。從某種語義上看，可以說「些」後面的顏色詞 ABB 式補充該不定量性數詞的不足之處。

2.4 「ABB 式＋ABB 式（的）＋體詞」「ABB 式＋ABB 式＋數量詞＋體詞」

（178）a. 你親上親，我鬼中鬼，無用如<u>碧澄澄綠湛湛</u>清冷水。（元·王伯成《太白貶夜郎》第三折）

　　　　b. 即忙袖中取出一個<u>亮灼灼白森森的</u>圈子來，……。（《西遊記》第五十回）

　　　　c. 他手上帶著<u>白皚皚亮晶晶</u>兩個鑽戒，擺動車輪，那速率穩而且快。（民國·費只園《清朝三百年豔史演義》第九十四回）

依據上例，按照「ABB＋ABB」式呈現出的語義，其表達方式可分為語義程度加強的方式和語義附加的方式。例（178）a 的「碧澄澄綠湛湛」屬於前者，例（178）bc 的「亮灼灼白森森」「白皚皚亮晶晶」屬於後者。從語義上看，「碧澄澄綠湛湛」形容清水明淨而很綠的樣子，以提升顏色的濃度和清晰度；「亮灼灼白森森」和「白皚皚亮晶晶」都形容顏色白而耀眼的樣子。在這裡，狀態詞「亮灼灼」「亮晶晶」都對顏色語素添加亮度。雖然「ABB＋ABB」式結構不是一個詞，但兩種 ABB 式連用來顯示出其融合義的效果。這一語言現象與兩種或三種 AB 式的融合方式相似。對此，可以參見例（155）。

我們認為，這樣並列式 ABB＋ABB 式結構出現的動因在於隨著「碧澄澄」

「綠湛湛」「白森森（白生生）」「白皚皚」等顏色詞 ABB 式頻繁出現，其意義也越弱化。

3. 作狀語的 ABB、BBA 式顏色詞

（179）a. 為甚的<u>黃甘甘</u>改了面上，<u>白鄧鄧</u>丟了眼光？（元·李行道《包待制智賺灰欄記》第一折）

b. 有松陽縣軟柔柔、<u>白璞璞</u>、蜜煎煎帶粉兒壓區的凝霜柿餅。（元·無名氏《逞風流王煥百花亭》第三折）

c. 早望見一個酒店，門前窗檻邊坐著一個婦人，露出綠紗衫兒來，頭上<u>黃烘烘的</u>插著一頭釵環，鬢邊插著些野花。（《水滸傳》第二十七回）

e. 只見那魔王寬了衣服，左肐膊上，<u>白森森的</u>套著那個圈子，原來像一個連珠鐲頭模樣。（《西遊記》第五十二回）

f. <u>黃點點</u>四體流膿，<u>赤瀝瀝</u>一身是血。（《三刻拍案驚奇》第二十回）

g. 走到那破窗戶跟前一看，只見堆著些柴炭，並無人跡。……在掀開筐一看，果見一個人<u>黑魆魆的</u>作一堆兒蹲在那裡喘氣。（《俠女奇緣》第七回）

在明清代，發現「ABB 式顏色詞＋的＋動詞」結構。這是「ABB 式顏色詞＋動詞」發展為「ABB 式顏色詞＋地＋動詞」的過渡狀態。從語義上看，「ABB 式顏色詞（的）＋動詞」結構表示狀態變化或結果狀態的：例（179）a 的「黃甘甘」「白鄧鄧」表示臉色和眼光的變化，即狀態變化。這是因生理現象而形成的變化，它們分別在動詞「改」和「丟」前面作狀語；例（179）b 的「白璞璞」表示柿霜的顏色，該顏色詞在動詞「帶」前面作狀語。這意味著化學變化後的產物帶有的顏色屬性，即柿餅風乾後表面呈現的白色粉霜的狀態維持；例（179）cd 的「黃烘烘」「白森森」都表示及物動詞的對象，即「釵環」「圈子」的色彩現象。它們在表示動作後的結果狀態的動詞「插著」「套著」前面作狀語；例（179）f 的「黃點點」形容黃色膿一滴一滴流出來的樣子，「赤瀝瀝」形容全身紅血淋漓的樣子。在語義特徵上，顏色語素後的「點點」和「瀝瀝」都表示它們所指的對象的流動性和顏色屬性；例（179）g 的「黑魆魆」形容黑壓壓地堆著的許多柴炭。由此可見，按照顏色詞 ABB 式所

指的對象與其及物動詞的語義特徵，作狀語的 ABB 式顏色詞的語義也存在著細微的差異。

4. 作補語的 ABB、BBA 式顏色詞

（180）a. 見他戴著清淨僧帽，披著茶褐袈裟，<u>剃的青旋旋</u>頭兒，生得魁肥胖大，沼口豚腮。（《金瓶梅詞話》第五十回）

b. 見他<u>瘦的黃懨懨兒</u>，不比往時，兩個在屋裏大哭了一回。（《同上》第六十一回）

c. <u>越顯得紅馥馥</u>朱唇、白膩膩粉臉，不覺淫心輒起，攬著他兩隻手兒，摟抱在一處親嘴。（《同上》第三十四回）

d. 陶子堯聽了，面孔<u>氣得雪雪白</u>，一句話也說不出來。（《官場現形記》第十回）

在明清代，發現「動詞＋的／得＋ABB 式顏色詞」「形容詞＋的＋ABB 式顏色詞」結構。依據上例，語義上，由結構助詞「的／得」連接的動詞或形容詞和 ABB 式顏色詞之間具有動作的結果狀態、原因和結果、狀態變化等的意義；例（180）a 的「剃的青旋旋」表示動作後的結果狀態；例（180）bd 的「瘦的黃懨懨兒」「氣得雪雪白」表示原因和結果。就前者而言，其語義分析為「他的臉瘦，他的臉黃懨懨的」，其描寫對象是「臉」。後者分析為「陶子堯生氣了，陶子堯的面孔雪白雪白的」。「氣」是原因，「雪雪白」是「氣」的結果；例（180）c 的「顯得紅馥馥」表示狀態變化，其描寫對象是「朱唇」。

（五）小　結

以上從對元明清代，「『顏色語素＋通感要素的重疊』類型的發展變化」「同義或近義 ABB 式顏色詞的字形變化」「同義或近義 ABB 式顏色詞的多樣化」「ABB、BBA 式顏色詞的語法變化」「ABB、BBA 式顏色詞的語音變化」「ABB、BBA 式顏色詞的外部結構變化」「ABB、BBA 式顏色詞的句法功能的發展變化」的考察研究可見：

（1）色彩的通感現象已見於上古時期。在這一時期產生的「通感要素＋顏色語素」類型的雙音節顏色詞傳承到中古和近古的漢語。唐宋代，「通感要素＋顏色語素」類型顏色詞的湧現和「顏色語素＋聽覺要素的重疊」類型 ABB 式顏色詞的出現，促進了元明清代「顏色語素＋觸覺」「顏色語素＋溫覺」「顏

色語素＋味覺」「顏色語素＋嗅覺」類型 ABB 式顏色詞的產生。例如,「紅馥馥」「白嫩嫩」「白膩膩」「白潤潤」「碧泠泠」「黃暖暖」「黑甜甜」等等。「紅馥馥」「白嫩嫩」「白膩膩」「白潤潤」主要用來描寫皮膚的顏色,通過嗅覺或觸覺等感性意義提升其顏色的鮮豔度或亮度;「碧泠泠」「黃暖暖」對具體事物的顏色屬性和冷暖感進行描寫,以對語言表達添加具體性效應;「黑甜甜」借用顏色屬性和味覺的感性意義來使語言表達更為生動。

　　可以看出,感知體驗和認知是通感隱喻的基礎,這樣在顏色語素和通感要素之間的相互作用下產生的通感隱喻,使語言表達生動鮮活、新穎別致。

　　(2)在元明清時期,同義或近義詞的字形變化和多樣化現象很突出。這一語言現象是在 ABB 式顏色詞的演變過程中常發現的。對同義或近義詞的字形變化而言,ABB 式顏色詞的意義和語音不變,只是不同字形的「BB」代替早出現的「BB」。但是,在不同的語言環境裏,隨著語義所指的對象的變化,顏色語素的範疇可以發生變化。例如,「白茫茫→白漭漭→白莽莽」「白馥馥→白璞璞→白撲撲:紅馥馥→紅拂拂→紅撲撲」「黑濛濛→黑濠濠」「黑悠悠→黑攸攸」「青芽芽→青鴉鴉→黑鴉鴉→黑壓壓→黑押押→烏壓壓」「黑鬒鬒→黑真真→黑臻臻」「黑巍巍→黑威威」「黃甘甘→黃干干→黃紺紺」等等。這給我們顯示,通過 ABB 式顏色詞中「BB」的原義由實到半實半虛,再由半實半虛到甚虛的演變過程,重疊詞「BB」逐漸音綴化,即語法化;對同義或近義詞的多樣化而言,這一語言現象是在複音節顏色詞通過語義和其所指的對象的變化建立近古漢語顏色詞的複雜適應系統的過程中產生的。從歷史層面上看,有的 ABB 式顏色詞一直保持其典型義,有的 ABB 式顏色詞由典型義轉變到非典型義。其中,有的 ABB 式顏色詞通過變聲變韻的重疊方式產生 ABC 式顏色詞,但其意義不變。這是受到方言口語的影響而產生的。例如,「白皙皙」「白淨淨」「白馥馥」「白膩膩」「白嫩嫩」「白潤潤」「白生生」「白盈盈」「白雪雪」「紅馥馥」「紅拂拂」「紅撲撲」「紅豔豔」「黃干干」「黃甘甘」「黃紺紺」「黃慚慚」等 ABB 式顏色詞描寫膚色;「黑鬒鬒」「黑臻臻」「黑真真」「黑油油」「青溜溜」「黑絲絲」等 ABB 式顏色詞描寫頭髮的顏色;「黑漆漆」「青炯炯」「烏律律」「烏溜溜」「烏樓樓」等 ABB 式顏色詞描寫眼睛黑得發亮的樣子;「白燦燦」「白光光」「白花花」「白晃晃」「白閃閃」「黃鄧鄧」「金晃晃」「金閃閃」「黃燦燦」「黃爍爍」等 ABB 式顏色詞描寫銀子或金了耀眼的樣子;

「白胡闌」「白圈圈」「紅曲連」「碧環環」等 ABC 或 ABB 式顏色詞表示「顏色義＋圓貌」的意思。這些都是在唐宋代出現的「顏色語素＋團團」「顏色語素＋團欒」的詞彙翻新。

（3）元明清帶的 ABB、BBA 式顏色詞的語法和語音變化現象很好地說明詞彙擴散的動態變化。按照詞彙擴散理論，詞彙漸變，語音突變。這一語言現象在元明清代的漢語方言裏可以發現。例如，「黑漆漆：黑黲黲：黑魆魆：白漆漆」「黑洞洞：黑古董：黑咕咚：黑古攏洞：白洞洞」「白森森：白生生：黃森森（黃生生）」「白模糊：黑模糊（黑木糊）：白糊糊：黑糊糊：黑乎乎：黑忽忽」「白胡闌：碧環環」「紅曲連：白圈圈」「白刺擦」「黑足呂（黑出出）」「黑侵侵：黑林侵」等等。

（4）隨著 ABB 式顏色詞的外部結構的變化，在句子中的其句法功能也發生了變化。在句法功能上，元明清代的 ABB 式顏色詞可以作「謂語」「定語」「狀語」「補語」。在數量上，作定語的 ABB 式顏色詞佔優勢。其中，可以關注的結構是作謂語的和定語的。首先，作謂語的結構而言，「有些＋ABB 式＋的」結構始見於元代，ABB 式顏色詞受到數量副詞的修飾；「是＋ABB 式＋的」結構見於清代，「是……的」可以強化 ABB 式顏色詞的語義程度。其次，作定語的結構而言，在明清代，現代漢語裏作定語的「ABB 式＋的＋名詞」結構已達到穩定結構；「指示代詞＋ABB 式（的）＋體詞」和「人稱代詞＋ABB 式（的）＋體詞」結構都始見於元代。在這裏，「這」「那」等指示代詞在句子中可以特指某個具體對象的性狀，又可以指示帶有最突顯某種性狀的對象。「你」「他（她）」等人稱代詞對某個人的特指身體部位進行描寫其性狀；「動詞＋數量詞＋ABB 式（的）＋體詞」結構始見於元代。在這裏，ABB 式顏色詞在動賓結構裏作定語；「ABB 式＋ABB 式（的）＋體詞」結構見於元明代。在語義上，元代的「碧澄澄綠澄澄」通過同義 ABB 式顏色詞的並列方式來強化語義程度，明代的「亮灼灼白森森」將非顏色 ABB 式狀態詞放在 ABB 式顏色詞前面來添加附加意義。它們的意義都指向後面的中心詞。

第四節　本章小結

通過對從上古到近古漢語 ABB、BBA 式顏色詞的連續的歷史發展的探析，得出如下結論：

（1）ABB、BBA 式顏色詞的構成成分是顏色語素和非顏色語素的重疊詞。從歷史上看，其框架模式可以追溯到戰國時期的「白顥顥」。像顏色語素的原生重疊和非顏色語素的原生重疊一樣，其產生目的在於對客觀景物的描寫性。可是，在上古時期佔據優勢的 AA 式顏色詞，即「白白」「皎皎」「皓皓」「黑黑」「青青」「黃黃」等顏色語素的原生重疊對五花八門的客觀景物進行描寫有量的限制。所以，在上古時期產生的大多數非顏色語素的原生重疊成為中古漢語 ABB 式顏色詞的主要成員。可以說，因為有大量的非顏色語素的原生重疊，可以產生大量的 ABB 式顏色詞。在中古時期產生的非顏色語素的新生重疊也導致了 ABB 式顏色詞的加速發展。近古漢語 ABB 式顏色詞也繼承上古的非顏色語素的原生重疊、中古的新生重疊和 ABB 式顏色詞，以對漢語 ABB 式顏色詞的系統帶來了量的和質的變化。從而在近古時期，使漢語 ABB 式顏色詞具備進一步完善的系統。

（2）從歷史發展階段的角度來看，漢語五色範疇 ABB、BBA 式顏色詞的歷史發展階段可分為如下：

①第一階段（上古時期）：西周至兩漢時期是「顏色語素的原生重疊」、「非顏色語素的原生重疊」和「顏色語素＋非顏色語素的重疊」的產生時期。前兩者 AA 式見於西周，後者 ABB 式見於戰國時期。從數量上看，在這一時期，非顏色語素的原生重疊佔據絕大多數，顏色語素的原生重疊很少見，ABB 式顏色詞只有一例。從質變的角度來看，在戰國時期產生的「白顥顥」可以看成是顏色語素的原生重疊和非顏色語素的原生重疊提升的產物。此外，在詞彙的演變過程中，上古的雙聲疊韻也是產生中古漢語 ABB、BBA 式顏色詞的主要成員。例如，從語音方面上看，在西周出現的雙聲詞「參差」可以說屬於雙聲重疊。戰國時期，這一詞又變為「差差」，但語義上沒有變化。在唐代，它們分別重疊為「綠參差」和「差差綠」，在宋代「顏色語素＋參差」和「顏色語素＋差差」都頻繁出現。這也可以看成是由雙聲重疊轉變為 ABB 式顏色詞的質的變化過程。

可以看出，上古時期是「顏色語素的原生重疊」「非顏色語素的原生重疊」「雙聲疊韻重疊」由量變轉化為質變的過渡期。就 ABB 式顏色詞而言，這一時期屬於 ABB、BBA 式顏色詞的胚胎期。

②第二階段（中古時期）：魏晉南北朝至唐五代是「顏色語素的原生重疊」「非顏色語素的原生重疊」「非顏色語素的新生重疊」「雙聲疊韻重疊」成為ABB、BBA式顏色詞成分的關鍵時期。例如，「鬱青青」「紅霏霏」「赤團團」「紅豔豔」「白絲絲」「青巍峨」「青峩峩」「紅爛熳」等等。而且在唐代，少數「顏色語素＋狀態」「顏色語素＋單音名詞」類型的雙音詞也開始成為ABB式顏色詞的基式。可見，從形態類型學上看，中古的ABB式顏色詞裏構詞重疊和構形重疊都存在。但在唐代構詞重疊佔優勢。

在中古時期，發生的新變化有幾點：一是在顏色語素的新舊代替關係上，在唐代，後起的顏色語素「紅」完全代替上古佔據主導地位的顏色語素「赤」；顏色語素「綠」和「碧」也逐漸開始代替顏色語素「青」。紅色範疇ABB、BBA式顏色詞和綠色範疇ABB、BBA式顏色詞的計量統計證明事實。二是在結構上，在中古時期，並列式ABB式顏色詞、附加式ABB式顏色詞和音綴式ABB式顏色詞都存在。其中，在語義上對顏色義做補充說明的附加式ABB式顏色詞逐漸增加了。三是在語義上，主要用來描寫特指對象的非顏色語素的原生重疊和顏色語素構成ABB式顏色詞之後，其所指的對象逐漸開始擴大。而且有些重疊詞對顏色語素添加了濃度、亮度、鮮豔度等附加義。四是在南北朝時期，變聲重疊「團欒」的出現預告了有一些ABB式顏色詞的類型變化。例如，在宋代，唐代的「赤團團」變為「紅團欒」、「碧團團」變為「碧團欒」。

可以看出，唐代屬於漢語五色範疇ABB、BBA式顏色詞的第一湧現時期，以對ABB、BBA式顏色詞帶來了質的變化。

③第三階段（近古時期）：宋代至清代屬於ABB、BBA式顏色詞的第二湧現時期。上古的「顏色語素的原生重疊」「非顏色語素的原生重疊」、中古的「非顏色語素的新生重疊」「變聲重疊」「ABB、BBA式顏色詞」傳承到近古漢語，以漢語ABB式顏色詞已具備完善的系統。

這一時期的主要變化是：第一，方言口語成分滲透到ABB式顏色詞裏，以使語言表達更為生動鮮活。在這一過程中，ABB式顏色詞的類型也發生了變化。例如，ABB式→ABC式→ABCD式：「赤團團→紅團欒」「碧團團→碧團欒」；「白紛紛→白紛綸」；「白刺擦→白不刺擦」；「白胡闌→碧環環」；「紅曲連→白圈圈」；「青霏霏→翠霏微」；「黑洞洞→黑古董→黑咕咚→黑古攏洞」；「黑模糊→黑糊糊：黑乎乎：黑忽忽→黑木糊」；「黑漆漆→黑黢黢→黑魆魆→

墨漆黑→墨測黑→烏漆墨黑」；「黑侵侵→黑林侵」；「黑足呂→黑出出」等等。由此可見，在近古時期，具有同義關係的顏色詞通過語音變化很快地擴散。此外，「黑卒卒」「黑籠籠」「黑窣窣」「黑鴉鴉（黑壓壓、黑押押）」「烏律律」「烏溜溜」「烏樓樓」「白鄧鄧」「白生生」「青旋旋」等口語性濃厚的 ABB 式顏色詞也出現了。第二，從內部結構上看，在近古出現的 ABB 式顏色詞大多數屬於音綴式 ABB 式顏色詞。由 AB 或 BA 式重疊為 ABB 或 BBA 式顏色詞的數量也增加了。從中古沿用下來的附加式 ABB 式顏色詞逐漸轉變為音綴式 ABB 式顏色詞。這表明，ABB 式顏色詞的主要成分「BB」的實詞逐漸語法化。第三，ABB 式顏色詞外部結構的變化導致了在句子中的其句法功能的變化。就中古相對而言，近古的句法功能比較多樣：中古的 ABB 式顏色詞主要作謂語，少數的 ABB 式顏色詞作定語或賓語；近古的 ABB 式顏色詞作主語、謂語、賓語、定語、狀語和補語。

（3）漢語 ABB 式顏色詞的產生過程可以說詞彙生動化的動態變化過程。其產生方式主要有「移就」和「重疊」兩種。例如，「白雪：雪白」「白＋雪雪」→「白雪雪：雪雪白」；「白鱗」「白＋鱗鱗」→「白鱗鱗」；「黑漆：漆黑」「黑＋漆漆」→「黑漆漆」；「黑黯：黯黑」「黑＋黯黯」→「黑黯黯」；「紅焰：焰紅」「紅＋焰焰」「焰焰＋紅」→「紅焰焰：焰焰紅」；「紅豔：豔紅」「紅＋豔豔」「豔豔＋紅」→「紅豔豔：豔豔紅」；「紅酣：酣紅」「紅＋酣酣」→「紅酣酣」；「黃橙：橙黃」→「黃橙橙」等等。其中，「顏色語素＋事物名詞的重疊」類的「白雪雪」「白鱗鱗」「黑漆漆」「紅焰焰」「黃橙橙」等 ABB 式顏色詞的產生機制來自相似性聯想。顏色語素和名詞重疊之間具有比擬關係，即顏色語素是本體，名詞重疊是喻體。這是利用名詞具有的語義特徵來對顏色義添加具象性的表達方式。在心理上，與重疊之前相比，ABB 式顏色詞的語義程度強化了。這裡表示色相、亮度和鮮豔度的意義包括在內。在結構上，「白雪雪：雪雪白」「紅焰焰：焰焰紅」「紅豔豔：豔豔紅」等顏色詞具有對稱關係，以給人們審美感。

第七章　BABA 重疊式顏色詞的歷史發展

　　從認知語言學的角度，李葆嘉（2008）說：「在遠古時代逐步形成的認知經驗框架，是原始思維中的集體潛意識。人類經驗框架從理論上可以分成『原生經驗框架』和『次生經驗框架』，利用這一區分可以解釋──人類語言的普遍象似性可能植根於原生經驗框架，而不同語言的特殊性可能源於次生經驗框架。」[註1] 如前所述，漢語顏色詞原生重疊的基式是 AA 式，即單音性質形容詞的重疊和單音狀態形容詞的重疊。按此說法，漢語 BABA 式顏色詞也植根於原生重疊的框架。然而，該重疊式始見於晚清，與原生重迭相比，出現晚得多。據考察，其理由有三：（1）從漢語發展趨勢上看，「漢語構詞法的發展是循著單音詞到複音詞的道路前進的。」[註2] 因此，單音節顏色詞的重疊先於複音節顏色詞的重疊。（2）BABA 式顏色詞的基式是物色詞，該詞具有狀態義和程度義。物色詞從上古或中古到近古一直單獨運用，句法功能上主要作定語或謂語。這與在中古佔優勢的 ABB、BBA 式顏色詞的表達效果一致。（3）到近古，隨著 ABB、BBA 式顏色詞和物色詞帶有的形象義越來越弱化，心理上需要強化語義程度的語言手段。

〔註1〕李葆嘉《中國轉型語法學──基於歐美模板與漢語類型學的沉思》，南京：南京師範大學出版社，2008 年 8 月第 1 版，588 頁。

〔註2〕王力《漢語史稿》，北京：中華書局，1980 年 6 月新 1 版（2006 重印），396 頁。

第一節　漢語色物詞與物色詞的原始形態類型

　　色物詞和物色詞最能表現顏色的具體性、形象性以及生動性。色物詞是指具有某種顏色屬性的具體事物，即帶某色的某物。色物詞的原始形態主要是「顏色語素＋事物名詞」類型的短語，顏色依附於具體事物。其中有些原始形態的短語凝固起來成為單詞，即色物詞。有些原始形態的色物短語或色物詞轉變為物色詞。物色詞是指某種具體事物帶有的顏色屬性，事物名詞和顏色語素之間具有比擬、說明關係。有些色物詞和物色詞在歷史發展的過程中，通過構詞法或構形法產生重疊式形容詞。如此，色物詞和物色詞的演變過程具有漸變性和連續性。

　　王力（1980）指出，「仂語在發展過程中凝固起來，成為單詞。在漢語構詞法中是主要的。」〔註3〕按此觀點，漢語色物詞和物色詞是由短語凝固化的。據考察，色物詞和物色詞的原始形態類型可分為開放型和隱蔽型兩類。

一、開放型

　　張清常（1991）認為，「《爾雅》時代的若干早已死亡的專詞，它們是帶顏色的對象，卻沒有把顏色的概念分析出來而成為一個專詞，意義是某色某物。」〔註4〕受到這一看法的啟發，我們將「顏色語素＋事物名詞」類型稱為色物詞的原始形態。該類型早見於甲骨文、金文以及其他古文字。如「黃牛」甲骨文作 🜨 （後下 21.10）、「彤矢」金文作 🜨（矢簋）、「白犬」古文字作 🜨（包山208）、「黑牛」古文字作 🜨（璽彙 1389）等。（高明、余白奎，2008）由此可見，在結構上，色物詞的原始形態為偏正式短語結構方式。上面提到的例子，表面上容易看出來顏色義指向的對象是什麼，所以我們稱之為開放型。該類型的產生機制基於對具有不同顏色的事物的區別性。「白雪」「白鱗」「黑漆」「紅焰」「黃土」等都植根於這些開放型原始形態。

二、隱蔽型

　　與開放型不同，隱蔽型原始形態在一個字裏面蘊含著某物的顏色。從字面上，我們看不出來該類型的字指的是某物的顏色。如「皎」、「曉」、「皚」、

〔註3〕王力《漢語史稿》，北京：中華書局，1980 年 6 月新 1 版（2006 重印），401 頁。
〔註4〕張清常《漢語的顏色詞大綱》，《語言教學與研究》，1991 年第 3 期，66 頁。

「皦」、「皅／葩」、「皤」、「皬」、「晳」等等。依據《說文》的解釋：皎，月之白也；曉，日之白也；皚，霜雪之白也；皦，玉石之白也；皅，艸華之白也；皤，老人白也；皬，鳥之白也；晳，人色白也；這些隱蔽型顏色詞當中「皎」和「皚」分別衍生出「月白」和「雪白」。可以看出，「皎」和「皚」與「月白」和「雪白」相比，前者表顏色義的方式具有隱蔽性。由於後者比擬式物色詞由隱蔽型轉化為開放型，令人容易理解其意義。所以我們把前者和後者分別稱為隱蔽型或暗比型與開放型或明比型

第二節　BABA 式顏色詞的產生路徑

　　從上文提到的原始形態類型可以看出，開放型相對於隱蔽型更符合動態性詞彙生動化的條件。我們把由「顏色語素＋事物名詞」的偏正式短語凝固而來的詞稱為色物詞。通過移位由色物詞的原始形態轉變的詞，我們稱之為物色詞。在近古時期，物色詞的 BABA 重疊式只發現了三個，即「雪白雪白」「漆黑漆黑」「碧綠碧綠」等。然而，色物詞的 BABA 重疊式沒發現。

一、上古時期，色物短語與物色詞的出現

　　物色詞的前身可追溯到上古漢語裏的色物短語，即「顏色語素＋事物名詞」的偏正式短語結構。請看下面的用例。

（1）a. 白羽之白也，猶<u>白雪</u>之白，<u>白雪</u>之白猶白玉之白歟？（《孟子・告子》）

　　 b. 著粉則太白，施朱則太赤；眉如翠羽，肌如<u>白雪</u>。（戰國・宋玉《登徒子好色賦》）

　　 c. 太中大夫宋漢，清修<u>雪白</u>，正直無邪。（《後漢書・宋漢傳》）

　　 d. 六曰：使治亂存亡若高山之與深溪，若白堊之與<u>黑漆</u>，則無所用智，雖愚猶可矣。（《呂氏春秋・察微》）

　　 e. 高山，其下多<u>青碧</u>。（《山海經・西山經》）

　　 f. <u>碧謂玉之青白色</u>者也。（《史記・司馬相如列傳》）

　　 g. 箱簾六七十。<u>綠碧</u>青絲繩。（《玉臺新詠・古詩〈為焦仲卿妻作〉》）

　　 h. 謹顯二魔變相：蒼龜，一變色若金光，甲縫蒼青；二變色如碧玉，

甲縫含金；三變色若蒼黃，甲紋光青；四變色如<u>碧綠</u>，甲縫含銀。
（王明編《太平經合校》）

如見上例，「白雪」「黑漆」「青碧」「綠碧」都是「顏色語素＋事物名詞」的偏正式短語。在句法功能上，顏色語素放在事物名詞前面來做定語。在語義上，白雪是潔白的雪；黑漆是黑色的油漆；青碧／綠碧是綠色的玉石；「白雪」「黑漆」「綠碧」通過移位產生物色詞「雪白」「碧綠」。在結構上，該些物色詞也具有偏正式結構，單音名詞放在顏色語素前面做狀語。這裡單音名詞和顏色語素之間具有比擬、說明關係。也就是說，單音名詞「雪」「漆」「碧」是分別「白色」「黑色」「綠色」的喻體。在語義上，「雪白」是像雪一樣潔白；「綠碧」是像碧玉一樣的青綠色。物色詞「雪白」「碧綠」相對於單音顏色詞「白」「綠」，其語義更明確，容易瞭解，生動活潑。這意味著由性質形容詞轉化為狀態詞，以達成語言表達的形象化。沈家煊（2004）指出，「雪白、熬白等則代表某一特定程度的『白』，從程度受限制講，它們所表示的性狀是有界的。」〔註5〕按此觀點，可以看出，通過移位產生的「雪白」「碧綠」等物色詞由性狀的無界轉變到性狀的有界，以使模糊的語義邊界具體化。

二、中古時期，色物詞的出現與物色詞的傳承

中古時期的「白雪」「黑漆」「綠碧」等偏正式短語和「雪白」「碧綠」等物色詞都是從上古時期沿用下來的。物色詞「漆黑」開始見於南朝時期。請看下面的用例。

（2）a. 一日於東市市前見一坐車，車中婦人手如<u>白雪</u>，矜慕之。（《廣異記‧薛矜》）

b. 柳色黃金嫩，梨花<u>白雪</u>香。（唐‧李白《宮中行樂詞八首》）

c. 梅花<u>雪白</u>柳葉黃，雲霧四起月蒼蒼。（唐‧閻朝隱《明月歌》）

d. 面黑眼昏頭<u>雪白</u>，老應無可更增加。（唐‧白居易《任老》）

e. 魏書曰：後性約儉，不尚華麗，無文繡珠玉，器皆<u>黑漆</u>。（《三國志》卷五《魏書五》）

f. 伏兔箱，青油幢，硃絲絡，轂輞皆<u>黑漆</u>。（《隋書》卷十《志第五‧

〔註5〕沈家煊《再談「有界」與「無界」》，載於沈家煊《認知與漢語語法研究》，北京：商務印書館，2006年12月第1版（2009重印），188頁。

禮儀五》）

g. <u>漆黑</u>故曰玄。（《後漢書・班彪列傳》）

h. 凍雨如泣，滑不可陟，滿眼<u>漆黑</u>，索途不得。（《全唐詩・孫樵・祭梓潼神君文》）

i. 其寶利珍怪，則金彩、玉璞，隋珠夜光，銅、錫、鉛、鍇，赭堊、流黃、<u>綠碧</u>、紫英，青雘、丹粟。（《文選・張衡〈南都賦〉》）

j. 敷<u>碧綠</u>之純采，金華炳其朗明。（西晉・傅玄《瓜賦》）

k. 千條<u>碧綠</u>輕拖水，金毛泣怕春江死。（唐・張碧《遊春引三首》其三）

l. <u>碧綠</u>草縈堤，紅藍花滿溪。（唐・鮑溶《範真傳侍御累有寄因奉酬十首》其八）

在中古時期，「白雪」由色物短語轉變到色物詞。董秀芳（2013：46）說：「句法單位變為複合詞的過程實際上是可以看作是一個由心理組塊造成的重新過程。」「在線性順序上鄰接的兩個詞由於某種原因經常在一起出現時，語言使用者就有可能把它們看作一體來加以整體處理而不再對其內部結構做分析，這樣就使得二者之間原有的語法距離縮短或消失，最終導致雙音詞從舊有的句法構造中脫胎出來。」﹝註6﹞在古代漢語裏，我們常見「白」和「雪」經常連用，就拿「白雪」來比喻白色的某物。例（2）a 的「白雪」喻為潔白的皮膚。按此看法，我們把「白雪」判定為偏正式過渡詞。例（2）b 的「白雪」判定為詞。其判斷的標準是語義變化和結構層次變化。其一，根據隨文釋義理論﹝註7﹞，它可以解釋為像雪一樣潔白，即它表顏色義。其二，「Langacker（1977）把結構層次的變化分為三類：（1）取消分界（boundary loss），（2）改變分界（boundary shift），（3）增加分界（boundary creation）。」﹝註8﹞就拿「白雪」而言，在句法平面上「白」和「雪」的分界消失，以由句法轉變為詞法。結果，內部結構的變化影響了語義變化。所以我們稱之為色物詞「白雪」。與此不同，「黑漆」和

﹝註6﹞董秀芳《詞彙化：漢語雙音詞的衍生和發展》（修訂本），北京：務印書館，2011 年11 月第 1 版（2013 重印），46 頁。

﹝註7﹞參見劉向紅《隨文釋義初探》，《濟南大學學報》，2000 年第 10 卷第 3 期，78～81頁。

﹝註8﹞轉引自沈家煊《「語法化」研究綜觀》，《外語教學與研究》，1994 年第 4 期（總第100 期），22 頁。

「綠碧」還不是詞，而是短語。就物色詞而言，例（2）cd 的「雪白」分別描寫梅花和頭髮的顏色。例（2）h 的「漆黑」從顏色義轉變到空間上的黑暗貌，這樣的意義轉移的形成機制來自「聯想」。例（2）jkl 的「碧綠」分別描繪青綠色的黃瓜皮、綠色的柳條、綠色的草木。可見，到中古時期該詞語義上具有泛指性。從認知語言學的角度看，比擬式物色詞是以象似性為基礎的，即「顏色和形貌」〔註9〕。

三、近古時期，BABA 式顏色詞的出現

在近古，以物色詞「雪白」「漆黑」「碧綠」為基式的重疊式開始出現。請看下面的用例。

（3）a. 棠梨葉落胭脂色，蕎麥花開白雪香。（宋·王禹偁《村行》）

b. 活八十年頭雪白，啖三百顆面桃紅。（宋·劉克莊《食早荔七首·其二》）

c. 雪白露初泣曉，酒紅日欲平西。（宋·劉克莊《芙蓉六言四首·其二》）

d. 稻花雪白穈柳絮，柘子猩紅團荔枝。（宋·楊萬里《山村二首·其一》）

e. 去年中秋天漆黑，今年中秋月雪白。（宋·楊萬里《中秋月長句》）

f. 白雪柳絮飛，紅雨桃花墜。（元·盧摯《沉醉東風·春情》曲）

g. 絮飛飄白雪，鮓香荷葉風。（元·馬致遠《金字經》）

h. 生常戒垂堂，肌肉如雪白。（明·貝瓊《四月十日兒子翱來鳳陽留一月遣歸因令早營草》）

i. 浪平水深黑，浪湧如雪白。（清·洪繻《過通霄路偶眺》）

從例（3）afg 可以看出，「白雪」具有兩個不同的意義。例（3）a 的「白雪」表示像雪一樣潔白，在句法功能上作謂語。後者兩個「白雪柳絮飛」「絮飛飄白雪」都表示像飄白雪一樣飄絮。可見，「白雪」是從短語義變為詞義的。關於「白雪」的詞彙化，請參見上文「中古時期，色物詞的出現與物色詞的傳承」。詳見例（3）bcdehi 的「雪白」，到近古該詞語義上具有泛指性。與中古

〔註9〕王寅《象似性：取得文體特徵的重要手段》，載於王寅主編《中國語言象似性研究論文精選》，長沙：湖南人民出版社（第1版），234頁。

時期的「雪白」相比，在語義上形象義弱化，〔註10〕程度義已達到最高級。我們認為，物色詞「雪白」的程度義不亞於色物詞「白雪」的 ABB 式「白雪雪」和物色詞「雪白」的 BBA 式「雪雪白」的程度義。只是「白雪雪」「雪雪白」對「雪白」具有程度強化的效果。

（4）a. 是中有物橫，滿眼皆<u>黑漆</u>。（宋・彭仲剛《題虛照堂》）

　　b. 江漢西流日東落，鬢絲<u>漆黑</u>還如昨。（宋・楊萬里《白髮歎》）

　　c. 去年中秋天<u>漆黑</u>，今年中秋月雪白。（宋・楊萬里《中秋月長句》）

　　d. 短檠油盡固自佳，坐守一窗如<u>漆黑</u>。（宋・陸游《夜坐聞湖中漁歌》）

　　e. 淮南仙客蓬萊住。髮<u>漆黑</u>變雪髯父。（元・馮子振《鸚鵡曲拔宅沖生圖》）

　　f. 戴一頂<u>黑漆</u>頭巾，腦後一雙白玉環，穿一領青羅道袍，腳著一雙皂靴。（《警世通言》第二十八卷）

　　g. 只見眼前<u>漆黑</u>，羊腸細路，黑洞洞的。（《康熙俠義傳》第一百○四回）

　　h. 面皮<u>漆黑</u>背皮脫，朱門誰憫農夫勞。（清・蘇佩《苦旱行》）

　　i. 臺海波濤今<u>漆黑</u>，中華世界方蹉跎。（清・洪繻《寄鶴齋選集・題次兒樕詩文卷》）

如見上例（4）af，「黑漆」在近古時期成詞。該詞的詞彙化方式與「白雪」一致。其意義是黑暗和顏色非常黑。從詞彙化發生的時間上看，「黑漆」相對於「白雪」，詞彙化的跨度時間很長。物色詞「漆黑」像「雪白」那樣語義上具有泛指性。而且該詞也是在近古形象義弱化，〔註11〕程度義已達到最高級。在近

〔註10〕例如，清遼園《負曝閒談》第七回：「為頭一個穿著雪青湖縐夾衫登著烏靴紫巍巍的一張面孔好部濃鬚口裏銜了一支東西那東西在那裡出煙呢。」；清張傑鑫《三俠劍》第一回：「可惜這一身白雲緞的短靠，三蓋的五福捧壽花蝴蝶，二色俱都嬌豔，往後要不將此衣更換，藍的也不藍啦，白的也不白啦，簡直就成了雪青的啦。」；清張傑鑫《同上》第六回：「見焦公子與陶氏二人對坐飲酒，陶氏娘子沒穿著汗褂，露著雪青的兜肚，繡著品紫的團鶴，赤金的兜肚練，水紅綢子底衣，沒紮著腿帶子，軟底紫繡鞋。」；清梁溪司香舊尉《海上塵天影》第四十二回：「珊寶看萱宜，穿著一件雪紅紡綢洋金花邊時鑲單衫。」這裡「雪青」和「雪紅」在事物名詞「雪」和顏色詞之間不再具有比擬關係。

〔註11〕例如，明西周生《醒世姻緣傳》第七回：「拆開看時，裏邊卻是半張雪白的連四紙，翠藍的花邊，焌黑的楷書字。」；《同上》第三十九回：「腎水消竭，弄得一張焌黑的臉皮貼在兩邊顴骨上面，咯咯叫的咳嗽。」；《同上》第三十九回：」若是長長的兩道水鬢、一部焌黑的長須，那個便是生員。」；民國常傑森《雍正劍俠圖》第五

古，詳見上例物色詞「雪白」和「漆黑」的語義，這兩個物色詞之間具有反義關係。如「雪白」的語義指向對象是「頭髮」「露」「稻花」「月亮」「皮膚／筋肉」「波濤」等等；「漆黑」的語義指向對象是「鬢髮」「天空」「深夜」「頭髮」「臉」「波濤」等等。

（5）a. 淺深<u>碧綠</u>湖田稻，濃淡紅黃野岸花。（宋・吳潛《賡劉自昭出郊佳什》）

　　 b. 其中水色，<u>碧綠</u>澄澈，雨不加溢，旱不減耗。（宋・李昉《太平廣記》卷五十九）

　　 c. 四川的江水一片<u>碧綠</u>，四川的山巒一片青翠。（《同上》卷第四百八十六）

　　 d. <u>碧綠</u>桐江水，羊裘隱在茲。（明・佘翔《賦得桐江水寄許才甫》）

　　 e. 道士從葫蘆內取出丸藥三粒，如豌豆大，<u>碧綠</u>的顏色。（《醒世姻緣傳》九十回）

　　 f. 到了鐵公祠前，朝南一望，只見對面千佛山上，梵字僧樓，與那蒼松翠柏，高下相間，紅的火紅，白的雪白，青的靛青，綠的<u>碧綠</u>，更有那一株半株的丹楓夾在裏面，彷彿宋人趙千里的一幅大畫，做了一架數十里長的屏風。（《老殘遊記》第二回）

從上古到沿用下來的物色詞「碧綠」，到中古除了表示草木的顏色義以外，還表示水色。這表明，物色詞「碧綠」的適用範圍擴大，使用頻率越高，從而該詞的形象義越弱化。

（6）a. 手裏還把著一個<u>雪白雪白的</u>，叫做「玉鵑」是好容易花了重價買來的。（晚清・蓬園原著，《負曝閒談評考》第九回）

十二回：「這時打裏頭出來一個夥計，二十來歲，剃得黢青的頭皮兒，能說會道的。」；《負曝閒談》第八回：「一帶短窗，緊靠著一個院子，院子裏堆了半院子的煤炭，把天光都遮住了，覺都烏漆墨黑。」；民國常傑森《同上》第五十七回「這匹馬是黢墨烏黑。」由此可見，在近古以後，事物名詞「漆」變成了「焌」「黢」等詞，而且其讀音也發生變化，即「qu」。這表明，事物名詞「漆」的形象義弱化了。這裡值得關注的是「烏漆墨黑」和「黢墨烏黑」。按照石鋟（2013），「烏漆墨黑」是「烏黑」「漆黑」「墨黑」三種物色詞的融合；「黢墨烏黑」是「黢黑」「墨黑」「烏黑」三種 BA 式雙音狀態形容詞的融合。在《漢語方言大詞典》中，也可以發現「漆抹烏黑」（北京官話、北京—極黑暗），「墨黢黑「（程度更黑—吳語、江蘇蘇州、無錫薛典、常熟方言）等等。這樣的結構變化說明，「黑」系列物色詞的融合是一種「漆黑」的程度強化方式。

b. 又見對面那山坡上一片松樹，<u>碧綠碧綠</u>，襯著樹根下的積雪，比銀子還要白些，真是好看。(《老殘遊記續》第一回)

c. 頭上戴卞一頂新褐色氈帽，一個大辮子，<u>漆黑漆黑</u>拖在後邊，辮穗子有一尺長，卻同環翠的轎子並行。(《同上》第二回)

d. 北面有個避風閣，可能是後門，外頭也有一個避風閣，周圍一圈金漆的八仙桌和金漆的椅子，當中有張桌子，桌上蒙著<u>雪白雪白的</u>布單。(民國·常傑淼《雍正劍俠圖》第三十三回)

e. 護城河水<u>碧綠碧綠的</u>，河邊的柳樹已長出了嫩蔥的葉子？(民國·齊秦野人《武宗逸史》第四章)

　　物色詞的 BABA 式出現於晚清。它是雙音狀態詞的重疊形式，其框架植根於原生重疊 AA 式。換句話說，物色詞的 BABA 式是一種 AA 式的再現形式。但是在語義功能上與原生重疊有些不同。原生重疊富於描寫性，而物色詞的 BABA 式後生重疊強化物色詞的程度義。在時間跨度很長的情況下，物色詞「隨著使用頻率提高，使用範圍擴大，人們對其產生了熟悉感」[註12]，所以在近古漢語裏「雪白」「漆黑」「碧綠」等形象義越弱化。我們認為，對此的補償效果就是物色詞的構形重疊現象。在語義上，「雪白雪白」「漆黑漆黑」「碧綠碧綠」與「雪白」「漆黑」「碧綠」基本一致，但前者相對於後者程度義增強了。現代漢語中物色詞的 BABA 式「火紅火紅」「血紅血紅」「碧藍碧藍」「墨黑墨黑」「烏黑烏黑」和「顏色語素＋顏色語素」「狀態詞＋顏色語素」類的「翠綠翠綠」「黑紅黑紅」「鮮紅鮮紅」「油綠油綠」也是如此。

第三節　近古時期，BABA 式顏色詞的形成動因

　　從歷史上看，漢語重疊形式顏色詞的發展有先後關係。據第二章至第六章的研究，其發展順序是：顏色語素的原生重疊 AA 式（西周）→ABB 式顏色詞（戰國）→AABB 式顏色詞（東漢）→BBA 式顏色詞：ABC 式 1 顏色詞（唐代）→ABC 式 2 顏色詞（宋代）→ABAB 式顏色詞（晚清）。[註13] 在這些重疊

〔註12〕李軍華等著《漢語修辭學新著》，北京：中國社會科學出版社，2010 年 3 月第 1 版，97 頁。

〔註13〕唐代的 ABC 式 1 指的是「顏色語素＋雙聲疊韻」式顏色詞，宋代的 ABC 式 2 指的是「顏色語素＋變聲變韻」式顏色詞。後者「變聲變韻」又叫分音詞或緩讀詞，這一變形重疊反映了口語性比較濃厚的方言詞。

形式顏色詞的發展變化過程中我們發現，句法結構的詞彙化、實詞的虛化、音節的複音化和構詞構型的生動化。按此詞彙的生成演變規律，我們從歷時的角度，對近古漢語 BABA 式顏色詞的形成動因進行探究。

一、從音節的複音化與語義強化角度看的動因

漢語重疊式顏色詞中通過變聲變韻重疊方式產生的 ABC 式 2 顏色詞和兩種以上的 BA 式物色詞融合方式的 ABC 式 3 或 ABCD 式顏色詞可以看成是一個音節的複音化。該詞彙現象始見於宋代。例如，宋代，「紅團欒」「碧團欒」「墨漆黑」；元代，「白胡闌」「紅曲連」「黑足呂」「黑林侵」；明代，「黑古董」「碧靛青」；清代，「黑咕咚」「黑古攏洞」「蔥碧綠」「墨測黑」「烏漆墨黑」等等。從語義上看，變聲變韻重疊方式的「黑足呂」「黑林侵」「黑古董」「黑咕咚」等 ABC 式 2 顏色詞表示顏色很黑或黑暗貌的意思；物色詞融合方式的「墨漆黑」「墨測黑」「烏漆墨黑」「碧靛青」「蔥碧綠」等 ABC 式 3 和 ABCD 式顏色詞分別表示顏色很黑、深藍色和深綠色的意思；變聲變韻重疊方式和色物詞的融合方式結合產生的「黑古攏洞」表示很黑（黑暗）的意思。〔註14〕由此可見，與雙音節顏色詞相比，「顏色語素＋變聲變韻重疊」方式的 ABC 式 2 顏色詞、語義上具有同義關係的「物色詞＋物色詞」「物色詞＋物色詞＋物色詞」方式的 ABC 式 3 或 ABCD 式顏色詞和「（顏色語素＋事物名詞的變聲變韻重疊）＋（顏色語素＋事物名詞的變聲變韻重疊）」方式的 ABCD 式顏色詞的語義程度強化。同樣，仔細看近古漢語 BABA 式顏色詞的形成過程，隨著由雙音節顏色詞變為三音節或四音節顏色詞，其語義程度也增強了。例如，上古，「白雪：雪白」→元代，「白雪雪」→晚清，「雪白雪白」；上古，「黑漆：漆黑」→唐代，「黑漆漆」→晚清，「漆黑漆黑」；上古，「綠碧：碧綠」→晚清，「碧綠碧綠」等等。可以看出，在心理上，顏色詞音節的變化可以增強表示顏色的語義程度。所以，近古漢語 BABA 式顏色詞是循著詞彙音節變化的規律和語義程度強化的需求而產生的。

二、從構型的生動化與語義強化角度看的動因

在上古至近古之間產生的「鮮紅」「火紅」「金黃」「銀白」「紫黑」「嫩綠」

〔註14〕請參見第五章例（155）和（166）。

等雙音節顏色詞，到了現代分別重疊為「鮮紅鮮紅」「火紅火紅」「金黃金黃」「銀白銀白」「紫黑紫黑」「嫩綠嫩綠」。在語義上，AB 或 BA 式顏色詞和 ABAB 或 BABA 式顏色詞基本一致。但是，與前者相比，後者形象性和生動性更為豐富。例如：

（7）a. 武宗拿在手中仔細一看，丸如櫻桃，**鮮紅鮮紅**，滴滴朱梁，瑩瑩玉漿，桃花顏色，膏滑餘香。（民國・齊秦野人《武宗逸史》第十三章）

b. 這時我注意到珊瑚礁的顏色也是那樣的動人：有的**火紅火紅的**，像是一片盛開的石榴；有的**金黃金黃的**，像是田野裏迎風飄蕩的菜花；有的**銀白銀白的**，像是一片片耀眼的梨花；有的**紫黑紫黑的**，像是招人喜歡的墨菊……。（藍帆《龍宮遊記》）〔註15〕

c. 現在葉瓣兒**嫩綠嫩綠的**，他們生長在鮮豔的花朵下面，把花兒襯托得更美麗了。（嵇鴻《神奇的七色光》）〔註16〕

從語用層面上看，「鮮紅鮮紅」「嫩綠嫩綠」「火紅火紅」「金黃金黃」「銀白銀白」「紫黑紫黑」等 ABAB／BABA 式顏色詞，對顏色義增添鮮豔度、亮度或濃度，以給人審美感和鮮活感。這些顏色詞都屬於構型重疊，雙音節顏色詞整體重疊之後，更具形象性。另一方面，在它們反覆表達的過程中，又從聽感上強化了對景物的描繪性。

可以看出，ABAB／BABA 式顏色詞是複音節顏色詞的形態變化的產物，既可以提升語言表達的生動，又可以增強語義程度。換言之，在長期的使用過程中，隨著雙音節顏色詞的形象性和語義程度越來越弱化，ABAB／BABA 式顏色詞開始出現了。

三、從實詞的語法化與語義強化角度看的動因

通過 ABB、BBA 式顏色詞的歷史發展研究我們知道，在中古時期以後漢語 ABB、BBA 式顏色詞一直佔優勢，並繼承性很強。在宋代，從唐代沿用下來的 ABB 式顏色詞，隨著其主要成員非顏色語素的重疊「BB」的意義由實變為半實

〔註15〕語料來源於教育部語言文字應用研究所計算語言學研究室，《語料庫在線》。網址：http://www.cncorpus.org/CnCindex.asp

〔註16〕語料來源於教育部語言文字應用研究所計算語言學研究室，《語料庫在線》。網址：http://www.cncorpus.org/CnCindex.asp。

半虛，逐漸開始語法化。譬如說，在清代出現的「雪青」「雪紅」給我們顯示，「雪白」「白雪雪」「雪雪白」中名詞「雪」的比擬功能已消失，以名詞重疊「雪雪」的意義也弱化。在同一時期出現的「白漆漆」也證明「黑漆漆」中的名詞重疊「漆漆」的實義完全虛化，以其重疊詞已經語法化。由此可見，這樣，ABB式顏色詞由附加式 ABB 式顏色詞轉變音綴式 ABB 式顏色詞的趨勢造成了 BABA 式顏色詞「雪白雪白」「漆黑漆黑」的產生。

第四節　本章小結

從漢語重疊式顏色詞的原生框架看，BABA 式顏色詞產生的時間跨度很大。可是，從漢語顏色詞的發展演變的連續線上看，在時間的長河中，漢語雙音節顏色詞通過不斷的動態變化逐漸走向了產生三音節和四音節重疊式的軌道。這給我們顯示，漢語顏色詞的發展是從簡單到複雜，從粗糙到精緻。漢語 BABA 式顏色詞的產生過程，是循著整個漢語詞彙系統的變化規律，漢語顏色詞系統內部和外部不斷調整完善的過程。雙音節 AB 或 BA 式顏色詞的語義弱化、三音節 ABB 式顏色詞中「BB」的語法化、音綴式 ABB 式顏色詞的增加、三音節 ABB 式顏色詞的語音變化等漢語顏色詞的量的和質的變化造成了 BABA 式顏色詞的產生。

第八章　結　論

　　本文首先對從上古到近古的代表性文獻中的複音節五色範疇顏色詞（重疊式顏色詞包括在內）建立了句法場，其次對不同類別範疇的複音節顏色詞的動態變化進行了分析和描寫，同時還對漢語顏色詞的原生重疊和後生重疊的產生路徑、構成要素、結構類型、結構變化、形態變化、語義變化、語法功能以及語音變化進行了分析研究。在此基礎上我們有以下主要發現：

第一節　漢語重疊式顏色詞的產生路徑與產生機制

　　本文認為，漢語重疊式顏色詞的產生路徑是對客觀存在的事物或物質的顏色信息和非顏色信息交融的動態過程，即顏色詞的生動化過程。

一、AA 式重疊詞與 ABB、BBA、AABB 式顏色詞的關係

　　上古時期，AA 式重疊詞可分為顏色語素的 AA 式重疊詞和非顏色語素的 AA 式重疊詞。在數量上，非顏色語素的 AA 式重疊詞佔優勢。ABB 式顏色詞共有 1 例，即「白顥顥」。從構成要素上看，「白顥顥」是由顏色語素和非顏色語素的 AA 式重疊詞構成的。AABB 式顏色詞也共有 1 例，即「鬱鬱蒼蒼」。該 AABB 式顏色詞是由非顏色語素的 AA 式重疊詞和顏色語素的 AA 式顏色詞構成的。中古時期，上古的 AA 式重疊詞和中古的 AA 式重疊詞成為 ABB、

BBA、AABB 式顏色詞的主要成員。近古時期，上古的 AA 式重疊詞、中古的 AA 式重疊詞和近古的 AA 式重疊詞也成為 ABB、BBA、AABB 式顏色詞的主要成員。在這裡，非顏色語素的 AA 式重疊詞對客觀景物的相貌，即形狀和狀態進行描寫，以對語言表達帶來形象性、生動性、具體性。雖然非顏色語素的 AA 式重疊詞不表示顏色相貌，但是因為客觀存在的所有事物或物質本身具有其顏色屬性、狀貌特徵以及動作情態，它們為人們描述色彩現象提供更為精緻豐富的信息。這意味著 AA 式狀態詞具有可變性、運動性、靈活性。

　　就 ABB、BBA 式顏色詞而言，從上古到近古，「顏色語素＋非顏色語素的 AA 式重疊詞」類型的顏色詞佔優勢。「單音狀態形容詞＋顏色語素的 AA 式重疊詞」類型的顏色詞很少見。前者類型顏色詞的產生路徑大致有兩類：一是「狀態形容詞＋原生重疊」→「一般性質形容詞＋原生重疊」→「顏色語素＋原生重疊」→「顏色語素＋新生重疊」。二是「名詞＋原生重疊」→「顏色語素＋原生重疊」→「顏色語素＋新生重疊」。其產生路徑遵循著整個重疊形式形容詞系統的發展規律，即 ABB 式的語言成分「A」由狀態形容詞或名詞轉變為性質形容詞。「A＋BB」「BB＋A」類型的顏色詞是通過「重疊」「比擬」「移就」「嵌入」等方式產生的。其產生機制來自「隱喻（模仿）」「聯想」「突顯」「強化」等心理現象。我們認為，這些類型顏色詞的系統在唐五代已完成。

　　就 AABB 式顏色詞而言，從上古到近古，「顏色語素的 AA 式重疊詞＋顏色語素的 BB 式重疊詞」類型的顏色詞佔優勢。「非顏色語素的 AA 式重疊詞＋顏色語素的 AA 式重疊詞」類型的顏色詞不多。「AA＋BB」類型顏色詞的產生方式植根於 AA 式原生重疊的框架。

二、AB、BA 式雙音節顏色詞與 ABB、BBA、AABB、ABAB、BABA 式顏色詞的關係

　　如前所述，從上古到近古，漢語複音節顏色詞句法場中的雙音節顏色詞一共有十個類別。從歷史上看，它們隨著時代變化而其類別範疇也不斷地動態變化。在這一過程中，雙音節顏色詞可成為重疊式顏色詞的基式：在唐代，有一些上古或中古的「顏色＋狀態」「顏色＋事物」「顏色語素的 AA 式重疊詞」等組的雙音節顏色詞可重疊為 ABB 或 BAA 式顏色詞；在宋元明清代，在上古到近古時期產生的「顏色＋狀態」「狀態＋顏色」「顏色＋事物」「事物

＋顏色」「顏色 1＋顏色 2」等組的雙音節顏色詞又可重疊為 ABB、BBA、AABB、ABAB 或 BABA 式顏色詞。比「A＋BB」「BB＋A」「AA＋BB」類型顏色詞後起的這些重疊形式顏色詞的產生方式植根於 AA 式原生重疊和「A＋BB」式顏色詞的產生經驗框架。近古時期，雙音節顏色詞成為三音節或四音節顏色詞的數量增多。這樣，產生擴展式顏色詞的主要動因在於，在上古或中古產生的雙音節顏色詞的語義淡化、對客觀景物的描寫性強化需要、對上古 AA 式顏色詞和在中古佔優勢的「A＋BB」類型顏色詞的複製現象靈活、在語言表達上追求新鮮美、形象美、生動美和均衡美的心理作用、在音節上雙音節顏色詞走向三音節或四音節顏色詞的發展趨勢等等。

三、ABC 式顏色詞與 ABB 式顏色詞的關係

　　ABC 式顏色詞可分為「顏色語素＋雙聲疊韻」和「顏色語素＋變聲變韻」兩類。從歷史上看，前者 ABC 式顏色詞始見於唐代，後者 ABC 式顏色詞始見於宋代；雙聲疊韻始見於西周時期，變聲變韻始見於魏晉南北朝時期；雙聲疊韻又稱為連綿詞，變聲變韻又稱為分音詞；「顏色語素＋雙聲疊韻」可稱為雙聲疊韻重疊式顏色詞，「顏色語素＋變聲變韻」可稱為變聲變韻重疊式顏色詞。由此可見，這兩類 ABC 式顏色詞都是語音變化的產物。從語體風格上看，連綿詞和分音詞都具有比較濃重的口語性。有一些 ABC 式顏色詞具有相應的 ABB 式顏色詞。如，「白參差：白差差」「綠參差：綠差差」「紅灼爍：紅灼灼：紅爍爍」「青巍峨：青巍巍」「紅團團：紅團欒」「碧團團：碧團欒」「白團團：白團圞」「白胡闌：碧環環」「紅曲連：白圈圈」「黑洞洞：黑古董：黑咕咚」「黑侵侵：黑林侵」「黑足呂：黑出出」「黑模糊：黑糊糊：黑木糊」等等。其中，「顏色語素＋團圞」「白胡闌」「紅曲連」「黑古董」「黑咕咚」「黑林侵」「黑足呂」「黑木糊」等 ABC 式顏色詞方言色彩非常濃厚。

第二節　漢語重疊式顏色詞的語義變化與結構變化的關係

一、語義變化與結構變化的連續性和不連續性

　　在語義上，有一些 AB、BA 式雙音節顏色詞隨著語言環境的變化而不斷地變化，以適應於新的語言環境。同時，它們的語義變化還對其結構帶來了變化。

在結構上，在認知心理作用下，通過「移就」「比擬」「重疊」等語言手段來產生了新的顏色詞。事實上，因為它們的語義與結構變化受到語境的影響，其變化的特徵具有連續性或不連續性。

首先，就連續性變化而言，在色物短語「白雪」變為單詞「白雪」的過程中，被修飾詞「雪」的意義逐漸向表色義的修飾詞「白」同化，以顏色詞「白」和名詞「雪」之間的界線消失了。結果，在語義上，「白雪」可以表示潔白的意思；在結構上，顏色詞「白」和名詞「雪」最終融合為一體。這樣的語義同化現象使色物詞「白雪」可以重疊為 ABB 式顏色詞「白雪雪」，以其語義程度強化。名詞重疊「雪雪」對顏色語素「白」添加功能詞義，即語法化。其次，就不連續性而言，色物短語「白雪」通過「移就」產生物色詞「雪白」，以其語義表示狀態義，並且名詞「雪」和顏色詞「白」之間具有比擬、說明關係。然後比擬式顏色詞「雪白」又重疊為「雪雪白」「雪白雪白」。在這一形態變化過程中，其比喻義也消失了。顏色詞「雪青」「雪紅」很好地說明名詞「雪」不代表白色。

二、非顏色語素的 AA 式重疊詞的語義指向變化與 ABB 式顏色詞內部結構的變化

在事物名詞和非顏色語素的 AA 式重疊詞之間嵌入顏色語素之後，非顏色語素的 AA 式重疊詞的語義指向變化也導致了「A＋BB」式內部結構的變化。也就是說，重疊詞「BB」的語義指向由事物名詞變為顏色語素，以並列式 ABB 式顏色詞變為述補式 ABB 式顏色詞，述補式 ABB 式顏色詞又發展為附加式 ABB 式顏色詞，附加式 ABB 式顏色詞又發展為音綴式 ABB 式顏色詞。這表明，比較鬆散的顏色語素和非顏色語素的 AA 式重疊詞之間組合的緊密度越來越大。由此可以建立，漢語「A＋BB」式顏色詞的發展模式，即始發重疊（原生重疊）→過渡重疊（並列式或述補式：顏色語素＋原生重疊／新生重疊）→目的重疊」（附加式或音綴式：顏色語素＋原生重疊／新生重疊）。

三、顏色詞的指代性與 ABB、AABB 式顏色詞的結構變化

在語義上，有一些 ABB、AABB 式顏色詞具有指代性。因此，其內部結構突變，以使組塊的整個「ABB」「AABB」的語義不表示客觀景物的性狀。如，

唐代，「綠依依」可以代表柳枝；明代，「青青紅紅」「皂皂白白」可以表示事情的來龍去脈、是非曲直。後來，這些並列式 AABB 式重疊詞融合為 ABCD 式「青紅皂白」。

第三節　漢語重疊式顏色詞的量變與質變的關係

漢語重疊式顏色詞具有較強的繼承性和保守性。因此，從上古到近古所積累的大量重疊式顏色詞，促進了漢語重疊式顏色詞的系統走向更為精密完善的軌道：在語義上，重疊式顏色詞在不斷變化的語言環境中產生了很多語境義，並形成了中古近古漢語重疊式顏色詞的語義變化體系，即動態性語義網絡系統；在結構上，不同範疇裏的雙音節顏色詞和重疊式顏色詞有機聯繫在一起，以形成了隨著時代變化而變化的結構變化體系，即內部和外部結構的發展變化模式。唐代以後，作謂語、定語、狀語、補語的重疊式顏色詞可以帶結構助詞「底／地」「的」「得」。在句法功能上，在近古時期句子中的重疊式顏色詞的句法功能多樣化，即重疊式顏色詞可以作主語、謂語、賓語、定語、狀語、補語。但是，明清以後，重疊式顏色詞主要作謂語、定語、狀語、補語；在語音上，宋代以後，隨著方言口語成分滲透於文語，重疊式顏色詞的語音也發生了變化。同時，音綴式 ABB 式顏色詞也增多。我們認為，從系統發展的角度看，清末已完成了接近現代漢語重疊式顏色詞的系統。

第四節　文章的創新與不足

本文的創新主要有以下幾點：

第一，本文是國內首篇以漢語五色範疇重疊式顏色詞的歷史發展為主要內容。

第二，本文嘗試利用句法場描寫漢語複音節顏色詞的動態變化，初步提供了一個適合於漢語顏色詞動態描寫的研究方法。這個句法場的優點在於：有效釐清了漢語複音節顏色詞從上古到近古的發展面貌，總結其發展規律。全面揭示了各個類別範疇中的複音節顏色詞成員在不同歷史時期的演變、雙音節顏色詞組合結構的變化，以加強顏色詞的詞彙場研究。

第三，本文細緻地描寫了顏色詞的原生重疊和後生重疊的有機關係、雙音

節顏色詞和重疊式顏色詞的有機關係、重疊式顏色詞的產生路徑、重疊式顏色詞的類型、重疊式顏色詞的語義變化體系、重疊式顏色詞的內部和外部結構變化、重疊式顏色詞的句法功能的變化、重疊式顏色詞中方言口語成分的語音變化等等，為學界提供了一本較為有價值的材料。

第四，本文有助於全面認識理解漢語重疊式顏色詞發展的來龍去脈，以初步加強了顏色詞的歷時研究。

而本文的不足則體現在下面幾個方面：

第一，由於語料頗多、時間有限、精力不足、學歷不逮，因此本文主要側重於對 AA、ABB、BBA、ABC、AABB、BABA 式顏色詞演變過程的描寫，其他方言中的各種各樣形式的顏色詞沒有展開。

第二，由於古代漢語很有難度，主要是描寫為主，未能深入探討，因此本文研究尚欠深入。

引書目錄及參考文獻

一、主要引書目錄

1. 《詩經譯注》，周振甫譯注，北京：中華書局，2002 年。
2. 《毛詩傳箋通釋》，〔清〕馬瑞辰撰，陳金生點校，中華書局，1989 年。
3. 《山海經全譯》，袁珂譯注，貴州人民出版社，1991 年。
4. 《山海經》，方韜譯注，北京：中華書局，2009 年。
5. 《毛詩正義》，〔漢〕毛亨傳〔漢〕鄭玄箋〔唐〕孔穎達疏，北京：北京大學出版社，1999 年。
6. 《尚書正義》，〔漢〕孔安國傳〔唐〕孔穎達正義，上海：上海古籍出版社，2007 年。
7. 《論語正義》，〔清〕劉寶楠撰，高水流點校，中華書局，1990 年。
8. 《春秋左傳正義》，北京：北京大學出版，1999 年。
9. 《孟子注疏》，〔漢〕超歧注〔宋〕孫奭疏，北京：北京大學出版社，1999 年。
10. 《春秋公羊傳注疏》，〔漢〕公羊壽傳〔漢〕何休解詁〔唐〕許彥疏，1999 年。
11. 《春秋穀梁轉注疏》，〔晉〕范宵集解〔唐〕楊士勳，1999 年。
12. 《禮記正義》，〔漢〕鄭玄注〔唐〕孔穎達疏，1999 年。
13. 《爾雅注疏》，〔晉〕郭璞注〔宋〕邢昺疏，1999 年。
14. 《周禮注疏》，〔漢〕鄭玄注〔唐〕賈公彥，1999 年。
15. 《孫子兵法校解》，〔日〕服部千春著，軍事科學出版社，1987 年。
16. 《孫子兵法譯注》，〔三國〕曹操注，郭華若今譯，上海：上海古籍出版社，2012 年。
17. 《周易全解》，金景芳、呂紹剛著，吉林大學出版社，1989 年。
18. 《莊子集釋》，〔清〕郭慶藩撰，王孝魚點校，中華書局，1961 年。

19. 《荀子集解》，〔清〕王先謙撰，沈嘯寰、王星賢點校，中華書局，1988 年。

20. 《國語譯注》，鄔國義、胡果文、李曉路撰，上海古籍出版社，1994 年。

21. 《楚辭今注》，李誠、湯炳正、熊良智、李大明注，上海：上海古籍出版社，1995 年。

22. 《楚辭集注》（影印宋端平刻本），〔宋〕朱熹撰，人民文學出版社，1953 年。

23. 《宋玉辭賦今讀》，袁梅譯注，濟南：齊魯書社，1986 年。

24. 《宋玉辭賦箋評》，金榮權著，中州古籍出版社，1991 年。

25. 《列子》，景中譯注，北京：中華書局，2007 年。

26. 《韓非子新校注》，〔戰國〕韓非著，陳奇猷校注，上海：上海古籍出版社，2000 年。

27. 《管子校注》，李翔鳳撰、梁運華整理，中華書局，2004 年。

28. 《新輯本桓譚新論》，〔漢〕桓譚撰，朱謙之校輯，北京：中華書局，2009 年。

29. 《史記》，〔漢〕司馬遷撰，中華書局，1959 年。

30. 《漢書》（二十四史全譯），安平秋、張傳璽主編，上海：漢語大詞典出版社，2004 年。

31. 《全漢賦》，費振剛、胡雙寶、宗明華輯校，北京大學出版社，1993 年。

32. 《全漢賦校注》，費振剛、仇仲謙、劉南平校注，廣州：廣東教育出版社，2005 年。

33. 《全上古三代秦漢三國六朝文》，〔清〕嚴可均輯，中華書局，1958 年。

34. 《先秦漢魏晉南北朝詩》，逯欽立輯校，北京：中華書局，1988 年。

35. 《論衡全譯》，〔東漢〕王充原著，袁華忠、方家常譯注，貴州人民出版社，1993 年。

36. 《風俗通義校注》，〔漢〕應劭撰，王利器校注，中華書局，1981 年。

37. 《太平經合校》，王明編，中華書局，1960 年。

38. 《後漢書》，〔宋〕范曄撰〔唐〕李賢等注，中華書局，1965 年。

39. 《樂府詩集》，〔宋〕郭茂倩編，北京：中華書局，1979 年。

40. 《文選》，〔梁〕蕭統編〔唐〕李善注，上海：上海古籍出版社，1986 年。

41. 《文心雕龍全譯》，周振甫著，北京：中華書局，2014 年。

42. 《玉臺新詠箋注》，〔陳〕徐陵編〔清〕吳兆宜注，程琰刪補，穆克宏點校，北京：中華書局，1999 年。

43. 《世說新語譯注》，〔南朝宋〕劉義慶著，張萬起、劉尚慈譯注，北京：中華書局，2006 年。

44. 《西京雜記》，〔晉〕葛洪撰，中華書局，1985 年。

45. 《西京雜記全譯》，〔晉〕葛洪集，成林、程章燦譯注，貴州人民出版社，1993 年。

46. 《抱朴子內篇全譯》，〔晉〕葛洪著，顧久譯注，貴州人民出版社，1995 年。

47. 《抱朴子外篇全譯》，〔晉〕葛洪原著，龐月光譯注，貴州人民出版社，1997 年。

48. 《朝野僉載》，〔唐〕張鷟撰，中華書局，1979 年。

49. 《宋書》（二十四史全譯本），上海：漢語大詞典出版社，2004 年。

50. 《北史》（二十四史全譯本），上海：漢語大詞典出版社，2004 年。

51. 《增訂注釋全唐詩》，陳貽焮主編，文化藝術出版社，2001 年。

52. 《李賀詩集》，葉蔥奇編訂，北京：人民大學出版社，1959 年。

53. 《鎮州臨濟慧照禪師語錄》，法性寺刊，日本永享八年（1436 年）。

54. 《臨濟錄》，〔唐〕慧然集，楊曾文編校，鄭州：中州古籍出版社，2001 年。

55. 《敦煌變文集》，王重民編，北京：人民文學出版社，1957 年。

56. 《敦煌變文集新書》，潘重規編著，臺北：文津出版社有限公司，民國八十三年（1994 年）。

57. 《敦煌變文校注》，黃徵、張湧泉校注，北京：中華書局，1997 年。

58. 《通典》，〔唐〕杜佑撰，王文錦、王永興、劉俊文、徐庭雲、謝方等點校，北京：中華書局，1992 年。

59. 《唐宋詞彙評》（兩宋卷），吳熊和主編，杭州：浙江教育出版社，2004 年。

60. 《敦煌曲子詞集》（修訂本），王重民輯，上海：商務印書館，1957 年。

61. 《晉書》，〔唐〕房玄齡等撰，北京：中華書局，2000 年。

62. 《隋唐五代墓誌彙編》，周紹良、趙超主編，上海：上海古籍出版社，2001 年。

63. 《祖堂集》，〔南唐〕靜、筠禪僧編，張華點校，鄭州：中州古籍出版社，2001 年。

64. 《雲笈七籤》，蔣力生等校注，北京：華夏出版社，1996 年。

65. 《全宋詞》，唐圭璋編，北京：中華書局，1965 年。

66. 《全宋詩》北京大學古文獻研究所編，北京：北京大學出版社，1999 年。

67. 《氾勝之書輯釋》，萬國鼎輯釋，農業出版社，1980 年。

68. 《古尊宿語錄》，〔宋〕賾藏主編集，蕭萐父、呂有祥點校，北京：中華書局，1994 年。

69. 《景德傳燈錄譯注》，〔北宋〕道原著，顧宏義譯注，上海：上海書店出版社，2010 年。

70. 《五燈會元》，〔宋〕普濟編，北京：中華書局，1984 年。

71. 《朱子語類》，〔北宋〕黎靖德編，王星賢點校，北京：中華書局，1986 年。

72. 《欒城集》，〔宋〕蘇轍著，曾棗莊、馬德富校點，上海古籍出版社，1987 年。

73. 《太平廣記》，〔宋〕李昉等編，北京：中華書局，1986 年。

74. 《容齋隨筆》，〔南宋〕洪邁撰，孔凡禮點校，北京：中華書局，2005 年。

75. 《吹劍錄全編》，〔南宋〕俞文豹撰，張宗祥校訂，古典文學出版社，1958 年。

76. 《西溪叢語》，〔宋〕姚寬撰，孔凡禮點校，中華書局，1997 年。

77. 《學林》，〔宋〕王觀國撰，田瑞娟點校，北京：中華書局，1988 年。

78. 《馬鈺集》，〔金〕馬鈺著、趙衛東輯校，濟南：齊魯書社，2005 年。

79. 《全諸宮調》，朱平楚、輯錄校點，甘肅人民出版社，1987 年。

80. 《元曲選外編》，隋樹森編，北京：中華書局，1959 年。

81. 《全元散曲簡編》，隋樹森選編，上海：上海古籍出版社，1984 年。

82. 《元曲選校注》，王學奇主編，河北教育出版社，1994 年。

83. 《元曲三百首全解》，史良昭解，上海：復旦大學出版社，2009 年。

84. 《新校元刊雜劇三十種》，徐沁君校點，北京：中華書局，1980 年。

85. 《元曲釋詞》，顧學頡、王學奇著，中國社會科學出版社，1983 年。

86. 《宋元小說家話本集》，程毅中輯注，濟南：齊魯書社，2000 年。

87. 《清平山堂話本》，〔明〕洪楩輯，裴佳點注，北京：華夏出版社，2012 年。

88. 《新編諸子集成‧法言義疏》（第一輯），江榮寶撰，陳仲夫點校，北京：中華書局，1987 年。

89. 《宛署雜記》，〔明〕沈榜，北京：北京古籍出版社，1980 年。

90. 《西湖遊覽志餘》，〔明〕田汝成輯撰，上海：上海古籍出版社，1980 年。

91. 《海浮山堂詞稿》，〔明〕馮惟敏著，上海古籍出版社，1981 年。

92. 《老乞大諺解‧朴通事諺解》，臺北：聯經出版事業公司，中華民國六十七年（1978）。

93. 《水滸傳》，北京：人民文學出版社，2005 年。

94. 《西廂記》，上海古籍出版社，1978 年。

95. 《西遊記》，北京：人民文學出版社，2005 年。

96. 《金瓶梅詞話》，〔明〕蘭陵笑笑生，北京：人民文學出版社，2000 年。

97. 《醒世姻緣傳》，〔明〕西周生撰，黃肅秋校點，上海：上海古籍出版社，1981 年。

98. 《封神演義》，〔明〕許仲琳，華夏出版社，2008 年。

99. 《馮夢龍全集》，魏同賢主編，南京：鳳凰出版社，2007 年。

100. 《拍案驚奇》（足本），〔明〕凌濛初編撰，海南出版社，1993 年。

101. 《二刻拍案驚奇》（足本），〔明〕凌濛初編撰，海南出版社，1993 年。

102. 《馮夢龍全集‧古今小說》，魏同賢主編，南京：鳳凰出版社，2007 年。

103. 《馮夢龍全集‧警世通言》，魏同賢主編，南京：鳳凰出版社，2007 年。

104. 《馮夢龍全集‧醒世恒言》，魏同賢主編，南京：鳳凰出版社，2007 年。

105. 《三刻拍案驚奇》（原名《幻影》），〔明〕夢覺道人、西湖浪子輯，張榮起整理，北京大學出版社，1987 年。

106. 《三寶太監西洋記通俗演義》，〔明〕羅懋登著，陸樹崙、竺少華校點，上海古籍出版社，1985 年。

107. 《堯山堂外紀》，〔明〕蔣一葵撰，北京大學中國語言中心語料庫，網址：http://ccl.pku.edu.cn: 8080/ccl_corpus/index.jsp?dir=gudai。

108. 《英烈傳》，〔明〕郭勳，北京大學中國語言中心語料庫，網址：同上。

109. 《夏商野史》，〔明〕鍾惺，北京大學中國語言中心語料庫，網址：同上。

110. 《五代秘史》，〔明〕羅貫中，北京大學中國語言中心語料庫，網址：同上。

111. 《隋唐演義》，呼爾浩特：內蒙古人民出版社，2004 年。

112. 《風流悟》，〔清〕坐花散人編輯，宋海江點注，北京：華夏出版社，2012 年。

113. 《紅樓夢》，人民文學出版社，1982 年。

114. 《負曝閒談》，上海古籍出版社，1985 年。

115. 《負曝閒談》，〔清〕歐陽鉅源，黃世仲著，北京：華夏出版社，1995 年。

116. 《俠女奇緣》（原名《兒女英雄傳》），〔清〕文康著，廣西人民出版社，1981 年。

117. 《孽海花》，〔清〕曾樸著，北京：解放軍文藝出版社，2000 年。

118. 《全校會注集評聊齋誌異》，〔清〕蒲松齡，任篤行輯校，濟南：齊魯書社，2000 年。

119. 《吳嘉紀詩箋校》，〔清〕吳嘉紀撰，楊積慶箋校，上海古籍出版社，1980 年。

120. 《三俠劍》，〔清〕張傑鑫著，北京：北京燕山出版社，2008 年。

121. 《濟公全傳》，〔清〕郭小亭撰，天津：天津古籍出版社，2006 年。

122.《續濟公傳》，〔清〕郭小亭、坑餘生撰，浙江古籍出版社，1991 年。

123.《小五義》，〔清〕無名氏，灘江出版社，1981 年。

124.《續小五義》，〔清〕石玉昆著，北京：中國文史出版社，2003 年。

125.《七俠五義》，〔清〕石玉昆編，穆公標點，上海古籍出版社，1993 年。

126.《彭公案》，〔清〕貪夢道人，文平校點，寶文堂書，1988 年。

127.《說唐全傳》，無名氏著，譚新標點，長沙：嶽麓出版社，1993 年。

128.《通俗文》，〔清〕臧庸錄，臺北：新文豐出版公司，民國七十七年（1988 年）。

129.《詞苑叢談》，〔清〕徐釚撰，唐圭璋校注，上海古籍出版社，1981 年。

130.《海公大紅袍全傳》，上海古籍出版社，1993 年。

131.《野叟曝言》，〔清〕夏敬渠，長春出版社，1992 年。

132.《老殘遊記》，〔清〕劉鄂，人民文學出版社，1959 年。

133.《儒林外史》，〔清〕吳敬梓，人民文學出版社，1958 年。

134.《官場現形記》，〔清〕李寶嘉，北京：人民文學出版社，2000 年。

135.《蕉軒隨錄》，〔清〕方濬師，中華書局，1995 年。

136.《施公案》，〔清〕無名氏，北京大學中國語言研究所語料庫，網址：同上。

137.《七劍十三俠》，〔清〕唐芸洲，北京大學中國語言研究所語料庫，網址：同上。

138.《說岳全傳》，〔清〕錢彩，北京大學中國語言研究所語料庫，網址：同上。

139.《小八義》，〔清〕無名氏，北京大學中國語言研究所語料庫，網址：同上。

140.《九尾龜》，〔清〕張春帆，北京大學中國語言研究所語料庫，網址：同上。

141.《康熙俠義傳》，〔清〕貪夢道人，北京大學中國語言研究所語料庫，網址：同上。

142.《東度記》，〔清〕久久老人，北京大學中國語言研究所語料庫，網址：同上。

143.《八仙得道》，〔清〕無名氏，北京大學中國語言研究所語料庫，網址：同上。

144.《綠野仙蹤》，〔清〕李百川，北京大學中國語言研究所語料庫，網址：同上。

145.《平山冷燕》，〔清〕無名氏，北京大學中國語言研究所語料庫，網址：同上。

146.《女媧石》，〔清〕海天獨嘯子，北京大學中國語言研究所語料庫，網址：同上。

147.《古今情海》，〔民國〕曹繡君輯，劉玉瑛、梅敬忠主編，長春：吉林文史出版社，1994 年。

148.《五代史演義》，〔民國〕蔡東藩，北京：華夏出版社，2007 年。

149.《百喻經注釋》，弘學注釋，成都：巴蜀書社，2008 年。

150.《百喻經譯注》，周紹良譯注，北京：中華書局，2008 年。

151.《景印文淵閣四庫全書‧子部十‧鬻子》，臺灣商務印書館股份有限公司，2008 年。

152.《叢書集成續編》，臺北市新文豐出版公司，臺北市新文豐出版公司，1988 年。

153.《駢字類編》，〔清〕張延玉等編，何冠義、朱憲、孫蘭風編，北京：中國書店，1988 年。

二、主要參考文獻

1. 曹廣順，《近代漢語助詞》，北京：商務印書館（第 1 版），2014 年。

2. 曹煒，《漢字字形結構分析和義素分析法》，《語文研究》第 3 期，2001 年。

3. 陳寶勤，《漢語詞彙的生成與演化》，北京：商務印書館（第 1 版），2011 年。

4. 陳秀蘭，《敦煌變文詞彙研究》，成都：四川民族出版社（第 1 版），2002 年。

5. 陳明娥，《敦煌變文詞彙計量研究》，百花洲文藝出版社（第 1 版），2006 年。

6. 程湘清，《漢語史專書：複音詞研究》（增訂本），北京：商務印書館（第 1 版），
2008 年。

7. 程湘清，《隋唐五代漢語研究》，山東教育出版社（第 1 版 1994 年重印），1992
年。

8. 詞彙學理論與應用編委會編，《詞彙學理論與應用（八）》，北京：北京大學出版
社（第 1 版），2016 年。

9. 儲澤祥，《單音名詞的 AABB 疊結現象》載《漢語重疊問題》，武漢：華中師範
大學出版社（第 1 版），2009 年。

10. 儲澤祥，《漢語規範化中的觀察、研究和語值探求—單音形容詞的 AABB 差義疊
結現象》，《語言文字應用》第 1 期（總第 17 期），1996 年。

11. 褚福俠，《元曲詞綴研究》，山東大學博士學位論文，2007 年。

12. 崔剛，《神經語言學》，北京：清華大學出版社（第 1 版），2005 年。

13. 鄧曉華、高天俊，《演化語言學的理論、方法與實踐》，《山西大學學報（哲學社會
科學版）》第 37 卷第 2 期，2014 年。

14. 丁峻、陳巍，《兒童心理理論解釋模型的新範式——具身模仿論述評》，《心理研
究》第 4 期，2008 年。

15. 丁峻、陳巍，《具身認知之根：從鏡象神經元到具身模仿論》，《華中師範大學學報
（人文社會科學版）》第 48 卷第 1 期，2009 年。

16. 董佳，《漢語顏色詞研究文獻綜述》，《海外華文教育》第 4 期，2009 年。

17. 董秀芳，《詞彙化：漢語雙音詞的衍生和發展》（修訂本），北京：商務印書館（2013
重印），2011 年。

18. 董志翹、楊琳，《古代漢語》，武漢：武漢大學出版社（第 1 版），2014 年。

19. 潘峰，《論漢語顏色詞兩極性語義的認知》，《黃岡師範學院學報》第 31 卷第 5 期，
2011 年。

20. 潘峰，《論漢語顏色詞的兩極性語義》，《湖北社會科學》第 8 期，2012 年。

21. 范曉民、崔鳳娟，《顏色詞的認知研究》，《大連海事大學學報（社會科學版）》第
6 卷第 6 期，2007 年。

22. 潘慎，《唐五代詞鑒賞辭典》，北京燕山出版社（第 1 版 1992 重印），1991 年。

23. 方一新，《中古近代漢語詞彙學》，北京：商務印書館（第 1 版），2010 年。

24. 方一新，《東漢語料與詞彙史研究芻議》，《中國語文》第 2 期（總第 251 期），1996
年。

25. 馮莉，《民間文化遺產傳承的原生性與新生性——以納西汝卡人的信仰生活為
例》，天津：天津大學博士學位論文，2012 年。

26. 符准青，《語素「紅」的結合能力分析》，《語文研究》第 2 期（總第 7 期），1983 年。

27. 符准青，《漢語表「紅」的顏色詞群分析（上）》，《語文研究》第 8 期（總第 28 期），
1988 年。

28. 符淮青，《漢語表「紅」的顏色詞群分析（下）》，《語文研究》第 1 期（總第 30 期），1989 年。

29. 高明、塗白圭，《古文字類編》（增訂本），上海：上海古籍出版社（第 1 版），2008 年。

30. 葛本儀，《漢語詞彙研究》，北京：外語教學與研究出版社（第 1 版 2009 重印），2006 年。

31. 葛本儀，《現代漢語詞彙學》，濟南：山東人民出版社（第 1 版 2008 重印），2001 年。

32. 貢貴訓，《安徽懷遠方言「分音詞」舉例》，《安徽理工大學學報》第 12 卷第 3 期，2010 年。

33. 郭沫若，胡厚宣，《甲骨文合集》，北京：中華書局（第 1 版），1978 年。

34. 郭順、喻志勇，《古代漢語單音節顏色詞發展的基本途徑》，《普洱學院學報》第 30 卷第 1 期，2014 年。

35. 郭錫良，《先秦漢語詞法的發展》，載《漢語史論集》（增補本），北京：商務印書館（第 1 版），2005 年。

36. 何自然、陳新仁，《語言模因理論與應用》，廣州：暨南大學出版社（第 1 版），2014 年。

37. 賀巍，《獲嘉方言表音字詞表》，《語文研究》第 3 期（總第 32 期），1989 年。

38. 胡敕瑞，《從隱含到呈現（上）——試論中古詞彙的一個本質變化》，載《漢語語義演變研究》，北京：商務印書館（第 1 版），2015 年。

39. 胡厚宣，《甲骨文合集釋文》，北京：中國社會科學出版（第 1 版），1999 年。

40. 胡明揚，《北京話初探》，北京：商務印書館（2005 重印），1987 年。

41. 胡樸安，《從文字學上看見中國古代之聲韻與言語》，龍門書店，1969。

42. 胡樸安，《從文字學上考見古代辨色本能與染色技術》，載胡樸安，1941，《從文字學上考見中國古代之聲韻與言語》（學林），龍門書店，1969 年。

43. 胡曉晴、傅根躍、施臻彥，《鏡象神經元系統的研究回顧及展望》，《心理科學進展》第 17 卷第 1 期，2009 年。

44. 黃德寬，《古漢字發展論》，北京：中華書局（第 1 版），2014 年。

45. 黃纓，《色彩構成》，武漢：華中科技大學出版社（第 1 版），2006 年。

46. 霍俐娜，《淺析山西平定方言中的「圪」》，《現代語文》第 10 期，2015 年。

47. 加曉昕，《現代漢語色彩詞立體研究》，成都：四川科學技術出版社（第 1 版），2014 年。

48. 江藍生，《變形重疊與元雜劇中的四字格狀態形容詞》，《歷史語言學研究》（第 1 輯），北京：商務印書館（第 1 版），2008 年。

49. 蔣紹愚，《唐詩語言研究》，北京：語文出版社（第 1 版），2008 年。

50. 蔣紹愚，《詞義變化與句法變化》，《蘇州大學學報（哲學社會科學版）》第 1 期，2013 年。

51. 蔣紹愚，《詞義演變和句法演變的相互關係》，《漢語史學報》（第十五輯），上海：上海教育出版社（第 1 版），2015 年。

52. 蔣紹愚，《漢語歷史詞彙學概要》，北京：商務印書館（第1版），2015年。

53. 李葆嘉，《中國轉型語法學——基於歐美模板與漢語類型學的沉思》，南京：南京師範大學出版社（第1版），2008年。

54. 李福印，《語義學概論》（修訂本），北京：北京大學出版社（第2版2012重印），2007年。

55. 李福印，《認知語言學概論》，北京：北京大學出版社（第1版），2008年。

56. 李恭著，《隴右方言發微》，蘭州大學出版社（第1版），1988年。

57. 李紅印，《顏色詞的收詞、釋義和詞形標注》，《語言文字應用》第3期，2003年。

58. 李紅印，《現代漢語顏色詞語義分析》，北京：商務印書館（第1版），2007年。

59. 李錦山，《〈金瓶梅詞話〉中的江淮方言》，《棗莊師範專科學校學報》第20卷第6期，2003年。

60. 李軍華，《漢語修辭學新著》，北京：中國社會科學出版社（第1版），2010年。

61. 李鵬程、王輝，《色彩構成》，上海：上海人民美術出版社（第一版），2003年。

62. 李榮，《現代漢語方言大詞典》（綜合本），南京：江蘇教育出版社（第1版去），2002年。

63. 李榮，《太原方言詞典》（現代漢語方言大辭典·分卷），南京：江蘇教育出版社（第1版），1994年。

64. 李榮，《哈爾濱方言大辭典》（現代漢語放眼大詞典·分卷），南京：江蘇教育出版社（第1版），1997年。

65. 李小平，《〈世說新語〉重疊式複音詞構詞法淺探——兼論音節表義》，《蘇州教育學院學報》第21卷第1期，2004年。

66. 李豔華，《謂詞性AABB加疊的語義分析》，《語言教學與研究》第3期，2009年。

67. 李英哲，《從語義新視野看漢語的一些重疊現象》，載《漢語重疊問題》，武漢：華中師範大學出版社（第1版），2009年。

68. 李宗焜，《甲骨文字編》，北京：中華書局（第1版），2012年。

69. 廖珣英，《〈全宋詞〉語言詞典》，北京：中華書局（第1版），2007年。

70. 藺璜，《狀態形容詞及其主要特徵》，《語文研究》第2期（總第83期），2002年。

71. 劉大杰，《中國文學發展史》，天津：百花文藝出版社（第1版），2007年。

72. 劉丹青，《蘇州方言重疊式研究》，《語言研究》第1期（總第10期），1986年。

73. 劉丹青，《語法化中的更新、強化與疊加》，《語言研究》第2期（總第43期），2001年。

74. 劉丹青，《語法化理論與漢語方言語法研究》，《方言》第2期，2009年。

75. 劉丹青，《原生重疊和次生重疊：重疊式歷時來源的多樣性》，《方言》第1期，2012年。

76. 劉丹青，《現代漢語基本顏色詞的數量及序列》，《南京大學學報（社會科學版）》第3期，1990年。

77. 劉海平，《漢代至隋唐漢語語序研究》，北京：中國社會科學出版社（第1版），2014年。

78. 劉書芬，《甲骨文中的顏色形容詞》，《殷都學刊》第3期，2010年。

79. 劉叔新，《漢語描寫詞彙學》，北京：商務印書館（第 2 版 2013 重印），2005 年。

80. 劉向紅，《隨文釋義初探》，《濟南大學學報》第 3 期，2000 年。

81. 劉英凱，《英漢「移覺」修辭格探討》，《現代外語》第 3 期，1985 年。

82. 劉月華、潘文娛、故韡，《實用現代漢語語法》（增訂本），北京：商務印書館（第 1 版 2004 重印），2001

83. 劉雲泉，《色彩詞在移就格中的修辭功能》，《當代修辭學》第 4 期，1984 年。

84. 劉雲泉，《語言的色彩美》，安徽教育出版社（第 1 版），1990 年。

85. 龍潛庵，《宋元語言詞典》，上海辭書出版社（第 1 版），1985 年。

86. 龍莊偉、曹廣順、張玉米，《漢語的歷史探討——慶祝楊耐思先生八十壽誕學術論文集》，北京：中華書局（第 1 版），2011 年。

87. 呂叔湘，《現代漢語八百詞》（增訂本），北京：商務印書館（2012 重印），1999 年年。

88. 呂晴飛、李觀鼎、劉方成，《漢魏六朝詩歌鑒賞辭典》，中國和平出版社（第 1 版），1990 年。

89. 馬慶株，《關於重疊的若干問題：重疊（含迭用）、層次與隱喻》，載《漢語重疊問題》，武漢：華中師範大學出版社（第 1 版），2009 年。

90. 潘悟雲，《詞彙擴散理論評價》，《溫州師專學報（社會科學版）》第 3 期，1985 年。

91. 錢鍾書，《七綴集》，北京：生活·讀書·新知三聯書店（第 1 版 2004 重印），2002 年。

92. 秦虹，《包頭方言分音詞研究》，遼寧師範大學碩士學位論文，2012 年。

93. 任林深，《聞喜方言中的「圪」與「古」》，《山西師大學報（社會科學版）》第 18 卷第 1 期，1991 年。

94. 沈家煊，《「語法化」研究綜觀》，《外語教學與研究》第 4 期（總第 100 期），1994 年。

95. 沈家煊，《「有界」與「無界」》，《中國語文》第 5 期（總第 248 期），1995 年。

96. 沈家煊，《形容詞句法功能的標記模式》，《中國語文》第 4 期（總第 259 期），1997 年。

97. 沈家煊，《實詞虛化的機制》，《當代語言學（試刊）》第 3 期，1998 年。

98. 沈家煊，《認知與漢語語法研究》，北京：商務印書館（第 1 版 2009 重印），2006 年。

99. 石定栩，《形容詞重疊式的句法地位》，載《漢語重疊問題》，武漢：華中師範大學出版社（第 1 版），2009 年。

100. 貝先明、石鋒，《方言的接觸影響在元音格局中的表現》，《南開語言學刊》第 1 期（總第 11 期），2008 年。

101. 石鋒，《語音平面實驗錄》，北京：北京語言大學出版社（第 1 版），2012 年。

102. 石鋒，《語調格局——實驗語言學的奠基石》，北京：商務印書館（第 1 版），2013 年。

103. 石鋟，《漢語形容詞重疊形式的歷史發展》，北京：商務印書館（第 1 版），2010 年。

104. 石毓，《BA 式雙音狀態形容詞的形成與演變》，《歷史語言學研究》第六輯，2013 年。

105. 施向東，《詩詞格律初階》，天津：天津大學出版社（第 1 版），2001 年。

106. 施向東、舟啟斌，《古代漢語基礎》，北京：北京大學出版社（第 1 版），2010 年。

107. 束定芳，《認知語義學》，上海：上海外語教育出版社（第 1 版 2009 重印），2008 年。

108. 孫繼萬，《漢語疊字詞詞典》，北京：中國大百科全書出版社（第 1 版），2003 年。

109. 孫景濤，《「屋漏」探源》，《語言研究》第 25 卷第 4 期，2005 年。

110. 孫景濤，《古漢語重疊構詞法研究》，上海：上海教育出版社（第 1 版），2008 年。

111. 孫也平，《黑龍江方言附加式形容詞多音後綴》，《語言研究》第 2 期（總第 15 期），1988 年。

112. 孫毅，《通感隱喻微視對比框架中體驗哲學與民俗模型性的聯合動因考辯》，《西北大學學報（哲學社會科學版）》第 40 卷第 4 期，2010 年。

113. 湯克勤，《李伯元：普通士人轉型為近代知識分子的先行者》，《廣東技術師範學院學報（社會科學）》第 4 期，2012 年。

114. 唐甜甜，《〈金瓶梅詞話〉顏色詞計量研究》，蘇州大學博士論文，2014 年。

115. 唐玄之，《甲骨文所揭示的殷人的光學知識》，《南京農業大學學報（社會科學版）》第 4 期，2003 年。

116. 王國栓、馬慶株，《天津言的分音詞》，《語文研究》第 2 期（總第 123 期），2012 年。

117. 王洪君，《漢語常用的兩種語音構詞法──從平定兒化和太原嵌 l 詞談起》，《語言研究》第 1 期（總第 26 期），1994 年。

118. 王繼紅，《重言式狀態詞的語法化考察》，《語言研究》第 23 卷第 2 期，2003 年。

119. 王娟、張積家，《顏色詞與顏色認知的關係──基於民族心理學的研究視角》，《心理科學進展》第 8 期，2012 年。

120. 王學奇，《元曲選校注》，河北教育出版社（第 1 版），1994 年。

121. 顧學頡、王學奇，《元曲釋詞》，中國社會科學出版社（第 1 版），1983 年。

122. 王力，《漢語詞彙史》，北京：中華書局（第 1 版），2013 年。

123. 王力，《漢語史稿》，北京：中華書局（第 1 版 2006 重印），1980 年。

124. 王力，《王力文集（第一卷）：中國語法理論》，濟南：山東教育出版社（第 1 版），1984 年。

125. 王士元（William S-Y. Wang），《語言的探索──王士元語言學論文選譯》（石鋒等譯），北京：北京語言文化大學出版社（第 1 版），2000 年。

126. 王士元（William S-Y. Wang），《語言是一個複雜適應系統》，《清華大學學報（哲學社會科學版）》第 21 卷第 6 期，2006 年。

127. 王士元（William S-Y. Wang），《語言、演化與大腦》，北京：商務印書館（第 1 版），2011 年。

128. 王士元（William S-Y. Wang），《演化語言學的演化》，《當代語言學》第 13 卷第 1 期，2011 年。

129. 王士元（William S-Y. Wang），《演化語言學論集》，北京：商務印書館（第 1 版），2013 年。

130. 王寅，《認知語言學》，上海：上海外語教育出版社（第 1 版 2014 重印），2007 年。

131. 王寅，《中國語言象似性研究論文精選》，長沙：湖南人民出版社（第 1 版），2009 年。

132. 王衍軍，《談〈醒世姻緣傳〉的語言學價值》，《漢語史學報》（第 9 輯），上海：上海教育出版社，2010 年。

133. 王雲路，《中古漢語詞彙史》，北京：商務印書館（第 1 版），2010 年。

134. 王占福，《古代漢語修辭學》，石家莊：河北教育出版社（第 1 版），2001 年。

135. 汪國勝、謝曉明，《漢語重疊問題》，武漢：華中師範大學出版社（第 1 版），2009 年。

136. 汪沙華、徐健，《通感與概念隱喻》，《外語學刊》第 3 期，2002 年。

137. 汪維懋，《漢語重言詞詞典》，北京：軍事誼文出版社（第 1 版），1999 年。

138. 汪維輝、秋谷裕幸，《漢語「站立」義詞的現狀與歷史》，載《漢語語義演變研究》，北京：商務印書館（第 1 版），2015 年。

139. 溫端政，《漢語語彙學》，北京：商務印書館（第 1 版），2005 年。

140. 溫端政，《試論晉語的特點與歸屬》，《語文研究》第 2 期（總第 63 期），1997 年。

141. 吳福祥、王雲路，《漢語語義演變研究》，北京：商務印書館（第 1 版），2015 年。

142. 武黃崗，《晉語長子方言「圪」研究》，《語文學刊》12 期，2013 年。

143. 于省吾，《甲骨文字詁林》，北京：中華書局（第 1 版 1999 重印），1996 年。

144. 于省吾，《甲骨文字釋林》，北京：商務印書館（第 1 版 2012 重印），2010 年。

145. 巫稱喜，《甲骨文形容詞初探》，《韓山師範學院學報（社會科學版）》第 3 期，2001 年。

146. 鄔美麗，《鄂爾多斯漢語方言構詞方式》，內蒙古師範大學碩士學位論文，2004 年。

147. 吳為善，《認知語言學與漢語研究》，上海：復旦大學出版社（第 1 版），2011 年。

148. 吳玉璋，《從歷時和共時對比的角度看顏色詞的模糊性》，《上海外國語學院學報》第 5 期，1988 年。

149. 吳玉貴，《中國風俗通史（隋唐五代卷）》，上海：上海文藝出版社（第 1 版），2001 年。

150. 夏全勝、呂勇、石鋒，《漢語名詞和動詞語義加工中具體性效應和詞類效應的 ERP 研究》，南開語言學刊》第 1 期（總第 19 期），2012 年。

151. 向熹，《詩經語言研究》，成都：四川人民出版社（第一版），1987 年。

152. 向熹，《詩經詞典》，四川人民出版社（第一版），1986 年。

153. 向熹，《簡明漢語史》（修訂本），北京：商務印書館（第 1 版 2013 重印），2010 年。

154. 蕭黎明，《銅仁地區漢語方言內部差異及成因》，《銅仁學院學報》第 1 期，2007 年。

155. 肖世孟，《先秦色彩研究》，北京：人民出版社（第 1 版），2013 年。

156. 解海江、章黎平，《漢英語顏色詞對比研究》，上海辭書出版社（第 1 版），2004 年。

157. 謝壽昌，《中國古今地名大辭典》，臺灣商務印書館（中華民國七十一年十一月壹六版），1982 年。

158. 辛志成，《從「三言二拍」看昆明方言中的江浙古吳語》，《昆明冶金高等專科學校學報》第 20 卷第 4 期，2004 年。

159. 邢向東，《晉語圪頭詞流變論》，《內蒙古師大學報（漢語哲學社會科學版）》第 2 期，1987 年。

160. 許寶華、（日）宮田一郎，《漢語方言大詞典》，北京：中華書局（第 1 版），1999 年。

161. 徐立芳，《蘇州方言形容詞研究初探》，《徐州大學學報（哲學社會科學版）》第 1 期，1987 年。

162. 徐立昕，《宋代文人的銀杏書寫》，《社會科學家》第 2 期，2016 年。

163. 徐通鏘，《語言學是什麼》，北京：北京大學出版社（第 1 版），2007 年。

164. 徐時儀，《論詞組結構功能的虛化》，《復旦學報（社會科學版）》第 5 期，1998 年。

165. 徐時儀，《漢語白話發展史》，北京：北京大學出版社（第 1 版），2007 年。

166. 徐時儀，《古白話詞彙研究論稿》，上海：上海教育出版社（第 1 版），2000 年。

167. 徐時儀，《詞義類聚與詞義系統探略》，載《詞彙學理論與應用（八）》，北京：商務印書館（第 1 版），2016 年。

168. 楊振蘭，《現代漢語詞采學》，山東大學出版社（第 1 版 1997 重印），1996 年。

169. 楊娟娟，《夏敬渠〈野叟曝言〉研究》，贛南師範學院碩士論文，2011 年。

170. 楊逢彬，《關於殷墟甲骨刻辭的形容詞》，《古漢語研究》第 1 期，2001 年。

171. 楊琳，《漢語詞彙複音化新論》，《煙臺大學學報（哲學社會科學版）》第 4 期，1995 年。

172. 楊琳，《訓詁方法新探》，北京：商務印書館（第 1 版），2011 年。

173. 楊琳，《詞彙生動化及其理論價值——以「抬槓」「敲竹槓」等詞為例》，《南開語言學刊》第 1 期（總第 19 期），2012 年。

174. 楊琳，《論相鄰引申》，《古漢語研究》第 4 期（總第 109 期），2015 年。

175. 楊玉芳，《心理語言學》，北京：科學出版社（第一版），2015 年。

176. 姚小平，《基本顏色詞理論述評——兼論漢語基本顏色詞的演變史》，《外語教學與研究》第一期（總第 73 期），1988 年。

177. 葉鴻盤，《顏色科學》，輕工業出版社（第一版），1988 年。

178. 葉軍，《現代漢語色彩詞研究》，內蒙古人民出版社（第一版），2001 年。

179. 葉軍，《談色彩詞中的特殊成員：物色詞》，《內蒙古師範大學學報（哲學社會科學版）》第 5 期，2002 年。

180. 葉軍，《再議「物色詞」——從上古「白」色詞群談起》，《漢字文化》第 4 期，2007 年。

181. 葉經文，《色彩構成》，北京：清華大學出版社（第 1 版 2014 重印），2010 年。

182. 于逢春，《論民族文化對顏色詞的創造即其意義的影響》《大學社會科學學報》第 5 期，2000 年。

183. 俞理明，《詞彙翻新及其動因》，《漢語史學報》（第十五輯），上海：上海教育出版社（第 1 版），2015 年。

184. 袁逖飛、陳巍、丁峻，《鏡象神經元研究概況述評》，《生命科學》第 19 卷第 5 期，2007 年。

185. 張博，《組合同化：詞義衍生的一種途徑》，《中國語文》第 2 期（總第 269 期），1999 年。

186. 張美蘭，《近代漢語後綴形容詞詞典》，貴陽：貴州教育出版社（第 1 版），2001 年。

187. 張敏，《漢語方言體詞重疊式語義模式的比較研究》，載《漢語方言共時與歷時語法研討論文集》廣州：暨南大學出版社（第 1 版），1999 年。

188. 張壽康，《構詞法和構形法》，湖北人民出版社（第 1 版），1981 年。

189. 張亭立，《山西靈石方言中的「圪」》，《語言文學研究》13 期，2012 年。

190. 張清常，《漢語的顏色詞大綱》，《語言教學與研究》第 3 期，1991 年。

191. 張清常，《內蒙西部漢語方言構詞法中一些特殊現象》，《內蒙古大學學報》第 2 期，1962 年。

192. 張維耿，《客家話詞典》，廣東人民出版社（第 1 版），1995 年。

193. 張永言，《訓詁學簡論詞彙學簡論》（增訂本），上海：復旦大學出版社（第 1 版），2015 年。

194. 張悅，《漢語詞彙複音化對漢語發展的影響》，《廣西社會科學》第 6 期（總第 120 期），2005 年。

195. 張志毅、張慶雲，《詞彙語義學》，北京：商務印書館（第 3 版），2012 年。

196. 張子剛，《陝北方言中的分音詞》，《延安大學學》第 26 卷第 2 期，2004 年。

197. 張玉萍，《〈金瓶梅詞話〉方言問題研究綜述》，《明清小說研究》第 4 期（總第 70 期），2003 年。

198. 鄭春蘭，《甲骨文核心詞研究》，華中科技大學博士學位論文，2007 年。

199. 趙秉璇，《太原方言裏的反語駢詞》，《語文研究》第 1 期，1984 年。

200. 趙克勤，《古代漢語詞彙學》，北京：商務印書館（第 1 版 2010 重印），1994 年。

201. 晁瑞，《ABB 狀態詞構式的結構整合與意義發展》，《合肥師範學院學報》第 2 期，2012 年。

202. 趙曉馳，《隋前漢語顏色詞研究》，蘇州大學博士學位論文，2010 年。

203. 趙曉馳，《試論漢語顏色義與名物義從綜合到分析的演變》，《語言研究》第 33 卷第 2 期，2013 年。

204. 趙元任，《漢語口語語法》（呂叔湘譯），北京：商務印書館（第 1 版 2012 重印），1979 年。

205. 周法高，《中國古代語法：構詞編》，臺北：臺聯國風出版社印行（重刊），1972 年。

206. 周薦，《漢語詞彙結構論》，上海：上海辭書出版社（第 1 版 2005 重印），2004 年。

207. 周薦、楊世鐵，《漢語詞彙研究百年史》，北京：外語教學與研究出版社（第 1 版 2009 重印），2006 年。

208. 周貽白，《明人雜劇選》，人民文學出版社，1953 年。

209. 朱德熙，《語法講義》，北京：商務印書（第 1 版），1982 年。

210. 朱德熙，《潮陽話和北京話重疊式象聲詞的構造》，《方言》第 3 期，1982 年。

211. 漢語大詞典編輯委員會,《漢語大詞典》,漢語大詞典出版社(第一版一印),1989年。

212. 漢語大詞典編輯委員會,《漢語大詞典》,漢語大詞典出版社(第一版縮印本中卷),1997年。

213. 漢語大字典編輯委員會,《漢語大字典》,武漢:湖北長江出版集團.崇文書局;成都:四川出版集團.四川辭書出版社(第二版九卷本),2010年。

214. 北京大學中國語言學中心漢語語料 http://ccl.pku.edu.cn:8080/ccl_corpus/index.jsp?dir=gudai

215. 教育部語言文字應用研究所計算語言學研究室語料庫在線 http://www.cncorpus.org/index.aspx

216. 中央研究院近代漢語語料庫 http://app.sinica.edu.tw/cgi-bin/kiwi/pkiwi/kiwi.sh

217. 佛教大詞典在線 http://cidian.foyuan.net/

218. 搜韻 http://sou-yun.com/

219. 漢典 http://www.zdic.net/

220. 色彩空間(CIELAB),http://blog.163.com/manzanillo@126/

221. 百度百科 http://baike.baidu.com/link?url=gCTPo7h60Xkbt_v_EyTjOnBVskkTQQYiF83uhYz0sAjbGTOedYexiFmsAYPg618rutAf1pBIKmlhgIJp6ebyCU0sDNr19Y4Mc9Sev7NhLkI4yX_Zr4PGwsnLXQx4GGpw

222. 〔英〕理查德.道金斯;盧雲中、張岱雲、陳復加、羅小舟譯,《自私的基因》,北京:中信出版社(第1版)。

223. 〔瑞士〕費爾迪南.德.索緒爾著;沙.巴利、阿.薛施藹、阿.里德林格;高名凱譯;岑麒祥,葉蜚聲校注,《普通語言學教程》,北京:商務印書館(第1版1999重印)。

224. 〔美〕卡洛琳.M.布魯墨;張功鈴譯,《色覺原理》,北京大學出版社(第一版)。

225. 〔美〕米勒、〔美〕佩奇;隆雲滔譯,《複雜適應系統:社會生活計算模型導論》,上海:上海人民出版社(第1版)。

226. 〔德〕傲骨斯特.施萊歇爾;姚小平譯,《達爾文理論與語言學》,《方言》第4期。

227. 〔日本〕太田辰夫;蔣紹愚、徐昌華譯,《中國語歷史文法》(修訂譯本),北京大學出版社(第2版)。

228. 〔韓國〕具敬淑,《漢語顏色詞的意義分析》,《中國語文論集》第64號。

229. 〔韓國〕金福年,《현대 중국어 색채어의 形象色彩 형성 특징 고찰》,《中國研究》第28卷。

230. 〔韓國〕김성대,《우리말의 색채어 낱말밭 ——조선시대를중심으로》,《한글》제164호。

231. 〔朝鮮〕李義鳳,《古今釋林》(1977年影印本),首爾:亞細亞文化社。

232. 〔韓國〕周郁華,《漢語顏色詞文化蘊涵試探》,《中國語文學論集》第66號。

233. 〔韓國〕鄭鎮椌,《색채어에 투영된 상징의미 변천 考—중국어의 흰색과 검정색을 중심으로》,《中國語文論譯叢刊》第22輯。